MINGUO TONGSU XIAOSHUO
DIANCANG WENKU

美人恩

民国通俗小说典藏文库·张恨水卷

张恨水◎著

中国文史出版社

小说大家张恨水（代序）

张赣生

民国通俗小说家中最享盛名者就是张恨水。在抗日战争前后的二十多年间，他的名字真是家喻户晓、妇孺皆知，即使不识字、没读过他的作品的人，也大都知道有位张恨水，就像从来不看戏的人也知道有位梅兰芳一样。

张恨水（1895—1967），本名心远，安徽潜山人。他的祖、父两辈均为清代武官。其父光绪年间供职江西，张恨水便是诞生于江西广信。他七岁入塾读书，十一岁时随父由南昌赴新城，在船上发现了一本《残唐演义》，感到很有趣，由此开始读小说，同时又对《千家诗》十分喜爱，读得"莫名其妙的有味"。十三岁时在江西新淦，恰逢塾师赴省城考拔贡，临行给学生们出了十个论文题，张氏后来回忆起这件事时说："我用小铜炉焚好一炉香，就做起斗方小名士来。这个毒是《聊斋》和《红楼梦》给我的。《野叟曝言》也给了我一些影响。那时，我桌上就有一本残本《聊斋》，是套色木版精印的，批注很多。我在这批注上懂了许多典故，又懂了许多形容笔法。例如形容一个很健美的女子，我知道'荷粉露垂，杏花烟润'是绝好的笔法。我那书桌上，除了这部残本《聊斋》外，还有《唐诗别裁》《袁王纲鉴》《东莱博议》。上两部是我自选的，下两部是父亲要我看的。这几部书，看起来很简单，现在我仔细一想，简直就代表了我所取的文学路径。"

宣统年间，张恨水转入学堂，接受新式教育，并从上海出版的报纸上获得了一些新知识，开阔了眼界。随后又转入甲种农业学校，除了学习英文、数、理、化之外，他在假期又读了许多林琴南译的小说，懂得了不少描写手法，特别是西方小说的那种心理描写。民国元年，张氏的父亲患急症去世，家庭经济状况随之陷入困境，转年他在亲友资助下考入陈其美主持的蒙藏垦殖学校，到苏州就读。民国二年，讨袁失败，垦殖学校解散，张恨水又返回原籍。当时一般乡间人功利心重，对这样一个无所成就的青年很看不起，甚至当面嘲讽，这对他的自尊心是很大的刺激。因之，张氏在二十岁时又离家外出投奔亲友，先到南昌，不久又到汉口投奔一位搞文明戏的族兄，并开始为一个本家办的小报义务写些小稿，就在此时他取了"恨水"为笔名。过了几个月，经他的族兄介绍加入文明进化团。初始不会演戏，帮着写写说明书之类，后随剧团到各处巡回演出，日久自通，居然也能演小生，还演过《卖油郎独占花魁》的主角。剧团的工作不足以维持生活，脱离剧团后又经几度坎坷，经朋友介绍去芜湖担任《皖江报》总编辑。那年他二十四岁，正是雄心勃勃的年纪，一面自撰长篇《南国相思谱》在《皖江报》连载，一面又为上海的《民国日报》撰中篇章回小说《小说迷魂游地府记》，后为姚民哀收入《小说之霸王》。

1919年，五四运动吸引了张恨水。他按捺不住"野马尘埃的心"，终于辞去《皖江报》的职务，变卖了行李，又借了十元钱，动身赴京。初到北京，帮一位驻京记者处理新闻稿，赚些钱维持生活，后又到《益世报》当助理编辑。待到1923年，局面渐渐打开，除担任"世界通讯社"总编辑外，还为上海的《申报》和《新闻报》写北京通讯。1924年，张氏应成舍我之邀加入《世界晚报》，并撰写长篇连载小说《春明外史》。这部小说博得了读者的欢迎，张氏也由此成名。1926年，张氏又发表了他的另一部更重要的作品《金粉世家》，从而进一步扩大了他的影响。但真正把张氏声望推至高峰的是《啼笑因缘》。1929 年，上海的新闻记者团到北京访问，经钱芥尘介绍，张恨水得与严独鹤相识，严即约张撰写长篇小说。后来张氏回忆这件事的过程时说："友人钱芥尘先生，介绍我认识《新闻报》的严独鹤先生，他并在独鹤先生面前极力推许我的小说。那时，《上海画报》（三日刊）曾转载了我的《天上人间》，独鹤先生若对我有认识，也就是这篇小说而已。他倒是没有什么考虑，就约我写一篇，而且愿意带一部分稿子走。……在那几年间，上海洋场章回小说走着两条路子，一条是肉感的，一条是武侠而神怪的。《啼笑因缘》完全和这两种不同。又除了新文艺外，那些长篇运用的对话并不是纯粹白话。而《啼笑因缘》是以国语姿态出现的，这也不同。在这小说发表起初的几天，有人看了很觉眼生，也有人觉得描写过于琐碎，但并没有人主张不向下看。载过两回之后，所有读《新闻报》的人都感到了兴趣。独鹤先生特意写信告诉我，请我加油。不过报社方面根据一贯的作风，怕我这里面没有豪侠人物，会对读者减少吸引力，再三请我写两位侠客。我对于技击这类事本来也有祖传的家话（我祖父和父亲，都有极高的技击能力），但我自己不懂，而且也觉得是当时的一种滥调，我只是勉强地将关寿峰、关秀姑两人写了一些近乎传说的武侠行动……对于该书的批评，有的认为还是章回旧套，还是加以否定。有的认为章回小说到这里有些变了，还可以注意。大致地说，主张文艺革新的人，对此还认为不值一笑。温和一点的人，对该书只是就文论文，褒贬都有。至于爱好章回小说的人，自是予以同情的多。但不管怎么样，这书惹起了文坛上很大的注意，那却是事实。并有人说，如果《啼笑因缘》可以存在，那是被扬弃了的章回小说又要返魂。我真没有料到这书会引起这样大的反应……不过这些批评无论好坏，全给该书做了义务广告。《啼笑因缘》的销数，直到现在，还超过我其他作品的销数。除了国内、南洋各处私人盗印翻版的不算，我所能估计的，该书前后已超过二十版。第一版是一万部，第二版是一万五千部。以后各版有四五千部的，也有两三千部的。因为书销得这样多，所以人家说起张恨水，就联想到《啼笑因缘》。"

不论张氏本人怎样看，《啼笑因缘》是他最有影响的作品，这一点毫无疑问，可以随便举出几件事来证明。《啼笑因缘》发表后，被上海明星公司拍成六集影片，由当时最著名的电影明星胡蝶主演，同时还被改编为戏剧和曲艺，在各地广泛流传；再有《啼笑因缘》被许多人续写，迫使张氏不得不改变初衷，于1933年又续写了十回，张氏在《我的写作生涯》中说："在我结束该书的时候，主角虽都没有大团圆，也没有完全告诉戏已终场，但在文字上是看得出来的。我写着每个人都让读者有点儿有余不尽之意，这正是一个处理适当的办法，我绝没有续写下去的意思。可是上海方面，出版商人讲生意经，已经有好几种《啼笑因缘》的尾巴出现，尤其是一种《反啼笑因缘》，自始至终，将我那故事整个地翻案。执笔的又全是南方人，根本没过过黄河。写出的北平社会真是也让人又啼又笑。许多朋友看不下去，而原来出版的书社，见大批后半截买卖被别人抢了去，也分外眼红。无论如何，非让我写一篇续集不可。"这种由别人代庖的续作，出书者至少有四种：惜红馆主《续啼笑因缘》、青萍室主《啼笑因缘三集》、康尊容《新啼笑因缘》和徐哲身《反啼笑因缘》。虽然远不如《红楼梦》续作之多，但在民国通俗小说中已经是首屈一指了。张氏在《我的小说过程》一文中还说："我这次南来，上至党国名流，下至风尘少女，一见着面便问《啼笑因缘》。这不能不使我受宠若惊了。"

《啼笑因缘》使张氏名声大振，约他写稿的报刊和出版家蜂拥而至，有的小报甚至谣传张氏在十几分钟内收到几万元稿费，并用这笔钱在北平买下了一所王府，自备一部汽车。这自然不是事实，但张氏当时收到的稿酬也有六七千元，的确不能算少。这样，他就可以去搜集一些古旧木版小说，想要作一部《中国小说史》。就在此时，日寇侵华的"九一八事变"爆发，张氏的希望随之化为泡影。

4

作为一位爱国的作家，在国难当头的状况下自不会沉默，张恨水在1931 至 1937 的几年间，先后写了《热血之花》《弯弓集》《水浒别传》《东北四连长》《啼笑因缘续集》《风之夜》等涉及抗敌御侮内容的作品。

1934 年，张恨水到陕西和甘肃走了一遭，此行使他的思想发生了很大的变化。张氏在《我的写作生涯》中说："陕甘人的苦不是华南人所能想象，也不是华北、东北人所能想象。更切实一点地说，我所经过的那条路，可说大部分的同胞还不够人类起码的生活。……人总是有人性的，这一些事实，引着我的思想起了极大的变迁。文字是生活和思想的反映，所以在西北之行以后，我不违言我的思想完全变了，文字自然也变了。"此后，他写了《燕归来》，以描写西北人民生活的惨状。

抗日战争全面爆发后，张恨水取道汉口，转赴重庆，于 1938 年初抵达，即应邀在《新民报》任职。抗战八年间，他除去写了一些战争题材的小说外，还有两种较重要的作品，即《八十一梦》和《魍魉世界》（原名《牛马走》），均先于《新民报》连载，后出单行本。抗战胜利，张氏重返北平，担任《新民报》经理，此后几年他写了《五子登科》等十来部小说，但均未产生重大影响。1948 年底，张氏辞去《新民报》职务。1949 年夏，他患脑溢血，经过几年调治，病情好转，张氏便又到江南和西北去旅行。1959 年，张氏病情转重，至 1967 年初于北京去世，终年七十三岁。

张恨水一生写了九十多部小说，印成单行本的也在五十种左右。说到张氏作品的总特色，一般常感到不易把握，因为他总在不断地变。其实，这"变"就正是张恨水作品最鲜明的总特色。

张恨水是一个不甘心墨守成规的人，他好动不好静，敢于否定自己，这正是作为开创者必须具备的素质。读一读张氏的《我的写作生涯》，就会发现他总是在讲自己的变，那变的频繁、动因的多样，在民国通俗小说作家中实属仅见。……待到《金粉世家》《啼笑因缘》相继问世，张恨水的名声已如日中天，他在思想上的求新仍未稍解，他说："我又不能光写而不加油，因之，登床以后，我又必拥被看一两点钟书。看的书很拉杂，文艺的、哲学的、社会科学的，我都翻翻。还有几本长期订的杂志，也都看看。我所以不被时代抛得太远，就是这点儿加油的工作不错。"

追求入时，可说是张恨水的一贯作风，不仅小说的内容、思想随时而变，在文字风格上也不断应时变化。仅就内容、思想方面的变化而言，在民国通俗小说作家中也很常见，说不上是张氏独具的特色，但在文字风格上也不断变化，就不同于一般了。张氏在《我的写作生涯》中经常提到这方面的事例，譬如他曾提及回目格式的变化，他说："《春明外史》除了材料为人所注意而外，另有一件事为人所喜于讨论的，就是小说回目的构制。因为我自小就是个弄辞章的人，对中国许多旧小说回目的随便安顿向来就不同意。即到了我自己写小说，我一定要把它写得美善工整些。所以每回的回目都很经一番研究。我自己削足适履地定了好几个原则。一、两个回目，要能包括本回小说的最高潮。二、尽量地求其辞藻华丽。三、取的字句和典故一定要是浑成的，如以'夕阳无限好'，对'高处不胜寒'之类。四、每回的回目，字数一样多，求其一律。五、下联必定以平声落韵。这样，每个回目的写出，倒是能博得读者推敲的。可是我自己就太苦了……这完全是'包三寸金莲求好看'的念头，后来很不愿意向下做。不过创格在前，一时又收不回来。……在我放弃回目制以后，很多朋友反对，我解释我吃力不讨好的缘故，朋友也就笑而释之，谓不讨好云者，这种藻丽的回目，成为礼拜六派的口实。其实礼拜六派多是散体文言小说，堆砌的辞藻见于文内而不在回目内。礼拜六派也有作章回小说的，但他们的回目也很随便。"再譬如他在谈及《金粉世家》时说："以我的生活环境不同和我思想的变迁，加上笔路的修检，以后大概不会再写这样一部书。"诸如此类的变化不胜列举。

张氏的多变还体现在题材的多样化。他说:"当年我写小说写得高兴的时候,哪一类的题材我都愿意试试。类似伶人反串的行为,我写过几篇侦探小说,在《世界日报》的旬刊上发表,我是一时兴到之作,现在是连题目都忘记了。其次是我写过两篇武侠小说,最先一篇叫《剑胆琴心》,在北平的《新晨报》上发表的,后来《南京晚报》转载,改名《世外群龙传》。最后上海《金刚钻小报》拿去出版,又叫《剑胆琴心》了。"第二篇叫《中原豪侠传》,是张氏自办《南京人报》时所作。此外,张氏还写过仿古的《水浒别传》和《水浒新传》,他说:"《水浒别传》这书是我研究《水浒》后一时高兴之作,写的是打渔杀家那段故事。文字也学《水浒》口气。这原是试试的性质,终于这篇《水浒别传》有点儿成就,引着我在抗战期间写了一篇六七十万字的《水浒新传》。""《水浒新传》当时在上海很叫座。……书里写着水浒人物受了招安,跟随张叔夜和金人打仗。汴梁的陷落,他们一百零八人大多数是战死了。尤其是时迁这路小兄弟,我着力地去写。我的意思,是以愧士大夫阶级。汪精卫和日本人对此书都非常地不满,但说的是宋代故事,他们也无可奈何。这书里的官职地名,我都有相当的考据。文字我也极力模仿老《水浒》,以免看过《水浒》的人说是不像。"再有就是张氏还仿照《斩鬼传》写过一篇讽刺小说《新斩鬼传》。张恨水的一生都在不停地尝试,探寻着各色各样的内容及表达方式,他甚至也写过完全以实事为根据、类似报告文学的《虎贲万岁》,也写过全属虚幻的、抽象的或象征性的小说《秘密谷》,他的作风颇有些像那位既不愿重复前人也不愿重复自己的现代大画家毕加索。

　　张恨水写过一篇《我的小说过程》,的确,我们也只有称他的小说为"过程"才最名副其实。从一般意义上讲,任何人由始至终做的事都是一个过程,但有些始终一个模子印出来的过程是乏味的过程,而张氏的小说过程却是千变万化、丰富多彩的过程。有的评论者说张氏"鄙视自己的创作",我认为这是误解了张氏的所为。张恨水对这一问题的态度，又和白羽、郑证因等人有所不同。张氏说："一面工作，一面也就是学习。世间什么事都是这样。"他对自己作品的批评，是为了写得越来越完善，而不是为了表示鄙视自己的创作道路。张氏对自己所从事的通俗小说创作是颇引以自豪的，并不认为自己低人一等。他说："众所周知，我一贯主张，写章回小说，向通俗路上走，绝不写人家看不懂的文字。"又说："中国的小说，还很难脱掉消闲的作用。对于此，作小说的人，如能有所领悟，他就利用这个机会，以尽他应尽的天职。"这段话不仅是对通俗小说而言，实际也是对新文艺作家们说的。读者看小说，本来就有一层消遣的意思，用一个更适当的说法，是或者要寻求审美愉悦，看通俗小说和看新文艺小说都一样。张氏的意思不是很明显吗？这便是他的态度！张氏是很清醒、很明智的，他一方面承认自己的作品有消闲作用，并不因此灰心，另一方面又不满足于仅供人消遣，而力求把消遣和更重大的社会使命统一起来，以尽其应尽的天职。他能以面对现实、实事求是的态度对待自己的工作，在局限中努力求施展，在必然中努力争自由，这正是他见识高人一筹之处，也正是最明智的选择。当然，我不是说除张氏之外别人都没有做到这一步，事实上民国最杰出的几位通俗小说名家大都能收到这样的效果，但他们往往不像张氏这样表现出鲜明的理论上的自觉。

张恨水在民国通俗小说史上是一位名副其实的大作家，他不仅留下了许多优秀的作品，他一生的探索也为后人留下了许多可贵的经验。

目　　录

1

自　序

予读言情小说多矣，而所作亦为数非鲜。经验所之，觉此中乃有一公例，即内容不外三角与多角恋爱，而结局非结婚即生离死别而已。

予当焦思如何作小说可逃出此公例，且不得语涉怪诞，以致离开现代社会。思之思之，乃无上策。

盖小说结构必须有一交错点：言情而非多角。此点何由而生？至一事结束，亦无非聚散两途，果欲舍此，又何以结束之？无已，则于此公例中于可闪避处力闪避之，或稍稍一新阅者耳目乎？有此一念，予乃有此《美人恩》小说之作。

《美人恩》中言情，初不写情敌角斗之事，而其结局，一方似结婚而非结婚，一方亦似离别而非离别。如斯作法，乃差有新意，但谓尽脱窠臼，则自病未能。此中甘苦，或为同道所默许欤？然而，读者茶余酒后以消遣物视之，固无暇考量及此也。则作者之惨淡经营，亦如书中之主人翁洪士毅，处处作茧自缚矣！

此书命意在二十一年之冬，本与世界书局约数月成之，乃国家多故而搁置者一；作者佣书教读，南北奔走，过于俗冗，因而搁置者二；半年来忽生胃病，好逸恶劳，因而搁置者三。然最后一月，念岁月之悠悠，将爽约于何及？于此努力为之，将未尽之稿十一回一气呵成。稿既毕，乃二十二年十二月二十七日，终未及二十三年也。束卷付邮，烹苦茗坐寒窗下饮之，得片时暇，其愉快之态，亦殊南面王不易矣。

　　时则雪下已一日夜，院中瘦竹一丛，盘松三株，立粉墙雪地之中，静穆无动，略见苍绿，尤倍觉可爱也。金圣叹曰："不亦快哉！"乃以殿吾序。

二十二年十二月二十八日张恨水

于北平东城美术专门学校

第一回

幻想拾遗金逐尘大道
传神在阿堵后客空廊

中华民国二十一年，眨眨眼已经到了。在这二十一年中，发生了多少事情，其中有些竟是最可痛、最可耻、没无奈何的！可是到了今年，看看中国自身，却还不见得有什么良好办法。稍为有点儿血气的人，都觉得有一种说不出来的苦闷。这种苦闷若要解除，便是不管生死，拿着刀枪，找着仇人拼个你死我活。其次一个办法，就是抱着得乐且乐的宗旨，找些娱乐，自己麻醉自己，把这苦闷忘了。照说，自然是第一个办法是对的，然而打破苦闷的人，却是十有八九都试行的是第二个办法。上天似乎也很明白这一点，到了三月，他便将烂漫的春光送到了人间，让大家陶醉到春光里去，让你们去忘了耻辱，忘了祖国，忘了民族。

我是寄居北平的人，这个印象便是北平的春光所给予我的。这是四月中旬，满街的路树正发着嫩绿色的细芽，告诉行人春来了。你若是顺着东西长安街的马路，一直向中央走，到了天安门外市民花圃里，你便可以看到左边平地堆起一片红色，是榆叶梅，右边一片黄色，是迎春花。其间杂以点缀的叶子，真个如锦绣铺地一般。加上绿甍黄瓦的高楼之下是双耸玉阙、四绕红墙，画师也画不出这伟大美丽的景致来。西边广场上便是中央公园的大门，红男绿女，嘻嘻哈哈，流水似的进去。满园的春色自然关不住，有股清香由天

1

外飘来，便是园里开着堆雪一般的丁香花散出香气来了。

门外停的各种车子，一辆挤着一辆，占了十几亩的地位，车夫沾着主人的光，也各在踏脚板上看着路边花圃的春色。绿树荫里，卖茶的、卖油条烧饼的、卖豆汁的、各种小车大担的小贩，又要沾车夫的光，都团聚着一群人吃喝。只听到人声哄哄，闹成一片，这哪里像是天灾人祸、内忧外患国度里的情形？春天，真是把人麻醉了！但是，这也不过就北平城里一角而言。另一个地方，却有人对了这春天加倍地叫着没奈何的。

这是宣武门内一个偏僻胡同里，两旁人家大半是窄小的门楼，有两处大些的门楼，大半都破旧了。胡同里遥遥有一种小锣声，是捏糖人儿的小贩由隔巷敲来的，这才打破了这寂寞的空气。胡同里并不见有什么人影，只是那白粉矮墙上，东边伸出一束丁香花，在嫩绿的树叶中，捧出一丛丛的瑞雪；西边屋角伸出一丛柳条，被轻微的东风摇撼着，好像是向对面的丁香花点头，好像是说，我们又在冷巷中会面了。

这柳树之下却是个会馆，院落不算小，不过年久失修罢了。当前清的时候，全国文人都要到北京来会试，各地方人为了免除士人的旅费负担起见，各建设一所至二三所会馆，容留文人与留京的寒吏。改革以后，学生代替了老相公，找差事的人代替了候补官，各会馆里依然住着各地方的人。近十年来，北平市面日穷，住会馆的旅客更是变了一种形象，现在提出一个人做代表。

这人姓洪名士毅，曾在中学毕业，来北平升学未能，谋职业不得，就住在会馆里等机会。他住的屋子倒不窄小，只是器具很少，靠两条窄板凳，支了三块薄板，那便是床。床上一条军用毯，好几处是粗线组着破缝，四周都露出下面垫的稻草帘子来。毯子上并无多物，只一床薄薄的蓝布被，中间还有盘子大几块新的，原来是大补丁。靠窗一张四方桌子，上面铺了报纸，倒有一副笔砚，堆着一二十本残破的书。桌子边两个小方凳子而外，就并无其他木器了。

墙角落里，一个旧藤篮子，里面放了些瓶罐碗碟之类。屋子里这样空洞，越是嫌着屋子宽大。

洪士毅坐在桌子边，手上端了一本破去封面的《千家诗》，哼着"无花无酒过清明"，但是当他哼到这句诗的时候，已经在这本诗上消磨了不少的时候，现在有些口渴了。桌上也有把旧茶壶，只是破了壶嘴子，不轻易泡茶。因为没有钱买茶叶，不过是每日早上盛一壶白开水。这开水由早上放到中午，当然也就凉了。他将裂了两条缝的茶杯，要倒上一杯，然而只提了壶柄，壶嘴子咕嘟几声并滴不出水来。望了窗子外的太阳，这时正当天中，将阶沿下的屋影和阳光画了一道黑白界线，更表现出这天气是十分的晴明了。

这个日子，白天时间正长着，耳朵里听到隔壁人家的时钟当当敲了两下，分明还是正午，若到七点多钟天黑，还有五六小时，坐在屋子里，如何过去？手上拿的这本《千家诗》至少念过三千遍，几乎可以倒背得过来，不拿书在手上也可以念，又何必拿着书本？于是他离开了屋子，走到院子里来散步，却听到东边厢房里有抹洗牙牌的声音。这是那屋子里黄毓亭干的事，他曾做过县承审员法院书记官一类的事情，现时在北平会馆里赋闲三年多了，除了写信和一班认识几面的人借钱与找事而外，便是在屋子里起牙牌数。这个时候，大概是闲得无聊，又在向三十二张牙牌找出路了。

西边厢房里，一排三间房门，都是倒锁着的，这是住的一班学生，也许已经上课去了。然而在这上面一间屋子里，也是唏里哗啦有打麻雀牌之声，走过去看时，正是那三个学生和本房的主人一处耍钱。洪士毅在门外一伸头，那主人起身笑道："你接着打四圈吗？"洪士毅道："我早上还是刘先生给了三个冷馒头吃了一饱，哪有钱打牌？"他道："哪个又有钱打牌？我们是打五十个铜子一底，还带赊账。长天日子，一点儿事没有，无聊得很。"

士毅微微一笑，自走回房去。对房门住着的，便是送馒头给士毅吃的刘先生，他也住闲有一年多，不过朋友还不少，常常可以得

3

点儿小接济，真无可奈何，也能找出一两件衣服来当。他现时无路可走了，很想做医生，在旧书摊子上，收了许多医书回来看。这时端了一本《伤寒论》，躺在一张破藤椅子上哼着，大概是表示他静心读书的缘故，找了一支佛香，斜插在砚台的眼孔里，在这冷静静的屋子里倒又添了一些冷静的意味。

士毅走到人家房门口，觉得人家比较是有些事做的人，自己也不愿去打搅，就退回自己屋子来。然而刚一坐下，看看屋子外的晶晶白日，就发愁起来。这样好的晴天，不找一点儿事情做，就是闷坐在屋子里，消磨光阴，昨天如此，今天又如此，明天也不能不如此，这如何得了？早饭和午饭总算用那三个馒头敷衍过去了，晚上这餐饭从何而出？却是不可得知。闷坐在家里，也不能闷出什么道理来，不如到大街上去走走，也许可以找点儿出路。

如此想着，于是将房门反扣了，走出会馆，任脚所之地走去。心里并不曾有什么目的地，只是向前走着，不知不觉到了最热闹的前门大街。看那两边店铺里，各商家做着生意，路边各小摊子上，货物之外，也堆着许多铜子和铜子票。心里便想着，偌大的北平城，各人都有法子挣钱糊口，我就为什么找不出点儿办法来呢？再看路上坐汽车坐人力车的人，是各像很忙，不必说了。就是在便道上走的人，来的一直前来，去的一直前去，各人都必有所为而出门，绝不能像我在大街上走着，到哪里去也可以，其实也不必到哪里去。

一路行来，低头想着，忽然看到电线杆下，有一块雪白的圆洋钱，心中大喜一阵，连忙弯腰捡了起来。然而当他拾到手里时，已发觉了错误，原来是糖果瓶子上的锡纸封皮。所喜还没人看到，就把这锡封皮由大襟下揣着，漏下地去。于是他连着发生了第二个感想，大街之上这么些个人来往，难道就没有人丢皮夹子和丢洋钱钞票的？走路的人都不大留心地面上，地上虽然有人丢了东西，是不容易发觉的。我且一路留心走着看看，设若有人丢了皮夹子，让我捡到，不想多，只要有十块八块钱，我就可以拿去做小本经营，一

4

切都有办法了。如此想了，心中大喜，立刻就向地面注意起来。料着越是热闹街上，越有他人失落皮夹子的机会，所以只管在热闹的道路上走。但是经过了几条街，并不曾有人丢皮夹子。心里有点儿转悔，天下哪有这巧的事？当我要捡皮夹子的时候，就有人丢皮夹子。这是可遇而不可求的事，我何必发那个傻？

今天大概走的路不少，两条腿已有些酸痛，还是回家去打晚饭的主意吧，于是无精打采地一步一步走回家去。他的目光正射着一家糕饼店的玻璃窗子上，里面大玻璃盘子里盛着一大方淡黄色的鸡蛋糕，上面乳油与玫瑰糖葡萄干之类，堆着很好看的花样。假使晚餐……腿下不留神，却让坚硬的东西碰了一下。回头看时，是一家银号门口，停了一辆笨重的骡车，几个壮年汉子正搬着长圆的纸包向车篷子里塞。不用说，这是银号里搬运现洋钱。这一车子洋钱，大概不少，我何须多？只要拿一封，我做盘缠回家也好，做小生意的本钱也好……

那搬运洋钱的壮汉见这人蓬了一头头发，穿着一件灰布长衫，染着许多黑点，扛了两只肩膀，呆头呆脑向车上望着，便向他瞪着眼睛。士毅哪里敢等他吆喝出来，掉转身赶快就走了。一口气走回会馆去，太阳已经下了山，院子里渐形昏暗。

一个挑煤油担子的歇在院子中间，向士毅苦笑道："洪先生，你今天……"士毅道："不用问，我今天中饭都没有吃，哪里有钱还账？"说着，打开房门，将窗户台上一盏小煤油灯捧了出来，向他道："今天再打三个大子的，过一天有钱，还清你的账。"他道："你今天不给钱，我不赊煤油给你了。"士毅道："你还要钱不要钱？"煤油贩道："洪先生，我们一个做小本生意的，受得了这样拖累吗？你这话也说过多次了，我想你还钱，总是赊给你，不想越赊越多，越多你是越不还，让我怎么办？我的爹！"

院子里还有几个买煤油的，都笑了起来。有的道："你赊给他三大枚吧。你不赊给他，他该你八九吊都不还了，你岂不是为小失

5

大?"那卖煤油的皱了眉,向着洪士毅,道:"得!我再拿三大枚,去赶我那笔账。"士毅将捧灯的手向怀里缩着,摇头道:"你不用赊了,我黑了就睡觉,用不着点灯,免得又多欠你三大枚。"煤油贩道:"这样说,你是存心要赖我。"大家又笑起来。士毅倒不怕人家笑,心里只觉得太对煤油贩不住,捧了灯自回房去了。

天渐渐地黑,黑得看不见一切,士毅只躺在床上,耳朵里听到同会馆的人陆续在屋子里吃饭,放出筷子碗相碰声来。有人在院子里喊道:"老洪,不在家吗?怎么没点灯?"这是学生唐友梅的声音。士毅叹了一口气道:"煤油赊不动了。"唐友梅道:"那么,你吃了晚饭吗?"他轻轻地答应了"没有"两个字。唐友梅道:"我早不知道,早知道,就让你在一块儿吃了。我剩了还有一碗饭,只怕是不够。"洪士毅在屋子里躺着,没作声。唐友梅道:"够是不够,问问别人还有多没有。"士毅听他如此说,分明是诚心请的,跳出屋来问道:"还有饭嘎巴没有?用点儿水一煮,也就是两大碗了。"唐友梅道:"有的,连饭带嘎巴用水一煮,准够你吃一饱的了。"洪士毅便由他黑暗的房中,走到灯光下来,向唐友梅拱了拱手道:"真多谢你,要不是你这些剩的,今天晚上,无论怎样,也来不及想法子,只好饿一餐了。"唐友梅受了人家这一阵感谢,倒反而有些不好意思,在桌子底下,把那只盖了破盖的小铁锅拿了出来,连饭和锅一齐捧着交给了他。

他就把锅拿到厨房里来。揭开锅盖看时,里面煮的饭只有些锅底,而且焦煳了大半边。有一只碗,装了小半碗老菠菜,将菜倒在饭里,加上一瓢凉水,放到煤灶上煮开了,将菜和饭用铁勺一搅,在共用的饭橱里找了一遍,找到半边破盐罐,倒还有些盐渣,在锅里舀了一瓢饭汤,倒在罐子里,刷了几转,依然倒进锅去。约莫有半点钟,锅里喷出来的水蒸气,带着香气,甚是好闻,肚子万忍不住了,盛了一碗水饭,对着炉灶就吃起来。这饭虽因为烧煳了,有些苦味,可是吃到嘴里,并不让它停留,就吞咽下去。饭是热的,厨房里也是热的，站着把那小锅饭一口气吃完，浑身大汗直流。他放下碗来，叹了一口长气道："这又算混过了一天。"于是回房睡觉去了。

不过次日清早醒来，又添了他许多不快，只听到唐友梅对同住的人道："老洪不得了，昨晚上不是我留点儿剩饭给他吃，就要饿一晚上，真是太苦。"另一个人道："这样的苦，何必还在北平住着？老早地回家去吃老米饭不好吗？在北平住着，无非也是拖累同乡。"士毅觉得吃人家一碗剩饭，还不免受人家这些闲话，从今以后，再也不找同乡了。在床上躺着想了一阵，用手连连捶了几下床，自己跳起来道："好！从今天起，我去找出路去。"

起床之后，自己到厨房里去舀了一盆冷水洗脸，背了两手，在院子里来回踱着，心想，到外面去找出路，找什么路子呢？除非是满街捡皮夹子。可是满街捡皮夹子，昨天已经失败了，哪有这样巧的事？正在这里出神，却听到南屋子里，有人念道：

　　昨日下午四时许，有刘尚义者，在前门外鲜鱼口路行，拾得皮夹一只，中有钞票五十元、毛票八角、三百元汇票一张、名片数张。刘正欲报告警察，有一老人抱头大哭而来，问之，遗失皮夹。当询夹中何物，老人对答与皮夹中之物相同。刘即与老人同赴警区，将物点交。老人留下汇票，赠刘钞票五十元，刘拒绝不收。此真拾金不昧之君子也。

洪士毅听得清清楚楚，便问道："老黄，你念什么？"屋子里人道："无聊得很，墙上贴有一张旧报，我念着混时间。这样的好事情，我们怎样就遇不着呢？"士毅且不答话，心里可就想着，如此看来，路上拾皮夹子，并非绝对不可能的事，今天我再到街上去撞撞看。漫说五十元，就是捡到五块钱，这个月的生活问题，我也就算解决了。如此看来，还是趁着这个机会的容易。

他也不再行踟蹰，一直就上鲜鱼口来。似乎鲜鱼口的大道上放了一只皮夹子，在那里等着他一般。及至到了鲜鱼口，只见车水马龙挨肩叠背的行人，都抢着来抢着去，何曾有什么人落下皮夹子来？他在十字街口的人行便道上，先站了许久，随后又沿着店铺屋檐下走去。不知不觉地，将一条五里路的横街走完，直走到崇文门大街，何曾看到路上有人丢下的皮夹子？心想，天桥是平民俱乐部，大概不少平民找职业的机会，于是绕着大弯子走到天桥来。但是天桥的平民虽多，吃的吃，玩的玩，做买卖的做买卖，绝对没有什么机会。自己经过各种摊子，都远远地走着。

有家小饭铺，门口一只大锅，煮了百十来个煎的荷包蛋，酱油卤煮着，香气四沸，锅边一个藤簸箕，堆了许多碗口大的白雪馒头。一个胖掌柜用铁铲子铲着荷包蛋，在锅里翻个儿，他口里唱着道："吃啦！大个儿鸡蛋，五大枚，真贱！"说着时，他眼睛望了洪士毅，以为你不来吃吗？士毅咽了一口唾沫，掉转身躯走了。而且这个时候，却见两名巡士用绳子拴了个穿黑长衫的人迎面而来，口里还骂道："你在天桥转来转去三天了，你在这里干什么？"士毅想着，分明是个同志，更不敢在天桥久留，低了头赶快走开。

他是上午出来的，既不曾吃喝，又走了许多路，实在困乏。无精打采地走着，一阵锣鼓声传入他的耳鼓，正是到了一家戏馆前。他忽然一个新思想连带地发生出来，在娱乐场中的人，银钱总是松的，虽不会丢皮夹子，大概落几个铜子到地下来，绝对是不能免的。那么，我到里面去装着寻人，顺便拾几枚铜子回来，也可以买个冷馒头吃了。如此想着，举步就向戏馆子里走来。

北平旧戏馆的习气，观客不用先买票，尽管找好了座位，自己坐下，然后有一种人，叫着看座儿的，自来和你收钱。洪士毅倒也很知道这规矩，所以坦然地向里走，可是当他到了里面，早见乌压压的楼上和池座坐满了人。池座后面重门口，堆了一群站着的人。

这种人叫着听蹭戏的，就是当戏馆子最后两出戏上场的时候，看座人门禁松了，便站在这里，不花钱听好戏。若说他，他就要看座的给找座位。这时当然找不着，真找着了，他说位子不好，可以溜走。这种人已成了名词，自是无法免除。洪士毅这时走来，也就成了听蹭戏的。不过他的目的并不在戏台上，只是注意地下哪里有落下的铜子没有。这里是座位的最后面，当然是看不见的。他于是东张西望，装成寻人的样子，向东廊下走来。事情禁不住他绝对用心，在最后一排上，有个空座位，在扶手板上，正放有一小叠铜子，并无人注意。心里想着，最好冒充那个看客，就在那空椅子上坐下。假使坐下了，可以大大方方地把那一小叠铜子攫为已有。如此想着，回头四周看了看，觉得观客的眼光都注射在戏台上，并没有望到自己身上来的。胆大了许多，便向那空位子上走来。

那空位子正是第一把椅子，并不需要请别人让座，自己一侧身子就可坐下去。然而正当他身子向前移了一移的时候，哄天哄地一声响，原来是台上的戏子卖力唱了两句，台下的观客齐齐地叫了一声"好"。士毅倒吓了一跳，莫不是人家喝骂我？身子赶快向后退着。及至自己明白过来，加了一层胆怯，就不敢再去坐了。不过自己虽不上前去坐，但是那一小叠铜子，看过了之后，始终不能放过它，遥遥地站着，只把眼光注视在上面。不过自己心虚，恐怕老注视着那铜子，又为旁人察觉，因之低了头，只管去看地下。注视了许久，却看到附近椅子脚下有个纸包，那纸包里破了个窟窿，露出一个面包来。

他肚里正自饿着，看了那面包之后，肚子里更是不受用，只要一弯腰，那面包就可以捡到手里，于是将脚移了一移，待要把面包捡起来。但是要想得面包的心事，终于胜不过害臊的心事，身子已蹲下去，眼睛还不住向四周观望。恰是有位看座的，口里嚷了起来道："道口上站不住人，诸位让开点儿。"他的手离着那面包还有二三尺路，但是要缩回来，人家也会知道的。于是生了个急智，只当

9

要整理袜子，用手摸了几下。好在看座儿的并不注意，然后才抬起身来，向后退了几步，依然挤到听蹭戏的一块儿去。不过他那双眼睛还是遥遥地看到那空位子上去。心里可就想着，只要散了戏，大家一窝蜂地走开，就可以抢步上前，把那叠铜子拿过来。

只是他越盼散戏，这戏台上的戏子唱得格外起劲儿。待要到别地方去绕个弯子再来，又怕就在那时散戏，机会又丢了。满戏馆子的人都在高兴看戏，只有他反过来，恨不得立刻戏就完了。两只脚极力地踏着地，地若是沙质的，真可以踏下两个窟窿去。这个原因固然是为了着急，也是为了要忍住肚子里的饿虫。同时身上的大汗如雨般地下来，头脑都有些发晕了。这种难受之处，心中当然是不可以言语形容。但是在看到那椅脚面包之后，又发现了那里还有几个铜子若是扶板上的铜子捡不着，地下几个铜子，总是可以捡来的，那也可以买点儿东西吃了。忍着吧，再过一小时就好了。在他这样十分着急的时候，也就向戏台上看看。

好容易熬到看客纷纷离座，都向外走，秩序纷乱起来。趁了这个机会，连忙就向人丛中挤了进去。但越是向里挤，观客们正向外拥，待他到了不受挤的所在，回头看时，满池座人快要散光了。也有人很注意他，散了戏都向外走，怎么他单独向里走呢？他也怕人注意此层，于是装出找人的样子，四周看看，也向外走，只是脚步走得非常之慢。到了那个放铜子的位置边，真个天无绝人之路，铜子竟放在扶手板上，没人拿走。这廊子里的人都走空了，只有他一个人在这里。这些钱可以大大方方揣到袋里来的了，于是走上前，便去拿那铜子。岂知天下真有那样无巧不巧的事，当他伸手去拿的时候，不先不后，桌子底下却伸出一只手来，把铜子拿去。低头看时，一个人拿了扫帚，弯腰扫地，顺便将钱拿去。不用说，他是这戏馆子里人，无法可以和他计较的。

这笔钱拿不到，记得那椅子下还有几个铜子、一包面包，倒可以小补一下，便低头走过去。然而那边地上已扫得精光，分明是这个扫地的抢了先了，椅子外面，有条大毛狗，嘴里衔了一大块面包，坐了抬着头，向人只管摇尾子。他看见了，恨不得一脚把狗踢个半死。可是看客虽走了，楼上楼下，正还有戏馆里人在收拾椅凳，自己如踢了狗，又怕会惹下什么祸，抬着肩膀，摇了几摇头。几个收拾椅凳的人，见这位观客独留没走，都注意着他。他向地下望着，自言自语地道："倒霉！把皮夹子丢了，哪里去找呢？没有没有！"一面向地上张望着，一面向外走，这才把难关逃脱出来了。

第二回

踯躅泥中谋生怜弱息
徘徊门外对景叹青春

那个洪士毅满街想拾皮夹子，未得结果，倒向旁人撒谎说是他丢了皮夹子。他那样撒谎，逃出戏馆子之后，心里又愧又恨，自己这样一个男子汉，什么挣钱的本领没有，只想捡现成的便宜，可是今天在戏馆子里坐包厢听戏的人，未见他的本领就能高过于我。你看他们吃饱了无可消遣，就以听戏来消磨光阴，我想在椅子下面捡两块不要的面包吃，都会让狗抢了去了，这个不平的世界，真该一脚把它踢翻过来。

一人气愤愤地走回会馆，在床上躺着。可是生气尽管生气，肚皮里一点儿东西不曾吃下去，饿得很是难受，天色已晚，想出去找人借个十吊八吊，恐怕也不可能。半晌，长长地叹了一口气。这时，屋子外有人问道："士毅，你又在发牢骚吗？"士毅听那声音，正是刘朗山先生，自己常得人的好处，今天没法，本又想向他找些吃的，只是不好开口。现在他既是问起来了，倒是一个机会，便答道："唉！我哪敢发牢骚？不过我叹息我这人太无用，五尺之躯，竟是常常为吃饱发生了问题。"刘朗山道："你不要发愁，到我屋子里来坐坐，我们在一处吃晚饭。"士毅道："我老吃刘先生的，真是不过意。"他口里说着话，人可是走了出来。刘朗山道："我也没有什么好东西给你吃，无非多添一双筷子，没关系，没关系。"他说着话，已向屋子里走去。

士毅跟到他屋子里，桌上已点了一盏煤油灯，灯光下正叠着两本木版刻的医书。旁边一张旧茶几上，放有两只菜碗，一大碗白菜煮豆腐，又是一碗酱萝卜，碗边下放了两个大冷馒头，立刻觉得口里馋涎饱满，咕嘟一声吞了下去。刘朗山道："大概你是很饿了，你可以先把那两个馒头吃了，我还煮的有饭，回头我们再吃饭。"士毅在旁边一张椅子上坐下，将桌上那本医书拿到手上，随便翻了两翻，答道："等一会儿，我们一同吃吧。"刘朗山将桌子上的笔砚纸件归拢着放到一边，将两碗菜放到桌上，便将两个馒头塞到他面前来，笑道："你吃吧。你知道我的脾气，我是不虚让的。"说着，又拿了一双筷子，递到他面前。

士毅胃里差不多要饿得冒出火来，现在馒头、菜都在面前，怎能还忍住不吃？先且不扶筷子，只将馒头拿到手上，转着看了一遍。朗山道："你实在不必客气，先吃好了。一个人最怕是饱人不知饿人饥，你看我，可是一个能帮助朋友的人？也就无非是知道你的境遇太坏罢了。"士毅听到人家如此说了，再要虚谦便是无味，于是将馒头送到嘴里，咬了一口。可怜这口里今天还不曾有固体东西送进去，于今吃起来，也来不及分辨这是什么味，马上就吞了下去。一个馒头吞下之后，这胃里似乎有种特别的感觉，可是也形容不出是舒服还是充实？似乎那向上燃烧的胃火降低了好些。这个馒头既是吃了，那放在桌上的一个，当然也不必再搁置了。

朗山道："怎么饭还没有端来？我去看看。"他口里说着，人就走了出去。这屋子里便只剩了洪士毅一个人，对了桌上两碗菜。虽然没有尝到菜是什么味，但是白菜煮豆腐那股清香可不住地向鼻子里送来，情不自禁地扶起筷子，就夹了一块豆腐送到口里去。在吃过冷硬且淡的馒头之后，吃了这有油盐的菜，非常之好吃，吃了一下，又伸筷子去夹第二下，只是怕主人翁会来，赶忙将嘴里的菜吞咽下去，就按住了筷子不动。

13

不多一会儿，朗山端了一瓦钵子饭来了，只看那盖子缝里，热气向外乱喷，那种白米饭的香味，直钻到人家鼻子眼里去。虽是已经吃了两个馒头，肚子里有点儿东西了，可是闻到这种香气，更引起胃欲。只见刘朗山将钵子盖一掀，看到里面松松的半钵饭，其白如雪，恨不得将瓦钵端了过来，一人独吞下去。现在瓦钵子在刘朗山手里，争夺不得，便望了饭笑道："这饭两个人吃，怕是不够吧？"朗山点着头道："我本来打算煮一餐饭做两餐吃的，怎样会不够？"于是在床底下网篮里取出两只饭碗，盛了饭放在桌上。他因自己一双筷子被士毅占了，由网篮里找到桌子抽屉里，更由桌子抽屉里，找到书堆里，为了一双筷子，找了许久的工夫。士毅在人家主人翁未曾来吃的时候，又不便先吃，只好瞪了两只眼睛，望着这一大碗白米饭发呆，好容易把筷子找来，才开始吃饭。士毅便是不吃菜，这饭扒到口里去，也就香甜可口，三下两下把一碗饭就吃了下去。及至吃着只剩碗底下一层饭粒的时候，看看刘朗山还有大半碗不曾吃下去，未免太占先了，只得将筷子挑了饭粒，两粒三粒地向嘴里送去。朗山将自己一碗饭吃完，才看到他碗里也没有了，便道："你就够了吗？可以再盛点儿。"士毅本是要抢先盛饭的，等着人家说了这句，倒反是有些不好意思，便笑道："我差不多了，给你留着吧。"朗山道："我哪吃得了许多？你还来半碗吧。"士毅手里拿着碗踌躇着，自己问自己道："再来半碗，好吗？就来半碗吧。"于是用锅铲子在饭钵子里铲出两铲饭来。但是在饭碗里按了两按，使得只像小半碗的样子。偷眼看看刘朗山，人家倒是不曾留心。

　　将饥荒了一天的肚子充实起来，也不知是何缘故，就有了精神。帮着刘朗山收去碗筷，泡了一壶茶，就在灯下闲谈。他叹了一口气道："今天幸得刘先生救我一把，渡过了这个难关，明天我早早地起来，可以饱了肚子去另想法子了。"朗山道："当然，你今天晚饭没着，明天一早，哪里就有早饭吃？不过到了明天早上再去寻早饭吃，那不觉得迟了吗？"士毅道："我这一个多月以来，总是吃一餐想一

14

餐的法子，哪有预先想了法子管几餐的能力？"朗山道："这的确是个困难问题，一个人吃上餐愁着下餐，吃下餐又愁着上餐，哪里能腾出工夫去找事业？若说明天这两餐饭的话，我倒有法可以给你找一条路子，只是我不便开口。"士毅道："这是笑话了。你给我想法子，又不是你要我给你想法子，为什么不便开口呢？"朗山道："这自然有个原因的，我说出来了，去不去在乎你，你可不要说是我侮辱你。我今天下午到慈善救济会去，那里有个老门房病了，打算请两天假休息休息，一时找不着替工，和我商量，要我们这长班介绍一个人。假使你愿去的话，不必告诉长班了，你就拿了我一张名片去。那会里是供膳宿的，你要去了，除得了替工的报酬而外，还可以解决几天的伙食问题。就是一层，这门房两个字不大受听。"士毅道："事到于今，还管什么名字好听不好听？就是当听差，我也愿意干。"朗山道："你只管去，会馆里我替你保守秘密。"士毅道："也无须吧？穷到这种样子，我还能爱惜名誉吗？"朗山道："你只不过受一时之屈，难道你一辈子都是这样潦倒？这个时候不爱惜羽毛，将来也许会受累的。"士毅也没有说什么，只是长长地叹了一口气。当时谈了一会儿，觉得明天有了吃饭的所在了，心放宽了，自去睡觉。朗山拿了一张名片交给他，上面只写明是同乡洪君，并不提他的名字。士毅将名片揣到身上的时候，脸上也就情不自禁地发烧了一阵。朗山看到，也暗暗地为他叫了几声屈。

到了次日清晨，士毅用凉水洗了把脸，怀了刘朗山给的那张名片就到慈善救济会来。这救济会的老门房，今天是更觉感到不适，士毅递了名片给他，他一看士毅并不是个油腔滑调的人，倒也很乐意，就引了他到办公室去，和几位办公先生见了一见，声明找了个替工来。士毅对这种引见，当然是引为一种侮辱，在迫不得已之下，只好是不作声。出来之后，老门房将应办之事交代了一遍，自回家休息去了。凡是慈善机关，要认真办起事来，也许比邮政局收发信件还忙。可是要不认真呢，也许像疯人院门口一样，不大有人光顾。

所以士毅在这里守着门房，除每天收下几封信，递一两回见访的名片而外，简直是坐在这里等饭吃。替了两天工以后，肚子饱了，当到夕阳西下，看看没有什么人的时候，也就走出门来闲望。

在这大门外向东一拐弯的地方，有一片大空场。空场的尽头，乃是一个临时的秽土堆。这秽土是打扫夫由住户人家搬运出来的，那里面什么脏东西都有，大部分却是煤渣。不必到前面去，就可以闻到一种臭味。这虽说是个临时土堆，大概堆积的日子也不少，已经有一二丈高了，在那土堆上，有一群半大男女，各人挽着个破篮子，或跪或蹲，用手在土里扒弄，不住地捡了小件东西，向篮子里扔进去。士毅常听到人说，北平有一种人，叫捡煤核儿的，就是到煤渣堆里将那烧不尽的煤球敲去外层煤灰，将那烧不透的煤球核心带回家去烧火。这是一种极无办法的穷人一线生路，大概这都是捡煤核的。这种工作却也没有看过，自己和这种人也隔了壁，何不上前看看？于是背了两手，慢慢走到秽土堆边来。

那土堆大半是赭色的煤灰，可是红的白的纸片、绿的青的菜叶、腥的虾子壳、臭的肉骨头，以至于毛蓬蓬的死猫死耗子，都和煤灰卷在一处。那些捡煤核的人，并不觉得什么脏，脚踏着煤渣土块乱滚，常常滑着摔半个跟头，各人的眼睛如闪电一般只随着扒土的手在脏东西里乱转。这里面除了两个老妇人，便是半大男女孩子。其间有个小姑娘，在土里不知寻出了一块什么东西，正待向篮子里放下，忽然有个男孩子走过来，夺过去就向篮子里一掷。那小姑娘叫起来道："你为什么抢我的？"便伸手到他篮子里去抢。两人都是半蹲着身子的，那男孩子站起身来，抓了姑娘的手，向外一摔，在她胸前一推，这姑娘正是站在斜坡上，站立不稳，人随着松土，带了篮子，滚球也似的滚将下来。在堆土上一群男女哄然一声大笑起来。这姑娘倒也不怕痛，一个翻身站了起来，指着那男孩子骂道："小牛子，你有父母养，没有父母管，你这个活不了的，天快收你了。"说着说着，她哇的一声哭着，两行眼泪一同落了下来。

16

士毅看这姑娘时，也不过十六七岁，一身蓝布衣裤都变成了半黑色，蓬着一条辫子，连那颈脖子上完全让煤灰沾成一片，前额也不知是梳刘海发，也不知短头发披了下来，将脸掩着大半边。蓝裯子的袖头很短，伸出两只染遍了黑迹的手胳膊，手理着脸上一下乱发，又指着那男孩子骂一句。她原提的篮子现在倒覆在地上，所有捡的东西都泼翻了。那土堆上的人，除了那两个老妇人而外，其余的人都向着她嘻嘻哈哈地笑。士毅看了，很有些不服，便瞪了眼向那土堆上的男女孩子们道："你们怎么这些个人欺侮她一个人？"那些土堆上的男女孩子便停止了工作，向他望着。那个抢东西的小牛子也瞪了眼答道："你管得着吗？"士毅道："我为什么管不着？天下事天下人管。"说了这话，用手卷了袖子就挤上前去，看看脚踏到土堆边下。那个小牛子放下手提篮子，跳下土堆来，身子一侧，半昂着头，歪了脖子，瞪了眼道："你是大个儿怎么着？打算动手吗？"说了这话，就用两双手一叉腰，一步一步地向前横挤了过来。士毅正待伸手打他时，那个小姑娘却抢了过来，横拦着道："这位先生，你别和他一般见识。"于是又用手推那个男孩子道："你不屈心吗？你抢了人家的东西，还要和劝架的人发狠。"土堆上两个老年妇人也站起身来道："小牛子，你这孩子，也太难一点儿，成天和人打架，告诉你妈，回头不揍你才怪呢。"

　　正说到这里，却有两辆秽土车子拉了秽土来倒。凡是新拉到的秽土，刚从人家家里出来，这里面当然是比较有东西可找，因之在场的人，大家一拥而上。那个小牛子要去寻找新的东西，也就丢了士毅，抢到那土车边去，不管好歹，大家便是一阵抢。有一个年老的妇人抢不上前，手提篮子，站在一边等候，只望着那群抢的人发呆。士毅和那老妇人相距不远，便问道："一车子秽土，倒像一车子洋钱一样，大家抢得这样的厉害。"老妇人道："我们可不就当着洋钱来抢吗？"士毅道："你们一天能捡多少煤核？"老妇人道："什么东西我们都要，不一定捡煤核。"士毅道："烂纸片布片儿你们也要，那有什么用处？"老妇人道："怎么没有用呢？纸片儿还能卖好几个铜子一斤呢，布片儿那就更值钱了。捡到了肉骨头，洗洗刷刷干净了，也可以卖钱。有时候，我们真许在土里捡着大洋钱呢。捡到铜子，那可是常事呀！"士毅道："原来你们还抱着这样一个大希望，新来的车子，为什么大家这样地抢？"老妇道："这个你有什么不明白？大家都指望着这里面有大洋钱捡呢。"说着话，那一大车子秽土似乎都已寻找干净，那个小姑娘手挽了篮子，低头走了过来。她走路的时候，不住地用脚去踢拨地面上的浮土。看她的篮子里时，已是空空的，没有一点儿东西，因问她道："你这篮里一点儿东西没有，还不赶快去寻找吗？"她将手上的篮子向空中一抛，然后又用手接着，口里笑道："那活该了。拼了今天晚上不吃饭吧，我不捡了。你瞧我的，我明天一早就来。"士毅道："你家里还有什么人？什么事不好干，为什么干这样脏的事情呢？"那小姑娘道："你叫我干什么？我什么也不会干呀。我们家不买煤球，就靠我捡，我要不捡，就没有煤笼火，吃不成饭了。"士毅道："你今天是个空篮子，回去怎么交代呢？"那姑娘道："挨一顿完了。"她说着话，慢慢地在煤灰的路上走着，现出极可怜的样子。士毅一想，我说穷，挨饿而已。像这位小姑娘，挨饿之外，还是这样的污秽不堪，可见人生混两餐饭吃，实在不是一件容易的事了。

天色黄昏，秽土堆上的人慢慢散去，他一人站在广场中，不免呆住了。也不知站了多久，忽然一低头，看见自己一个人影子倒在地上。抬头一看，原来自己身边，有一根电灯杆，上面一盏电灯正自亮着。电灯上层，明星点点，在黑暗的空中，时候是不早了，于是信步回到救济会的门房里去。过了两天，那个老门房依然不曾回来，自己当然很愿意地继续替工下去。而且混了许多日子，办事的几位先生也很是熟识，比之从前一点儿攀援没有，也好得多，所以在吃饱了饭，喝足了茶之后，心里很坦然地坐在门房里，将几张小报无意地翻着看看。这一天是个大风天，办事的先生们都不曾来，更闲着无事，感到无聊。走了出来，恰碰到那个小姑娘提了篮子，经门口走过去。她看到了，先笑问道："先生，你住在这儿吗？"士毅道："我不住在这里，我在这里办公。这样大的风，你还出来捡煤核吗？"那姑娘道："可不是？家里没有得烧的，我不出来怎么办？"士毅道："你家里难道还等着捡煤核回去笼火吗？那要是下雨呢？"姑娘道："除非是大雨，要是下小雨，我还得出来呢。"士毅陪着她说话，不知不觉地就跟到了那空场上来。那姑娘今天算是梳了一梳辫子，可是额头前面的覆发依然是很蓬乱，被风一吹，吹得满脸纷披，那一双漆黑的眼珠被风吹得也是半闭着，拥出很长的睫毛来。虽然她脸上弄得满脸黑灰，可是在这一点上，依然可以看出她是个聪明女郎。她见士毅只管望了她，倒有些不好意思，不由得低头一笑。在这一笑之间，也发现了她的牙齿，倒也很整洁的。真不相信一个捡煤核的妞儿有这样一口好牙齿呢。士毅只管这样打量，那姑娘却不理会。

今天大风，煤渣堆上并没有第二个人，只是这姑娘一人在这里捡煤核。她见士毅老站着，便道："我们是没法了，这样大的风，你站在这儿看着有什么意思呢？"说话时，果然有一阵旋风突起，将那土堆上的煤灰刮得起了一阵黑雾，把人整个儿地卷到烟尘里去。及至风息了，烟尘过去了，士毅低头一看身上，简直到处灰尘，几乎像身上加了一件灰纱织的大褂子一般，这不便再在这里，就拍着灰掉转身走回慈善会去。可是他吹了这一身尘土，不但不懊丧，心里竟得到了一种安慰起来。他心里想着，在中学里读书的时候，看到书上报上的爱情作品就为之陶醉。也总想照着书上，找一个女子来安慰苦闷的人生。但是一个中学的学生，经济学问，都不够女子羡慕的，始终得不着一个女友。毕业而后，到了北平来，终年为了两餐饭困斗，穷到这个样子，哪里去找女朋友去？现在所遇到的捡煤核的姑娘，虽然是穿得破烂，终日在灰土里，可是她并不怎样下流，不免和她去交交朋友吧。我这样一个穿得干干净净的，总比那些捡煤核的男孩、推土车的粗工人强得多，她当然是不会拒绝的。而且这种女子，她也不会知道什么叫交朋友，哪个男子和她说话，她也不在乎。我假使和她混得熟了，劝她不要干这个，在家里光做一个女红姑娘，也要比这样干净得多了。

他一个人这样坐在门房里想，身靠了桌子，双手捧了头，只管望着壁上。那壁上正悬了一张面粉公司的时装美女画，自己对了那红是红白是白的美人脸想着，天下事，各人找各人的配对，才子配佳人，蠢妇就配俗子。我虽不是什么才子，总也是个斯文人，要找女人，也要找美女画上这样的人，怎能够那样无聊，去找一个捡煤核的女郎呢？和那种捡煤核的女郎去谈爱情，岂不是笑话吗？还不如对了这美女画看看，倒可以心里干净、眼里干净呢。吃了三天饱饭，我就想到男女问题上去，人心真是无足的呀，算了吧，不要提到这上面去了。自己对着美女画打了个哈哈，也就不再想了。窗子外的风带着飞沙，呼呼又瑟瑟地作响，在一阵幻想之后，加增了自己无限的苦闷。躺在用木板搭的一张铺上，伸了一个懒腰，就随手向枕头下掏索着。不料这随手一掏，却掏出了一本新式装订的书，翻着两页书看时，却是一部描写男女爱情生活的小说。书里描写爱情的地方，却是异常的热烈，看个手不释卷，整整地看了一晚上。

到了次日，天色已清朗，自己不住地向门外探望，看看那位女郎可来经过。但是看不着那女郎，可是看着青年的男女一对一对地过去。原来这附近正有几个学校，欢天喜地的活泼青年们整对地沉醉在青春爱情里呢。抬头看看，这大门外正有两堵矮墙，围着人家的一个花园，那垂着绿绿的杨柳和成球的榆叶梅红花，在人家墙头上伸出来，表示那春色满园关不住的情景。还有那金黄色的迎春花，有一个小黄枝，在一丛柳丝中斜伸着，点缀得春光如画。自己在大门外徘徊了许久，看看天上的太阳，正暖烘烘的，向地面上散着日光，在阳光里吹着微微的东风，将那掌大的蝴蝶由墙头上吹来，复又折转回去。只看它那种依依不舍那个花枝的情形，这样好的青春只是在穷愁孤独里过去，这人生太无意味了。也不知是何缘故，却重重叹了一口气。在这时候，有个穿淡蓝绸西式裤子的女生，露出两只雪藕似的手臂，手提了个网球拍子，笑嘻嘻地过去，只看她胸面前系衣领的那根红带子，飘摇不定，觉得青春少女是多么活泼可爱。但是那位带洋气味的小姐，已经发现他在偷看，恶狠狠地瞪了他一眼，而且偏过头去，在地上吐了一下口沫。这不用说，那位姑娘是讨厌他一个衣衫褴褛的人看她。自己不由得愤恨起来，心想，你穿着浅蓝的衣服，飘着鲜红的领带，不是要人家看的吗？穷人就这样不值钱？就这样没有价值？她送给别人看，就不让我穷人看。其实你不过穿的衣服好一点儿，难道就是个天仙，满身长了针刺，一看就扎我们的眼光不成？他于是回想过来，一个男子，如果要得着一个女子，还是向下面去看看的好。这样说来，那个捡煤核的女郎，究竟是自己唯一的对象了。

如此想着，回头看看慈善会里，似乎没有什么事，依然就向那堆着煤渣的空场子里走来。只走到一半，便遇到那个姑娘迎面而来，她不是往日那样蹦蹦跳跳的样子，手挽了个空篮，低头走着，另一只手却不住地去揉擦她的眼睛。士毅叫道："这位姑娘，你这是怎么啦？"那姑娘抬起头来，似乎吃了一惊的样子，她原不曾看到身边有什么人，及至抬头，见是士毅，才微笑着道："又碰见你了。"士毅道："你又提了个空篮子回来，有谁欺负你来着吗？"那姑娘道："还是那个小牛子，尽欺侮人。"士毅道："你没有捡煤核回去，你妈不会骂你吗？"姑娘道："那也没法子呀。"士毅道："我帮你一个忙，给你几个铜子，你去买点儿煤球带回去，你干不干？"姑娘笑着，眯了眼睛望他道："我为什么不干？"士毅听说，就在身上掏出一小截铜子塞到手上。她一手捂了嘴，一手将空篮子伸着，让士毅将铜子扔到里面去。士毅不能一定把铜子塞到她手上，只好将铜子哗啷一声，向篮丢下去。在铜子落到篮子里一声响时，她就跟着一笑，然后向士毅道："谢谢你呀。"士毅道："假使你让人家欺侮着，这点儿小事，我总可以帮你的忙。"那姑娘道："你贵姓呀?"士毅道："我姓洪，我老在这救济会待着的。"姑娘道："啊！你是这里的门房呀?"士毅脸色沉了一沉，微笑摇头道："我不是在这里做事，不过暂时在这里借住罢了。你贵姓呢?"姑娘笑道："我们这种人，还叫贵姓啦? 别让人家笑话了。"士毅见她驳了这个贵字，不知她是不肯说姓什么呢，还是不在意。只好悄悄地在后跟着，不知不觉过了空场，绕了两个弯，走进一个冷落的小胡同来。那小姑娘忽然掉转身来，站住了脚，向他道："嘿！你别跟了。"士毅又让这姑娘拦住，算是碰了第二个钉子，也就只好废然而返了。

第三回

一念狂痴追驰蓬面女
三朝饱暖留恋窃钩人

　　世人饮食之欲、男女之欲，本来不因为贫富有什么区别，但是"饮食男女"这四个字，却因各人的环境有缓急之分。洪士毅现在的饮食问题，比较的是重要一点，所以他在碰了两个钉子以后，也就不再想追逐那个捡煤核的女郎。过了两天，那个老门房已经回来销假，士毅也就要歇工回去。临走的时候，老门房要他进去辞一辞各位先生。士毅本打算不去，转念一想，认识认识这里的先生们，究竟也是一条路子，假使这老门房有一天不干了，自己便有候补实授的希望呀。

　　如此想着，便和老门房进到办公的地方，和各位先生们招呼一声，说是要走了。其间有个曹老先生，说是士毅一笔字写得很好，问他念过多少年书，士毅叹口气道："不瞒老先生说，我还是个中学毕业生啦。穷得无路可走，只得给你们这位老工友替上几天工，暂饱几天肚子，有一线生机，我也不能这样自暴自弃呀！"曹先生手摸了胡子，连点几下头道："穷途落魄，念书人倒也是常事，我们这里倒差了个录事，两个月还没有补上，你愿干不愿干？若是愿干，一月可拿十块钱的薪水，不过是吃你自己的，比当门房好不了多少，只是名义好听一点儿罢了。"老门房不等士毅答应，便接着道："谢谢曹老先生吧。他老人家是这里的总干事，差不多的事情，用不着问会长，他就做主办了，你谢谢老先生吧！"士毅本来就没什么不愿意，经不得老门房再三再四地催着道谢，只好向老先生连连拱了几下手道："多谢先生了。我几时来上工呢？"曹老先生道："我们这里的事情并无所谓，明天来上工可以，过了十天八天来也可以。"老门房又插嘴道："就是明天吧，他反正没有什么事情，让他来就得了，老先生你看看怎么样？"曹老先生微笑着点头，只管摸胡子。士毅觉得事情已经妥当了，很高兴地就告辞而去。到了次日，一早地便来就职。往日由会馆里到慈善会来，都是悄悄地出门，心里只要同乡猜着，依然没有饭吃，是满街找饭碗去了。

今天出门，却走到院子里高声叫道："刘先生，我上工去了，等我回来一块儿吃午饭吧。"他那声音正是表示不到满街去找饭碗了。事情大小，那都不去管它，只是有个很合身份的职业，很足以安慰自己了。他自己替自己宣扬着，也说不出来有一种什么快活，走到街上，只看那太阳光照在地上是雪白的，便觉得今天天气也格外可爱。大开着步子，到了慈善会，见过了曹总干事之后，便在公事房的下方一间小屋子里去办事。其实这里是窄狭而又阴暗的，可是士毅坐在这里，便觉得海阔天空，到了一个极乐世界，抄写了几张文件，也写得很流利的，没有一个错字。虽然这不过十块钱一个月的薪水，可是在他看来，这无异乎政客运动大选，自己当选了大总统，心满意足，这地位已经没有法子再向前进了。

这样地工作了一个星期，应该休息一天，会馆里许多青年职员一早就走了。几个候差的人也各个出去，全会馆竟剩自己一个人。现在已不是从前，用不着满街去找皮夹子，也不能带了钱满街去花费，自己便懒得出去。在屋子里写了两张字，又躺在床上翻了几页旧书，又搬出一副残废的竹片牙牌来，在桌子抹洗了多次，总是感觉得无味。直挨到五点多钟，会馆有人回来了，找着他们谈些闲话，才把时间混过去。往日整日清闲，也无所谓。现在不过有了十几天的工作，偶然休息一天，便感觉得清闲的时候，也不知道要做什么事情才好。这个星期日子，算是过去了，到了第二个星期日子，早早地打算自己可以风雅一点儿，花五分洋钱，买张公园门票进去玩玩。自己一个人，很快地吃过了午饭，匆匆地就跑到公园里来。

到了公园以后，绕了半个圈子，就在露椅上坐下，自己说是风雅也好，自己说是孤寂也好，绝没有人了解，觉得太无意味。看看游园的人，男男女女，总是成双作对，欢天喜地的。这种地方，一个孤零的人，越是显得无聊了。但是低头看看自己身上，穿一件灰色的竹布大褂子，洗得成了半白色，胸面前和后身的下摆都破了两个大窟窿，打两个极大的补丁，摸摸耳鬓下的头发桩子，大概长得有七八分长，自己虽看不到自己的面孔，可是摸摸下巴颏，胡桩子如倒翻毛刷一般，很是扎人。心想，这种样子，还能和现代女子同伴游园，那未免成了笑话。看看自己这种身份，当然还只有找那捡煤核女郎的资格，虽是碰过她两个钉子，然而和她说话，她是答应的，给她钱，她也接受的，当然她还是可以接近的一个异性。这有什么踌躇？慢慢去和她交朋友得了。

他心里如此想着，那位姑娘是不能离开捡煤核的生活的，到了秽土堆边，自然可以遇着她，所以径直行来，并不考量，以为一到那里，彼此就见面了。可是天下事，往往会和意见相左，那煤堆散乱着一群人，男女老少都有，就是不看见那姑娘。本待问人，又怕露出了马脚，自己徘徊了一阵，不曾看人，那秽土堆上的人倒都张望着自己，心里一想，不要是看破了我的意思吧？于是一转身待要走去，可是正要走去，土堆上的人，忽然哄然大笑起来。自己并不是向来的路上回去，这样向前走，一定是越走越远。然而很怕他们就是笑着自己，再要掉转身，恐怕人家更要疑心，只得也就顺了方向走去，在胡同里绕了个极大的弯子，才走上回途。正好在拐角上，遇到了打那个姑娘的男孩子，便向他点点头道："你不去捡煤核？"孩子道："今天有子儿，不干。"士毅前后看了看，并没有人，才道："原来你们不是天天干的。那天和你打架的姑娘，她不来了，也是有子儿了吗?"男孩子道:"谁知道呀?"说着,在黄黑的面孔当中,张口露出白牙来,向他笑道:"你打听她干什么? 你喜欢她呀。可是那丫头挺不是个东西,谁也逗她不过。"士毅瞪了眼道:"你胡说!"男孩子听说,撒腿就跑,跑了一截路,见士毅并不追赶,向他招着手道:"她到铁路上捡煤块子去了,他妈的,总有一天会让火车轧死。"士毅道:"她捡我一样东西去了,我得向她追回来。"那男孩听说是向那姑娘追回东西来,他倒喜欢了,便道:"她就在顺治门外西城根一带,你去找她吧,准找得着。"士毅道:"她叫什么名字? 我怎么叫她呀?"男孩子道:"我们叫她大青椒,你别那么叫她,叫她小南子得了。她姓常,她爹是个残疾,她妈厉害着啦,你别闹到她家里去。要不,怎么会叫她大青椒呢?"士毅也懒得老听他的话,道声劳驾,径直就出顺治门来。

靠着城根,正是平汉铁路的初段,一边是城墙,一边是壕沟,夹着城壕,都是十几丈的高大垂杨。这个日子,柳条挂了长绿的穗子在东风里摆来摆去,柳树的浅荫正掩映着双轨之间的一条铁路。士毅踏了路上的枕木,一步一步地走着向前,远远地见柳荫上河边下,有七八个人席地而坐,走近来看,其间有老妇,也有女孩,也有男孩,却是没有壮年人。也是一个人挽了个破篮子,一身的污浊衣服,当然,这都是捡煤核的同志。但是其间并没有小南在内,自己既不便去问人,只好再沿着铁路走。约有半里之遥,却看到了她站在路基上,很随便地捡了鹅卵石子,只管向护城河里抛去。河里有十几只白鸭子,被石头打着,有时由东游泳到西,有时又由西游泳到东。

士毅走到离她十几步路的地方,背了两手在后面,只管望了她微笑。她偶然掉转身来,看到了他,笑道:"咦,你怎么也到这里来了?"她手上拿了一个大鹅卵石,要扔不扔的,手半抬着,又放了下来。士毅道:"你怎么又是一个人一事? 难道说那些人也欺侮你吗?"小南向士毅周身上下看了一遍,问道:"你怎么知道?"士毅道:

"我看到许多捡煤核的人都坐在那里谈话，只有你一个人走得这样远远的，所以我猜你和他们又是不大相投。"小南将手上那个石头放在地上，用脚拨了几拨，低了头笑道："可不是嘛，我和他们真说不到一处，一点儿事，不是骂起来，就是打起来，我干他们不赢，我就躲开他们了。"士毅伸了头向她的破篮子里看了看，竟又是个空篮子，因笑问道："怎么回事？你这里面又没有煤块，今天回去怎么交数？"小南道："我今天交了一篮子煤回去了，现在没事。"士毅道："现在时候还早，你怎么捡得这样快？"小南依然用脚踢着石块，一使劲把脚下这块石头踢到河里去，又跳了一跳，笑道："我在煤厂子里偷的。"士毅慢慢走到她身边，正色道："这种事情做不得呀。"小南捡着篮子挽在手臂上，笑道："大家都偷，要什么紧？"说着，跳了几跳，就要向进城的路上走。士毅道："你到哪里去？小南。"她已经走了好几步了，听了这语，突然将身子一转，望了他道："你怎么知道我的名字？"士毅看看她的样子，虽然是很惊讶，却并不见得她有见怪的意味，便慢吞吞地答道："是你的同伴告诉我的，我不能说吗？"小南道："你叫得了，没关系。可是他们要告诉你我别的什么名字，你别信他们的。"士毅陪着她走了几步，问道："你回去了吗？"小南道："空手回去，我妈又要揍我了，我到煤厂子门口等着去，再偷一块就行了。"说着话时，到了一家大煤厂的门口，这里有一行轨道，直通到厂子里去，有一辆车皮，半截停在墙里，半截停在墙外，车皮上堆着如山的大煤块。

小南走到了这里，突然一跑，跑着到了煤厂的墙根下，然后贴了墙，慢慢地跨着大步向前走，望着士毅就连连摇了几下手。士毅这才明白，她一个人溜开了同伴，原来是想偷煤。心里可就想着，这个女郎实在是甘居下流，不必去理她吧。想到这里，正待转身要走，只见墙的缺口里，一个周身漆黑、分不出五官来的煤厂工人，手里拿了条棍子，直跳出来，口里喊道："你这臭娘养的，我揍你姥姥。"说着，举起了棍子，向小南当头劈来。小南身子一闪，撒腿就跑。那工人道："我早就在这里候着你了，你是偷得了劲儿，偷了又想偷，我打断你妈的狗腿。"骂着时，已追得相近，小南跑得慌张，不曾防备脚下，脚被铁轨绊着，一个跟头向前一栽，摔在铁轨上。士毅怕那工人再用棍子打下来，便招了手喝道："人摔倒了，别动手，打死人得偿命啦。"那个工人就拿了棍子，站在一边，望了小南发呆。小南趴在地上，许久作声不得。士毅走上前，蹲在地上问道："嘿！你怎么样了？"小南的眼泪水抛沙似的向下流着，呜呜咽咽哭了。那工人拖了棍子，笑着只管耸肩膀，一面走，一面说道："这叫活该了。"他怕出了什么乱子，悄悄地走了。小南坐在枕木上，用手背揉着眼睛，哭道："你这死不了的东西，总有一天，让火车轧死。"她另一只手可是指住了煤厂子，咬了牙齿发急。士毅忽听到有些轰隆作响，喊道："火车来了，快闪闪吧。"

小南听说，两手撑了枕木，正待爬起来，不料两膝盖一阵奇痛，两手支持不住，人又向下一趴。士毅听到那狂风暴雨又打雷的声音汹涌前来，看看树头上，已经冒出了黑烟，时间是万不容犹豫的了，拖了小南一只胳膊在怀里，将她倒装一夹，夹到路基边。只在这一刹那间，火车头已到了身边，也来不及走了，抱了头就地一滚，滚到路基下面去。这一下子，不但是把小南吓得魂飞天外，就是士毅自己，也心里怦怦乱跳，那身上的汗一阵阵直涌出来。直等火车飞奔过去了，士毅才站起来向小南道："你看看，你大意一点儿不要紧，差一点儿，我这条命也送在你手里。"

小南坐在地上，虽然是眼泪没有干，可是她倒向着士毅笑了。士毅道："你看看你的膝盖碰伤了没有？衣裳上湿了那一大块，是不是血迹？"小南低头看看，裤子的膝盖上，殷红了两个大圈圈，用手去拉裤子时，裤子沾着了肉，竟有些拉不开，摇摇头道："我走不动了。"士毅道："这个地方不容易找车子，你坐在一边等等，我去给你雇辆车吧。"小南坐在地上，向他摇摇手道："你别雇车了，你把雇车的钱借给我就得了。"士毅道："你走得动吗？"小南道："你瞧

28

瞧，我那个篮子，让火车轧了，捡不着煤还不要紧，连篮子都丢了，我妈会放过我吗？你借钱给我去买个篮子，让我对付着走回去吧。先生，你做好事，你就做到底。"士毅觉得她说得怪可怜的，便道："买篮子也要不了几个钱，你只管坐车，篮子我还给你买。"

小南缓缓地站了起来，牵了自己的破衣襟道："你不瞧瞧这个，我要坐在车上，不让人家笑掉牙吗？"说着话时，一步一颠走了几步，然后才伸直腰来。士毅道："你若是怕回家挨骂的话，我送你回家去，你看行不行？"小南站着，向他瞅了一眼，笑道："行倒是行，你可别说以前就认识我，只说今天才碰着我的。"士毅本想问一句那为什么，笑了一笑，又没有向下问了。只是向她点了几点头，表示这件事可以办到。于是跟着在她后面，也慢慢地走着，自己那只手可插在衣袋里，捏了一把铜子票在手上，想拿出来，望了望小南的脸，想了一想，依然又把铜子票放下了。看看快要到城门口，由人少的地方，到了人多的地方了。士毅站定了脚，向她笑道："一个篮子要多少钱才买得到？"小南道："我真要你的钱吗。那倒怪不好意思的，你送我到家，给我妈说一声也就完了。"她口里如此说着，眼光可就射到他插进衣袋的那只手上。士毅也不能计算袋里是多少钱了，一把掏了出来，就递给她道："你拿去买篮子去。"小南低了头，手上虽接了他的钱，眼光可不敢直接和人家的眼光相碰，口里道："我又要花你的钱。"她赶快就掉转身去了。

士毅见她有些害臊的神气，就觉得不便和她说话，可是不开口说话，这个情形又怪有趣的，跟着在她后面走了一截街，又转了两个胡同，始终是默然的，几次想和她说话，只是被无端的咳嗽声打断了。她几次也好像有话说，停住了脚，只一顿，她依然走了。后来走到一个更冷静些的胡同，她终于停止了，回转头来向他道："你不要送了吧，我有钱回去就好哄我妈。我仔细想了想，你还是不和我家人见面的好。"士毅对她这话当然有些奇怪：说得好好的，让我送她回家，为什么又变卦了？这倒是不能勉强，她说了仔细想想不能让我去，那或者另有缘故，便站住了脚道："我就不送了，你明天还到铁道上去吗？"小南道："我哪有那么爱去？你借给我这些钱，我们家可以过两天的了。改日见吧。"她说毕，掉头就带跑步地走了。这时，却有一个推车卖烤白薯的走了过来，士毅见那卖白薯的，只管向自己望着，也就只好走了开去。

回到会馆来，看看日影东偏，算是混过了大半天。可是衣袋里一把铜子票很慷慨地全数送给人了，这餐晚饭未免没有着落，只得撒了个谎，说是钱丢了，向长班借了一毛钱，买了几个窝头吃。长班已经知道他有了工作，不但借钱给他，自己家里吃的一碟酸腌菜也分一大半给他。士毅在一盏淡黄色的煤油灯下，左手拿了冷窝头，右手拿了筷子夹酸腌菜吃，心里可就想着白天那件事，觉得小南这姑娘也不完全不懂事，她不让我到她家里去，这便有些意思。想着想着，不觉吃了三个窝头，肚子便饱了。这一晚上，就做了一晚的零碎梦，有时把日里的事重演一幕，有时把心里的希望实现了出来。

到了次日早上，应该是九点钟上工的，七点多钟出门了，大宽转地绕着道，走到昨天分手的那个胡同前后，绕了几次，凡是极贫穷的人家门口，都不免重加注意。但是并不曾遇到小南，跑到两腿发酸，看看太阳高照，只得到会馆里去工作。不过心里这样想着，她把手上的钱花完了，一定会到铁道上去的，过了两三天，就可以再去找她了。她虽是有些害臊，然而她肯接我的钱，又肯明说出来偷煤块，我多给她一些钱花，她一定可以听我的指挥。如此想着，心里似乎有了许多安慰，也就加增了许多幻想。下午回家的时候，在老门房那里借了几毛钱，预备今明天的伙食。

在街上走着，心里想到，假使我讨了一房家眷，住在会馆里，洗衣煮饭，一切事都有人做，虽然多一口人吃饭，有十块钱一个月，也许够了。他如此默念着走着，忽然有人道："嘿！你刚出来呀。"回头看时，只见小南空了两手在身后紧紧地跟着。她一见人，眼珠转了两转，低了头微笑过来。士毅看了她，也不知是何缘故，立刻心上连跳了几下，问道："你还没有买好篮子吗？"小南道："我不是来捡煤核，我昨天回去，对我妈实说了，我妈说你是个好人，让我来谢谢你。"士毅道："你妈知道我在这里做事情吗？"小南摇摇头道："不知道。不过她说应该谢谢你，所以我自个儿就来谢谢你了。"士毅道："这也值不得谢。你妈都不见怪你，为什么昨天你不让送你到家呢？"小南道："这也用得着问吗？一个大姑娘，带个大爷们回去，那多么寒碜？"士毅道："原来如此，我怕你不愿意和我交朋友呢。"小南笑道："什么交朋友？你干吗和我交朋友哇？"士毅道："你穷，我也不阔，为什么不能交朋友？"小南道："不是那么说，没有男女交朋友的。"士毅道："怎么没有？现在大街上走着。那一对一对的，不都是朋友吗？"小南道："那怎能比得？"她只说了这句，向着士毅脸上道："你住在哪儿？我还不知道哇。"士毅笑道："你不问我，我告诉你有什么意思呢？我天天到这里来写字，住在湘南会馆，你若有什么事要找我，尽管来找我，不要紧的。你今天要钱花吗？"小南站着不走，用一只脚在地上涂抹着，不答。士毅便将借了的钱分一半出来，塞在她手上。她伸手来接的时候，士毅却和她的热手心碰了一下。未免站着，向她脸上呆看着，不知所云。小南抬起头来，笑道："你老看我做什么？"士毅道："不是呀！年轻轻儿的人，都爱个好儿，为什么你就闹得这个样子，蓬头散发，满脸漆黑呢？"小南道："捡煤核的姑娘，好得了吗？"士毅道："你不捡煤核，干别的行不行？"小南道："我什么也不会，干什么呢？"士毅看了她许久，却点着头叹了一口气道："很好一个人，一点儿不想好。"小南倒也不见怪他这话，微微一笑地去了。

不过，士毅口里虽这样劝她，心里可又有一种别的见解，一个捡煤核的女郎，有什么向上的能力？只要给她几个小钱花，什么事情也可以办到。自己无非因没有接近过异性，所以想和她接近。为了要接近她，当然希望她没有什么高尚的思想，只要她贪我几个小钱得了。再说，她不过偷人家两块煤，算不了有伤人格。这年头偷

31

卖祖国的，多着呢，谁不比我阔呀？有道是窃钩者诛，窃国者侯，我为什么想不开？他如此想着，不但不惋惜她，而且只管高兴起来。这个姑娘果然也就如他所料，到了次日他下工的时候，她又在路上等着。士毅是不必踌躇的了，就给了她一毛钱。这一毛钱，是预备自己做晚饭吃的，只好牺牲了。到了第三天，士毅却掉了个枪花，向她道："这几天我还没有发薪水，礼拜的那一天，我有钱，我带你玩去。我还要买布给你做衣服呢。这两天我每天给你十个铜子买东西吃，每天你在这里候着我就是了。这几天你不来，礼拜那天，我就不带你去。"小南听说礼拜多给她钱，就答应了。到了礼拜六这天，士毅和那曹老先生求情，说是要先支一月的工钱，置点儿衣袜，居然得着了。

　　他几年来，没有在身上揣过十块钱，现在突然囊橐丰满起来，简直不知如何是好。一到了下工的钟头，便立刻走出大门来，心里预算着，见了小南之后，立刻就上街去买东西、洗澡、理发，买一件大褂，晚饭到小饭馆子里去。不！买一斤肉回去，自己红烧着来吃。回回由水果店门口，看了那红红绿绿的鲜果，又放出一种清香。那点心店里的装潢多么美丽。酱肘店里的熏卤鸡鸭多么肥腻。往日由门口经过，不免吞下几口馋涎，今天都该尝尝了。想着得意，低了头只管向前跑，忽然自己的衣服被人拉住，回头看时，小南站在身后笑道："你跑什么？人站在这儿，你也不看见啦？"士毅道："我已经发了薪了，明天可足玩一气，一早你就在铁道上等着我，好不好？要不，今天我们找个地方去玩也好。"小南指着人家墙上的淡黄日光，道："什么时候了？回去晚了，我妈会骂我的。"士毅数了十个铜子，交到她手上，笑道："好！你回去吧，你明天准能去吗？"小南低了头，却答复不出来。士毅道："白天出来玩玩要什么紧？你捡煤核时候，不也是成天在外面吗？"小南道："我怕碰到人。"说的这话，声音非常之低微，几乎听不到。士毅道："老早地去，一定没有人的。"士毅口里说着话，眼光不住地向路上两头看着，以免有人来往听到。小南似乎看到了他这种情形，便走得开开的，才回头看着道："得啦，我们明天见吧。"士毅听了她的话，既不便追求她，让她就这样走了，似乎又有什么事未曾交代一般，又在她身后紧跟了大半截胡同。看看她要出口了，才喊道："你别忘了呀。"小南回转身来，将头点了两点，然后出口去了。

这时，士毅身上揣了十块钱在身上，就满街跑起来，要想买衣服，怕花钱多了。要买点心水果吃，又想还是吃饭要紧，要想到小馆子里，又想不如买了东西回家去做。跑了两条街，一样东西也不曾买得成功，倒跑得周身是汗。不过身上虽很受累，心里却异常地愉快，看到街上的事事物物，仿佛都格外有生机，那大放盘的衣店里，门楼上放了无线电播音机，围着许多人听，向来不曾留意的，现在也站在人丛里听了片刻。看见店家电灯都亮起来了，这才回会馆来，以便赶着做了晚饭吃，好去洗澡剃头，明天在见异性者之前，可以焕然一新了。可是当他到了家中，摸钱去买东西的时候，那十张一元的钞票并不在衣袋里，竟不知何时全部失落了。这不但一个月的食用无着，预备着明天所花的钱也落个空。这一个极大的失望，将他周身的精力全变成冷汗，由毛孔里排泄出来。

第四回

携手作清谈渐兴妄念
濯污惊绝艳忽动枯禅

　　这时，士毅在周身上下摸索了一遍，都没有钱，他就在破椅子上，用手托了头，前前后后想着这钱是在哪里丢的。想了许久，记起来了。记得听广播无线电的时候，自己怕钱票失落，曾在衣袋里将钞票取出，向袜子筒里塞了进去。这一段动作记得清清楚楚，决计不会错的，赶快弯腰一摸袜子筒，不由得哈哈笑起来，这里可不是那十元钞票，做了一小叠子，紧贴了肉吗？手里拿了钞票，想起刚才那一阵慌乱，真未免可笑。当时匆匆地买了一些现成的面食吃了，就赶到前门夜市，花了一块多钱，买了一件半新旧的灰布大褂，又跑到小理发馆去，理了一回发，然后很高兴地回去了。这一晚睡得更是神魂颠倒，做了几十个片断小梦，所梦见的都是和那小南姑娘在一处。

　　到了次日起来，天色明亮未久，太阳还不曾照到院子里，士毅立刻就忙着用冷水洗过脸，漱过口，就向顺治门外的墙根铁道走来。可是当他走到铁道上的时候，那东边起来的太阳还只高高照到柳树梢上，带了鸡子黄色，不用说，天气还早着啦。士毅走到小南上次偷煤的地方一看，她并不在那里，料着她还不曾来，向铁路两边看了看，依然还是向走去的路上走回。走了一截路，并不见她来，心想，莫非她早来了，已经走上前方去了吧？如此想着，他转身依然

34

向前走。这回走得很远，直等快走到西便门了，还是没有看到她，这可决定她没有来，二次又走回去。这样来来去去的，约莫走了一小时有余，并不见小南，两只脚有些累了，待要坐下来吧，铁路上有人经过，看到这情形，必要疑惑，为什么这样一个穿长衣服的人，一大早就在这里坐着呢？待要依然走，真有点儿累。一个人只管这样徘徊着，忽然靠树看看水，忽然在铁路上又走着数那枕木，忽然又在人行路上，来去踱着小步，始终是不见人来。自己没有表，这地方一边是城壕，一边是城墙，也找不着一个地方去看钟，再看看树上的太阳，已不是金黄色，只觉热气射人。那么，可知是时候不早了，这样一个蓬首垢面的毛丫头，倒也如此摆架子，待不去理会她，又怕她果来了。心里烦躁起来，便想到女人总是不能犯她的，你若犯她，就不免受她的挟制。高兴而来，变成了苦闷，由苦闷又变成了怨恨了。

然而所幸那小南为了他许着许多好处，毕竟是来了，在铁路的远远处，手臂上挽了个破篮子，低了头跨着枕木，一步一步走来。士毅本着一肚皮牢骚，想见着她说她两句的，可是等她走到身边以后，她忽然一笑低头，低声道："你早来啦？"他无论有什么大脾气，这时也泄露不出来了，只得也就向着她笑道："我可不是早来了吗？来得可就早了，你怎么这时候才来？"小南低着头，默想了一会儿，才笑道："这还晚了吗？"士毅笑道："晚是不晚，可是也不早。"这句话刚刚说完，忽然觉得自己太矛盾了，既是不晚，何又不早呢？这句话要加以解释，恐怕更会引起人家的误会，而且这件事实在也无法可以解释，便只得和她笑了一笑，把这事遮掩过去。她对于这些话似乎不以为意，依然低了头，在一边站着。士毅两手背在身后，轻轻咳嗽了两声，向她笑道："你今天出来得这样子早，你妈没有问你吗？"她摇了摇头。士毅又没有话说了，抬头想了一想，才道："我们顺着铁路走一走吧。回头我带你逛天桥去，买一些东西送你。"小南道："顺着铁道往哪儿走哇？"士毅道："反正我们不能站在这儿说话，现在逛天桥，又嫌早一点儿，我们不顺着铁道溜达溜达吗？"

小南也不说可以，也不说不可以，低了头不作声。士毅心里怦怦地跳了一阵，手伸到衣袋里去，摸着他带的钱。他本来是带一元的钞票，他昨晚在灵机一动之下，就把钞票换了两块现洋在身上，这时握了一块银圆在巴掌心里，便掏了出来。见小南背了身子低着头的，就把这洋钱一伸，想递给她。但不知是何缘故，这手竟有些抖颤起来。于是复把这洋钱收起，又揣到衣袋里去。但是将银洋刚刚放下，看了小南那样默默无言的样子，觉得老如此站着不动，绝不是办法，于是又把银洋掏了出来，先捏在手里，向她笑道："你今天不短钱用吗？"她先是默然，后又答道："我哪天也短钱用呢。"士毅道："啰！这一块钱，给你去买双袜子穿。"她突然听到一块钱三个字，似乎吃了一惊，便掉转身来，向士毅望着。见他果然拿了一块钱在手，即时无话可说，却道："你干吗给我这些钱啦？"士毅真不料给她一块钱，她会受宠若惊，那手就不抖颤了，将银圆递到她手里，笑道："这不算多，回头我还要给你钱呢，你和我走吧。"

小南将一块钱捏在手心里，便移起脚步来。士毅和她并排走着，静默了许久，不知道要和她说句什么才好。久之久之，才笑道："你不乐意和我交朋友吗？"她将头一扭，笑了。士毅一看这样子，她不是不懂风情的孩子，便道："我们一路走着，若是有人问我们的话……"小南笑道："我晓得，我会说你是我哥哥。"这哥哥两个字，送到士毅耳朵里来，不由得周身紧缩了一阵，笑道："这就好极了。你不是很聪明吗？"小南道："这年头儿，谁也不傻呀。"士毅一直向前走，渐渐走到无人之处，便挤着和她并排走，又道："我替你提了这篮子吧。"于是把篮子接了过来，一手接了篮子，一手便握了她的手。

那小南姑娘虽是将手缩了一缩，但是并不怎样用力，所以这手始终是让人家紧紧地握着。她无所谓，不过是低了头，依然缓缓走路而已。可是士毅只感到周身热血奔流，自己已不知道是到了什么环境里面。想了一些时候，才想到她的家庭问题，可以做谈话资料，便问道："你父亲干什么的？"小南道："他也是个先生呢，因为他眼睛坏了，我们就穷下来。"士毅道："他有多大年纪哩？"小南道："他四十九岁了。"士毅道："三十多岁才生你啦？你母亲多大岁数哩？"小南道："我妈可年岁小，今年还只三十四岁呢。"士毅道："你父亲当然是个可怜的人了，你母亲呢？"小南道："我妈为人也很直爽的，就是嘴直，有些人不大喜欢她。"士毅道："若是我见着你妈，她怎样对待我呢？"小南道："你别说和我出来玩过，那就不要紧。"士毅将她的手紧紧捏了两把，笑道："为什么呢？"小南把手一缩，把手摔开了，笑着扭了脖子道："你是存心还是怎么着？这有什么不明白的？"

士毅知道她是不会有拒绝的表示的，胆子更大了，就扶了她的肩膀，慢慢地走着道："你能天天和我出来玩吗？"小南道："行啦。我有什么不成？可是你要天天办公的，哪有工夫陪我玩呢？"士毅用手摸着她的头发，笑道："你这个很好的孩子，为什么头也不梳，脸也不洗，糟到这种样子哩？"小南道："像我们这种人，配梳头，配洗脸吗？一转身就全身黑。"士毅道："你难道愿意一辈子捡煤核吗？"小南道："谁是那样贱骨头，愿意一辈子捡煤核？"士毅道："我也知道你不能那样傻。可是你弄得身上这样乱七八糟的，除了我，哪里还有那种人和你交朋友？"小南点了点头道："你这人是很好的。"士毅道："你知道很好就得了。可是你要和我交朋友，你必得听我的话，第一，别和那些捡煤核的野小子在一处。第二，你得把身上弄干净一点儿。自然我总会天天给你钱花，让你去买些应用的东西。"小南道："你在那个慈善会里，一个月能挣多少工钱呢？"这个问题，逼着士毅却无法子答复，说多了不像，说少了，又怕小南听了不高兴，想了一想，便反问她一句道："你看我一个月应该挣多少钱哩？"

小南低了头一步一步地走着，突然一抬头道："我看你总也挣个十块二十块的吧?"士毅鼻子里微微哼了一声道："对了。"于是二人又悄悄地向着西便门走去。士毅道："你家里一个月要花多少钱?"小南道："没有准，多挣钱多用，少挣钱少用。"士毅道："若是一个月，你家有我挣的这些钱，你家够用的吗?"小南道："那自然够用的了。"士毅道："那么，你家有我这样一个挣钱的人，你家里就好了。"小南望了他微微一笑。士毅笑道："这样吧，我到你家去，给你妈做干儿子，那么，你家就有一个养家活口的人了。"小南道："我们家哪配呀?"士毅嘻嘻地笑道："为什么不配? 只要你答应，你家就算办通了一半了。"小南将身子一闪道："仔细人来了，别动手动脚的。"士毅道："你说的，咱们是兄妹相称，人瞧见了也不要紧呀。"小南道："嘿! 说着说着，快到便门了，你带我到哪儿去呀?"士毅道："出便门去玩玩吧，咱们只当是逛公园。回头我们雇洋车上天桥去吧。"小南道："可别走远了。走远了，我有点儿害怕。"士毅道："没关系。有我在一处走着，走到天边也不要紧，你饿了吗? 前面有家油条烧饼铺，咱们买点儿吃的，你看好不好?"小南笑着点了点头。

　　说着话，走开铁路，就向便门的一条小街上来。这里有烧饼店，有生熟猪肉店，有油盐小杂货店。于是买了十二个烧饼、十二根油条。又到猪肉店里，买了两包盒子菜。所谓盒子菜者，乃是猪肉店里，将酱肉酱肘子，以及酱肚卤肝的屑末并拢在一处，用一张荷叶包着，固定了是十个子一包，或二十个子一包，虽然是不大卫生，然而在吃不起肉的穷人，借着这个机会，总可以大大地尝些肉味了。士毅自己拿了油条烧饼，这荷叶包是用绳子拴着的，就付与小南提着。小南提了那两包盒子菜，虽然是不曾吃到口，然而闻到这种酱肉的气味，已经让她肚子里的馋虫向上鼓动，不由她不跟着士毅走了。士毅带她走出了便门，就向乡下走来。

　　这个时候，田地虽是不曾长上青来，可是有一大部分的树林，

38

都有了嫩绿的树叶子了。在暖和的太阳下面，照着平原大地上，有了这满带着生机的树林，令人望着心里有说不出来的那份高兴。走了有一里路之遥，士毅看着前后并无行人，路的南边有半倒的废庙，便向庙后指道："我们先到庙后把东西吃了再走吧。"小南并不驳回，就跟着他一直向庙后走来。庙的后身有片高土基，二人走到土基上，找了两块青砖放在地当中，将油条烧饼盒子菜全放在青砖上，然后邀着小南席地而坐。自己先拿一个烧饼斜面披开，将一根油条夹在烧饼中间，递到小南手上，笑道："你先吃这个。"小南不曾吃到口，先闻着那股子芝麻香油味儿，咕嘟一声，便咽了一次唾沫。不过当了人家，张开大嘴来，似乎有点儿不好意思，因之半侧了身子，背着人家咀嚼。不到两三分钟的工夫，就把一个烧饼吃了下去。士毅真是能体贴人家，当她吃完了背转身来的时候，他已经在一个烧饼里面，灌着满满的盒子菜，又递到她手上去。她低头笑道："你尽让我，你自己不吃吗？"士毅道："我为什么不吃？我给你预备好了，我再吃呀。你看我这个朋友不错吧？"小南笑着点点头，只管微笑。

士毅看了四周没有一个人，就靠了她坐着，将她一只手拉到怀里来，笑道："小妹妹，你知道我很爱你吗？"小南自有生以来，不曾听过人和她说出这种话，十六岁的孩子，听了这种话，又有什么不明白的？不知是何缘故，她周身的肌肉在这一句话之后，一齐抖颤起来。自己虽依然还在吃烧饼，已经不是吃烧饼那样觉得烧饼格外好吃，现在却是很平常的了。士毅虽是个男子，也是心里怦怦乱跳，在那句话说过之后，他一样也没有什么话可说了。静默之中，无事可干，只是陪着人家吃烧饼而已。把烧饼油条盒子菜都吃完了，依然不敢把心中要说的话说了，只管向小南望着。小南是将背朝着他，他就可以看到小南的后颈窝，这可有点儿扫人的兴头，只见在脖子上的黑泥几乎成了一层灰漆，便向她道："你转过脸来，我给样东西你瞧瞧。"说着，在身上一掏，掏出一个白毛巾包来。小南一回头看到，便问道："这里面是什么？"士毅笑道："我特意为你买的呀。"于是将毛巾包子打了开来,小南看时,乃是一块胰子、一把小骨梳。小南道:"你把这东西送我吗?"士毅站起来,用手向东边的坏墙根一指,笑道:"那里有一道河,我带你到那里去洗个脸去。"小南道:"干吗洗脸?"士毅道:"嘿!你这样一个年轻的姑娘,为什么不爱好?你一定很好看的,我要看你洗了脸之后,是个什么样子。"小南抿嘴笑道:"好不了,别看!"士毅道:"去洗脸吧。洗了脸之后,我给你做好衣服穿。走吧!"

　　说着,挽了小南一只胳膊,就要她起来。她本来也无可无不可,经他用力一拉,更是不能不动,于是随着他又向城墙边走来。这里约有半里路之遥,在城墙之外,有一道城壕,这外城的城壕,并没有人家家里的沟水流去,很是清亮。

　　士毅扶着她,慢慢走到壕边上来,笑道:"你到水边下去,我给你开一个光。"小南道:"你真要我洗脸吗?"士毅道:"这有什么真假?反正是不费钱,又不费力,干吗不洗?来吧,我来和你洗。"他如此说着,再也不客气将她拖着,就拖到城壕边来。自己先蹲下去,拉着她也蹲下来。她到了这时,已失却抵抗的能力,一来是一个女孩子,跟着一个壮年男子,到了野外来,如何敢得罪他?二来也觉士毅这个人待人很好。于是蹲下来笑道:"我这样大的人,难道脸都不会洗吗?"于是接过手巾,浸在流水里面,搓了几把。士毅道:"不行,还是我来吧。"于是替她先卷着两只袖子,露出一只溜圆的手臂来。然后一手按了她的脖子,一手将湿的毛巾,在她脸上搽抹起来。先搽抹过一遍,再用胰子在手上擦了一层,就由她的脸上洗到耳朵边下,由耳朵边下,再洗到后颈窝里。小南笑得只是将身子缩着一团,连道:"你别动手,我怕胳肢,你叫我洗哪里,我就洗哪里得了。"士毅因她极力闪躲着,自己蹲在地上,侧了身子,实在也是费劲得很,就站在她身后道:"你再洗洗头发。"她果然就低了头,用手巾打湿了水,自在头上淋洗下去。洗了一擦胰子,擦了胰子又洗。士毅道:"行了。我来给你梳梳,你自己洗洗脸,洗洗手胳臂。"

说着，捡起那把小梳子，在她身后慢慢梳了起来。她待等着他梳头，将她的脸和手洗过了无数回。

士毅在她身后，已经看到她的后颈脖子，洁白异常，她有时抬起头来，那两只手胳臂，也是像嫩藕似的。头发梳清了，又沾了水，由白的脖子一衬托，也是很乌亮。士毅笑道：“怎么样？你这不是一个很好的孩子吗？来，你掉转身来，我给你梳一梳前头的覆发。”她听说，真个站了起来，将脸对着他，眼珠一转，向他微微一笑。士毅突然和她面对面之后，不由得发了愣，她笑着，他却说不出话来。手上的梳子落下地去也不知道。许久，才失声道：“哎呀，你有这样美呀！”原来她洗过脸之后，露出她整个的鹅蛋脸来，又白又嫩，刚刚是有点儿害臊，两颊更是红起两个圆圆的晕来。白里透红，非常好看。士毅原来就觉得她一双眼睛不错，现时在一度洗过脸之后，那一双眼睛更是乌亮圆活。而且她向人一转，且又露着白牙一笑，实在是媚极了。真不料一个捡煤核的女郎有这样漂亮的脸子，真是把一块美玉藏埋在污泥里面了。

小南看他向着自己发愣，便道：“你干吗呀？不认得我吗？”士毅道：“这样一来，我真不认得你了。你……你……”小南道：“我什么？”士毅道：“你可惜了。”于是拉着她一只手臂，反复看了两看，又送到鼻子尖上，闻了几下，情不自禁地突然两手将小南一搂。

小南藏躲不了，就将头藏到他怀里去。士毅浑身的血管又紧张起来，紧紧地将她搂抱着，低了头，就要向她脖子上去闻着。在她这一低头之间，见她衣服的领圈湿了一大块，于是慢慢地和她卷着领子。在这时，发现了她衣领之下，套了一根细的线辫在脖子上，两个指头一钳，提出线来，那线并不短，最下端却有一样黄色的东西。士毅不搂着她了，将那黄色的东西托在手上一看，原来是个铜质制的“卍”字，因问她道：“你身上悬了这样一个东西，是做什么的？”小南抢着，依然向自己衣领子里塞了下去，笑道：“铜东西，戴着怪寒蠢的，我不让人看见。”士毅道：“既是怕寒蠢，为什么戴着?"小南道:"那是我爸爸给我戴的,不让我搁下。"士毅道:"你爸爸让你戴这个做什么?"小南道:"我爸爸是个居士。"士毅呀了一声道:"你也懂得居士两个字? 你爸爸吃斋吗?"小南道:"对的,我爸爸吃斋,我妈可是老和他捣乱,有了钱也买肉骨头回来吃,我爸爸没法,只好饿一餐。"士毅道:"这样说,你爸爸信佛信得厉害!"小南道:"可不是? 老在家里打坐。他真有个耐性,穷得两三餐没饭吃,他也不在乎。"

　　士毅听了这话,有些感动了,不由得向后退了一步。因望着她的脸,许久许久才道:"你也信佛吗?"小南道:"我不大懂这个,可是我爸爸说,信佛有好处,老让我念阿弥陀佛。"士毅道:"你念过吗?"小南道:"我念什么呀? 老念着佛,佛也不给我饭吃。"士毅道:"你爸爸信佛,我爸爸也信佛。我自小就没有娘,是我爸爸把我带大的。他常对我说,为人不光是靠本事混饭吃,还要靠良心混饭吃。有本事没良心,吃饱了饭,也是不舒服。有良心没本事,吃不饱饭,心里总是坦然的。他又说人心是无足的,只有信佛的人可以心足。我想你的父亲为人,真如我的父亲一样呀。我父亲死的时候,在他手腕上解下一串佛珠给我,他说,没给我留家私,家私是没有的。俗言说得好:儿子好似我,留钱做什么? 儿子坏似我,留钱做什么? 所以把这串佛珠给你,镇镇你的心,你要起了什么不好的念头,你就看看这串佛珠,记起我的话来。你记着,一个人怎么样没本事,也可以卖力吃饭,就是良心要紧。没良心,穷了会出乱子,有了钱,更会出乱子。你的父亲不像别的父亲,是又当爹又当妈的,你要记得我的话,你就要信佛种心田。他说完就死了。我以前也很信佛,这两年穷得我恨极了,父亲给我的佛珠,我收起来了,父亲告诉我的话,也忘记了。现在你提起来,他那样穷,还信佛,不做坏事,真是个好人,他年将半百,就是你这样一个姑娘,我不能骗你,我不能害你。你父亲和我父亲,同是信佛的人。我二十多岁的人,花一两块钱,骗你这样一个十六岁的孩子,我也对不住我父亲。"

小南听了他这话，却莫名其妙，只是怔怔地望了他。他道："你不知道以前我年轻的时候，我就常常受人的欺侮，我觉得我父亲太没有用了。一个人穷了，不过是少吃少喝，不干人家什么事，为什么人家要欺侮我？现在我听你说这话，我想起你穷你的，不干我什么事，为什么我要欺侮你呢？小妹妹，我实在不是真爱你，现在看你生得这样漂亮，有些真爱你了。我爱你，不能害你，假使我有那个能力，可以娶你的话，一定托人出来做媒，好好地办起这件事。你年轻，懂得我这话吗？"小南掀起一只衣襟角，将牙齿咬着，好久，微笑道："我怎么不懂？"士毅道："你懂就好了，可不可以引我去看看你妈和你爸爸呢？"小南道："我妈的脾气不大好，我不敢说。可是我爸爸人挺和气，怎么都可以的。我爸叫常有德，有子儿就喜欢上小茶馆。因为他的眼睛看不见，只有上小茶馆听听书还是个乐子。你这人不坏，我乐意你和我父亲交个朋友。"

士毅将水里的手巾捞了起来，拧着擦了一把脸，立刻清醒了许多，觉得刚才那样搂抱着人家，未免太鲁莽一点儿，望望她的手脸，又看看她的头发，静默了些时间，才道："小南，我送你回家去吧。"小南道："你不是要带我去逛天桥去吗？"士毅道："不要逛吧。有逛的钱，我可以多给你几个。让你去做点儿小生意买卖。"小南道："我一个姑娘，能做什么买卖？"士毅道："为什么不能做？你能捡煤核，就能做买卖。据我想，你可以贩些报去叫卖，也可以贩些糖子儿卖。以前我看到一个坏了眼睛的人，让儿子牵着，在街上卖花生。"小南道："你这话，也跟别人劝我父亲一样，让他去算命。我父亲说，算命的人是江湖，不骗人不行，他是个诚实的人，不能说瞎话。"士毅道："这样说，你父亲更是好人了。他说他不能骗人，那是做不要本钱的买卖。现在做小生意，是将本生利，有什么关系？你回去可以和你父亲谈谈，假使你父亲愿意交我这样一个朋友的话，我就可以帮他的忙。"小南道："我怎么好意思和他说呀？"说着，她又红了脸。

士毅看她脸上像春海棠一样，实在可爱，想伸手去扶她，又停止了。还是弯腰将地上的胰子和梳子捡了起来，还是把那湿手巾包上，笑道："我们可以走了。"说着，他首先由城壕里登了岸。小南笑着跟了上来，向他道："你把我洗得这样干干净净的，回去了，我妈问起来，我怎么说？"士毅道："这是怪话了。难道你妈非要你脏得像鬼一样就不行吗？"小南道："我一向都脏惯了，洗干净了，倒有些不好意思见人。"士毅叹了口气道："社会上真有这样矛盾的事情。假使你怕脸干净，倒有人家笑话，你就可以把脸再搽脏来得了。"小南见士毅叹了一口气，便笑道："既是你不愿意我那样，我就干净着回去，我就说是今天逛了什刹海，在那里洗的。"士毅道："我愿意怎样，你就肯怎样吗？"小南又低下头去。

士毅在她一低头或者一发笑的时候，总不免向她呆看下去。但是在这个时候，也每每联想到她胸面前悬的那个"卍"字。无论如何，自己父子都曾一度做过好人，不能对于这样一个知识幼稚的女子，用什么手腕去蹂躏她。所以在发一会儿呆之后，又转念过来，爱她是一件事，骗她是一件事。这时，他发愣之后，小南倒先开了口，便道："你不是说送我回去的吗？还有什么话要说呢？"士毅道："没有话说了，我送你回去吧。"于是和她并排而走，向进西便门的大道走来。

二人差不多走到西便门了，走到人家土院墙下，士毅回头看看春天的郊野，在阳光下，生气是那样勃发，便又掉转身来。小南笑道："你这人是怎么啦？走走路，老会停着的。"士毅向她笑道："这样好的天气，跑回家去又没事，在铺上躺着，也怪可惜的，我很想在城外还玩一会儿。"小南道："玩一会儿就玩一会儿吧，回去晚了，挨两句骂，也没有什么。"士毅抬头一看，土墙里一树桃花，在日光下正开得灿烂，忽然一阵风来，将桃花吹落一大片，漫散到墙外地下，于是他又得了一个新的感想了。

第五回

去垢见佳儿转疑丽色
好施夸善士初警贪心

　　这一阵飞花飘飘荡荡，落地无声，却打动了士毅一腔心事。心里想着，这些娇艳的鲜花在树上长着的时候，那是多么好看。但是经过这阵微微的风吹过之后，就坠落到水里泥里，甚至于厕所里，风是无知的，不去管它。若是一个人，用这样恶毒的手腕去对付这树花，那不显得太残酷了吗？一个人对于一树花，还不能太残酷了，何况是对付一个人呢？现在小南子总还算是不曾沾染一点儿尘土的鲜花，假使自己逞一时的兽欲，花了极少数的钱，把人家害了，那比把一树花摇落到水里泥里去更是恶毒。因为只要树在，花虽谢了，明年还可以再开，人若是被糟蹋了，就不能算是洁白无瑕了。求爱是无关系的，然而自己对于这女子，并不是求爱，乃是欺骗呀。

　　小南见他向后面看着，只是不住地发呆，便道："你还不想回城去吗？望些什么？"士毅道："我倒不望什么，我想今天这西便门外的地方，很可作为我们的纪念，也许将来有第二次到这里来的时候，想想今日的事，一定是十分有趣味，所以我望一会儿，好牢牢地记在心里。"小南道："你还打算第二次到这里来啦？这地方有什么意思？"士毅道："既然没意思，今天你为什么来着？"小南道："你有那样的好意带着我来，我不能不来呀！我不是花你的钱来着吗？"小南不过是两句平常的话，士毅听到，犹如尖针在胸窝连连扎了几下，

45

同时还脸上一红，便道："以后你不要这样想了，难道我送你几个钱花，我就可以随便地强迫你陪着我玩吗？你这样说了，我倒更不能不早早地送你回去了。"说毕，掉转身来，慢慢地就向西便门的大路上走。小南跟在他后面，显出十分踌躇的样子，觉得自己不该说那话，已经引起士毅的不高兴，第二次再要向人家要钱，恐怕人家都不肯了。

士毅偶然一回头，见她那样很不自在的神气，便问道："怎么样？你怕回去要挨骂吗？"小南将上牙咬了下嘴唇皮，微摇了摇头。士毅道："那为什么你有很不乐意的样子呢？"小南低了头道："你不是说带我玩一天的吗？这会子你就送我回去，我怕是你有些不高兴我了。"士毅道："不是不是，我以前是想带你玩一天，后来我看你是个很好的姑娘，不能害了你，所以我又要早早地送你回去了。"小南道："那么，以后我们在什么地方相会呢？"

士毅背了手，只管慢慢地走着，低了头望着地下，一路想着心事，忽然一顿脚道："我有了主意了。我天天到慈善会去办公，或者由慈善会回家的时候，我总可以由你大门口经过，你只陪我走一截路，有话可以对我说，我有钱，也就可以给你花。"小南道："你挣多少工钱呢？能天天给钱我花吗？"士毅道："我挣钱虽是不多，可是每天够你花的几个钱总不为难的。可是有一层，以后你要把身上弄得干干净净的，不许再捡煤核。你家里为了没有煤烧火，所以要你去捡煤核，我天天给你钱买煤球，你就不应当再捡煤核了。"小南道："我也没有那样贱骨头。有你给我钱，我还捡煤核做什么？"

士毅听她说来说去，都不离这个钱，瞧她那鹅蛋的脸儿、漆黑的眼珠子，是个绝顶的聪明相，倒不料她的思想却是这样龌龊，因向她道："也不光在钱上，无论什么事，我都愿意帮你的忙呀。"她对于这句话，似乎不理会，只是跟在身边走着，慢慢地走着，进了西便门，又在顺治门外的西城根铁道上走路了。士毅道："你以为这世界上只有钱好吗？"小南笑道："你这不是傻话？世界上不是钱好，还有什么比钱再好的呢？"士毅笑道："哦！世界上只有钱是好东西，可是据我想，世界上尽有比钱还可宝贵的东西哩。现在你不明白，将来慢慢地你就会明白了。"小南笑道："我怎么不知道？比钱贵的东西，还有金刚钻啦。"士毅笑着摇了摇头道："了不得，你都知道金刚钻比钱贵，可是我说比钱贵的东西，不是吃的不是穿的，也不是用的，也不是一切可以用金银钱财去买得到的。"小南道："哟！那是什么东西呢？"士毅道："现在和你说，恐怕你不会明白，再过个三年五载，你就明白了。"

小南低了头只管想着，一步一步向前走着。她不说话，士毅也不说话，静默着直走顺治门口走来。士毅觉得再不说话，就到了热闹街市上，把说话的机会耽误过去了，因之站定了脚，低低地道："嘿！你不要走，我还有两句话对你说呢。"小南听说，掉转身来向他望着，问道："你说的话，老是要人家想。要是像先前的话，我可不爱听。"士毅道："这回的话，用不着你猜，我说明了，你就懂得我是什么意思了。我说的是……"口里这样说着，两手把衣襟抄着抱在怀里，将脚板在铁道的枕木上敲拍着，放出那沉吟的样子来。小南皱了眉道："我说你的话，说出来很费劲不是？"士毅笑道："不是我说起来费劲，我怕你嫌我啰唆。我的话就是我实在喜欢你，希望你不要以为我今天没有陪着你玩得高兴，你以后就不和我交朋友了。我天天和你见面，准给你钱。钱算得了什么？挣得来，花得了！就是彼此的人心，这是越交越深的，你不要在钱那上头想。"小南笑着将身子一扭道："真贫，说来说去，还是这两句话。"士毅笑道："不是我贫，我怕你把话忘了，就是那样说，我们明天上午见面了。八九点钟的时候，我会从你家大门口经过的。"小南本想再说他一句贫，可是手抚着衣袋碰到了士毅给的那块现洋，心里想着，可别得罪人家了，人家老是肯给钱花，若是得罪了他，他以后就不给我钱花了，那不是自己塞死一条光明大路吗？因之把要说的话突然忍了下去，只向士毅微微一笑。

士毅认为她对于自己的话已经同意了，便笑道："我们现在要进城了，我知道你在路上怕碰到了人，不肯言语的，不如趁了这个时候，你就先告诉我。"小南摇着头道："我没有什么话说，反正天天见面，有事还来不及说吗？"士毅听了天天见面这句话，心中大喜，笑道："对了，从今天以后，我们总要过得像自己兄妹一样才好哩。"小南将肩膀一抬，缩了脖子道："什么？"说毕，回过头来向士毅抿嘴一笑。士毅看得这种笑，她似乎不解所谓，又似乎解得这有言外之意，有些害臊，便悄悄地在她身后紧跟着。由城里走上大街，由大街走进小胡同，绕了几个弯，不觉到了上次小南不要他跟随的所在，于是停住了脚，向她笑道："到了这里了，我还能跟着你走吗？"小南也停了脚，向他面着站定，将一个食指的指甲缝，用门牙咬着，转了眼珠子，不住地带着笑容。士毅道："因为上次我走到这里，你就像很害怕似的，所以我今天不必你说，我先后退了。"小南连转了几下眼珠子，突然将身子一转，笑道："明天见吧。"

她口里说着，两条腿跑得很快，已经转过了一个弯了。她到这里，就定了定神，挨着人家的墙脚，慢慢向家里走，走到大门口的时候，一脚向里一踏，忽然想起自己脸上擦洗得很干净了，母亲若要问起来，自己用什么话来对答？因之立刻将脚一缩，待要退到胡同里来，恰是她母亲余氏由屋子里走到院子里来了，要退走也是来不及，只得走上前来。余氏果然哟了一声道："这是怎么回事？今天你把脸上擦得这样子干净？"小南知道怎样抵赖，也不能说脸上原来是干净，便道："我这脸，就该脏一辈子，不准洗干净来的吗？"余氏道："干净是许干净，可是你不在家里洗，怎么到外面去洗呢？我不问别的，我要问问你，在什么地方洗的？"小南低了头，悄悄地走到院子里，一只手伸到衣袋里去，捏住士毅给的那一块钱，一手扶着墙壁，只管向屋子里走。

他们虽是穷家，倒也是独门独院。大门口一堵乱砖砌的墙，倒是缺了几个口子，缺得最大的地方，却用了一块破芦席抵住。院子里犄角上，满堆了破桌子烂板凳以及碎藤篓子断门板之类。这院子里就喂养了三只鸡，那鸡在这些家具上拉满了屎尿，土掩着，太阳晒着，结了一层很厚的壳。上面只有两间屋子，里面这间有一张大炕，就把这屋子占了十停的八九停，自然全放的是些破烂的东西。外面这间屋子，就无所不有了。小南的父亲在墙上贴了一张佛像。佛像上挂了两块一尺宽长的板子，上面放了几本残破的佛经、裂口的木鱼，一根粗线穿了十来个佛珠子。小南的母亲在佛像的上面，也供了她所谓的佛爷，乃是南纸铺里买来的三张木印神祃，有门神，有灶神，有骑着黑虎的财神爷。有一张红纸条儿，写了天地父母师神位。这下面一张破长桌，桌面是什么颜色的，已经看不出来，除了三条裂缝而外，便是灰土，桌子上乱放了一些瓶钵坛罐。桌子下面，便是小南的成绩展览所，煤核报纸布片，堆了两三尺高。桌子对过，两个炉子。一个破炉子，放了砧板菜刀和面笊子。一个笼着的炉子，有个无盖的洋铁筒子，压在火苗上浇水。屋子里这已够乱的了，而且还有一条板凳、一堆青砖、搭了一块门板的睡铺。铺上正躺着个瞎子，他就是小南的父亲了。他好在是学佛的人，一切皆空，而且又是看不见，所以屋子里虽是那水上的热气阵阵向上冲着，还带有些葱蒜味。学佛的人，连葱蒜都是禁忌的，可是北方人吃饭，又非葱蒜不能解馋，这个问题，在他们也是个绝大的矛盾。这时小南的父亲常居士躺在那铺板上，闻到这葱蒜的臭味，却很是不耐烦，可是对于他的夫人，也是像对佛一样尊敬的，什么话也不敢说。

这时听到余氏在喝骂小南的时候，把怨恨夫人的气一股脑儿逼了出来，就坐起来用脚连连打着床板道："嘿！你这是怎么管女儿的法子？女儿把脸洗得干干净净，这正是好事，你怎么倒骂起她来了？"余氏道："你知道什么？这年头儿，人的心眼儿坏着啦，这么大丫头，可保不住有人打她的主意，好好儿的把脸洗得干干净净，头发梳得光溜溜的，很是奇怪，我就怕她有什么不好的事。"常居士道："据你这样说，洗脸梳头还得挑一个日子吗？"余氏道："日子是不用得挑，可是为什么今天突然洗起脸来？"常居士道："她除非这一辈子不洗脸，若是要洗脸的话，总有个第一次。这个第一次，在你眼里看来，就是突然洗起来，就该奇怪了。你说吧，她该到什么时候，才可以洗脸呢？"

这几句话倒钉得余氏没有什么话可说。她也觉得自己女儿开始洗起脸来，这不算得什么稀奇的事，瞧着小南手扶了墙，一步一步地挨着走，吓得怪可怜的样子，自己也就不能再让她难堪了。于是默然无言地正要向屋子里走，忽然当的一声，听到有一种洋钱落地的声音。这可奇怪了，这样穷的人家，哪里会有这种声音发生出来？于是一缩脚回转身来，看这钱声何来。却见小南弯了腰，手上正拾着一块大洋呢。便三步一跑两步一蹦地跑到小南身边，隔了两三尺路，就劈面伸过手去，将洋钱抢到手里来。捏在手心里，看到洋钱又白又亮，而且还是热热的，好像是放在怀里很久的钱，便瞪了大眼睛向小南道："哈哈！你这贱丫头，我说怎么着？你是有了毛病不是？你说这是上了谁的当？你要不实说出来，我今天要打死你。"她右手将钱揣到衣袋里去，左手连连将小南推了几推。放好了钱，抽出右手来，远远地横伸了个大巴掌，就有要打她的样子。小南吓得向后连连倒退了两步，那脸上简直如鲜血灌了一般。余氏一看到这种样子，更是有些疑心，就左手一把抓住她的头发，右手不分轻重向她脸上啪啪地连打了几个耳刮子。小南被打得满脸麻木，身子便向下一挫，哇的一声哭了起来。余氏哪由她挫下去？伸手将她的衣领一把揪住，又把她提了起来，喊道："贱丫头，你说，这块钱是谁给你的？你又怎么了？"她说着话，身子似乎也有些发抖，然后放了她，回转头来，看到地上有一块大青砖，就坐到青砖上，两只脚连连在地上跌着道："这不活气死人吗？这不活气死人吗？"

那位失了明的常居士坐在铺板上，多少听得有些明白，只是静静听着，没有作声。到了这时，也就昂了头向屋子外面问道："这丫头会做出这种事来，这是要问个详细，不能轻易放过她。"小南蹲在地上，两只手捧了脸，也是只管哭。余氏对她呆望了一会儿，咬着手轻轻地道："贱货！你还哭些什么？非要闹得街坊全知道了不行吗？你跟我到屋子里去，照实对我说。你要不对我说实话，我要抽断你的脊梁骨。"说着，又拖着小南向屋子里走。小南是十六岁的姑娘了，当然也懂得一些人情世故，便哭着道："我没有做什么坏事，你要问就只管问。"于是跌跌撞撞地被她母亲揪到屋子里边来。到了屋子里，余氏两手将她一推，推得她大半截身子都伏在炕沿上。余氏顿着脚道："我恨不得这一下子就把你摔死来，你这丢脸的臭丫头。"常居士在外面屋子里，也叫着道："这是要重重地打，问她这钱是由哪里来的？这事不管，那还了得？"

小南听了爹妈都如此说了，料着是躲不了一顿打的，便跌着脚道："打什么？反正我也没有做什么坏事。人家是慈善会里的人做好事，这钱我为什么不要呢？"余氏道："你胡说！做好事的人，也不能整块大洋给你。再说，做好事就做好事，为什么要你洗干净脸来才给钱呢？"小南道："脸是我自己洗的，干人家什么事？"余氏走上前，两手抱了小南的头，将鼻子尖在她头发上一阵乱嗅，嗅过了，依然将她一推道："你这死丫头，还要犟嘴，你这头发上还有许多香胰子味，这是自己洗的头发吗？你说，你得了人家多少钱？你全拿出来。告诉我，那人是谁？我要找他去。你若说了一个字是假的，我打不死你！"小南道："你不要胡猜，我实在没有什么坏事。他是在慈善会里做事的先生，看到我捡煤核老是挨人家的打，他怪可怜我的，就问我家有什么人，怎么这样大姑娘出来捡煤核呢？我说，我父亲双目不明，我又没有哥哥弟弟，没有法子才干这个。他又问我父亲干什么的，我说是念书的人，现在还念佛呢。他听说就高兴了。他说，他也是信佛的人，还要来拜访我爹啦。他就给我一块钱，让我交给爹做小生意买卖，你若不信，我们可以一块儿去问。"

余氏听了这话，想了一想道："他凭什么要你洗脸呢？"小南道："这也是人家劝我的。他说，人穷志不穷，家穷水不穷，一个人穷了，为什么脸也不洗？他给我一小块胰子，让我自己在他们金鱼缸里舀了一盆水，在他们大门洞子里洗了个脸。我做的事都告诉你了，这也不犯什么大法吧？那块钱不是给你的，你别拿着。"余氏听了这话，把那块钱更捏得紧紧的了，便道："哼！你这些话，也许是胡诌的！世上不会有这样的好人。"小南道："你不信，我也没有法子，你可以到那慈善会去打听打听，有没有一个姓洪的。"

余氏看女儿这样斩钉截铁地说着，不像是撒谎，这就把责罚她的态度改变了，因在脸上带了一点儿笑的意思，很从容地低着声音问她道："只要你没有什么错处，那我也就不骂你了。可是这个人要做好事的话，绝不能给你一块钱就算了，一定还有给你的钱。你实说，他给了你多少钱？你拿出来了，你就什么事都没有。"小南道："他倒是说了，将来可以帮我们一些忙，可是今天他实在只给了我一块钱，你不信，搜我身上。"说着，两手将衣的底襟向上一抄，把上身的白肉都露了出来。常居士在屋子那边听到这些话，就喊起来道："嘿！你这也未免太笑话了。你先是风火雷炮地只管追问她做什么事，现在那件事还没有问到彻底，你又对她要钱，你这是教导女儿的法子吗？"余氏听了这话，由里面屋子里就向外面屋子里一冲，挺着胸道："女儿是我生出来的，我爱怎样教导她就怎样教导她，你管不着！有人做好事给钱，我为什么不要？难道钱还烫手吗？你有本事，你出门去算命，占个卦，挣几个钱来养活你的闺女。现在你还靠着我娘儿俩来养活你，你就可以说话了？"

常居士是个极懦弱的人，平常就不敢和余氏谈什么激昂的话，今天余氏骂姑娘的时候，气焰非常之凶，这个时候若是和她顶上几句，可就怕她生气，只得默然无语。余氏向他将嘴一撇，微微笑着，依然走到里面屋子里来，于是拉住了小南的手，又低声问她道："据你说，这个人是个好人，他干什么事的？"小南道："我也有些闹不清了，好像是写字先生。"余氏道："你曾用过人家的钱，连人家是干什么的，你都不知道？"小南道："我不是告诉你了吗？人家是做好事的，又不是我的什么亲戚朋友，我管他是什么张三李四。"余氏道："你知道他在慈善会一个月拿多少薪水呢？"小南道："人家做好事的，我怎能问人家一月挣多少钱呢？"余氏道："这样也不知道，那样也不知道，你这孩子，白得了这样一个好机会了。他身上穿的是什么衣服，你总知道，你看他究竟阔是不阔呢？"小南道："衣服可穿得不阔，不过是一件灰布大褂罢了。"余氏道："穿灰布大褂的人，能做好事，这话我简直不相信。"

常居士又忍不住了，便道："你这话真是不通，难道穿灰布大褂的人就不配做好事吗？"余氏道："我们这边说话，你不用管。"小南道："我看那个人，也不过在那里混小事的，挣不了多少钱。不过他就是挣不了多少钱，反正也比我们阔得多。他每天早上八九点钟，总会由这条胡同里走过去的。碰巧你要是在大门口遇见了他，我就指给你看。"余氏道："这样说，你并不是今天才认识他，你已经认识他好多天了。这几天，你老说捡着东西卖了钱了，我看那钱不是卖东西的，全是那人给的，对也不对？"

小南坐在炕沿上，将身子半倒半伏着，只管用一个食指去剥那炕上的破芦苇。余氏道："你说呀！究竟是怎么一回事呢？"小南道："可不是吗？天天总给我几十个铜子，他说，捡煤核儿又脏，又和野孩子在一处，大姑娘不应干这个，所以天天给我铜子回来交账，让我别捡煤核。"余氏想了一想道："照说，这个人是好人，说出来的话也很受听。可是捡煤核的大姑娘，多着啦。他怎么就单单说你一个人可怜呢？"小南道："不就是为了有人打我吗？"余氏道："天天都是给你三四十个铜子，为什么今天给你一块钱呢？这是为了你洗脸的缘故吗？"小南道："他给我钱和洗脸有什么相干？也就是他听到我说，我父亲是个信佛的人，这倒很对了他那股子劲儿，所以多给了几个钱。"常居士在那边屋子里道："这样看起来，这个人简直是好人，他明天要走过大门过身的话，你可以把他引进来，我要问问他的话。"小南看到母亲的态度早是变好了，不过是要钱而已。现

53

在父亲所说的话，也不见得有什么恶意，真要把人家引到家里来的话，大概也未尝不可以。便道："他也说来着，要见见我们家人呢。"常居士又道："小南妈，你听见吗？小南这些话若都是真的，这个人就不见得怎样坏。你想，他要有什么坏心眼，还敢上咱们家来吗？"余氏道："这年头儿，真是那句话，善财难舍，他老是肯这样帮咱们的忙，总是好人，他真愿意来，我倒要瞧瞧是怎样一个人。"

话说到这里，总算把盘问小南的一阵狂风暴雨完全揭了开去。小南胆子大了些，说话更是能圆转自如，余氏问来问去，反正都不离开钱的一个问题，结果，已经知道小南用了人家三四块钱了。这三四块钱，在余氏眼里看来，的确是一种很大的收获，不过这姓洪的是怎样一个人？假使自己家里，老有这样一个人来帮着，那可以相信不至于每天两顿窝头都发生问题。如此想来，不觉得姑娘有什么不对。就是姑娘把脸洗干净了，把头发梳清楚了，似乎那也是为人应当做的事，不见有什么形迹可疑了。在小南身上掏出来的那一块现大洋，她原是在衣袋里放着，放了许久，自己有些不放心，怕是由口袋漏出去了，她还是由袋里掏了出来，看了一看，于是在炕头上破木箱子里，找出一只厚底袜子来，将银圆放在里面，然后将短袜子一卷，用一根麻绳再为捆上。她心里可就想着，假使得了这样一个人，老送给我们大洋钱，有一天这大洋钱就要装满袜筒子了，这岂不是一桩大喜事？手里捏住了，不由得扑哧一声笑将起来。

常居士在那边听到，就问她笑些什么。余氏道："你管我笑些什么？反正我不笑你就是了。"说着，将那袜筒子向破箱子里一扔，赶紧地把箱子盖盖上，再把一些布卷子纸卷子、破坛儿罐儿，一齐向上堆着。常居士在那边用鼻子一哼道："我也知道，你是把那块钱收起来了。你收起那块钱，打算你一个人用，那可是不行。我吃了这多天的窝头，你就不能买几斤白面，让大家吃一顿吗？"余氏道："你这真是瞎子见钱眼也开，刚听到我有一块钱放到箱子里去，你就想吃白面了。你有那个命，你还不瞎你那双狗眼呢。你多念几声佛吧，好让他度你上西天去，若是要我养活你，你就委屈点儿吧。"常居士是常常受她这种侮辱的，假使自己要和她抵抗的话，她就会用那种手腕，做好了饭，不送来吃。这也只好由她去，万一到了饿得难受的时候，不愁她不把那一块钱拿出来买吃的。有了这个退一步的想法，这次让余氏骂着，又不作声了。小南见父母都不管了，这倒落得干净了脸子，找了街坊的姑娘去玩儿去。应该很担心的一天，她依然保持了她那处女的贞操，平安地度过。

他们这样的穷人家，晚上爱惜灯油，睡得很早。因为晚上睡得早，因之早晨也就起得早，当那金黄色的太阳照着屋脊时，余氏已是提一大筐子破纸片，在院子里清理。因为今天应该向造纸厂去出卖破纸，这破纸堆里，有什么好一些的东西，就应当留了下来。把一大筐子破纸，都理清出来了。小南还在炕上睡着，便走进里屋来，双手提了小南两只胳臂，将她拉了起来，口里乱叫道："丫头，你还不起来？什么时候了？你说的那个人，这时候他大概快来了，你不到门口去等着他吗？"小南将身子向下赖着，闭了眼睛道："早着啦，天还没亮，就把人家拉起来。"她挣脱了余氏的手，倒了下去，一个翻身向着里边，口里道："别闹别闹，让我还睡一会儿。"余氏拉了她一只脚，就向炕下拖道："谁和你闹？你将来会把吃两顿饭的事都忘记了呢？你不是说那个人今天早上会从咱们家门口过吗？你怎么不到门口去等着他？"小南虽然是躺下的，可是快要把她拖下炕来，也明白，一个翻身坐起来，鼓了嘴道："昨天你那样子打我骂我，好像我做贼似的。现在听说人家能帮忙，给咱们钱，瞧在钱上，你就乐了，恨不得我一把就把那个财神爷抬了进来，你们好靠人家发财。"余氏道："你瞧，这臭丫头说话，倒议论起老娘的不是来。难道昨天没有打你，今天你倒有些骨头作痒？"说着，两手又将她推了一推。余氏太用了一点儿劲，推得小南身子向着炕上一趴，嘴唇鼻子和炕碰了个正着。

小南被娘一推，倒真是清醒了，走到外面屋子，向天上看了看，见太阳斜照在墙上，便道："我说是瞎忙吗？还有两个钟头，他才能来，我们这老早就去欢迎人家，到哪儿欢迎去？"余氏道："咱们家没有钟，你准知道那钟点吗？"小南道："天天都是太阳到窗户那儿他才会来的，我怎么不知道？"余氏道："这样子说，敢情你天天在大门口等着他，这样说起来，不是他找你，倒是你找他。"小南觉得自己说话漏了缝，把脸涨得绯红。余氏倒不怪她，却道："既是你认识他，那就更好办，你可以把话实说了，请他到咱们家来坐坐。我这是好意，说我爱钱就算我爱钱吧。"说了这话，拉了小南的手就向大门外拖。穷的小户人家，无所谓洗脸漱口，小南让母亲硬拖着到了大门外，也只得在大门外站着，手在地上拾了一块白灰，在人家的黑粉墙涂着许多圈圈。自己站在墙根下，画了几个圈圈，又跳上几跳，由东画到西，几乎把人家一方墙都画遍了。这也不知经过了多少时候，忽然听到身后有一个人道："这么大姑娘，还这样到处乱涂。"

小南这时的心思，在想着洪士毅，虽是手在墙上涂抹着，然而她的心里觉得此人该来了，今天他来了，我说我母亲欢迎他，他岂不要大大欢喜一阵？所以心里在姓洪的身上，旁的感觉，她都以为在姓洪的身上。这时忽听得有人说了一句这大姑娘，还这样乱涂，这多少有些玩笑的意味在内，旁人是不会如此说话，因之依然在墙上涂着字，口里道："你管得着吗？我爱怎么样子涂就怎么样子涂。"那人道："这是我的墙，我为什么管不着？我不但管得着，我也许要你擦了去呢。"这一套话，在小南听着，不应该是士毅说的了，而且话音也不对，回过头一看，这倒不由大吃一惊。

原来这人穿了米色的薄呢西服，胸面前飘出葡萄点子的花绸领带来。雪白的瓜子脸，并没有戴帽子，头发梳得光而又亮。这个人自己认得他，乃是前面那条胡同的柳三爷。他会弹外国琴，又会唱外国歌。这是他家的后墙，由他后墙的窗户里，常放出叮咚叮咚的声音来。有时好像有女孩子在他家里唱曲，唱得怪好听的。今天他是穿得特别的漂亮，一看之后，倒不免一愣。小南一愣，还不算什么，那个柳三爷看到她今天的相貌，也不免大吃一惊，向后退了一步，注视着她道："嗬！你不是捡煤核的常小南子吗?"小南道："是我呀，怎么着？你找我家去吧。"柳三爷两眼注视着她，由她脸上注视到她的手臂上，由她的手臂上，又注视着她的大腿，不觉连连摇着头道："奇怪！真是奇怪!"小南向他瞪了眼道："什么奇怪?在你墙上画了几个圈圈，给你擦掉去也就得了。"柳三爷眉飞色舞地只管笑起来，他似乎得着一个意外的发现，依然连说"奇怪奇怪!"在他这奇怪声中，给小南开了一条生命之路，她将来会知道世界上什么是悲哀与烦恼了。

第六回

觑面增疑酸寒玷善相
果腹成病危困见交情

小南子正在等洪士毅的时候，不料来了这样一个柳三爷，他别的表示没有，倒一连说了几声奇怪，把她也愣住了，退后一步，对着他道："什么事奇怪？我身上有什么东西吗？"柳三爷道："你身上并没有带着什么东西，只是你这人像变西洋戏法儿似的，有点儿会变。不是我仔细看你，不是听你说出话来，我都不认得你了。"小南子点点头道："对了，我昨天洗过了脸，脸上没有煤灰了，这就算是奇怪吗？"柳三爷且不答复她的话，只管向她周身上下打量，打量了许久，就微笑道："这个样子，你是不打算捡煤核的了？"小南子虽然觉得这个人说话有些啰唆，然而看人家漂漂亮亮的、斯斯文文的，不好意思向人家板着面孔，只得淡淡地答道："为什么不捡煤核？难道我们发了财吗？"柳三爷道："并不是说你发了财，你既是怕脏，也许就不愿意再捡煤核了。我是随便猜着的，你别生气。"说时，嘻嘻地向她笑了，又道："假使你不捡煤核，好好儿的一个姑娘，哪能够就没有事做？"

小南不知他的命意何在，正待向下追问他一句的时候，她母亲余氏走出来了。她看见小南和一位穿西服的青年先生在说话，她却不认识这是街坊柳三爷，以为这就是天天向小南施舍铜子的洪先生，便笑着迎上前，和他深深地点了一个头道："你刚来，你好哇？我们

58

家里去坐坐吧。"柳三爷听了她的话，也是莫名其妙。只有小南懂了她的用意，乃是接错了财神了，便笑道："嗬！你弄错了，这是咱们街坊柳先生。"说着，用嘴向黑粉墙上一努，便道："这就是他家里。"余氏有了这样一个错处，很有点儿难为情，就笑道："真该打，家门口街坊会不认识。我不像我们姑娘，本胡同前后左右，我是不大去的，所以街坊，我都短见。"柳三爷估量着，她也是认错了人，便笑道："没关系，借了这个机会，大家认识认识，也是好的。"

他如此说着，再看看余氏的身上，一件蓝布夹袄，和身体并不相贴，犹如在上半截罩了个大软罩子一般。衣襟上不但是斑斑点点，弄了许多脏，而且打着补丁的所在，大半又脱了线缝，身上拖一片挂一片，实在不成个样子。头上的头发乱得像焦草一样，上面还洒了许多灰尘，也不知道她脑后梳髻没有。只觉那一团焦草，在头上蓬起来一寸多高，两边脸上，都披下两绺头发，披到嘴边，鼻子眼里，两行青水鼻涕，沾着嘴角上的口水，流成一片。额角前面的覆发将眼睛遮住了大半边，那副形象实在是难看。一个艺术家往往是很注重美感的，她那个样子，实在是令人站在了美感的反面，因之向她点了个头，就径自走开了。

余氏望了柳三爷，直等看不见他的后影了，才向小南道："你瞧这个人有点儿邪门，先是和你很客气的样子，可是一看到了我，他就搭下了脸子来，倒好像和我生气似的。"小南道："他为什么和你生气？不过是有钱的人瞧不起没钱的人罢了。"余氏道："你也不是有钱的人，为什么他和你就那么客气呢？"小南子对于这个问题，没有什么法子答复，只得微笑着道："那我哪知道哇？"说毕，掉转身去，在地上捡了一块白石灰片，又去黑粉墙上涂着字了。余氏站在这里，也不知道再说什么话好。本当告诉她让她不要使出小孩的样子来，然而现在正要利用着她，可又不能得罪她，只管靠了门站着，呆望着自己的姑娘。

小南在黑墙上继续地画着，偶然一回头，看到柳三爷又把两只手插在西服裤子袋里,一步一停地又走了过来。小南以为他是捉自己画墙来了,吓得连忙向旁边一闪,笑道:"你别那个样子,回头我在家里找一把大笤帚给你在墙上擦一擦,也就完了。"柳三爷笑道:"你爱怎样画就怎样画,我也不捉你了。不过你只能画今天一回,明天我把墙全部粉刷干净了,你可不能再画。"小南道:"要是像这样好说话,我就不画,咱们做个好街坊。"她是一句无心的话,不料柳三爷听了这话,倒引为是个绝好的机会,就笑着向她道:"可不是?咱们应该做个好街坊,我家里有弹的,有唱的,你若不怕生,可以到我们那儿去玩玩。"余氏在一边,看到自己姑娘和这样一个漂亮人在一处说话,这当然可认为是一件很荣幸的事,便眉飞色舞地迎上前去,大有和人家搭话之意。柳三爷一看,这不是自己所能堪的事,身子一缩,又转过背去走了。

余氏将嘴一撇道:"你这小子不开眼,你和我姑娘说话,不和我说话,你不知道我是她的娘吗?没有我哪里会有她呢?"小南道:"人家是有面子的人,你怎么开口就说人家小子?"余氏笑道:"他反正不是姑娘,说他小子,有什么要紧?"小南道:"要是照你这样子说话,想众人帮忙,那真是和尚看嫁妆,盼哪辈子?"

她正如此说着,有个行路的人,由一条横胡同里穿出来,听了这话,似乎吃了一惊的样子,身子忙向后一缩。小南眼快,已经看清楚了那人是洪士毅,立刻跑着迎上前去蹲到那条胡同里,向前招着手叫道:"洪先生,洪先生,我们家就在这里,你往哪儿走哇?"士毅在胡同拐角处,先听到余氏骂人,还不以为意,后来看到小南拦着余氏,不许骂人,料定余氏就是她的母亲。第二个感想继续地来,以为这不要就是骂我吧?因之他不但不敢向前走过去,而且很想退回原路,由别个地方向慈善会去。这时小南跑过来相叫,只得站住了脚,点着头道:"府上就住在这里吗?"小南道:"拐过弯去就是我家,我父亲母亲全知道了,要请你到我家去谈谈。"士毅道:"和你站在一处的那个人……"小南点头道:"对了,那就是我妈。"

士毅心里揣想着，她的父母当然和她差不多，也是衣衫褴褛、身上很脏的，却料不到余氏除了那个脏字而外，脸上还挂有一脸的凶相。这样一个妇人，却是不惹她也罢，便笑道："我空着两只手，怎好到你家去呢？"小南道："那要什么紧？你又不是一个妇道。你若是个妇道，就应该手上带了纸包的东西到人家去。"如此说着，士毅不免有点儿踌躇，怕是不答应她的话，未免又失了个机会。

那余氏见姑娘迎上前去，早知有故，也跟了上来，听见小南大声叫着洪先生，当然这个人就是施钱给小南的慈善大家了，这也就免不得抢上前来。可是当将洪士毅仔细看清楚之后，她就大大地失望。心里想着，那样赋性慷慨的人，一定是个长衫马褂，绸衣服穿得水泼不上的人。现在看士毅穿件灰衣大褂，也只有三四成新，头上戴的草帽子，除了焦黄之外，而且还搽抹了许多黑灰。人看去年纪倒不大，虽是瘦一点儿，却也是个有精神的样子。但是余氏的心目中，只是有个活财神爷光临，于今所接到的，并非活财神，乃是个毫无生气的穷小子，原来一肚子计划，打算借这个帮手发财，现在看起来，那竟是梦想。因之在看到士毅之后，突然地站立定了，不免向着他发呆。士毅见她两绺头发披到嘴角来，不时用手摸了那散头，将乌眼珠子望了人，只管团团转着，不知道她是生气，也不知道她是发呆。

小南看到双方都有惊奇的样子，这事未免有点儿僵，就介绍着道："洪先生，你过来，我给你引见引见，这是我母亲，她还要请你到我们家坐坐去啦。"士毅听了这话，就拱拱手道："老伯母，你何必那样客气呢？"余氏听到他叫了一声老伯母，这是生平所不轻易听到的一种声音，不由得心里一阵欢喜，露着牙笑了起来，才开口道："我们丫头回来说，你老给她钱，这实在多谢得很。我们穷得简直没法儿说出那种样子来，得你这些好处，我们怎样报答你呢？"士毅虽是不大愿意她那副样子，然而已经有了小南介绍在先，当然不便在她当面轻慢了她的母亲，只好拱拱手道："你说穷，我也不是有钱的人，帮一点儿小忙，那很算不了一回什么事，你何必挂齿？"他口里如此说着，这时回忆余氏相见时候之一愣，那不用说，她正是看到自己衣服破旧，不像个有钱施舍的人。于今有说有笑，这是两句恭维话，恭维来得很是不自然，便又作了两个揖道："这个时候，我还有点儿公事，不能抽开身来。下午我办完了公，一定来拜访老伯和伯母。而且这个时候，空了两只手，实在也不便去。"余氏先听说他不去，心里觉得这人也是个不识抬举的。后来他谈到下午再来，这时空手不便，分明是回头他要带东西来，乐得受他一笔见面礼，何必这时强留他？就向他笑道："你真有公事，我们也不敢打搅，你就请便。可是你不许撒谎，下午一定得来，别让我们老盼望着。"士毅点着头道："我决不能撒谎，还要向老伯请教呢。"说着，拱了拱手，径自掉转身走了。

余氏站着望他走远了，才向小南摇着头道："这话要不是你说的，我简直有点儿不相信，这样的一个人，他倒有钱施舍。"小南道："一个人做好事不做好事，不在乎有钱没有钱，你不信，往后你看他是不是一个慷慨的人？"余氏也不和她辩驳，三脚两步就跑了回去，在院子里就伸着两手，大开大合地鼓了巴掌道："这是哪里说起？这么样一个人，会肯做好事，有做好事的钱，自己不会买一件漂亮些的衣服穿吗？"常居士坐在铺上道："你总是胡说，让人家街坊听到，说是我们不开眼。"余氏道："什么不开眼？这年头儿，钱是人的胆，衣是人的毛，没钱有衣服，还可以唬人一阵；有钱没衣服，那人就透着小气。"常居士昂了头，将那双不见光亮的眼珠翻了一阵，骂道："凭你这几句话，就是要饭的命，一个人有了钱，就该胡吃胡穿的吗？有钱不花，拿出来做好事，那才是菩萨心肠呢。"余氏听了这话，由院子里向屋子里打得屋门扑通乱响。常居士一听，知道来势不善，不敢再撩拨她了，便向她连连摇着手道："别闹别闹，犯不上为了别人的豆子，炒炸了自己的锅，你说有钱该穿衣服，就算你有理得了。"余氏道："这不结了？瞧你这块贱骨头。"

常居士心里这倒有些后悔。早知道那个姓洪的，不是怎样一个有钱的人，就不该让他到家里来，回头人家来了，当面讪笑人家一阵，那多难为情？可是他如此想着，事实有大不然的，到了下午四点多钟的时候，大门卜卜的两声响，接着有人问道："劳驾，这里是姓常的家吗？"只这一句，却听到余氏先答应了一声："找谁？"她就迎出去了。

这个来敲门的，正是洪士毅来了，他两手都哆里哆嗦地提了好些个纸包，余氏一见，没口子地答应道："是这儿，是这儿，洪先生你请进来坐吧，我们这儿，可是脏得很啦。你来了就来了吧，干吗还带上这些个东西呀？这真是不敢当了。"洪士毅笑道："我也不敢带那些浮华东西，都是用得上的。"他如此说着，已经走进屋子，不觉得身子转了两转，觉得手上这些纸包，不知道应该放在什么地方的好。余氏再也不能客气，两手接了包的东西，就向里面屋子里送。其间有个大蒲包，破了一个窟窿，现出里面是碗口大一个的吊炉烧饼。这些个发面的烧饼，就可以快快活活地吃两天，这也要算是宗意外之财了。

常居士虽是双目不明，但是其余的官感是很灵敏的。他已经知道有人到了屋子里，而且一阵纸包蒲包搓挪之声，仿佛是有东西送来，已经拿进里面屋子去了。便拱拱手道："多谢多谢，兄弟是个残疾，恕我不恭。"士毅站在破炉烂桌子当中，转着身子，却不知道向哪里去安顿好，只是呆站着。还是小南看到人家为难的情形，由院子里搬了个破方凳进来，搁在他身边。常居士听了那一下响，又拱拱手道："请坐请坐！我们这里，实在挤窄得很，真是对不住。小南，你去买盒烟卷来，带了茶壶去，到小茶馆里，带一壶水回来。"士毅连忙止住道："不用，不用，我以后不免常常来讨教，若是这样客气，以后我就不敢来了。"余氏将东西拿到里面屋子去以后，急急忙忙，就把那些包裹打开，看看里面是些什么东西。一看之后，乃是熟的烧饼、生的面粉，此外还有烧肉酱菜之类，心里这就想着，

63

我们家今天要过年了。她听到外面屋子有沏茶买烟卷之声，便觉多事。后来士毅推说，这就觉得很对，跑了出来道："咱们家什么东西都是脏的，人家哪敢进口？咱们就别虚让了。"常居士摸索着，两腿伸下地来，便有让座之意。余氏靠了里边屋子的门站住，向里屋子看看，然后又向人放出勉强的笑容来。

小南一会儿跑到院子外，一会儿又跑到院子里，你只看他全家三口人都闹成了那手足无所措的样子，不但是他家不安，就是做客的人，看到了这种样子，也是安帖不起来。自己突然地到一个生朋友家来，本来也就穷于辞令，人家家里再要闹得鸡犬不宁，自己也就实在无话可说。因站起来向常居士拱拱手道："老先生，今天我暂时告退，过两天我再来请教。我听令爱说，老先生的佛学很好，我是极相信这种学问的，难得有了这样老前辈，我是非常之愿意领教的。"常居士听了，笑得满脸都打起皱纹来，拱手道："老贤弟，我家境是这样不好，双目又失明了，若不是一点儿佛学安慰了我，我这人还活得了吗？这种心事简直找不着人来谈，老贤弟若是不嫌弃肯来研究研究，那比送我什么东西也受用。请你哪一天上午来，我家里人都出去了，可以细心地研究研究。要不然，这胡同口上的德盛茶馆，无聊得很的时候我也去坐坐的，哪天我沏壶清茶恭候。"士毅自想身世很是可怜，再看这老头子更是可怜，便答应了他，星期日准来奉看，于是向余氏深深地鞠着躬，出门而去。

小南将他送到大门外，笑道："你瞧我父亲是个好人吧?"士毅道："刚才我有两句话，想和你父亲说，可是初见面，我又不便说。"小南红了脸道："你可别瞎说。"士毅道："你猜我说什么话？是你想不到的事情，也是我想不到的事情。刚才我在会里听到个消息，他们办的慈善工厂，要收一班女生，这里分着打毛绳、做衣服、扎绢花许多细工。只要是有会里人介绍进去，可以不要铺保，你若愿意进去学的话，每天可以吃他两餐饭，而且还可穿会里制服。早去晚归，算是会里养活你了。你愿干不愿干呢?"小南道："有工钱没工钱呢？"士毅想了一想道："初去的人，大概是没有工钱的。不过你要添补鞋袜的话，钱依然是我的，你看好不好？"小南道："若是你能把我妈也找了去，就剩我爹一个，那就好养活，一定可以去。"士毅道："我一定设法子去进行，我看你家也太可怜了，不能不想法子的。"小南笑道："你有那样好的心眼，那还说什么？我妈一定喜欢你的，我就等你的回信了。"士毅听了她这话，自然高高兴兴而去。

小南走回家来，只见余氏左手拿了个火烧饼，右手两个指头夹了一根酱萝卜，靠了门在那里左右相互地各咬一口。直至把烧饼酱菜吃完了，她还将两个指头送到嘴里去吮了几下。小南笑道："我妈也不知道饿过多少年，露出这一副馋相来？"余氏将手一扬道："我大耳巴子扇你，你敢说老娘？不馋怎么着？从前要吃没得吃，于今有了吃的，该望着不吃吗？"小南道："你也做出一点儿干净样子来。"余氏不等她说完，就呸了她一声道："你妈的活见鬼。你才洗干净了一天的脸，你就嫌我脏了。"小南道："不是那样说，那洪先生刚才对我说，愿意给你找一件事。"余氏道："真的，他有这样好心眼。"她口里说着这样要紧的问题，然而她忘不了那烧饼和酱菜。这时她又到屋子里去，拿出两个烧饼、几根酱菜来。她老远地递一个烧饼给小南道："你不吃一个？"小南道："干吗白口吃了它？不留着当饭吗？"常居士在铺上搭腔了，便道："你也太难一点儿，还不如你闺女，我听到拿了好几回了。"

余氏脚下正有一个破洋铁筒。她掀起一只脚，犹如足球虎将踢足球，嘭的一声，把那个洋铁筒踢到院子里，由大门直钻到胡同里去。口里可就说道："我爱吃，我偏要吃，你管得着吗？丫头，你说，那个姓洪的小子，要给我找什么事？"说着，把左手所拿到的酱菜，将两个烧饼夹着，就送到嘴里，咬了个大缺口，嘴里虽是咀嚼着，还咕哝着道："若是让我当老妈子，我可不干。"小南道："人家也是有身份的人，并不是开来人儿店的，为什么介绍你去当老妈?"余氏又咬了一口烧饼道:"只要少做事,多挣钱,当老妈我也干。还有一层,我得带了你去。让我丢下这样一个大姑娘不管,我可不放心。"常居士道:"你瞧她说话,一口砂糖一口屎……"余氏喝道:"你少说话!我娘儿俩说话,这又有你的什么事?你说了我好几回了,你别让我发了脾气,那可不是好惹的。"常居士听了这话,就不敢作声了。小南道:"你问了我几遍,不等我答话,你又和爸爸去胡捣乱,你究竟要听不要听?"她说话时,看到母亲吃烧饼吃得很香,也不觉地伸了手。余氏道:"你真是个贱骨头,给你吃,你不吃,不给你吃,你又讨着要吃了,你自己去拿吧。"

小南走到屋子里,只见满炕散了纸包,似乎所有可吃的东西,都让母亲尝遍了。那个蒲包是装着发面烧饼的,这时一看,那样一大包,只剩有四个和一些碎芝麻了。小南不觉失惊道:"好的全吃完了。妈,你吃了多少个?"余氏道:"是我一个人吃的吗?我分给你爸爸五个了,他一定收起来了。"小南道:"要吃大家吃。"于是将三个烧饼揣在衣袋里,手上捏着一个,一路吃了出来。余氏见她的衣袋鼓了起来,便瞪了眼道:"你全拿来了吧?"说着,拖了小南的衣襟,正待伸手来搜她的烧饼,常居士道:"不过几个烧饼,值得那样闹?小南说人家替你找事的话,你倒还没有问出来。"小南坐在门外的石阶上,吃着烧饼,就把士毅的话说了。常居士道:"那好极了,慈善会里办的事,没有错的,你们都去。你们两个人有了饭碗,我一个人就不必怎样发愁了。"小南道:"他说了,明天来回咱们的信,大概事情有个八成儿行。"说时,吃完了手上那个烧饼,又到袋里去拿出一个烧饼来,继续吃着。

余氏也有个八成饱了,就不再夺她的,只是酱菜吃得多了,口里非常之渴。他们家里,除了冬天煨炉子取暖,炉子边放下一壶水而外,由春末以至深秋,差不多都不泡茶喝。这时口渴起来,非找水喝不可,就拿了一只粗碗,到冷水缸里舀上一碗水来,站在缸边,就是咕嘟一声。无奈口里也是咸过了分了,这一碗凉水下去,竟是

66

不大生效力，好在凉水这样东西，缸里是很富足的，一手扶了缸沿，一手伸碗下去舀水，又接连喝了两碗。水缸就放在外面屋子里的，当她一碗一碗的水舀起来向下喝的时候，常居士听得清清楚楚，便拦着她道："这个日子，天气还是很凉的，你干吗拼命地喝凉水？可仔细闹起病来。"余氏道："我喝我的水，与你什么相干？"说着话，又舀起一碗来喝下去。小南笑道："我也渴了，让我也喝一碗吧。"余氏舀了一碗凉水，顺手就递给了小南，笑道："喝吧，肚子里烧得难过，非让凉水泼上一泼不可！"

小南接过那碗凉水碗正待向下喝，常居士坐在床铺上，发了急了，咬了牙道："小南，你不要喝，你闹肚子，我可不给你治病！"小南用嘴呷了一口凉水，觉得实在有点儿浸牙，便将那碗水向地上一泼，将碗送到屋子里桌上放下，靠了门，向余氏微笑着。余氏道："你笑什么？"小南道："我笑你吃饱了喝足了，可别闹肚子呀！"余氏待要答应她一句什么话，只听到肚子里叽咕一声响，两手按了肚皮，人向地上一蹲，笑道："糟了，说闹肚子可别真闹了！我活动活动去，出一点儿汗，肚子就没事了。"说毕，她就走出门去。

小南倒是心中有些愉快，就走进屋子去，把那些大大小小的纸包收收拾捡，有点儿疲倦了，就摸到炕上去躺着。躺了不大一会儿，只听到余氏在院子里就嚷起来道："了不得，了不得，真闹肚子。"说着话时，她已经嚷着到屋角的厕所里去了。一会儿她走进屋子来，就一屁股坐在炕上，两手捧了肚皮上的衣服，皱了眉，带着苦笑道："人穷罢了，吃顿发面烧饼的福气都没有，你看真闹起肚子来了，这可……"说了这句话，又向外跑。自这时起，她就这样不住地向厕所里来去，由下午到晚上，差不多跑了一二十趟，到了最后，她跑也跑不动了，就让小南搬了院子里一个破痰盂进来，自己就坐在痰盂上，两手扶了炕沿，半坐半睡。由初晚又闹到半夜，实在筋疲力尽，就是伏在炕沿上，也支持不住自己的身子，只好和着衣服，就在炕上躺下。到了最后，虽是明知道忍耐不住，也不能下炕。常居士是个失明的人，自己也照应不了自己。小南年岁又轻，哪里能够伺候病人？只闹到深夜，便是余氏一个人，去深尝那凉水在肚肠里面恶作剧的滋味。

到了次日早上，余氏睡在炕上，连翻身的劲儿都没有了。小南醒过来，倒吓了一跳，她那张扁如南瓜的腮帮子，已经瘦得成了尖下巴颏，两个眼睛眶子落下去两个坑，把那两个颧骨更显得高突起来。那眼珠白的所在成了灰色，黑的所在又成了白色，简直一点儿光也没有。小南哎呀了一声道："妈！你怎么这个样子啊？"余氏哼着道："我要死了，你给我……找个大……夫，哼！"小南看了这样子，说不出话来，哇的一声哭了。常居士在隔壁屋子里，只知道余氏腹泻不止，可不知道她闹得有多么沉重。这时听了她娘儿的声音，才觉得有些不妙，便摸索着走下床来，问道："怎么了？怎么了？我是个残疾，可吃不住什么变故呀！"他扶着壁子走进屋来，先闻到一股刺鼻的臭味，虽是他习于和不良好的空气能加抵抗的，到了这时，也不由得将身子向后一缩。常居士道："我们家哪有钱请大夫呢？这不是要命吗？"小南道："我倒想起了一个法子，那位洪先生，他不是每天早上要由这里上慈善会去吗？我在胡同口上等着，还是请他想点儿法子吧。"常居士道："你这一说，我倒记起一件事来了。他们和任何什么慈善机关都是相通的。你妈病到这个样子，非上医院不可！请那洪先生在会里设个法子，把她送到医院里去吧。事不宜迟，你快些到胡同口上去等着，宁可早一点儿，多等人家一会儿，别让人家过去了，错过了这个机会。"

小南看到母亲那种情形，本也有些惊慌，听了父亲的话，匆匆忙忙就跑向胡同口去等着。果然，不到半小时的时候，士毅就由那条路上走了过来。他远远地放下笑容，便想报告他所得的好消息。小南跑着迎上前去，扯了他的衣襟道："求你救救我妈吧，她要死了。"士毅听了这话，自不免吓了一跳，望着她道："你说怎么着？"小南道："我妈昨天吃饱了东西，喝多了凉水，闹了一天一宿的肚子，现在快要死了。"士毅听了这话，心想，这岂不是我送东西给人吃，把人害了？于是跟着小南，就跑到常家去。

常居士正靠了屋子门，在那里发呆，听到一阵脚步杂沓声，知道是小南把人找来了，便拱拱手道："洪先生，又要麻烦你了，我内人她没有福气，吃了一餐饱饭，就病得要死了。"士毅答应着他的话，说是瞧瞧看。及至走到里面屋子里，却见余氏躺在炕上，瘦成了个骷髅骨，吓得向后一退，退到外面屋子来。常居士这时已是掉转身来，深深地向士毅作了两个揖。士毅忙道："老先生，这不成问题，我们慈善会里有附属医院，找两个人把老太太抬去就得了。"常居士道："嘻！我看不见走路，怎么找人去？我那女孩子又不懂事，让她去找谁？"士毅站在他们院子里呆了一呆，便道："请你等一等，我有法子。"说毕，他就出门去了。也不过二十分钟的工夫，他带了两个壮人带了杠子铺板绳索，一同进来，对常居士道："老先生，你放心，事情都交给我了。我既遇到了这事，当然不能置之不顾，刚才我已经向会里干事打过了电话，说是我一个姑母，病得很重，请了半天假，可以让我亲自送到医院里去的。现在请了两个人，把你们老太太抬到医院里去。"常居士道："哎呀！我真不知道要怎样谢谢你了。"

他们说着话时，那两个壮人已经把铺板绳索在院子里放好，将余氏抬了出来，放在铺板上。常居士闪在屋门的一边，听到抬人的脚步紊乱声，听到绳索拴套声，听到余氏的呻吟声，微昂了头，在他失明的两只眼睛里掉下两行眼泪来。小南站在常居士的身边，只是发呆。士毅看到人家这种情况，也不觉凄然，便道："老先生，你放心，事情都交给我了。好在这又用不着花什么钱。"常居士道："不能那样说呀！我们这种穷人，谁肯向这门里看一眼呀？阿弥陀佛，你一定有善报。"士毅道："人生在世上，要朋友做什么，不就为的是患难相助、疾病相扶持吗？"常居士手摸了小南的头，轻轻拍了她两下道："孩子，你和洪先生磕……磕……磕个头，恕我不能谢他了。"小南听说，真个走向前来，对士毅跪了下去。士毅连忙用手扶起她道："千万不可这样，姑娘，我们是平辈啊！"又道："老先生，你这样岂不是令我难受？"

他们说话时，余氏躺在铺板上，睁眼望着，只见常居士的眼泪如抛沙一般下来。于是抬起一只手，向小南指指，又向常居士指指。士毅道："对了，姑娘，你在家陪着令尊，他心里很难受，别让他一人在家里，那更伤心了。"余氏躺在板上，对他这话似乎很表示同情，就微微点了头。那两个抬铺板的人也和他们难受，有个道："走吧，病人很沉重，耽误不得了。"于是将一根粗杠穿了拴套的绳索，将铺板吊在下面，抬了起来。常家只有一床百孔千疮的被单，已经脏了，不能拿出来，只拿了两个麻布口袋，盖在余氏身上而已。人抬出去了，士毅又安慰了常氏父女两句，就跟着出去。常居士点点头道："好朋友，好朋友。"说着，望空连作两个揖。可是小南不懂什么是感激，却哇的一声哭了。

第七回

勉力经营奔忙犹自慰
积劳困顿辛苦为谁甜

　　过了两个钟头之后，洪士毅手里提了两个纸包，匆匆忙忙地又跑到常家来。一进大门，就见小南坐在屋檐的台阶石上，两手撑了头，十分颓丧的样子。她听到门口有脚步声，抬起头来看到士毅，就抢上前迎着他道："我妈的病怎么样？不要紧吗？"常居士本也是直挺挺地躺在屋子里铺板上，听了小南问话，也是一个翻身坐了起来，昂着头向外问道："洪先生来了吗？她……她没有什么危险吗？"士毅顿了一顿道："光是肚泻，原不要紧的，但是据医生检查，大便里面已经有痢症了。这个样子，恐怕不是三天五天可以治好的。"小南听说，又哭起来了。常居士等不及了，自己就摸索着走到外边来，皱了眉道："我心刚定一点，你又要哭了。事到于今，只好听天由命了。幸是遇到洪先生帮忙，才能够把她抬到医院里去。要不然，还不是望着她躺在家里等死吗？"士毅道："这样说，倒是我的不好，没有我送那些烧饼来，不会有这事。"常居士拱拱手道："罪过罪过，要照这样子说，柴米油盐店都可以关门，因为吃下去，保不定人要生病的。况且她的病明明白白是喝凉水而得。我虽是眼睛瞎了，心里却还明白，难道我们这样的穷人，还不愿意人家多多地帮助吗？"士毅将带来的两包东西悄悄地塞到常居士手上，笑道："老先生，我

71

想府上少了个当家的人，一定没人做饭，我送你们一些现成的东西吃吧。"常居士手上捧着两个纸包，捏了几捏，仿佛是面包之类，就拱了拱手道："我真说不上要怎样报答你的了。"士毅道："老先生，这些话都不必说，你是知道的。今天下午，我是要到会里办公去的，不能抽身，医院下午还可以去看一趟的，你爷儿俩随便哪个人去一个吧。你要知道，一个人到了医院里，是非常之盼望亲人去看的。"说时，用手伸着拍了拍常居士的手，表示一种深恳的安慰，然后向小南点了个头道："再会了。"他缓缓地走出大门，小南却在后面跟了出来。

士毅不曾知道身后有人相送，只管向前走着。小南直把他送到胡同口，禁不住了，才说道："你明天来呀!"士毅猛然回转身来，见她眼圈儿红红的，呆了一呆，便道："小南，我很觉已往的事对你不住，你父亲是柔懦可怜的人，母亲也是一个无……也是一个本分可怜的人，你父亲要你下跪，你怎么真跪下来? 我的心都让你给跪碎了，以后不必这样。你知道，我不是有力量搭救人的人，以前都是为了你。可是到了现在，我不搭救你家人，我觉得良心上过不去了，你放心吧。"小南道："你以前并没有什么事得罪我呀?"士毅道："有的，你是不知道。但是过去的事，也就不必提了。"小南不知道他真正的命意所在，只得含糊点着头，自走回去了。

士毅一人向会里走，便默想着与常家人经过的事情，觉得小南这孩子犹是一片天真，只是没有受过教育，又得了捡煤核伙伴的熏陶，她除了要钱去买吃喝而外，不知其他。可是当她母亲病了，她天良发现了，也和其他受了教育的姑娘一样呀! 那余氏躺在铺板上一副瘦骨，那常居士两只瞎眼里流出来的眼泪，回想起来，都是极惨的事情，令人不能不帮忙，但是自己的原意绝对不如此呀! 一个月的薪水预先支来了，原想在极枯燥、极穷困的环境中，得些异性的安慰，现在所得到的，却是凄惨。那十块钱经这两天的浪费，差不多都花光了，这一个月的衣食住问题，却又到何处找款子来填补?

自己实在是错误了，很不容易地得了这慈善会一种职务，安安分分地过去好了，何必又要想什么异性的调剂？可是，自己是二十八岁的人了，青春几乎是要完全过去，人生所谓爱情，所谓家庭，都在穷困里面消磨过去了。自己这还不该想法子补一点青春之乐吗？再想到小南子那苹果一样的两颊、肥藕似的手臂、堆云似的乌发，处处可以令人爱慕。假如有这样一个娇小的爱妻，人生的痛苦就可以减少了一半。求爱的人，都不是像我这一样地去追逐吗？我这不算什么欺骗，也没有对她父母不起。我和她父亲交朋友是一件事，和她去求爱，那又是一件事。想到这里，把爱惜那十块钱的意思完全都抛弃了。不但是抛弃了，而且觉得自己还可以想法子去奋斗，找些钱来，打进这爱情之门去。爱情是非金钱不可的，这不一定对于小南是适用这种手腕的。他一想之后，把意思决定了，到了会里办公室里，办起事来，并不颓丧，更觉得是精神奋发。

　　他在慈善会里所做的是抄写文件的职务，他的能耐最容易表现着给人看到。这天下午他把所抄写的文件，送到干事先生那里去，他接着一看，翻了一翻道："你今天上午不是请了假的吗？"士毅道："是的，我请了几点钟假的，但是我不愿为了私事误了公事。假使我下次有不得已还要请假的时候，我也好开口一点儿。"干事道："你这字写得很干净，说话倒也老实，我荐举你一件小事，奖励奖励你吧。现在会里借了一部道藏书来，有好几百本，正分着找人去写，可以让你也抄写一份，每千字报酬你一角钱，笔墨纸张都是会里的。假使你每日能抄写三四千字，每月可以多收十来块钱，对你不是很有补救的事吗？而且这种报酬，为了体谅寒士起见，可以每日交稿，每日拿钱，你能不能再卖一些苦力呢？"士毅听了这话，犹如挖到了一所金窖，大喜欲狂。于是连连向那干事作了几个揖道："果然有这样的好事，你先生就栽培我大了。哪天开始呢？"那干事道："你哪天开始都可以，我现在就拿一份抄本纸笔给你，假如你明天有稿子交回来，你明天就可以领钱了。"他说着，果然将东西拿来，一齐交给他。士毅正在为难，怕是断了经济的接济，做梦想不到，就是今天有了一笔新收入，可以列入预算。

他捧了那些纸笔，走回会馆去，饭也来不及吃，茶也来不及喝，立刻就伏在桌上，开始抄写起来。直到天色昏黑，庙子里都不看见了，这才想起还不曾吃晚饭，一面拿钱叫长班买了些烧饼油条来吃，一面点着油灯继续地向下写。每写到了一千字，心里想着，这又可以得一角钱，便觉得兴奋起来，自己也不知道写到什么时候，只数一数那可誊写三百二十个字一张的稿纸，竟有十几张之多，大概为时不少了。白天在慈善会里，本就加工赶造，闹了一下午，回家之后，又是这样继续地抄写，这虽不必用什么脑力，然而誊经卷、抄文件，都是要写正楷的，却又粗心不得，写到这个时候，眼睛有些发涨，头也有些昏晕，在一盏淡黄色的煤油灯光下，实在支持不住了。这才把这些纸笔稿件收拾起来，登床睡觉。

心里有事，老早地就醒了，下床之后，首先就把誊的道藏书看了一看，见质量那样丰富，心中甚是高兴，也等不及洗脸，先就坐到桌子边来，写了半页字。写了半页之后，因为并不吃力，索性再写半页，这才开始向厨房里舀水来漱洗。这会馆里的人，起床分作三班，第一班是用功的学生，第二班是有些事务的人，第三班才是不读书的学生和那些无职业的汉子。这个时候，连那第一班应当起床的学生都不曾起来，实在早得很。于是漱洗之后，又誊写起来。直等抬起头来，看着窗户上半截的日影，这是每日往慈善会去服务的时候了，于是收了笔墨，向慈善会来。

他在路上想着，每日到会之前，可以写一千字，正午回来的时候，也可以写几百字，到了下午下工的时候，便可充量地发挥本能，竭力誊写起来，大概能写两千以上的字。那么，每日总可以写四千字到五千字，每月当可以增加十二元到十五元的收入，要接济常家的用度，这也就不能算少了，一头高兴，立刻就先跑到常家去看看他爷儿俩现时在干什么。不料到了那里，却是大门紧闭的，用手连拍了几下，听到小南的声音，在门里很严重地问道："谁？干什么的？"士毅说了姓名，她才打开门来，皱着眉道："一早起来，我爹就到医院里去了。剩我一个人在家里，怪害怕的。"士毅道："那有什么害怕？青天白日的，也没有人到这种地方来行抢吧？"小南道："我也不知道什么缘故，家里没人，胡同里也没人，一点儿声音也没有，我害怕极了。"士毅道："这样早，你父亲一个人到医院里去做什么？"小南道："你不知道他是一个残疾吗？他又舍不得花钱雇车，要自个儿问路问了去。"士毅道："呀！双目不明，叫他向哪里去问路？"小南道："我就是这样害怕了，他那样慢慢地问路，慢慢地走着，就是问到了那里，也要半上午了。家里总有些破破烂烂的东西，总得有人在家里看家，我又不能跟了他去。我急着我妈，我又愁着我爹，我只得关起门来哭。"

士毅走到院子里，向她笑道："你真是个孩子，你家有了这样不幸的事情，你应该自己把自己当个成人的姑娘，在家帮着你父亲，到医院去安慰你母亲。"小南道："我也是这样说呀！昨天去看我妈，我妈都不会说话了。到了今天，我爹怎么着也得去，说是和我妈见一面去，你想，我忍心拦住他吗？"说时，用手揉擦着自己的眼睛，几乎又要哭了出来。士毅道："这真是不幸得很。我在工厂里，也和你妈找了一个事了，她把这个机会失掉，未免可惜！"小南道："你给我妈找得了什么事？"士毅道："工厂里有许多女工人，开饭的时候和送茶水的时候，都少不得要人帮忙，我就和你妈在厨房里找了一个打杂……"小南连连摇着手道："你快别说这话。我妈说了，要她去当老妈子伺候人，她可不干。你想，她肯伺候工厂里的女工人吗？"士毅一番好意，不料却碰了人家这样一个大钉子，只得笑道："你现在很有向上的志气了，以后不去捡煤核，不去偷人家的煤块了吗？"小南道："你若帮着我有饭吃，有衣穿，我为什么不做好人？可是我家这样一来，真糟了糕了，我要在家里照应我爹，不能出去了。我妈以前常讨些粗活做，每天总也找个十枚二十枚的，买些杂

75

合面吃。现在我妈又病了，怎么办呢?"说着，又哭了起来。

士毅安慰着她道:"你别哭。告诉你吧，我现在找了一份意外的工作，每天给人家抄字，能抄几毛钱。这个钱，除了我自己拿一点儿零用外，每天都给你家。"小南道:"这样说起来，你在那慈善会里，敢情挣不了多少一个月呀?"士毅犹豫了一阵子，向她笑道:"你看我这个样子，能挣多少钱一个月呢? 不过我对你说句实心眼儿的话，我非常愿意帮你的忙，我虽挣钱不多，总比你们的境遇好些。"小南道:"那么，你一个月能挣五块六块的吗?"士毅道:"那倒不止，一月可以挣十一二块钱，倘若每天能写五毛钱字呢，一个月又能多挣十四五块钱。"小南昂着头沉算了一阵，点点头道:"十二块，又加十五块，一个月能挣二十六七块钱了，那不算少。我家一个月要有这么多钱进门，有皇帝娘娘，我也不做了。"

士毅先听到她嫌自己挣钱少，心里十分地惭愧。现在她又认为二十六块钱，是赛过富有天下的数目，心里倒安慰了许多，便笑道:"你的希望不过如此，那有什么难处? 不久的时候，你有了事，你母亲也有了事，我又帮你的忙，你家不就有这些个收入吗?"小南将他的话细想了一想，觉得不错，不禁又有些笑容了。士毅踌躇了一会子道:"怎么办呢? 我到了办公的时候了，我在这里陪着你是不行，我不陪你，又怕你一个人太寂寞。"小南道:"你还是去吧，你要是把事情丢了，我们指望的是谁呀?"这样一句话，在旁人听了，不能有什么感觉，然而士毅听到，便深感这里面有一种很贴己的表示，就握住了小南一只手，摇撼了一阵，笑道:"好! 我为了你这一句话，我要去奋斗。你不要害怕，把大门关上就是了。到了下午，我办完了公，一定就来看你。"小南携着他的手，送到大门口。恰是巧不过，那个柳三爷带了四五个如花似玉的姑娘由这儿过去，把小南臊得脸上通红，连忙向院子里面一缩，把大门关闭了。

士毅现在仿佛添上了一重责任了，在慈善会里办公的时候，便会想到常家这三个可怜虫怎么得了。假使自己做了他家的姑爷，他们那个家庭就是自己的了，自己有了这样一个家庭，是悲呢，是喜呢，是苦恼呢，是快乐呢？自己一个人做起事来，却不免老是沉沉地设想，一想起来，当然做事情就不能专心了，他誊写一张八行，连笔误带落字，竟错了三处之多，自己写完了校对一番，要涂改挖补，都有些不可能，只得重写了。不料重写一张之后，依然有两处错误，这未免太心不在焉了。就想着，不可如此，非把心事镇定了不可！于是就来写第三张。当他写第三张八行时，自己极端地矜持着，几乎是每一个字的一横一直，都用全副精神贯注在上面，八行是写完了，然而精神用过度了，脑筋竟有些涨得痛。于是伏在桌上，要休息一会儿。当他正将头枕在手胳臂上的时候，却听到总干事在隔壁屋子里的咳嗽声。他想，全科的人都说自己是个勤敏的职员，怎么可以在办公室的桌子上睡起觉来？如此想着，立刻又振作精神坐了起来。好容易把上午的公事熬过去了。

一下了办公室，心里可就想着，小南一人在家里，必定是二十四分的寂寞，于是匆匆地跑上大街，买了十几个馒头，又是酱肘子咸鸭蛋，用两条旧的干净毛巾包着，跑到常家来。远远地就看到小南靠了大门框站着，只管向胡同口上望着。士毅老远地将手巾包举了起来，嚷道："你等久了吧？给你带吃的来了。"小南伸手接了东西，脸上有了一点儿笑容，便道："你跟我们买的吃的，还有呢，就是我爹还不回来，我真有些着急。"士毅道："这里到医院，路不算少。你想呀！他一个双目不明的人，慢慢地摸索着来去，当然不能立刻就回来。馒头是热的，你先吃上一点儿，我也没有吃午饭呢。"

小南家外边那个屋子，并无所谓桌椅，只是乱放了些破烂东西。士毅走进来看了看，简直没有可以坐着进食的地方，只得搬了个稍微整齐的方凳子，放到院子里，把两包吃物透开，由手巾铺了方凳面，食物放在手巾上，和小南坐在台阶石上，就开始吃了起来。小南左手拿了个热馒头，右手两个指头钳了几块酱肘子，咬一口馒头，吃一块酱肘子，非常之有味的样子。士毅笑道："你觉吃得好吗？"

小南道："怎么不好呢？一个月我们也难得吃一回白面，现时吃着馒头，又吃着酱肘子，还有个不好吃的吗？"士毅道："既是你说好呢，这些酱肘子，我就全让给你吃。"小南吃着吃着，这两道眉峰慢慢地又紧凑起来。士毅道："你又为什么发愁？"小南道："我倒在这里吃得很好，也许我妈病更重了，也许我爹撞上人了。"士毅突然站起来道："免得你不放心，我替你到医院里去跑一趟吧。"小南道："那就劳驾了。不过你去了，还要回来给我一个信儿。"

士毅手上拿了一个馒头，就走了出来。他这餐午饭，是一毛五馒头、一毛钱酱肘子、五分钱的咸鸭蛋，已经耗费不少了，无论如何，今天也不能再有什么耗费，不但不敢坐人力车，连一截电车也不敢搭坐，只凭了两只脚，快快地跑到那慈善医院去。到医院一问，不错，是有个瞎子来看病，但是在这医院门口，让人力车撞伤了腿，医院里给他敷了药，替他雇车，让他回去了。士毅听说，这个可怜的瞎先生真是祸不单行，也不知道他的伤势如何？应当去看看才好。于是依然转回身来，再到常家来。

这回到了常家又是一番景象了，只在门口，便听到一种呻吟之声，大门是半掩着，一阵阵的黑烟还带着臭味向门外奔腾。士毅推门进去，只见院子里摆了炉子，炉口里乱塞些零碎末片和纸壳子，而且炉口四周支了三块小石头，上面顶着个瓦壶，这正是他们在烧水喝。小南站在阶沿石上，不住地用手揉擦眼睛，似乎被烟熏了。士毅道："怎么样？老先生撞得不厉害吗？"常居士这就在屋子答言道："哎呀！老弟台，真是对不住，老远的路，要你跑来跑去。我没有什么伤，就是大腿上擦掉一块皮。时候不早了，你去办公吧，我们这里，没有什么事了。"士毅身上没有表，抬头看看日影子，也知道是时候不早，安慰了常居士两句，掉转身就向外走。可是当他走出大门的时候，小南又由后面追了出来，走到身边，低声道："明天务必还请你来一趟。假如我父亲要到医院里去看我妈的话，非坐车不成！"士毅用手指着她的肩膀道："不要紧，我明天会给你父亲送车钱来，你好好地安慰他吧。"

　　他嘱咐完了，于是又开始跑着向慈善会而来。然而他无论跑得多快，时间是不会等人的，当他跑到会里以后，已经迟到一小时以外了，所幸干事还不曾发觉，自己就勉强镇定着，把公事办完。心里想着，不必再到常家去了，这应当快回会馆去，抄写稿件起来。于是再不踌躇，一直走向会馆去，又像昨天一样，静心静意地抄写道藏经卷。而且自计算着，今天耗费了四五毛钱，非写四五千字不可！如此，就可以支付两抵了。当然，这种事是可以拿时间和力量去办到的，到了晚上十二点钟，也就抄写了五千字。次日早晨起来，补写了几百字，合成一万，就带到慈善会交卷。果然，在散值的时候，领到一块钱抄写费。

　　他在抄写的时候，当然是感到痛苦，然而现在得着了钱，便又想到这是一种很大的安慰。再也不能忍耐了，就到常家来探望小南，小南一听到门外有脚步声，就跑着迎了出来，皱了眉道："你怎么这时候才来？我爹好几次要走了，我给他雇车来着，来去要七毛钱，我们哪里拿得出呢？"士毅顿了一顿，突然地在衣袋里一掏，掏出那块钱来，就塞到小南手上，笑道："这一块钱都给你了。除了七毛钱，剩下三毛钱，你可以买东西当晚饭吃。"谈着话，一路走了进来，常居士在屋子里全听到了，便道："哎哟！这了不得，老是花你的钱，我心里怎么过意得去呢？"士毅道："这个请你不必挂在心上，凭我的力量，这些小忙，我总可以办到的。"常居士无甚可说。小南道："洪先生，你吃过午饭了吗？"士毅看她那样殷勤问着，大概她又想自己来做东。然而身上不曾带零钱出来，得的那一块钱抄写费，又完全交给她了。便道："我早吃过了，你们呢？"常居士道："多谢你送我们的面粉，我们就和着面粉，煮了一餐疙瘩吃。若不是孩子要等你来，我已经走了。你有事，请你自便吧。我这个破家也不要什么紧，让小孩子一人看着就行了。"他说着话，向门外走。在小南手上接过那块钱，雇车上医院去了。士毅总怕小南寂寞，又在这里陪她谈了一阵，才赶回会馆去，把自己塞在墙眼里的几张铜子票拿了出来，买了几个干烧饼，在厨房里倒了一碗白开水，对付了这餐午饭，匆匆忙忙再上会里去。

自这天起，他在会里要办公，回来要写字，得了空闲，又要到常家去看看小南父女。他为了节流起见，又不肯花一个铜子坐车，只凭了两条腿加紧地跑。一个人，不是铁打的，士毅一连几天，手足并用，实在有些精神不济。到了第四天，自己存下的几个碎钱都花光了，而且常居士家里，食物也将告尽。这天想着，若是明天顾人顾己的话，大概要八毛钱，自己就当写八千字，说不得了，今天又要带夜工了。因之由慈善会出来之后，不再到常家去，下了决心，就回会馆来写字。由下午四点多钟起，写到晚上十一点多钟止，直写了个不抬头。写的时候，虽然脑筋有些涨痛，然而自己继续着鼓励自己，对于这事就不曾加以注意。及至自己将笔停止，检点检点写了多少字的时候，一阵眼睛发花，只觉天旋地转，怎么也支持不住，身体向前一栽，就伏在桌上。不料自己不休养则已，一休养之后，简直抬不起头来。究竟是写了多少字，这已不能知道，只好手摸了床铺板，和衣倒下去睡。还好，他倒下去之后，便安然入梦，等着耳朵里听到有人的说话声时，几次想要睁开眼来，都有些不能够，最后勉强睁开眼来，只见那纸窗上白色的日光，直射得眼睛睁不开来。不管三七二十一，一个翻身坐了起来，口里连连叫着糟了糟了，只是几分钟的时候，漱洗毕了，赶快地就走出会馆向慈善会而去。

今天到了会里，更是有些不同于往常，只觉得办公室里，有一种重浊的空气向人身上压迫着，仿佛这身子束缚了许多东西，头脑上也好像顶了几十斤，说不出来身上有一种什么抑郁与苦闷。见了同事，勉强放出笑容来，怕人家看出了什么苦恼，然而这苦恼就更大了。伏在办公桌上，将那红色的直格子纸写字，那一条条的直线，都成了纵的平行线。砚台是四方端正的，看去倒成了三角形，虽是

80

勉强提起笔来，那一支羊毫笔倒成了一支棒槌，无论怎样，也不能使用灵便了。这种情形，当然没有法子再写字了，只得放下了笔，将两手笼了抱在怀里，闭着眼睛，养了一养神。他这种情形，再也不能隐瞒着同事的了，早就有人问他道："洪先生，你的脸色太坏，大概有点儿不舒服吧?"士毅站了起来，要答复人家的话，只觉屋子如轮盘似的打转，令人站立不稳，身子向后一挫，便又坐在椅子上。于是把干事曹先生惊动了，对他说："既是身体不好，不必勉强，可以回去休息休息。若是勉强做事，把身子病倒了，那就更不合算了。"士毅站起来，扶着桌子沿，定了一定神，觉得眼花好了一些，这才离开了办公室。因为这次走开，是得了干事的同意的，心中自是泰然，并不虑到会影响自己的饭碗，今天可以把一切的问题都抛开到一边去，回会馆去稳稳当当睡上一大觉。

这几天以来，为了常家的事，自己也太辛苦了。既要顾到挣钱，又要顾着看护人。以前没有慈善会的职务，也不过天天愁那两餐饭而已，现在除了两餐饭，依然有问题而外，而且时时刻刻添着忧虑恐怖，仔细想来，与自己可说毫无关系。若说是恻隐之心，世界上没有一个人去救人，下这样大的力量的。这样说起来，我为的是谁?不就为的小南吗?为着小南，正因为她能安慰我的枯燥生活罢了。但是在事实上说起来，她真能安慰我吗?那恐怕是一种梦幻。她的母亲首先便嫌我衣服穿得不漂亮，不像个有钱的人。就是小南自己，似乎她以前很以为我有钱，现在才知道我是就小事的，或者也有些不满意了。这只有那个老瞎子先生，他是很感激我的。然而他在家庭里，似乎成了个赘瘤的人。我拼了命去维持她一家人，她一家人未必对我能有彻底的谅解，何能得到什么安慰?就算能得些什么安慰，一个人拼了性命去求一点儿安慰，也有些乐不敌苦吧?算了吧，男女之爱，不是穷人所能有的。从此以后，自己撇开常家，住着会馆，靠那十块钱薪水，便足够维持生活。万一自己还想舒服一点儿，每天高兴写上一二千字，一月又可得几块钱，管每日的小菜，也许够了。

　　他如此想着，就觉今日可以回家去大睡一场，从此以后，不必去管常家的事了，合着那句成语，真个如释重负，再不要做那傻子了。他想的时候，只管低了头走，把自己心上的抑郁就排除到一边去。但是当他走到大门口的时候，那个老门房却迎了出来，向他拱拱手道："洪先生，你这几天，怎么这样地忙?"士毅叹了一口气道："嘻！不要提起。不过我也是自作孽，不可活。"老门房道："怎么了？你捣了什么乱子了吗?"士毅道："那倒不是，只是我多管闲事不好。"老门房道："你说管闲事，我正问你这个啦。怎么你提的事，忽然不管了呢?"老门房如此一说，使士毅那番消极的意思不得不打消，所谓如释重负的那个重负，倒依然要他背着呢。

第八回

厚惠乍调羹依间以待
苦心还卖字隐几而眠

　　洪士毅见老门房说得那样的郑重，便问道："我有什么事重托过你?"老门房道："前些时，你不是要再三地对我说，有一个妇人要找事情吗? 现在工厂里差了一个……"士毅摇摇头道："不必提了。那件事情和老妈子差不多，人家虽是穷，是有面子的人，这样的事人家不肯干。"老门房道："你猜着是什么事?"士毅道："不是管女工开饭、洗碗筷子的事情吗?"老门房连连摇了头道："不，不。这工厂里不是有糊取灯盒儿和做小孩儿衣服两样活吗? 这两样，不一定是厂里人做，在家的人，只要取个保，也可以拿活去做。为了这个，工厂里特意要请几个女跑外，一个月至少也给个七块八块的，还可以在工厂里吃饭。你看这不是一件很好的事吗?"士毅摇着头道："好是好，可是要找事的这个女人没有造化，她现在害了病了。"老门房道："害病也不要紧，只要你和总干事提一声儿，留一个位置暂时不发表，就是再过个十天半月，也来得及。"

　　士毅听了这话，自己却沉吟了一会子，假使余氏这病迟个三五天好了，再养息七八上十天，也就可以上工了，这样的好事把它抛弃了，未免可惜! 万一来不及，她的姑娘也可以代表。老门房道："洪先生你想些什么?"士毅道："我想着，这个老太太若是病得久一点儿，让她姑娘先代表跑几天，也可以吗?"老门房道："她姑娘多大岁数呢?"士毅道:"大概有十六七岁吧。"老门房听了这话,一手摸了胡子,瞪了两只大眼向他望着。老门房其实也没有什么深意,可是士毅看到之后,立刻脸上红了起来。他不脸红,老门房却也不留意,他一红起脸来,老门房倒疑心了,想着他是一个光身汉子在北平,我是知道的,这个时候,他先要给个女太太找事,现在又要给个十六七的姑娘找事,这是怎么回事?这样一个老实人,难道还有什么隐情吗?他心里想着,手里就不住地去理他的胡子。士毅看他那神气,知道他在转念头,便道:"不成功也没有关系,我不过转受一个朋友之托,我随便地回复他就是了。"

说毕,他就向外面走去。走路的时候,他又转想到常家的事。我现在为了他家,每天多写不少的字,老把这件事背负在身上,原不是办法,可是突然地谢绝了,也让他一家人大失所望。今天有了这个消息,我正好摆脱,应当去告诉小南一声,至于她愿干不愿干,那就在乎她们,反正我自己是尽了这一番责任的了。他心里这样想着,这两只脚却自然而然地向着到常家的这一条路上走了来。他不感到写字的痛苦,也不感到为人出力的烦闷,却只盘算小南母女答应不答应的问题。走到常家门口时,远远地看到小南在那里东张西望,看到他来了,立刻跳着迎上前来,问道:"你怎么这时候才来?真把我等急了。"士毅道:"有什么事吗?"小南道:"我妈的病已经好些了,多谢你啦。我爹说,老让你花钱,心里不过意,可是我们这穷人家,有什么法子谢你呢?我下午买了几斤切面,等着你煮打卤面吃。我卤也做得了,水也烧开了,就等着你好下面啦,可是你老不来。"

士毅口照答应着事忙,心里可就叫着惭愧,心想,我今天要是不来的话,人家烧好了水,要等到什么时候才煮面呢?所以和朋友绝交,也当让朋友知道,免得人家有痴汉等丫头这一类的事情。他心里这样责备着自己,走到大门里去。常居士似乎是知道他来了,昂了头向屋子外叫道:"小南,是洪先生来了吧?我说不是?人家有那一番恻隐之心，还不知道你妈今天的病怎么样呢，怎能够不来?"士毅在院子里答道:"这两天事情忙一点儿。来，我是一定来的，就是我不来了，我也会打老先生一个招呼，免得指望着我帮忙呀。"说着这话，已经走到很窄小的那个中间屋子里去。

常居士摸索着迎上前来，两手握了士毅一只手臂，然后慢慢地缩了手，握住了他的手，一手托着，一手按着，点了两点头，表示出那诚恳的样子来，却道:"洪先生，我得着你，算是一活三条命。要不然，我内人病死，我要急死，我这个丫头，前路茫茫，更是不知道要落到什么地步。小孩子说，老让你帮忙，要煮一碗面请请你。其实这买面的钱，也是洪先生的，你别管她这面是谁花钱买的，你只瞧她这样一点儿孝心吧。"士毅啊哟了一声道:"老先生，你怎么说这样的话? 折煞我了。"小南道:"屋子里没有地方坐，又脏得要命，还是请洪先生在院子里坐吧。"士毅道:"这里我已经来熟了，哪里坐都行，不必和我客气。"小南不由分说，忙碌了一阵子，她将一把破烂的方凳子放在阶沿石边，又端了一个矮凳子放在旁边，用手拍了矮凳子道:"就请这儿坐吧。"士毅也觉得他们屋子里充满了煤臭与汗气味，到外面来坐，正合其意，笑着坐下了。常居士扶了壁，摸索着出来，也在阶沿石上坐着。屋檐下一个煤炉子上，用三块小石头支了一口补上锯钉的大锅，烧上了一锅水，只是将一方柳条编的笼屉托子盖了，在那缝里，只管冒出热气来。小南在屋子里，端出来一只缺了口的绿瓦盆，盆上盖了一条蓝布湿手巾。掀开手巾来，中间两大碗北方人吃的面卤，乃是鸡蛋、肉丝、黄花菜、木耳、花椒、芡粉合煮的东西。碗外面，就围上了几大捆切面条，于是小南取了笊篱筷子，就在当院子下起面来。

常居士坐在阶沿石上，风由上手吹来，正好将面锅里的热气吹到他面前。他耸了鼻子尖，不由得喝起彩来道:"香，好香! 机器面比咱们土面来得香，也好吃些。"士毅道:"老先生，你大概肚子饿了，给你先盛上一碗吧?"常居士笑道:"不忙不忙，你们那一碗卤恐怕凉了，得热上一点儿吧？"小南并不答复他这一句话，取出一个大碗来，盛上了一碗面，将一个盛了酱的小碟子一齐送到方凳子上，将一双筷子塞到他手上，笑道："你先吃吧。这黄酱倒是挺好的，我忘了买香油给你炸上一炸，你就这样拌着吃吧。"常居士一手接了筷子，一手探索着摸了碗道："我怎好先吃呢？"小南道："你吃素，我们吃荤，你先吃吧。免得闹在一处，也不干净。"常居士将脸向着士毅笑道："我这就不恭敬了。"于是摸了黄酱碟子在手，用筷子拨了一半黄酱在白水煮的面碗里，然后筷子在面碗里一阵胡拌，低了头，唏里咚啰便吃起来。那一碗面何消片刻吃了个干净。小南也不说什么，接过了面碗去，悄悄地又给他盛上一碗。接着她将两碗卤放在方凳子上，然后盛了一碗面，双手捧着，送到士毅面前，又取了一双筷子，用自己的大衣襟擦了两擦，抿了嘴笑着送了过来。士毅笑道："何必这样客气呢？"小南笑道："你要说客气，我们可寒碜，瓜子不饱是人心，你别说什么口味就得啦。"

士毅吃着面，心里也就想着，像小南这样的女孩子，总是聪明人，分明是她要煮面给我吃，倒说是她父亲要煮面谢我。在这种做作之下，与其说是她将人情让与父亲做，倒不如说是她有点儿不好意思了。她果然是不好意思，这期间便是有意味的。不要说她是个捡煤核的小妞儿，她一样懂得什么叫温柔，什么叫爱情呀。心里想着，眼睛就不住地向她看了几眼。她捧了一碗面，先是对了方凳子站着吃，因为士毅老是望她，她就掉转身，朝着大门外吃了。士毅见她越发害臊，就不再看她了。吃完了一大碗面，将碗与筷子向方凳子上一放，小南回转身来，立刻放下自己的碗，伸手将士毅的碗拿过去，便要去盛面。士毅用手按了碗道："行了行了，我吃饱了。"小南笑道："你嫌我们的东西做得不好吃吧？"士毅笑道："那是笑话了。我又不是王孙公子，怕什么脏？我的量本来就不大，这一大碗，就是勉强吃下去的。"小南道："舀点儿面汤对卤喝吧？你不再吃一点儿，我的手拿不回来。"士毅听她如此说着，没有法子再可以拒绝，只得笑道："好！我喝，就是汤，也请你给我少舀一点儿。"于是小南将碗拿过去，舀了大半碗热汤，亲自用汤匙将面卤舀到汤碗里来和着。士毅虽是在穷苦中，但是这一个多月来，有了事情了，每餐饭总是可以吃饱的。像这样的面汤冲咸卤喝，实在不会感到什么滋味。可是对于小南这样的人情，又不能不领受，只得勉勉强强把那一碗汤喝下半碗去。

小南看那样子，知道人家也是喝着没有味，因笑道："洪先生，你等着吧。"士毅突然听到说等着，倒有些莫名其妙，就睁了眼向她望着。她笑道："等我有一天发了财，我请你上馆子吃一餐。"常居士倒不由得扑哧一声笑了，因道："人家要吃你一餐，还要等你发了财才有指望呢。你这辈子要不发财呢？"小南道："一个人一生一世，有倒霉的日子，总也有走运的日子，你忙什么？"常居士却叹了一口气道："一个人总要安守本分，别去胡想，像咱们这样的人家，财神爷肯走了进来吗？你妈是个无知无识的妇道，我是个残疾人，你是个穷姑娘，咱们躺在家里，天上会掉下馅饼来吗？"士毅笑道："这也难说，天下躺在家里发财的人，也多着呢。就以你姑娘而论，焉知她将来就不会发财？"小南笑道："对了，也许我挖到一窖银子呢，我不就发了财吗？"

大家说说笑笑，把这一顿面吃了过去。士毅道："我来了这久，忙着吃面，把一个消息忘记告诉老先生。就是上次我说的，可以给伯母找一个事情的话，现在可以办到了。事情很好，面子上也过得去，就是在工厂送活到外面去做，人家做好了，又去取回来，事情很轻松的。除了每月八块钱而外，还可以在工厂里吃饭，合起来，也有十几块钱一个月，不是很可以轻府上一个累吗？"常居士听说，早是情不自禁地向他连连拱了几下手道："这就好极了，就请洪先生玉成这件事吧。"士毅道："可是有一层，伯母现在病着呢，她怎能上工呢？"常居士听说，将眉毛连连皱了几皱。士毅道："这一层，我也想到了，可以请令爱先去，代替十天半个月。"小南听说，连忙顿着脚道："我去我去，哪一天去？"常居士道："人家不过是这样一个消息，成不成还不知道呢，哪里就能够说定了日期？"小南一头高兴，不觉冰冷下去。那脸色也就由笑嘻嘻的，一变而绷了起来。士毅笑道："只要姑娘愿意去，我一定努力去说，多少总有点儿希望。"小南不觉向他勾了一勾头道："我这里先谢谢了。"常居士他虽不看见，他用脸朝了小南站的那一方面，似乎有点儿感觉，点着头道："对了对了，多谢谢吧。"

士毅吃了她亲手做的一碗面，心里已经有一种奇异的感觉。现在他爷儿俩这样的感谢，更叫他兴奋起来，便站起来安慰着小南道："我尽力去办，只要会里干事先生肯答应，我就磕三个头也给你把这事情说妥下来。"说着话时，手按在她的肩膀上，轻轻地拍了几下。小南向他微笑着，眼睛可射到瞎子父亲身上来。她顺手抬了一只手，握住了他的手，捏着摇撼了几下，向他微微地笑着。这个样子，她是表示了很深的感激与希望，士毅哪里还有推托的余地？因笑道："你放心好了，我一定和你办成功就是了。我不光是答应你就算了事，还有许多事要一同去办的呢。事不宜迟，我马上回去就给你办理。"士毅说了，人就向外走着。小南跟在后面，追了出来，却握住他一只手，只是嘻嘻地发出那无声的笑。士毅看她这样亲热，心里自是满意，可是急于无话来安慰她，就笑着问道："今天你不短钱用吗？"小南道："今天我不用钱了，你明天再把钱给我就是了。"士毅答应了一声好，高高兴兴地走回会馆去。

他有生以来，不曾经过女人对他有一种表示。今天小南这一番好意，是平生第一次受着女人的恩惠，觉得这种恩惠，实在别有一种滋味，自己一个人低头走着想了回去，总觉得小南这个人，不可以看她年轻，不可以笑她是捡煤核的，实在她也是无所不知的人。正想到得意之时，身后忽然有人叫起来道："老洪，你要到什么地方去？"士毅猛然回头一看，啊哟一声，自己也不由得笑了起来，原来已经走过了会馆门口好几家门户了。叫的人却是会馆里的同乡，怎料到他如此穷困的人，会发生爱情问题？所以他随便说着，也没人注意他。

　　然而他走到自己卧室里以后，架起两腿，在床上躺着又继续地想着下去。觉得小南这种要求，自己无论如何应当给她办成。这样一来，自己可以少有些经济上的负担，其二，给她找了一个事，她对我的感情，要格外好些。那个时候，在友谊上我就可以到进一步的程度了。想到这里，自己加上了一笔，但是所谓进一步的程度，并不是像上次带她到西便门外去的那种举动，这是要她感觉得我这人待她不错，她不应当把我当一个父亲的朋友，应当把我当她一个知心的人，一切的情形，彼此都可以有个商量。到了那个时候，必定水到渠成，不用我有什么要求，她父母也许就会出来主张一切的了。不过这样一来，我周济帮助人家的用意，完全把假面目揭破了，不过是一种引诱的手段而已。别的还罢了，我打了一个佛学的幌子，去和那好佛的常老头子歪缠，世界上真是有佛的话，我这人就该打下十八层地狱去。我现在要做好人，只有光帮他们的忙，不图他们的报酬。可是又得说回来了，我手糊口吃，自己还顾全不过来呢，为什么去帮别人的忙呢？假使我不去帮他们的忙，像小南这样的孩子，做个煤妞儿终身，未免可惜！而且她是十二分地希望我去帮她的忙。假使我不去帮她的忙，她那种失望，比受了我的引诱还要难过万分呢。

　　自己想来想去，始终得不着一个解决的办法。还是起来，预备了灯火，掩着房门，靠了桌子坐着。啊哟，这一下子提醒了他，桌子角上还有一本道藏书和一叠稿子纸，自己一种新加的工作，晚上回来，还不曾动手哩。本来自己想着，累了这些天很是无聊，今天可以不必写了，反正自己挣的钱，总够自己吃饭的。写字挣来的钱，都是给常家人用了，不过是为人辛苦。决计不做那傻事了，也可以养养自己几分精力。然而到了现在，这计划又该变迁了，临走的时候，小南曾说了一句，有钱明天给她用，若是明天见了面，不给她钱用，未免有点儿难为情。我有的是精力，便费点儿神，只要今天带个夜工，写个三四千字出来，明天就可以给她三四毛钱了。我的能力固然是小，可是她的希望也不大。若是做这一点儿事，我还要考虑，太没有出息了。这没有什么难处，不过是写。想到一个写字，自己振作起精神，立刻磨墨展纸，就写了起来。以誊写经卷而论，一小时写一千字并不为多，但是士毅在白天写过字，办过公，还跑过路，又以他的精神而论，也就用得可以的了。况且回得家来，又是这样思索，实在是不能写字了。可是他觉得今天晚上，有的是空余的时间，又何必不写几个字呢？因之排除了一切的困难，他还是继续地写了下去。

由晚上八点钟写到十一点钟，也不过仅仅写了两千字。将这个到会里去领款，两角钱而已。无论如何，总得再写二千字，明天所得的钱，才拿出来不寒碜。因之趁磨墨的工夫，休息了片刻。磨完了，按着纸，又继续地写。也许是人真个有些疲倦了，写着写着，两只眼睛的眼皮不由人做主，只管要合拢起来。自己虽然竭力地提起精神来，要把眼皮撑着，但是眼睛里所看的字，和手下所写的字，有时竟不会一样。猛然醒悟过来，定睛一看，竟写了好几个"小南"在稿子上。心里连说糟了。所幸写错的，还仅仅是最后一张，若是以前几张都有错字，今天的工夫，算是白费了。自己也是想不开，今天既是写得太累了，今晚上可以休息，明天起个早来写，不是一样吗？可是话又说回来了，一个人做事做到累了，总是贪睡的，明天不但不能起早，也许比平常起得晚，那又怎么办呢？穷人手下又没有闹钟，可以放在床头，让它到时把人吵醒。也不像在家里的人，假使要起早的话，可以托付别个，早早地喊一声。

他正想着，一个苍蝇嗡的一声，在灯光上绕了一个圈子飞着，他自己不觉扑哧一声笑了起来。心里想着，有了。前两天，晚上忘了关窗户，一天亮飞进几个苍蝇来，就把人吵醒了。我何不打开窗户，打开房门，大大地欢迎苍蝇进来？明天早上，它在我脸上爬着，痒得我自然会醒。苍蝇就是我的闹钟，苍蝇就是叫我起身的听差。这个法子绝妙，再也不用犹豫的了。于是门窗一起打开，吹灭了灯，安心上床去睡。

到了次日天刚亮的时候，果然有几个饿苍蝇在屋子里飞着。因为睡着的人，身上是有热气的，那苍蝇就飞到人手上人脸上来嗅那热气，爬来爬去，闹得人浑身作痒。士毅蒙眬中用手在脸上拨了几拨。可是苍蝇对于热气是有一种特别嗜好的，你虽是把它竭力轰跑了，它拼命地挣扎，飞过去，又飞回来。这样的拼命交哄有五六分钟之久，这个殷勤的飞扑，到底把士毅叫了起来。士毅睁开眼睛一看，哎哟！天亮了，苍蝇催我来了。于是匆匆忙忙地披衣起床，赶快就揣着脸盆到厨房里去舀了一盆凉水来洗脸。也不知昨天是什么事大意了，却把一条旧的洗脸手巾，不知放到哪里去了。找了很久，手巾没有法子找着，若是这样找下去，又要耽误不少写字的工夫，因之只把凉水在脸上浇了两下，掀起一片衣襟，将脸随便地擦抹了一把，赶快就伏到桌上来写字。

写了几行，就看看窗子外头的日影。因为在会馆里住着，从来没有钟表看时间，现在已经练成了一种习惯，不必看钟表，只要看着屋檐下及墙上的日影，就知道是什么时候了。所以他的心事老是分着两层，一方面写字，一方面注意着日影。他总算写得快的，不到半小时之久，他就写起了五百字。照这样算着，一个钟头，好写一千字了。起来得如此之早，当然好写两个钟头的字，才到慈善会去。便便宜宜地，可以在早上挣两角钱到手了。

如此想着，笔在纸上，真个如蚕食叶，写得是很快。不过昨日带病睡觉，今天起来得如此之早，却并没有把病放在心上。直到写过两个钟头以后，预计的两千字已经可以写完了，于是觉着自己的头脑一阵比一阵地发涨。恨不得伏在桌上，立刻睡上一会儿才好。然而这最后几行字不写起来，这一角钱的报酬，今天就不能拿。再拿不到两角钱，回头到小南家去，小南伸手要钱，就没有法可以出手。想到这里，不由得自己不格外努力，于是咬着牙，低了头又誊写起来。一口气把最后一页写完了，看看窗子外的日影，也不过七点多钟，到上慈善会办公的时间约莫还有一小时，于是将笔一抛，叹口气道："我可写完了。"

只说完了这句，他就两手伏在桌上，头枕在手臂上，蒙眬地睡去。本来他是可以上床去睡的，可是他心里也自己警戒着自己，假使睡得太舒服了，恐怕起不来了，还是伏在桌上，闭闭眼睛，稍微休息一会儿就算了。因之他伏在手臂上，刚刚有点儿意志模糊，立刻想起来道："不要到了钟点了吧?"立刻抬起头来，睁开眼看看窗外的日影，还是先前看的那个样子，并没有什么移动。这也是自己小心过度了，这个样子，自己也许不曾睡到五分钟呢。于是自己宽慰着自己道："时间还早着呢，好好地睡半点钟吧。"他下了这个决心，便又伏在桌上睡了起来，自己也不知道睡了多少时候，将头向上一冲，叫起来道："到了时间了，起来吧，起来吧。"果然站起来看时，太阳影子也只是每日在床上刚醒的时候，并没有到出门的时候，然而这也就时间无多了。自己再也不敢睡，立刻将桌上的稿件收拾收拾，就出门去。

他第一项工作，就是把抄的字交到干事先生手上，领了四角洋钱到手。那给钱的干事对他脸上望望，因问道："洪先生，你在北平是一个人呢，还是带有家眷?"士毅不知道人家的意思何在，便道："自然就是我一个，我这种情形，还能养家眷吗?"干事道："既然只是一个人，何必这样苦苦地工作，每天除了到会来办公而外，你总有这些字交卷，和那不工作光抄字的人也差不多，你实在是太苦了。这几天，不但你的脸色憔悴了许多，就是你的眼睛也红了。据我看来，怕是带夜工的缘故吧?"士毅微笑道："你猜是猜对了一半。不过我这样做苦工，也是没有法子。我虽是不养家眷，可是以前穷得没奈何，借了债不少，现在我要赶出一点儿钱来，把这债还一还。"干事先生道："这样子，事就难说了，还债要紧，性命也是要紧呀。"说着，望了他，倒替他叹了一口气。士毅不便说什么，自垂着头走了。可是办公的时候，他心里就想着，干事先生说的话，性命要紧。不要这样狠命地写字吧？可是我要不这样加工赶造的话，我哪有钱帮小南的忙呢？好容易挣扎到现在，小南对我有些意思了。我忽然把以前努力的事情，一齐停止不管了，那么，交情也就从此中止了，未免可惜！干事先生说的话不要管他，我还是干我的。不见得一个人每天多写几千字，会把人写死。因之办完了公，回去吃饭的时候，怕煮饭耽误了工作，只买了几个大烧饼，一路走着，一路啃了回会馆去。

到了会馆之后，向会馆里同乡讨了两杯热茶喝着。看了看屋檐下的太阳影子，那阳光和屋阴分界之处，黑白分明，有如刀截，笔直一条。这样子，正是太阳当顶了。往日这个时候，在慈善会里，还不曾出门，今天就回了家了，时候很早，何不赶快多写上一页？主意有了，立刻把衣袖一掀，站在桌子边磨起墨来。将墨放着，就伏到桌子边，展纸伸毫来写字。

他写字的时候，却听到隔壁屋子里有人道："老洪这几天起早歇晚，连回来吃饭的时候都不肯停一下，这么写字，什么事，要这样子的忙法？"又一个人道："他在北平苦够了，大概他想积攒几个钱，预备将来没有法子的时候好回家吧？他这个人，一钱如命，是不肯枉费一文的。"士毅听了这话，心里真不免有些惭愧，我真是一个钱不肯枉花吗？岂知我都是为了枉花才这样地卖力呢？人生在世，大概是不会满足的，有饭吃，就想衣穿。有吃有喝了，便想一切的逍遥快乐等着一切逍遥快乐，有些希望了，这就预备花钱。到了这时，钱总是不够花的，于是就拼命去想法子，只要能得着钱，无论出什么力量都在所不惜。这就忙碌来了，苦恼也来了，这不但是自己如此，就是自己所看到得意或失意的人，也莫非不如此。这可以知道天下人遇着烦恼都是孽由身做，我刚吃了几天饱饭，就贪上了女色，这不该打吗？可是话又说回来了，穷人就不该贪女色吗？想着想着，手里拿了笔，不写字，也不放下，只是悬着笔，眼望窗子外出神。许久许久，忽然哎呀了一声。

第九回

襆被易微资为人作嫁
弹琴发妙论对我生财

原来洪士毅想得正得意的时候，却忘了写字，偶然一低头，自己才发现面前放了一张纸，没有写字呢。自己不是赶到会馆来预备写上几百字的吗？这样一想，把写字的事忘记还不要紧，也不知是如何闹的，却在写字的纸上滴上好几滴墨迹。抄写经卷，就要的是一个干净，有了墨迹，这种东西就不能用了。唉！白糟蹋一张纸。今天上午是不能写多少字的了，索性休息这半天，待到下午回来，再一心一意地写上两三千字吧。不必多，以后每天能写两三千字，也就不错了。这两三千字合起来，一个月也可以收入八九块钱，自己凑着用，固然是十分富足；就是分给小南去用，并非分去自己的正当收入，她得了我这笔钱，那可了不得了。差不多她一家人的吃喝都够了。据我想来，这并不是什么难事，只要每天能起早，晚上十一二点钟就睡，身体既不劳累，精神也可以调和得过来。再说，无论如何痛苦，总比以前无事的时候，每天想在街上捡皮夹子的状况好得多了。如此想着，自己突然地将桌子一拍，就站了起来。口里也喊出来道："好！我就是这个样子对付。"左右两隔壁屋子里的人，听着这话，都吓了一跳，以为这个人有了神经病，都抢着跑出来，伸头向他屋子里看着。他自己就猛然醒悟起来，已把别人惊着了，于是笑道："好大胆的耗子，青天白日，就当了人的面上桌子来找东西吃。"人家以为他骇吓耗子，就没问什么，各自走了。

士毅手扶了桌子角，晃荡了几下，觉得脑筋有些涨得痛。刚才沉思的时候，自己鼓励着自己，身上虽是有病，却是不知道。现在精神兴奋过去了，因之病象也就慢慢地露出。人的脑力毕竟有限，是不能过分支取的，不要是这样努力，真个把命都丢了。不如托长班向会里打个电话，今天告半天假吧。于是走到房门口，正待提高了嗓子去叫会馆长班，可是他第二个感想就跟着来了。今天若是不到会里去，可不能不到常家去一趟！昨天对人家说找工作的话，今天应该回复人家一个实的消息。可是昨天和老门房没有说定，今天又想着赶回来写字，忘了和老门房再去打听，回头常家人问来，何辞以对呢？本来这种事，都是十分穷苦的人才去干的，自然也论不到身份，所以会里搜罗这种人才，并不向上层的先生们去征求，只是在会里工役两类人里去找，而先生们自己去介绍这种人的话，也有些嫌疑。并不曾听到同事的先生们中，有人提到这话。自己在会里做事，本来就由代理门房职务升上来的，同事中言语之间都是爱理不理。在这一点上，可以知道人家瞧自己不起，自己不负总干事那一番提携，不可以一个录事自小，正当力争上流，怎好向会里去介绍女工？这只有重托老房门，让他去说，自己在内幕牵线也就够了。可是昨天没有给老门房一个答复，也许人家以为我不愿介绍这事了。今天再不去和他说，恐怕会让别人抢夺去了。

他想到这里，无论如何，非到慈善会里去办公不可。于是坐了下来，定了一定神，手撑着桌子，托住了头，微闭了眼睛，静静地想着。他又是突然站了起来，将桌子一拍，隔壁屋子就有人问道："老洪，你屋子里又闹耗子了吗？"士毅听说，倒暗笑起来了，答道："可不是？真没有法子。其实我们这屋子里，连人吃的都没有，哪里还有耗子的份呢？"

说着话，看看当院的太阳影子，已经是到上慈善会的时候了。既是决定了去，就不用得再犹豫什么，挣了命，立刻就走向慈善会来。首先见着了老门房，就把他拉到屋角边，低低地向他道："我托你的事怎么样了？其实这个人，和我一点儿关系没有，只是我看到他们家里人可怜，不能不帮他一点儿忙。"老门房道："早就说妥了，因为你没有回我的信，我不知道是怎么一回事，也没敢去问人家。"士毅道："这个女人，现在她病在医院里，让她姑娘先来替十天半个月，行不行？"老门房道："只要上头答应了，反正有一个人给工厂办事，她娘也好，她闺女也好，那总没有什么关系。不过请你把姑娘先带来给我瞧瞧，让我瞧瞧是成不成。"士毅觉得这种办法，是没有什么可以驳回的。

当天下午办完了公，就赶到常家来报告这一件事。常居士道："有这样好的事，那就好极了。可是一层，我这孩子身上的衣服，破烂是不必说，就是她捡煤核的那些成绩，身上也就脏得可观。人家不会说我们穷，倒一定要说我们脏懒。"小南也在外面搭腔道："这个样子，我怎样能去？我非换一件衣服，我不能去。"常居士道："你趁着今天晚上，把那件褂子脱下来洗上一洗，晾干了，明天就穿去得了。换一件，你哪有衣裳换呢？"小南鼓了嘴，靠了门框站着，眼睛望了天，却只管不作声。士毅站在院子里向她周身看看，见她穿的一件蓝布短夹袄，前一个窟窿，后一个窟窿，有些窟窿将白线来连缀起来，蓝黑的衣服上，露出一道一道的白线迹，非常之难看。他估量了许久，不觉点了几点头。

小南眼望了他一下，噘着嘴道："你看这个样子，怎好去见人呢？这个样子我不去。"常居士听说，在屋里就摸了出来，扶着小南的肩膀道："你不要胡说了，这是千载难逢的机会，怎好不去？难道你跟我们饿到现在，还没有饿怕吗？"小南将身子一扭，依然噘了嘴道："我不去，我不去。穿得破破烂烂地去了，人家只当是要饭的来了，别说找事，人家看到，理也不会理我一声呢。"士毅看了那个样子，就随便地答应了一句道："实在地说，换一件衣服去也好，我去想点儿法子吧。"小南笑道："你要是能给我想个法子，借一件衣服来，劳你的驾，还给我借一双鞋、一双袜子。"说时，将脚抬了起来，让士毅看。士毅见她脚上虽然穿的一双破鞋，可是扁扁的、平平的、窄窄的，乃是不到七寸长的一双小脚。这也正和她的人一样，娇小玲珑，在可爱之处，还令人有一种可怜之意。他看了，并不答复她的话，却只是对了她的脚注意。小南放下脚来，又抬起另一只脚给他看看，笑道："你看了，也应该替我发愁吧？你看，鞋子口上，破了这样一个大窟窿，脚趾头都露出来了。"说毕，将趾指头在窟窿里钩了两钩，方才放下。

这种举动，虽然是不大文明，可是在士毅眼里，依然觉得这是一片天真，就笑着点了点头道："我总要给你去想法子，把东西去借了来。"小南道："那我真感激你啦。衣服大小一点儿，凑付着穿，倒没有什么关系。就是鞋子大了或是小了，那都不成！你在这儿给我带个鞋样子去，好吗？"士毅道："那就更好了。借不到，到天桥地摊子上，买也给你买一双来。"常居士听了士毅说话的所在，向他连连地摇了几下手道："要是说买的话，那可使不得！"士毅道："我既是答应了帮忙，我总要想法子把这件事周全起来，你尽管放心得了。老伯母的病今天怎么样？更见好了吧？"小南道："我今天瞧我妈去的，她听说你给她找了个事，高兴得了不得，这病更见好了。可是医院里大夫说，总得在里面休息个十天半月的才能出来。现在痢疾拉得遍数虽少些了，还是在拉，别的不说，人瘦得可说只剩一把骨头了。"士毅道："你别焦急，你母亲十天半月好不了，这件事就让你干去。"小南道："若是让我干的话，更要穿得好好儿的去了。"说着，就在屋子里寻出一张鞋样子交给了士毅。士毅道："好办，好办！我在三天之内，准可以给你们一个回信。"

说毕，转身向外走。小南在他身后跟了出来，只管随了他走。士毅回过头来道："令尊大人还没进屋去呢，你不用送我了。"小南看了他，微微一笑。停了一会儿，低着头不肯抽身回去。士毅道："哦，你还有什么话说吗？"小南道："你不是说今天还给我钱吗？"

士毅笑道："你看我真是糊涂，我特意送钱来的，把这件事倒忘了。"说着，在身边掏出四角钱来，笑道："你先拿去用吧。若是不够，我明天再给你。"小南将四张毛票接在手中，笑道："你何必一天一天，零零碎碎把钱给我呢？一回多给我几个，不好吗？"士毅想了一想，笑着点点头道："好的，将来……将来总可以那样办。"小南将一个指头衔到嘴里，向他望了微笑着道："你真跟我去买衣服鞋子吗？"士毅道："当然是真的，难道我还能够骗你？你想，办不到也不要紧的事，我何必骗你呢？"小南道："可是你说了，三天之后，才给我的回信。三天之后，才有回信，几天才把东西买了来呢？"士毅道："我自然愿意办得越快越好。我不敢说三天之内准办得到，所以才说三天之后回你的信。"小南笑道："要是那么着就好，明儿个见。"说毕，她掉转身，一跳一跳地回家去了。

士毅只就加重了一层心事了，自己答应了和人家办衣裳鞋子的了，这衣裳和鞋子就是到天桥去采办，恐怕也要两块钱，这两块钱到哪里去筹划？难道还靠写字上面来出吗？三天的工夫，无论怎样，也筹不出来两块钱，而况小南今天还嫌零零碎碎地给钱不好，要自己每天多给她几个钱呢。这怎么办？他经过了许多番的筹思，这天晚上，他在床上躺着的时候，忽然之间得了一个主意，立刻将床一拍道："我就是这样子办。"他这样突然地叫了起来，把左右前后几间屋子里都惊醒了，隔壁屋子里住的人道："老洪也不知道有了什么心事，睡到半夜里，会说起梦话来。"士毅这才知道把人家惊醒了，吓得不敢作声了。

到了次日清晨起来，他下得床来，将床上的被褥一齐卷了起来，用绳子一捆，扛在肩上，就送到当铺里去。行李向柜上一抛，大声指明了要三块钱，少了不行。当铺的伙计看他这个样子，大有孤注一掷的意味。一个人不等着钱用，也不能把铺盖不要，对于这种人的要求，却也不可太拂逆了，于是就依了他的话，当了三块钱给他。士毅有了这三块钱，胆子就壮了，午饭以后，立刻跑到天桥旧衣摊子上去，左挑右选地挑了一件女旗衫回来。又拿着小南给他的鞋样子，在地摊上给她买了一双鞋。他这样一来，比有人送东西给他还要高兴多少倍。拿了衣服鞋子，一口气就跑到常家来。小南正拿了一个毽子在院子里踢着，看到士毅手上拿了东西进来，她这一份喜欢，简直不能用言语形容。她一跳上前，就拉着士毅的手道："好极了，你给我把东西买来了吗？"

士毅笑着将东西递到她手上，笑道："你看我办事情办得错不错？"小南将叠折的一件衣服抖了开来，立刻就在身上比了一下。用脚踢起下摆看了一看，笑道："好的，好的！"士毅道："这样哪比脱了夹袄再穿的好？"小南笑道："要那样试试才行吗？"于是她就在当院子里将夹袄脱下，剩了里面一件破断两只袖子的旧汗衫。士毅突然地看到她穿了单薄的衣服，露出身上肌肉丰满的部分来，不由得心里跳动了两下。他就想着，这位女士的态度真是能处处加以公开的。对于这样的女子，若是加以欺骗的手段，未免于心不忍，我想，对她若是很真诚的，那必定比以欺诈的手段去接近她要好得多。因之他立刻得了一种安慰。这种安慰，足以奖励他当了被褥来送礼的这股勇气，就笑嘻嘻地向她道："还有这双鞋子呢？你不要试一试吗？"说时，将手上报纸包着的一双坤鞋拿了出来，向小南照了一照。

小南一面扣衣服的纽扣，一面接了鞋子，看到屋檐下有一张矮凳子，她就坐了下来，拉脱了自己的鞋子，露出一双没有底子的袜子来。她两手拿了袜子筒，只管向上兜，不料她用力过猛，唰的一声，将袜子拉过了脚背，直到腿上面来，她将一只赤脚，抬起来给士毅看道："你看这个样子，配穿好鞋子吗？"士毅道："这个好办，我索性去买一双袜子来送你就是了。"小南听了大喜，来不及穿鞋子，光着脚站在地上给他鞠了躬道："那真是好极了，你就好人做到底吧。"士毅当被褥的钱，还只花去两块有零，要买线袜子的钱，身上有的是，立刻就走出大门去。常居士在屋子里听到，连忙向外面拦着道:"洪先生,你不要客气,你不要客气,小孩子她不懂什么,你不能随她的便。"士毅只说了一句不要紧,人已走远了。等他买了线袜子回来的时候,小南依然在那矮凳子上坐着,穿了旗衫,光了脚,穿了那双好的鞋子。眼巴巴地向着门外望着,正等着士毅回来呢。

士毅进门来,小南老早地就把手伸了出来,笑道:"怎么样的袜子,快拿给我看看吧。"士毅将买的一双白线袜交给了她,她接着袜子看了看,笑道:"你干吗给我买白袜子?"常居士在屋子里插嘴道:"这孩子真不知好歹,人家买了东西送你,你还要挑颜色?"士毅道:"不要紧,我拿了去调换就是了。"小南笑道:"白的颜色就好,不过不经脏,要弄得天天要洗的。"常居士道:"你真是懒人说懒话,为了懒得洗,不穿白袜子,可是穿了黑袜子,有了脏只图人家看不出,自己脚上多脏,你就管不着了。"

小南将一只手提着一块破布,一只手舀了一瓢凉水,在布上浇着。浇过之后,将光脚踏在凳子上,用浇了水的布来擦着,擦过之后,又擦那只,轮流地将脚擦光,就穿起袜子来。身上都收拾停当了,然后向士毅站着,不住地整理她的衣襟。士毅笑道:"花钱不多,这样子装束就很好了。"小南抬了头,先让他看看领子,又掉转身来,让他看看后影,笑道:"这个样子好吗?"士毅道:"好的,两个人了。"小南将手摸摸胁下的纽扣道:"就是还差一条披着的手绢。"常居士在屋子里又嚷起来道:"你这孩子真是胡闹,又打算向人家要什么东西?你再这样乱讨东西,我就急了。"士毅对屋子里连道:"不要紧,不要紧!"可是他眼望着小南,连连地点着头,那意思就是说可以可以。他说着,向常居士告辞走了出去,却向小南招招手。小南跟到大门外来,士毅悄悄地向她道:"你跟我来,我替你到洋货店里去再买上一条就是了。"小南道:"我不去!去了,我爸爸叫起来,没有人答应,他又得瞎嚷嚷一阵。"士毅道:"要不,你在门口站着,我替你去买了送来,你看好不好?"小南点着头笑道:

"这倒使得！你可快些来，别让我老在这里等着。"士毅笑道："我知道你是急性子人，我一定很快回来的。"说毕，他就飞跑地走了。

小南站在大门口，望着士毅的后影，以至于没有。她心里可就在想着，我自从懂得人情世故以后，身上穿得整整齐齐的，大概这是头一次了。今天穿了这样好的衣服了，应当在门口站着，让街坊来看上一看。于是手扶了门框，斜斜地靠了门站着。站着约莫有五分钟的工夫，前面胡同里那个柳三爷，手里提了个黑漆的长盒子，一头细，一头儿大，很像一个长柄葫芦的样子，笑嘻嘻地从大门口经过。他看见了小南，就站定了脚向她打量着。小南因为今天把衣服换了，正好让人家看看，所以柳三爷注意着她时，她不但不闪避，反是笑嘻嘻地向人家点了一点头。柳三爷笑道："小南，你到哪里出份子去吗？今天换了这样一身新。"小南道："你别瞧不起人，我们穿一件布衣服，都算是新鲜，你们家那些个姑娘，整年地穿绸着缎，那怎么办？"

正说着，有两个姑娘走了来，约莫都有十七八岁。一个穿了粉红色的长旗衫，一个穿了黑色的长旗衫，下面一律是米色的高跟皮鞋、白丝袜子，头上的头发如一丛马鬃似的，披到肩上。虽是穿了高跟鞋子，走路还不肯斯文，走起来带跳带蹦着。她们见柳三爷向这里望着，也就站住了脚，笑嘻嘻地望着人。那柳三爷回过头去，对那穿黑衣的人不知道说了两句什么，她就点点头，因走向前对小南笑道："咱们都是街坊，到我们那里去玩玩，好不好？"小南笑道："叫我去干吗呀？"那女子笑道："什么也不干，我们那里有好些个姑娘，大家在一处玩玩，不好吗？"

小南常是听到柳家音乐齐奏，红男绿女的进出，只恨着自己没有那个资格可以和他们在一处混。现在人家居然来邀自己加入到他们一块儿去玩，这样的好机会，岂可失掉了？便笑道："我全不认得，去跟你们玩做什么？"那黑衣女子笑道："一回相交二回熟，不认得要什么紧？二回大家就认识了。"说着，她就伸手来拉小南的手。女孩子见了女孩子总是亲热的，尤其是长得漂亮些的女子。因之小南被她一拉，就跟着走了。当她只转过墙角的时候，看到士毅手上拿了一条雪白的手绢，飞跑着来。她一想着，和这样漂亮的小姐们在一块儿走着，若是和士毅如此衣衫褴褛的人说话，未免有些丢面子。因之只当没有看到他，很快地转到墙那边去。走着路和那两个女子说着话，才知道穿黑衣服的叫楚歌，穿红衣服的叫杨柳青，也只问过了姓名，就到了柳家了。柳三爷提了那个黑漆的长盒子，就在前面引路了。

转进了两个院子，首先就看到一个十六七岁的姑娘和一个十三四岁的姑娘，靠在一个圆洞门边吃糖块。两个人脸上都是擦了胭脂粉的，但是吃了糖块之后，那嘴角上，更加了一种黄色。那两个女孩子看到楚、杨二人带了小南进来，却不免有些诧异的样子。柳三爷将那个盒子交给了那个大一些的姑娘，笑道："一天到晚，你就吃不停口，又买了多少钱的糖？给一块我吃吧。"小南看她，圆圆的脸，大大的乌眼睛，弯弯的两道眉毛，只穿了一件半中半西敞领白花点子蓝灰绸袄，系了一条红领带。裤子缩在夹袄里，已看不到，只看到肉色的丝袜，罩了一条长腿。她听说柳三爷要吃糖，笑着将舌头一伸，在舌尖上顶了一块糖。柳三爷笑着，说了一句傻小子。楚歌笑道："别闹了，柳先生今天物色得了一个同志，我来给你介绍介绍，这是咱们邻居常家姑娘。"于是拉了小南的手，就向那孩子指着道："这位是柳绵绵小姐，鼎鼎大名的歌舞明星。"小南不知什么叫鼎鼎大名，更也不知什么叫歌舞明星，只对了那位姑娘嘻嘻地笑了。

她正如此想着，有个穿墨绿色西装的少年走了出来。只看他头发梳得光光滑滑，香水几乎可以滴得下来。他那西服的领子上，系了一根黑带子，黑带子拴了一朵大花，涌到白领子外面来。他看到了小南，好像极是惊异的样子，往后一退，向柳三爷道："这是新找来的学生吗？"柳三爷望了他微笑，叽里咕噜，却说了一大串子外国语。那个人似乎懂得了，也就望了柳三爷微微地点着头。柳三爷向他笑着，又向着小南微笑道："你瞧，我们这里，不比什么地方都好玩得多吗？有好些个姑娘说着笑着，你爱个什么玩意儿都由你来。"说着，他就在前面引路，引到正北三间屋子里来。这屋子里，四周都糊了蓝色的纸，墙上的电灯用红纱罩着，屋子中间也吊着几盏纱灯。他们窗户的玻璃格子，都罩上了细纱幔子，屋子里没有什么光线，白天还点电灯，屋子里带了那醉人之色。挺大一间的屋子，拆得轩敞起来，那地板擦得又光又滑。中间一架大屏风，在屏风斜角边，放了一只极大的乌木箱子。掀开了箱子盖，有许多白色的棍子，也不知是什么玩意儿。此外有些白铜架子、小喇叭、大鼓之类，好像是乐器一类的东西。有七八个大大小小的女孩子，穿了短衣服，都在屋子中间蹦蹦跳跳，看到小南进来，大家一拥上前将她围住了。柳三爷在人丛中乱摇着手道："别闹别闹！"这一来，把小南闹得愣住了，见了人说不出话来。柳三爷向她又招招手道："你别和她们闹，我引着你去见一见我们太太，她很老实的。"

正说着，有一个二十多岁的妇人走出来，她穿了黑衣服，脸上淡淡地敷了一些粉，两耳垂了两片长翠环子，走着一闪一闪。她一笑，露了满口的白牙齿，伸手携了小南的手道："咱们是街坊，倒少见。"柳三爷就笑着介绍道："这是我们太太。"小南在煤渣堆上，和捡煤核倒秽土的人都敢相打相骂。在街上走起路来，真可以说是什么人也不怕。现在到了女儿国来了，倒叫她一点儿办法没有。柳太太似乎看出她的情形来，就向许多女孩子道："你们出去玩一会儿，我们在这里有话说。"那几个女孩子听说，一窝蜂似的散了。柳太太指了旁边一张凳子，让她坐下，因笑道："今天怎么有工夫到我们这里来玩玩？"小南只是一笑，并不说什么。柳太太笑道："你别瞧我这些学生都是花蝴蝶子似的，她们初来，也像你这样，你也加入我们学校里，一块儿来玩玩好不好？"小南这就有话了，笑道："我还念书啦？"柳太太笑道："我们这里不用念书，只是跳舞唱歌。

103

有一天，我在后面开窗子，听到你在家里先唱《毛毛雨》，后又唱《麻雀和小孩》，唱得好极了。"柳三爷站在一旁，微笑道："不但如此，她很有些健康美。"小南也不知道什么叫健康美，只是看柳三爷说着，有很高兴的样子，这一定是说自己好。当时虽不能说什么，可是也就禁不住微笑着，心里想着，到了这种地方来，人家还说我长得美，我一定是长得真美。若不是长得真美，柳三爷肯夸奖我吗？柳三爷见她微笑着，以为她是愿意了，他就在那个大箱子边坐着，他手按那箱子上的白棍子，打得咚咚地响，小南这才明白，原来那是一样乐器。他弹了两下，回转头向小南道："你听见没有？这就是我们吃饭的家伙，你看有趣不有趣？"小南没甚可说的，抿了嘴微笑。这时，就有老妈子出来倒茶，柳太太问她道："你把抽屉里那一盒子点心拿出来。"

老妈答应着去了，一会儿工夫，她就端着一个阴绿色的纸盒子来。只看那盒子盖上，印着裸体的美人，活灵活现，就会觉得这里面的东西，一定是很精致。掀开了盒子盖，那里面还有一层透明的花纸，围了四周，那里面的点心，方的一块，圆的一块，在点心上堆了白的夹层，砌了红的花、绿的叶，更是好看。那柳太太就用两个雪白的指头钳了一块，交到她手上，笑道："挺新鲜的，吃一块吧。"小南也不知道是什么东西，手里托着，如捧了一块棉絮在手上一般。柳太太看到她只出神，以为她不好意思吃，便笑道："你吃吧，我们这里有的是呢。"

那柳三爷将十个手指头不住地在那白棍子上弹着，口里唱喊着道："对我生财，对我生财。"唱时，他的身子两边不住地晃荡着。小南看到他那种情形，却不由得扑哧笑了。柳三爷停了唱，反转脸来问道："你笑什么？"小南更是低着头笑了，说不出原因。柳三爷笑道："我倒明白，是不是说对我生财这四个字，你听得有些耳熟？"小南又扑哧一声笑了。柳三爷笑道："对这钢琴说话，应该这样，对我生财，对我生财。你想，我要不对了它，还生得了财吗？这话可说回来了，我口里唱着，那又是什么意思呢？这不是说钢琴对我生财，在场的人，个个都可以对我生财。常姑娘，你信不信我的话？你若信的话，就可以对我生财。"

柳太太见她将手上一块乳油蛋糕已经吃完了，于是又夹了一块乳油蛋糕，送到她手上去，笑道："你瞧，我们这地方，不很好玩吗？你若是愿意在我们这里当学生，吃我们的，穿我们的，每月还可以拿些零用的钱。多的时候，可以拿二三十块钱，少的时候，也可以拿八九上十块钱。"小南倒不料当学生还有这样的好处，便情不自禁地问了一句道："我这个样子也成吗？"柳三爷道："当然成！若是不成，我会请了你来商量吗？咱们做街坊多年，谁也不能瞒谁，你家困难，我是知道的，你若在我这里当学生，就没有困难了。你不是老早就要我给你帮忙的吗？"柳太太道："你可别瞎说，人家又什么时候要求过咱们帮忙呢？"柳三爷笑道："怎么没有？咱们的后墙不是对着她的大门吗？她们家在过年的时候，就在我们墙上贴着对我生财的字条呢。不是说冲着咱们家她就可以发财吗？现在咱们真冲着她让她发财，她为什么不干呢？姑娘，你把那字条贴在我后墙上不算，应当贴在我额头上。那么，你瞧见我也好，我瞧见你也好，就会生财，岂不是好？"这一说，连柳太太也跟着笑起来了。

第十回

声色互连初入众香国
病贫交迫闲参半夜钟

　　这个时候，叮叮当当，外面有一阵铃子响。小南正在想着，卖绒线担子的怎么跑到人家屋子里面来摇铃子呢？那柳太太就笑着向她道："常家姑娘，你来得巧，我们这儿开饭啦。你在我们这儿吃一回大锅饭去，好不好？"小南还不曾说话呢，那个柳绵绵姑娘，一蹦一跳地由别个屋子里跳了出来，她拉着小南的手，笑道："去去！到我们家吃饭去。"柳太太也将两只手在她后面带推着，笑道："我们小姐都这样殷勤，你就不用客气了。"小南听说，心里倒有些奇怪。柳三爷夫妻两个人这样年纪轻轻的，怎么倒有这样大岁数的小姐？如此想着，就向柳绵绵脸上看着，柳绵绵没有猜到她的意思，笑道："你以为我请你吃饭是假的吗？我一定要请你去，我一定要你去。"小南被一个拉着，又被一个推着，如何躲得了？只好随着她们前去。

　　到了那里，却不由她吃了一惊，原来这里一共有四张桌子，男男女女一大群，就夹杂着乱坐下来。最奇怪的，就是这里的男子，完全都穿的是窄小的西服。不论年纪大小，一律是头发刷得油滑，下巴颏和腮帮子刮得溜光。无论这面孔好看不好看，总觉不讨厌。柳绵绵将她拉着，就在一张男人少些的桌子上坐下。有一个年轻些的男子，就是刚才和柳三爷说外国话的。他将一个二拇指和中指在桌上当了人脚跳着，又向前，又退后，口里叮叮当当地唱着，身子

106

两边摇动着，眼睛斜瞅了人，好像是得意。还有一个三十上下岁数的人，偏坐着低了头看手指头，撮着嘴唇，在那里吹着，唏唏嘘嘘，好像也是在唱歌。柳绵绵于是给她介绍着，年长的是楚狂先生，楚歌姑娘的哥哥。年轻的王孙先生是一个梵阿铃圣手。

小南不知道什么是梵阿铃，更也不知道什么叫圣手，柳绵绵这样介绍着，她福至心灵地装着摩登，对人家鞠了一个躬。然而她一双眼睛早是注意到桌上的菜，只见五个大盘子炒菜，中间围了两个大碗，单论那两个大碗，自己是看得清楚，一个是红烧猪蹄膀，老大一块的红皮肉，盖在上面堆着。一个是口蘑鸡蛋汤，只瞧那一片一片的鸡蛋，在浓汤上面浮着，那真比自己请客吃面的汤卤还要油重十分。单是这两个菜，自己就可以在饱后加三大碗饭，何况此外还有四个碟子，且是两荤两素，心里想着，也不知道他们家今天办什么喜事，办这些个菜。她如此想着，但是这些男女坐下来扶起筷子就吃，也没预备酒，也没有什么人出来主人。柳太太和自己倒是同席，她将筷子向菜碗里点了几点，就笑道："姑娘，你随便请吧，我们这里是狼吞虎咽，说来说去，不会客气的。"小南看到大家都自自在在地吃着，太客气了也未免吃亏，因之也就扶起筷子来，随了大家来吃菜。那柳太太看她不能十分自由的样子，又很知道她的家境是那一副情形，于是鱼呀肉呀，不住地夹着向她碗里送来，送到了饭碗里面的东西，她就无所用其逊谢，也就陆陆续续地吃了起来。等她把这碗饭吃过了，还有好多菜不曾吃下，都剩在空碗里，自己还不知道如何主张呢。手里这一只饭碗业已不翼而飞，回头看时，却是那位梵阿铃圣手王孙先生接了过去了，不声不响地盛了一碗饭，送到她面前。

小南平常见了漂亮而又阔绰的人，心里就暗想着，就是给人家当一天丫头也好，这可以和阔人亲近亲近，也可以知道人家是一种什么脾气。于今倒不料有这样阔绰而又漂亮的先生给自己盛饭，而且并不用得自己去下命令，他是自甘投效的，这可见得和阔人或漂

107

亮的人来往也并不难，只要有这样一个接近的机会。她心里如此揣想着，把向人道谢这一个节目失略过去了。等到自己回想过来的时候，饭碗已是摆在面前许久，这就不能向人家补那一句了。正望了人家的脸，自己有一句什么话，还不曾说出来的时候，那王孙先生却已首先了解了她的意思，伸出一只手来，向饭碗只管挥着道："你吃饭，你吃饭。"小南只好笑了一笑，接着吃饭了，论起这桌上的菜来，凭了小南的量，真可以吃个十碗八碗，只是初次到人家来，怎好露出那些样子？所以吃过这两碗饭，看到在桌上的人，有一半放下了碗，自己也就放下碗来。

这时，那柳三爷忽然站了起来，向在座的人打着招呼道："吃过了饭，大家不要散开，要把爱的追求那两幕舞蹈重排一排。"说毕，他坐下来，向小南笑道："常家姑娘，你在后面，天天听着我们奏乐和唱歌，可没看过我们这里的跳舞，你先别回去，在我们这里看看好吗？"小南怎好说吃了就走？而且这地方也实在好玩，多玩一会儿回去，有什么不可以？因为如此，她没有作声说回去，也没有作声说不回去，向着柳三爷笑了一笑。

说话之间，大家把饭吃完了，一窝蜂似的，大家都散了，那楚歌女士挽了她的手笑道："来，你到我们那里去洗脸，好吗？"于是拉着她就向自己的屋子里走去。

小南跟着她走了两个院子，只见屋子里糊得雪亮，虽然是一张小小的铁床，那铁床铺的白色被单上面叠着绿的棉被，牵扯得一点儿皱纹没有，用一幅漏花的白纱单子来罩住着。尤其是那两个粉红色的枕头，简直一点儿黑印都没有，怎么会睡得这样干净？这真有些奇怪了，床的后墙上，有两个大脑袋的洋鬼子半身像。靠了窗户面前，摆了一张白漆的小桌子。嗬！上面深绿的、淡黄的东西，一件一件的化妆品，由大小玻璃瓶子里映了出来。红的圆盒子、花的扁盒子，一阵一阵地透出香气来。那中间摆的镜子，更是微妙，一面镜子比一面大些，这样重叠着摆了一行，小南看到不觉呆了，一个人用的胭脂粉镜，如何会有这些？数一数，大概有六七十样吧？

楚歌向搁了一扇小玻璃橱的地方指道："我们这里是两人住一间房，因为我的屋子小些，所以是一个人住一间房，假使你到我们这里来，一定是住在我这里的，我们先要好要好吧。"她说着话，将橱子角上的一扇门一推。小南看着，倒吃了一惊，原来这屋子是瓷砖砌的墙，墙上伸出大厚壳面盆来。那楚歌将盆边上一个钉头子一扭，哗啦哗啦，流出水来。自来水会流到面盆里来，这真是新闻。这里还有一只大长盆、一个白瓷缸子，缸子上有两层红木盖子，却看不出来是干什么用的。那楚歌向她笑着，在缸上坐了一会儿。缸边有一根绳子，垂下来一个木槌子，她只一拉，轰咚一下，那瓷缸里冒出大水头来，冲洗了个干干净净。小南这才算明白了，原来是这种用法，因笑道："你们真干净，多便当呀！"楚歌道："哪里便当，现在我们柳先生不肯烧热水，洗脸洗澡，还要老妈子打了热水来呢。"说时，果然有个老妈子提了一大壶热水来，向脸盆冲下去，而且还在手巾架上抽下一条毛手巾，轻轻地铺在水面上，又取了一个玻璃肥皂缸子放到脸盆边，然后走了。

小南一想，她们真了不起，这样有人伺候着，还要说不便当，那么，只有让人来给她洗脸了。楚歌向她招了招手笑道："你来洗脸呀！"小南想道：人家这手巾，白得像白雪一样白，自己这个脸子向脸盆里一擦，非把人家的脸巾洗下一个黑影不可，便笑道："你先洗吧，我会把你的手巾洗脏了。"楚歌笑道："没关系，别的东西没有，若就香胰子香水，我们这里有的是，洗脏了手巾，用香胰子来对付它就是了。"她说着，将澡盆边一个白漆的茶几形木柜扯出一个抽屉来。一看抽屉里边，方的盒子、圆的盒子，有上十个，楚歌笑道："中国的、外国的，全有，你随便地用吧。"小南看了这个样子，自己倒愣住了，不知拿起哪一块来用才好，笑着摇摇头道："太多了。"楚歌拿了两盒香胰子，放到洗脸盆上，笑道："用吧，用完了，你要觉得不错的话，我可以送你两块。"于是拉着小南的手，拖到洗脸盆边将她的手送到热水里去。小南虽是不想化妆，然而经过了楚歌一再的劝驾，她也就只好跟着她化妆一番了。她自己除了洗过脸之后，擦雪花膏、扑粉、抹胭脂，都是楚歌代她办理的。这一打扮之下，越发现出她那一份娟秀来，楚歌不觉拍了两下掌道："好极了，你真长得漂亮。"说毕，又摇了两摇头道："可惜少了两件时髦的衣服，不知道我的衣服，你能穿不能穿？我送两件给你吧。"

正说到这里，房门是咚咚地打着一阵响，楚歌打开门来，那个柳绵绵女士跳了进来，笑道："嗬，真美。"说着，向小南瞅了一眼。楚歌道："我的个子比她要长一些，我的衣服，恐怕她不能穿。你送两件衣服她穿，好吗？"柳绵绵道："有有有，我这时要排戏，等一会儿我一定给她找两件。不但是衣服，我还可以送她几双丝袜子。"楚歌就开玻璃橱的抽屉，只见里面横七竖八的五彩鞋子，真是好看。楚歌拿了一双花格面软底鞋子，送到她面前笑道："你试试，若是能穿的话，我就把这双鞋子送你。"小南听说，将鞋子拿在手上看了一看，不肯就把鞋子穿着，只是在手上展玩着。楚歌笑道："你为什么不穿？嫌它是旧的鞋子吗？"小南抿嘴笑着摇了两摇头。一会儿工夫，柳绵绵又去捧了深蓝浅紫的一大堆丝袜来，笑道："都是半新旧的，你尽挑吧。"小南看了这堆丝袜子，还是不好意思伸手去拿，望了只管是笑。楚歌不管三七二十一，抓了一捧丝袜，就向她手上塞将来，闹得小南想不收而不可得。柳绵绵笑道："袜子有了，鞋子也有了，你穿起来吧。"她说着，复又将她拉到洗澡间，把袜子鞋子一齐送了进去，笑道："穿上吧，别不好意思了。"轰的一声，将门朝外给她带上。

小南到了此时，自是相熟得多，她就不客气地，将鞋袜换了，开了门出来，向二位小姐道着谢。柳绵绵由上向下一看，笑道："还是不妥！她那条布裤子不合适。"说着，她将楚歌的衣橱打开，找了一条半旧短脚的绿绸夹裤，向楚歌一扬道："你说过，嫌它短了不穿，何不做个人情呢？"拿了裤子，又把小南推到洗澡间里去。小南真个依了她的话换了，走将出来。柳绵绵笑道："楚，她虽是很漂亮，有些像你，你认她做妹妹吧。"楚歌笑着向小南道："你肯吗？"柳绵绵笑道："下句话我替你说了，要是肯的话，我们鞋子衣服就共着穿。"小南笑道："我怎么高攀得上呀？"三个人正在说笑着，房门一推，柳三爷由门缝里伸进一个头来，笑道："原来你们把人家关在这里呢。嗬！这一打扮，更美了。常家姑娘，我们这里不坏吧？你跟着我们瞧排戏去，那才有个意思呢。"于是楚歌、柳绵绵各挽了她一只手，向屋子外拖了出来。小南在这两位小姐夹持中，哪里摆脱得了？只好随了她们，到排戏的大厅上来。

这个大厅上，所有吃饭时的那些男女都在这里围坐着，柳三爷走到人中间，指指点点，教说他们了一顿，于是小姐们在屋子中间蹦蹦跳跳，口里还带唱着歌。柳三爷于是率了几个男的奏起音乐来。最妙的就是姑娘们合着音乐跳舞，还有男的跟在后面一同地跳起来，跳上了得劲儿的时候，男的和女的，女的和男的，就牵着抱着纠缠在一处，真是一屋子红男绿女，嘻嘻哈哈，大家好不快活。小南把这些事看得呆了，回头看到日影西斜，想着这是时候不早了，父亲在家里，不知道是怎样地记挂着呢。于是抽转身来，赶快地走回家去。她走到街上，遇着两个街坊，都喝了一声道："小南了不起，阔起来了。"小南倒不觉得人家说她阔，可以自豪，反是觉得有些寒碜，低了头，赶紧向家里一溜。

常居士在屋子里听得外面院子里有脚步响，就问道："是小南吗？"小南答应了一声。常居士哼着道："你到哪里去了？这半天没有看见你。"小南道："对过的柳三爷，他们家那些学生把我拉了去了。他们家真好，留我吃饭，满桌子都是好菜。我以为是他们家请客呢，原来是他们家吃饭就是那个样子。别提了，那些学生真阔，屋子后面有洗澡房，墙都是瓷砖砌起来的。你猜怎么着，马桶里有自来水。她们还要我当学生呢，每个月供吃供穿，还给一二十块钱零用。她们说了，还给我衣服穿呢。今天就给了。"她说着话，向屋子里走去，就把手上捧的一捧丝袜子，送到常居士手上，让他摸着。

　　常居士手捏了两捏，可不就是又软又滑的东西吗？便道："你也是没有见过世面，回来就说这样一大套，有吃有喝，还要给十几块钱一个月，人家收这些女学生做什么？还是把她教会了，望她做娘娘呢，还是家里钱多了，养活了一大群小姐在家里找乐子呢？"小南道："做娘娘呢，现在是没有那件事。要说他家里养活一大群小姐，那可真不假，他家里那些学生，不都是大小姐的样子吗？"常居士道："你别看了人家东西眼馋，咱们穷人家，只做穷人家的指望。有道是穷人发财，钱烧得难受。依我看，那柳家一天到晚弹着唱着，养那些女孩子在家里，他不会怀着好意。"小南道："什么不怀好意呀？人家是开学堂。"常居士道："开学堂的人，就能算是好人吗？我没听到说过，办学堂的人，还要整日里地弹着唱着的。"小南噘了嘴道："我不和你说了。"说毕，一扭身子跑出屋子去了。这个时候，前面柳家吹弹歌唱，好不热闹，她听了这种响声，心里就联想到柳家大厅里那种快乐的情形，又转念一想，要如何让父亲乐意，才能够加入到柳家那个学堂里去呢。不用说别的，只要那一句话，每月能交给我父亲十来块钱，我想我父亲也愿意了。他不是让洪士毅引荐着，要我到工厂里去当送活的吗？就近柳家是我家街坊，来去便当，我也不上工厂里去呀。

　　她一个人正在大门口，向柳家的后院墙出神呢，洪士毅肋下夹个纸包儿，低了头有一步没一步，又由胡同口上走着来了。他老远地看到小南站在这里，就展着双眉，向她问道："上午我看见你和两个姑娘一路走，你给我丢了一个眼色，我就没有敢上前来，那都是谁？"小南嘴向前面院子里一努道："就是柳家的学生。"士毅道："哦！你说的是他家，我知道，那是个歌舞班子呀！"小南道："不是的，不是的，人家是学堂呢。"士毅道："你不是会唱云儿飘星儿摇摇吗？他们就是上台去唱这一套的。在戏馆子里唱起来，一样地卖钱，那怎么不是班子？"小南听了他这话，想起刚才柳家排戏的那一件事情，就觉得他这话有些子对，抬着眼皮想了一想道："果然有些相像，可是他们不像戏班子里的人。"

士毅对于她这些话却不曾注意，也不知道她到柳家去耽搁了那么样子久，就笑嘻嘻地把手上这个纸包递到小南手上去，告诉她："我仔细想了，你外面衣服有了，里面的衣服不新，也是不行。所以我今天下午，又特意跑到天桥旧衣摊子上去，给你买了两件小衣来。"他说着这话，眼看了小南的颜色，以为她一定是笑嘻嘻地接着这包衣服的。不料小南听了这话，形象很是淡然，一手托着纸包，一手随便地将纸撕开了一条缝，向里面看看。见是白底子带着蓝柳条的衣服，而且那衣服还带着焦黄色，当然是旧得很可以的衣服。她情不自禁地却说出洪士毅很不愿意听的一句话，反问着他道："这也是旧的吗？"士毅看了她那淡淡的样子，又听到她这一句反问的话，这分明是她对于这衣服不能够表示满意，便顿了一顿道："你打算要买新的穿吗？"小南道："我是这样子说，有没有，没什么要紧。到里头去坐坐吗？"说着话，她夹了那个报纸包，就先向屋子里面走。士毅觉得将她周身上下一打扮，她必然是二十四分的欢喜。不料，她是淡然处之的，毫无动于衷，自己可以算是费尽了二十四分的力量，结果落得人家一只冷眼。就是刚才她招呼着进去的一句话，也不是诚意，自己又何必再跟着向前去看人家的冷眼呢？如此想着，也不作声，悄悄地就向胡同口走了去。

当他在路上走的时候，低了头只管慢慢地走。他走得来是一股勇气，可是现在走回去，不但勇气毫无，而且心里卜卜乱跳。今早那涨得生痛的脑筋，因为今日在外面匆忙中跑了一天，几乎是忘怀了，可是到了现在，是慢慢地走回去，又渐渐恢复了原状。到了会馆里，回到房里去坐着，人是清静得多了，可是痛苦也痛苦得多了，情不自禁地扶着床躺了下去。当他躺着的时候，心里还在那里想着，稍微睡了一会儿，就可以爬起来，再写千把字。然而今天的精神是比那一天都要颓废若干倍。头一挨着枕头，几乎是连翻身都不愿意翻了。在这种情况下，糊里糊涂的，人就睡着了。睡了一晚，身上也就烧了一晚。第二日早上，自己本待起床，然而他的手刚刚撑着床板，待要抬头的时候，便觉得他的脑袋几十斤重，手一软，人又伏了下去。没有法子，只得继续地睡了。他闭着眼睛，在那里揣想着，自己今天是不能到慈善会去了，但不知自己这一份工作，今天要交给谁去办？自己今天这是不能到常家去的了，那小南子的零用钱，以及他父女两人的伙食，这都到哪里出呢？照说，自己必定要把钱送去，不然，人家要失望的。然而自己是每日写些字换零碎钱来用的，于今根本不曾起床，哪来的钱？就是有钱的话，又托什么人送去？同乡知道了，以为我穷病得这样，还有心力去赈济别人，也未免成了笑话了。一人在床上沉吟着，只增加了无限的烦恼。睡到了上午，没有起床，也没有人来慰问他。因为住会馆的人都是单身汉子，无非各顾各，而且洪士毅一早就出去工作，哪天也没例外，所以大家没有注意到他。

他睡到正午的时候，长班因人都走了，在院子里扫地，却听到了洪先生的哼声，便推开门来，向里面看了看，见士毅躺在床上，身子侧着向外，脸是红的，眼睛也是红的。这倒吓了一跳，连忙跑了进来，向他问道："洪先生，你是怎么了？"士毅皱了眉道："我头昏。"说毕，喘了一口气。长班伸手在他额头上一摸，只觉皮肤烫手，因道："这不是闹着玩的，你得找个大夫来瞧瞧。"士毅哼着道："病倒不要紧，只是我在会里的事，今天怕没有人替我办，你跟我打一个电话，去请一请病假吧。"长班一拍手道："这个，我倒想起来啦，你们会里，不是有医院吗？顺便告诉会里的人，请医院派一个大夫来给你瞧瞧就是了。"士毅在早上醒过来的时候，还不觉得自己病势之重。到了此时，头只是昏沉下坠，抬不起来。心想，找个大夫来瞧瞧也好，至少可以向会里证明，自己是真害了病，便向长班点了两点头道："那也好。"长班道："你不吃一点儿什么吗？若要吃什么，我可以跟你赊去。"士毅摇了摇头道："不必了。"说着，就闭上了眼睛。长班一看这情形，实在是不大妙。立刻打了个电话到慈善会去，将洪士毅害病的情形说了一遍。那会里的人都念着洪士毅是个老实人，治事而且很勤敏，立刻就转电话到附属医院去，派了一个医生到馆里来诊病。医生诊察过之后，就对士毅说："你这是脑病，大概是劳苦过甚得来的。你这个病，吃药还在其次，最要紧的是要得好好地休养。你躺在床上，千万不可胡思乱想，要不然，情形是很危险的。"士毅也明明知道是自己近来用脑太过，医生如此说，绝不是恫吓的话，自己点头答应了。

医生去了，随后医院送了药水来，慈善会里也送了半个月的薪水来，而且总务股还写了一封信来，叫他好好地养病，会里的工作，自有人代替，可以放心。士毅读了这信，大为感动了一番，心想，会里的人，对于我可谓破格优待，但是我却自寻苦恼，耽误了会里的工作，这是自己对不住公事。从此以后，不要去追逐小南了，自己卖尽了气力，也得不到她一点儿好意的，不见她跟了几个穿好些的姑娘在一处，立刻就不大睬我吗？我每次只能帮助她三角五角钱，在我是气力用尽了，她还以为我天生的小气，舍不得花钱呢。本来自己给予她的数目，也就实在不成话了，虽然是不成话，然而可逼出病来了。我以前饿着肚子，天天想法子找饭吃的时候，恐慌尽管是恐慌，并不至于逼成病来。现在有了职业，除了每天两顿饭不必发愁而外，而且可以剩些钱，添置衣帽，顺顺当当的，可以安然无事了。不料刚吃三天饱饭，自己就想了男女之爱，结果是刚刚爬到井口上来，又扛了一块大石头在肩上，这种痛苦，比落在井里头还要难受了。好吧，从此以后，我决不去想常家的事了，医生都说了，我的病危险，这不至于是客气话吧？我这条命，恐怕是牺牲在一个捡煤核的姑娘手上了。

想到了这里，觉着死神已经站在面前，心里一阵难过，掉下泪来。泪由眼角上向下流着，直流到耳朵后去。他虽是这样哭着，然而并没有一个人来安慰他，也没有什么事情可以解除自己的愁闷。

自己哭了一阵子，又转身想着，难道哭一阵子，就算了事了吗？我得振作精神，战胜病魔。医生说的话，一定是恐吓我的，不过让我加倍地小心，使我的病不至于再出岔子罢了。他不许我胡思乱想，我就不胡思乱想。他最后便是警戒着自己，不再思索什么了。

　　不过他躺在床上，无人陪他说话，又不能看书，他就不能不继续地思索着，来消磨这百无聊赖的时光。想了无数的事情以后，死的恐怕却是去不了。最后他手摸到了胸前，想起小南胸前挂的那个"卍"字，觉得在西便门外那悬崖勒马的那一件事，自己这个人很不错，宗教究竟不是无益的东西，能救人的心灵，为了悬崖勒马这件事，自己精神上得着一点儿安慰。由那卍字，看起色是空的，人生又何尝不是空的？人生一千岁，也还免不了一个死，我又何必恐慌？也许真有个西天极乐世界，我死了总可以到这种地方去吧？凡是遇到人要死的时候，总是想法子躲开死神的。万一到了无法躲脱，就绝不相信鬼是绝无的东西，好继续第二个生命。因为相信有鬼就聊带着有神，希望死了之后，还做个接近神的鬼，于是就要极端地信仰宗教，来延长那缥缈的一线希望了。士毅到了这时，也是如此，所以在万般凄惨的时候，略略得以自慰，就这样睡着了。

　　等他醒来，桌上已经放了一盏豆大光焰的煤油灯，大概是长班替他放下的。心里猜着，万籁俱寂，一定到了半夜，想到药水还不曾吃，后悔得很，药瓶上的方单，指明了四小时吃一次，误了这个次数，恐怕减了吃药的效力了。床面前有个方凳子，正放着药水瓶，于是出了一个笨主意，这次药水来多喝一倍，或者可以抵那功效。于是顺手摸了瓶子，拔开塞子，咕嘟咕嘟，就向嘴里倒。放下了瓶子，一看格画，却吃了三格，这又太多了，吃下去，不会生变化吗？放下了瓶子，他还是后悔，觉得自己怕死过分了，会有这种举动。正如此为难着，忽然当当当，一阵清亮的钟声由半空里传来。记得离此不远，有个古清水寺，必是那里的钟声，听了钟声，想象着这佛烛下的和尚是个怎样的境地。俗言道：做一日和尚撞一日钟，这话

116

大有禅味，生听其自然，死也听其自然，我既然吃错了药，后悔又有何益？做到哪里是哪里得了。穷是穷到极点了，病是病到极点了，懊丧也懊丧到极点了，只是恐惧和伤心，那是缩短自己的生命。有了，这钟声告诉了我，还是做一日和尚撞一日钟吧。于是他忘了病，忘了职务，忘了常小南，静心静意地睡觉了。

第十一回

疗病有奇方借花献佛
育才夸妙手点铁成金

洪士毅醒来时，天色已经大亮，心里不由得想到，我又过了一天，寿命也就延长了一天了。这个样子，我或者不至于死，今天觉得烧退了许多，头痛也轻松了不少，大夫说我身体很危险，一定是恐吓我的话，自己大可以不必恐惧的了。这次算给了一个极大的教训，自此以后我要把工作做得适可而止，不再做拼命抄书的傻事了。恋爱固然是要紧，性命却更是要紧，假使没有了这条性命，又从何而恋爱呢？收起了自己这条野心，不要去想小南了。不过他如此想着，小南二字到了他的心头就继续地存在，不肯沉没下去。转念想到，两天不到常家去，不知道常家的人念不念自己。至少小南的父亲，他会心里念着的。何以突然不见？也许是怕他怪我的，总要给他们一点儿消息才好。他虽然病在床上，还不住地替小南父女俩打算着。他父女俩对于他又有些不同，常居士想着的是，洪先生这一天怎么没有来？小南今天一天都在柳家玩耍，在柳家吃饭，还在柳家洗了个澡，拿了许多衣服回家来。她根本就来不及想到洪士毅，来之与否，更是不过问了。

这样过了两天，洪士毅不曾来，常家的伙食却是柳三爷借给了两块钱买面买米，也就用不着为吃的问题联想到士毅身上去。然而对于这一点，究竟有些纳闷，这位洪先生人是很热心的，何以突然不来了呢？这样地纳闷着，又过了一宿，第二日早上，得着信了，一个拉人力车的车夫在院子里叫着道："这是常家吗？"常居士在屋子里答道："是的，哪一位？"车夫道："我是洪士毅的街坊，他病倒了，他托我带个口信来，告诉你们，他暂时不能起床呢。"常居士听说，赶快摸索着走到外面来，就问是什么病。车夫道："我也说不清，大概是很重的吧？"说着，他就走了。常居士听说，不由得连连叫了几声阿弥陀佛。自己双目不明，是不能去探人家的病，姑娘是常在外面跑路的，可以让她去走一趟。于是，摸到大门外，叫了几声小南，可是任凭怎么喊，也没一点儿回响，大概她又去柳家了。常居士心里想着，这柳家有什么好玩？这孩子是整天地在人家家里混着。他嘴里这样叽咕着；慢慢摸回家去。

　　到了下午，听着街上卖羊头肉的吆唤起来。他知道天色黑了，平常必是吃晚饭的时候，卖羊头肉的才会来，现在到了这般时候，小南还没有回家来，今天要去探人家的病，可来不及了。自己坐在床上，就不住地唉声叹气。又过一些时，听到大门呀的一声响，自己正要问是小南吗。小南就叫道："爸爸，你饿了吗？"常居士很重的声音答道："我忘了。"小南道："你是用这话损我吗？以为我没有给你做饭呢。可时候还早着啦。"常居士道："我不是损你，我是等你气昏了。人家洪先生害病多天了，托人带了个口信来给我们。你妈病了的时候，洪先生是多卖力？人家病了还带了一个口信来，我们就不应当去看看人家吗？"小南道："你这是错怪我了，我不在家，我怎么知道他病了呢？"常居士道："是这话呀，你老不回来，可把我急坏了。限你明天起早，一起来就去看洪先生的病，再到你妈医院里去。你若是不去的话，我就跟你翻脸。"说时，声音是非常重。小南本来想不要去的，但是听了父亲这样严厉的话，把她要推诿的一句话，吓得不敢说出来了。自己悄悄地做了饭父亲吃了，自去睡觉。蒙眬中，听到父亲喊道："起来吧，起来吧。"自己睁眼一看，屋子里还是漆黑的，因道："你是怎么了？做梦吗？天还没亮就催我起来。"常居士道："我一宿都没有睡好，只记挂着天亮，二更三更四更，我都听到了，五更没有打过去吗？"小南也不理她的父亲，翻了一个身，朝里睡了。

等她醒了过来，已经是红日满窗了。按照小南的意思，做一点儿东西给父亲吃，就要到柳家去。然而她一下炕来，常居士就在外面听见了，他说："在良心上，在人情世故上，都应该去看一看洪先生的病。"小南是这样大一个姑娘了，不能这一点儿情形都不懂，便道："你别啰唆，我去就是了。可是就光着两只手去看人家的病吗？"这句话，常居士却认为有理，因道："那是自然不可以的。前天你拿回来的钱，总还有几毛吧？你就把那个钱去买点儿糖果蜜枣，去看看他得了。"小南道："统共那几个钱呢，不得留着吃饭吗？我借一点儿东西去送他吧。"常居士道："什么？借一点儿东西送人，你打算把什么东西送人呢？"小南道："我在医院里的时候，看到人家拿了一捧一捧的花去看病人。我想着，柳家花瓶子里，哪儿放着，都插一把花在里面，和他们要一把就得了。"常居士道："你这真是借花献佛。人家害病了，也不知道忌嘴不忌嘴，买吃的去，也许是不相宜，找一把花去倒是好的。你去吧。"小南道："我得把你吃的东西做得了，那才好走。"常居士道："你不用给我做吃的，你去吧，我还惦记你妈的病呢，等你回来，我们一块儿吃吧。"小南最是怕她父亲啰唆，迟早总是要去的，这又何必和父亲多作计较？轰咚一声带上了院门，就走出来了。她果然照着她的话，到柳家去借花。

当她走到柳家的时候，却见大门紧闭，那两个铜环垂在上面，一点儿也不动一动，吵醒人家，恐怕人家会不高兴吧？站在大门边，只管发了呆。心想，自己是去呢，还是不去呢？人家没有起来，怎好捶开人家的大门？但是不叫门，要送病人一束鲜花，又到哪里去找呢？她正如此踌躇着呢，那柳家的大门却呀的一声开了。自己突然醒悟到，一早在人家门口徘徊着，这不是光明正大的事，身子就向后一闪。那时，门里出来一个女仆，手里拿了一只盛满了秽土的

120

畚箕，走到门外场子的角上，倒了下去。她急于要进门去，却没有理会到墙边还站着一个姑娘。小南向那秽土堆上看时，真有这样巧的事，那上面正放着两束残花。走向前捡起来一看，虽然花的颜色枯萎了一些，可是那叶子还是青郁郁的，还是可以拿着去送人的。这样拿去，只要有一点儿意思就行了，至于不大新鲜，有什么关系？他反正也不知道我是在秽土堆里捡的。她决定了主意，又在胡同口的苦水井边，向人家讨了一瓢水，将手上拿的一束花洒了一些，然后向洪士毅的会馆走来。

　　因为时候早，会馆里人多数未起床，里面还是静悄悄的。小南走到院子中间，就问人道："洪士毅先生住在哪间屋子里？"士毅是不等天亮就醒了，正躺在枕上想心事，一个人不要为什么外物所迷，一为外物所迷，任何事业都不能成功了。从今以后，我再也不要接近什么女子，只培植我坚苦耐劳的志趣……他正想到得意之处，忽听到外面有女子的声音问自己，这分明是小南，立刻就在床上大声地答应道："在这屋子里，在这屋子里。"

　　小南走到房门口，伸头向里一看，士毅先看到她的脸，其次就看到她手上拿的一束花，便笑着哎呀一声道："你怎么来了？请进请进！"小南挨着房门，缓缓地走了进来。走到床面前，低声问道："你好些了吗？我爹叫我来看看你。"士毅笑着露出白牙来，点了头道："我好多了。哟！你还买一大捧鲜花来了。"小南笑道："我爸爸说，怕你忌嘴，不敢送你东西吃，所以送你一扎花。"士毅道："何必花那些个钱？有买花的钱，可以买一顿饭吃了。"小南怎好说不是买的呢？只向人家微笑了一笑。士毅道："花是多谢你送了。可是我这穷家，还没有一个插花的东西呢。"小南当她由房门口伸进头来的时候，她就觉得士毅的屋子里太简陋了，这还是春末，在北方还需要盖着厚被，可是他所睡的，只是一床草垫子上铺了一条破被单。她哪里知道士毅床上的被褥已经送到当铺里去，给她换了新衣服哩？他躺在那上面，也不知是在什么地方捡来的一件破旧大衣，盖了下半截。靠窗户的桌子上，虽然摆了一些破旧的书，然而也不过就只有这个。桌子边放了一张方凳子，可以坐一个人，若是来两个客，只好让一个人站着了。到了此时，小南才明白了，原来洪士毅是如此贫寒的，彼此比较起来，也就相差无几哩。小南心里头一阵奇怪，他既然是这样的穷，为什么还那样帮我的忙呢？有给我买衣服的钱，不会自己买一条被盖吗？

　　当她这样在打量士毅屋子的时候，士毅也在打量她的身上。几天不见，她完全变成另一个人了。最显眼是她那一条毛蓬蓬的辫子，现在剪成短发，颜色黑黑的，香气勃勃的，而且烫着成了堆云形，在头发下，束了一条湖水色的丝辫，辫子头上，打了个小小的蝴蝶结儿。身上穿了粉红色的半旧长旗衫，那细小的身材，恰是合着浑身上下的轮廓，将腰细小着，将胸脯挺了起来，那种挑拨人的意味，就不用细说了。他简直看呆了，不料她几天之间就变得这样漂亮，却不知道她在什么地方得了一笔钱，陡然阔了起来。本想问她一句，这衣服是哪里来的？然而自己思忖着，却没有这样的资格可以去质问人家的行动，只是一望就算了。等他不望的时候，小南也就醒悟过来，今天穿了这样一身新，不免要引起他的注意，这可以让他知道，我常小南不是穷定了，穿不起好衣服的。如此想着，脸上不免有几分得意，故意笑嘻嘻地在屋子里走了几步，将一束花放在桌上，手扶了桌子沿，挂了一只脚，站在那里抖着。洪士毅这就有些窘了，既没有茶给人喝，又没有东西给人吃，连坐的凳子上，还是高低不平，有许多窟窿眼，见小南用手摸了几摸，依然未肯坐下。士毅便道："对不住，我这里坐的地方都没有，那怎么办呢？"小南道："你不用客气，我要走了。"说完，掉转身，就向门外走去。士毅连说："对不住，对不住，怠慢怠慢。"可是他的话还没有说完，小南子已经是走远了。

　　士毅看了桌上那一束绿叶子中间，红的白的，拥着一丛鲜花。就由这花的颜色上，更幻想到小南的衣服与面孔上去。觉得她这种姿色，实在是自己所攀交不到的一个女子，有这样一个女子来探病，不但是精神上可以大告安慰，而且还可以向会馆里的同乡表示一番骄傲之意，不要看着我洪某人穷，还有这样一个漂亮的姑娘来看我的病呢。不过他虽如此想着，同时他又发生了一种困境，常家穷得没有饭吃，自己家成了花子窝，哪里有钱给小南做衣服呢？小南突然地这样装饰起来，难道是借来的衣服不成？可是她是个捡煤核的女郎，朋友没有好朋友，亲戚没有好亲戚，她在哪里去借这些衣服，若说人家送她的，是怎样一个人送她的呢？无论如何，我必定要去打听一番，她这衣服从何而来的？不过话又说回来了，打听出来了，又怎么样？难道还能干涉人家接受别人的东西吗？干涉不了的话，那一问起来，反倒会碰一鼻子的灰，这就犯不上了。心里想着，两眼望了桌上那一束鲜花，只管出神。他心里想着，有朋友送花来，这花还没有什么东西来插，这样的人生，未免太枯燥了。

他正在这里出神，长班推着门，向里探望了一下。士毅连连向他点着头道："进来进来！你找个瓶来，把这些花插下去。"长班笑道："我的先生，这会馆里连饭碗还差着哩，到哪里找插花的花瓶去？"士毅道："旧酒瓶子、旧酱油瓶子都成，你找一只，灌上一瓶水拿来，劳驾了。"先生们和长班道了劳驾，长班不能不照办，居然找了一只酒瓶灌着水拿了进来，放在桌上，将花插了下去。士毅用手招了几招道："你拿过来，放在我床面前吧。"长班用手将花扶了几下，笑道："这花都枯了，你还当个宝玩呢。"士毅道："胡说！人家新买来的花，你怎么说枯了？"说着，他将手拍着床铺板下，伸出来的一截板凳头，只管要他将花瓶放在上面。长班觉得他这人很有些傻气，也就依了他的话，将花瓶放到板凳头上来。

士毅见那一束花中，有一朵半萎的粉红玫瑰，就一伸手去折着，打算放到鼻子边来闻。手只刚刚捏着那花茎，就让那上面的木刺，毒毒地扎了一下，手指头上，立刻冒出两个鲜红的血珠子来。士毅心里忽然醒悟过来，对了，花长得又香又好看，那是有刺扎人的，我们大可不必去采花呢。我为了小南，闹了一身病，她是未必对我有情，然这不和要采这玫瑰，让刺扎了一下一样吗？可是话又说回来了，她今天来看我来了，而且还送我一束花，这不表示和我亲近的吗？好了，等我病好了，我还是要继续地努力。

他如此想着，心里头似乎得了一种安慰。一痛快，病就好了许多。当然，那慈善会附属医院的医生，还是继续地来替他治病。约莫休息了一个星期之久，洪士毅的病是完全好了。在这一星期之中，小南虽然不曾来探过他的病，但是小南送来的那一束花，放在这屋子里床面前供养着，这很可以代表她了。这一束花送到这屋子里来的时候，本来就只有半成新鲜。供养过了一星期之久，这一束花，就只剩下一些绿油油的叶子。然而便是这些绿油油的叶子，已经是十分可爱的了。而且落下来的那些花瓣，士毅也半瓣不肯糟蹋，完全给它收留下来，放在枕头下面。自己病好下床了，就找了一张干净的白纸，把那些干枯瓣花叶都包了起来，然后向身上口袋里一揣。在家里勉强了休息一上午，到了下午，怎么也忍耐不住了。于是就雇了一辆车，直到常居士家来。

他刚一下车，就听到小南娇滴滴的声音喊道："等着我呀，等着我呀。"士毅向前看时，只见胡同口上，两个穿着漂亮衣服的女子在面前走着，小南在后面跑着跑着跟了上去。看她今天穿的衣服，又变了一个样子了。上身是淡绿色的褂子，只好长平膝盖，下面露着肉色的丝袜子，紧紧地束着两条圆腿。两只袖子短短的，将手拐以外的手臂都露了出来，自然是雪白溜圆。今天的头发不烫着，平中顶一分，梳了两个小辫。左右下垂，搭在耳边，各在辫梢上扎了一个大红结花。这更显得天真烂漫、娇小玲珑。自己本想叫一声常姑娘，只见她脚上两只米色皮鞋，卜卜卜地在路上跑着，向前奔去。前面那个漂亮的女子笑着向她道："你家门口停了一辆车子，来了人吧？"小南回转身来看了一眼，并不理会，依然掉转身去，和那两个女子手牵着手地走了。虽然不知道她说的是些什么，然而看那样子，

124

是不愿意理会自己这样衣衫褴褛的朋友的，年纪轻的人，总是要面子的，又何必说什么呢？因之喊到嘴边来了的那"常姑娘"三个字，他又完全忍耐下去了，站在常居士的门口呆住了。常居士盲于目，可不盲于心，他在各种响声上，知道有个客人在大门口了，就摸索了走出来问道："是哪一位在门口？"士毅在大为扫兴之下，本来要转身回去的。可是经常居士这样一喊，他不能不答应，便道："老先生，是洪士毅来了。"说着话，也就走了进去。

常居士站在门边，抢了握了他的手道："身体全好了吗？"士毅道："托福，完全好了。"常居士道："我内人的病也好了，大概再过两三天就要出院的。拜托你给我们内人荐举的那个事，现在不知道怎样了？"士毅道："我有这久没有到慈善会里去，也不知道怎样了。过两天我再来回你的信吧。"他说了这话，就告辞走了出来，心里可就想着，唉！你这位老先生是不曾知道，你的姑娘现在变成了一个时髦小姐，她愿意她的娘去当工人吗？想时，便有一种细细的香气传进他的鼻子。将鼻子耸了两耸，分辨出来，这是脂粉香味。回头一看，却是小南来了，于是伸手一摘头上的帽子，向她点了个头道："大姑娘，忙呀？"小南笑着微微一点头道："没事，不过在柳家玩玩罢了。你的病好了吗？"士毅道："多谢大姑娘惦记，算是恢复原状了。"小南道："那就好，改天见吧。"她说着话，一直向柳家走去，头也不回。士毅自然也就低着头，向别条路上走了。

原来自那天小南由柳家回来以后，她睡梦中，都觉得柳家的生活是甜蜜的，她并不征求父亲的同意，已经加入到她们的歌舞班子里去，当一个舞女了。在柳三爷的眼光里，觉得她的体格、她的嗓子，是全班里所找不出的一个人。而况她的面孔既好，又是一个贫家出身的人，极容易对付，所以他极力地鼓动着小南加入他们的歌舞班子，每天让她在这里吃饭，又在家里翻出许多旧衣服来，交给小南去穿。小南怎样受得了这种外物的引诱？所以在这一星期之内，她是整日地在柳三爷家里忙着，常是把做饭给父亲吃的事忘了，将常居士饿上一餐。等她回来时，常居士随便质问她几句，她还可以笑嘻嘻地答复两句；若是常居士质问得太厉害了，就跳着脚来道："你只管骂我，我还管不着给你做饭哩。"她每次说毕，就一跳两跳地跑走了。为了这个，常居士不敢骂她，只好用好言来央告她了。这天她看到洪士毅来了，并不怎样地理会，径自到柳家院子里来。

那位招待殷勤的王孙先生穿了一件翻领子的衬衫，两只袖子高高卷起，光着两只雪白的手臂，一手拿了一个网球拍子，一手拿了个网球，只管不住地在空中抛着。看到小南进来，就向她笑着："我教你打网球，好不好？"小南道："我不爱玩这个。"王孙道："你爱玩什么呢？"小南靠了院子门站定，笑嘻嘻地向他望着。许久的时候，才说了一句道："我什么都爱，可是我没钱，我还说什么呢？"王孙笑道："这个好办，你要听戏呢，上公园呢，瞧电影呢？都好办，让我来做东就是了。"说着，将那个网球交到拿拍子的手上，一只手空了出来，扶着她的肩膀连连拍了两下，笑道："你怎么说？你怎么说？"

正在他这样调情的时候，恰好主人翁柳三爷出来了，他看到王孙那种神情，自己就表示着得意的神气，将身躯摆了两下，然后微笑着道："小王，你看我发现了这颗明珠，怎么样？不是大可造就的一个人才吗？我以为她的造就，将来会在绵绵以上。"王孙对于他这个话虽是很表赞同，不过他想到绵绵是三爷的干姑娘，假如说小南的色艺赛过了绵绵，那就蔑视了主人翁，因笑道："她哪里就达到那个程度？不过她富有新女性的美，差不多是一般人所未有的。"说到这里，他那拍着小南肩膀的手依然未曾放下，而且轻轻地将她肩膀上丰满的皮肉捏了两下，捏得小南嘻嘻地笑着，身子向后一缩。柳三爷笑道："小王，看你这个样子，对她很有些迷恋吧？"王孙笑道："她对于这个，完全不解，现在谈不上，谈不上。"柳三爷笑道："我这又要套用那时髦的论调了。你现在对于她，可以改为是训政时期，遇事指导她一番，这不像国家大事，要用多少年的时间。有三个月工夫，她就能了解一切了。到了那个时候，你就可以实行恋爱了。"王孙笑道："设若基本工作完成，她不拥戴我，我又怎么办？"柳三爷道："这就看你的手腕如何了。有道是先入为主，你既然是个负责的人，她被你教训成就了，总不能忘了你的好处。而且在现时三个月之中，你总可以算是一党专政，你不会尽你的技能，去抓住她的中心吗？"

小南瞪了两只眼睛望着两人道："你们说些什么？"柳三爷道："我们这里的规矩，每一个小姐，都要找一个干哥哥来做她的保护人，王先生他很愿意做你的干哥哥，不知道你肯不肯？"小南笑着将身子又是一缩。柳三爷笑道："真的，他真愿做你的哥哥，你有这个哥哥，在家里可以教你唱歌，教你跳舞，出去可以陪你玩，可以陪你吃吃喝喝，这不比一个人好得多吗？"小南将翻领下的领带子拿在手上翻弄着，只管微微地笑着。柳三爷笑向王孙道："你看看，她的意思已经是完全默认了，你就进攻吧。你这要谢谢我，我在乱草里头给你找出了这样一颗明珠，不能不说我是巨眼识英雄吧？"说着，走向前来，将王孙和小南的身躯用两只手拢了起来，让他二人挤在一处，两只手在二人身上轻轻拍了几下道："就是这样子办吧。"说着，掉转身立刻就走了。

小南到柳家来了这久，看见男女相亲相近，什么手脚都做得出来，男女二人紧紧地站在一处，这更算不得一件事，所以她也就坦然受之。恰在这时，上面屋子里有人掀开一点儿门帘缝，露出半张苹果也似的面孔，在那里张望着。小南料着是人家张望自己，立刻将身子一闪那楚狂楚歌兄妹二人拥了出来，向他们笑着道："为什么这样子亲热？"小南红了脸，低着头不说话。楚狂向王孙道："你未免进攻猛烈了点儿吧？"王孙笑道："什么猛烈？这是三爷拉拢的，我没法子抵抗。"楚歌笑道："这样的事，也落得不抵抗呀。"楚狂道："这话可说回来了，常女士若不是遇到三爷点铁成金的妙手，真埋没了这么一生。他发现了，却让小王轻轻悄悄地去了，未免太便宜了。"王孙笑道:"说起来,这话真有些奇怪。常女士和我们做邻居,也不是今日一天,为什么直到现在才发现她是一颗明珠哩?我以为她成为明珠,真是老楚那句话,得了我们三爷那一番点铁成金的妙手,安得尽天下女子都变成明珠。我之所以和常女士在一处,这也不过是完成三爷一番成人之美的意思,什么叫得便宜?我可有些不懂。"楚狂道:"你不屈心吗?现在你已是她的干哥哥了,我们在屋子里都听见哩!我实在佩服三爷之下,就不能不说一句三爷不公心,为什么不给我们寻出一颗明珠来呢?你们来呀!要王孙请客,他新得了一个可爱的妹妹了。"说话时,他抬起一只手来,在空中招展着。同时,他也跟着那手势连连跳了几跳。只在这时,屋子里一阵风似的,拥出许多男女来,团团将王孙和小南围着。这样的大闹,小南到底有些不惯,把那羞得通红的一张脸只管低到怀里去,抬不起来。可是四面都是人,叫她到哪里去躲?真把她那张面孔羞得红破了。

第十二回

终煞雌威搜衣藏蓄币
更增友好对镜为梳头

大家笑成了一团的时候，柳三爷由人群中挤了出来，向大家摇着手道："不要闹，不要闹。你们要知道，这样和男子接近，还是她的处女作，闹得太厉害了，以后她永远不敢和异性接近，别人罢了，岂不害了小王？"如此一说，大家一阵鼓掌也就散了。小南噘了嘴道："没有瞧见过，这些人，都是这样给人开玩笑的，以后我不来了。"说毕，转了身子就向外跑。

王孙由后面追了出来，拉着她的手道："你到哪里去？"小南道："我回家去呀，难道还不让我回家吗？"王孙用手轻轻地拍着她的肩膀，低声笑道："不要生气，让我同你慢慢地说一说。你想，我们这些同事，哪个不是这样的？一个人都有一个人保护，把这事看得平常和别人一样，人家说，你是我的干妹妹，你就一拍胸对人说，不错，他是我的干哥哥，我包他们什么话也不说了。"小南瞅了一眼王孙道："那敢情是你愿意？"王孙笑道："并不是我要占你的便宜，要做你的老大哥。可是你仔细想想，你用不着找一个人来保护吗？别人对学校里的事样样熟悉，还有一个人保护呢，难道你就用不着？"小南道："我用不着，可是你为什么不找一个来保护呢？"王孙笑道："我要的哇，我就是请你跟我当保护人，你愿意不愿意呢？"小南又笑着瞅了一眼，没有什么话可说。王孙道："你到哪儿去？"

小南道："我回家去，难道你还能不让我回家去吗？"王孙微笑道："你别信口胡诌了！你也看到了什么地方？这是你回家的那一条路吗？"小南看时，不知不觉地已经走出胡同口很远了，便笑道："全是只顾跟你说话，路也走忘记了，我回去。"说着话时，她已经掉转身来了。

王孙一手扶住了她的后脊梁，将她的身子一扳，笑道："你真要个回去吗？我带你去看电影吧。"小南笑道："上次我瞧的那电影真有意思，上面有山、有水，人的影子也会说话，那是什么缘故？"在她说这番电影好处的时候，王孙不要她再说什么，知道她是绝对愿意去看电影的了，便携了她一只手道："赶快走吧，迟一点儿，我们要赶不上了。"小南笑道："雇车去得了。"王孙笑道："你这就不要回家了？"小南道："你要我回家吗？好，我就去！"王孙两手将她拉着，笑道："走吧，走吧，我说错了，跟你赔罪吧。"说着，还跟她连连点了两点头。小南日日和那班时髦女孩子在一起，已经知道了对付男子们应该取的若干态度，便偏了脸，连连地顿了脚道："我不去，我不去。"王孙笑道："得啦，算我说错了就是了。请你看电影不算，我还要请你上馆子去吃饭呢。"小南道："要是像那天一样吃洋饭，用刀叉那样吃法，我可不去。"王孙用手轻拍了她的肩膀道："以后不要说这样的外行话，人家听了会好笑的，你就说是吃西餐得了。那天我不是请你吃一餐就算了，另外还有一层意思，就是在我们这个歌舞团里，常常有人请吃饭，若是请去吃西餐的时候，你一个人吃不来，岂不是笑话？所以我先带你见习见习。到了哪天，有人请你吃饭，你就不露怯了。"

说着说着，已经走出胡同口，就坐了车子到电影院里去了。由看电影以后至吃饭，直到晚上九点钟还不曾回家，把一个常居士饿得心火如焚，只好自己摸索着走到外面来，在胡同口买了两个烧饼吃。自己没有法子去管束这个姑娘，只气得将两只脚不住地在地面上顿着，口里还连连地骂道："这个该死的丫头。"只听到大门响着，

130

有脚步声走了进来，自己就高声骂道："你个该死的丫头，也记得回家，你就死在外头好了，何必回来呢？"外边就有人回答道："你这是怎么了？我还没有走进大门，你倒先骂了我一顿，你不愿意我回来，还是怎么着？那么，我就死在医院里得了。"说了这一大套，常居士才知道是余氏回来了，便道："哟！你出院了，谢天谢地。"

余氏战战兢兢地摸着走进屋子来，屋子里漆漆黑，灯也不曾点着，一路走着，砰砰乱响，碰着了不少的东西，问道："我有这些日子不在家，这个家不知道变成了什么样子？大约屋子里成了狗窠了。你反正是不看见，用不着点灯，难道别人也用不着点灯吗？取灯在哪里？快说出来。"说着话时，她一路踢着东西乱响，已经走到里面屋子里去了。

常居士道："你还怪我呢。我都让你的闺女把我气死了。这一程子，成天地不在家，今天到这个时候，还没有回家，把我饿得死去活来。我好容易摸到外边去，才买了几个烧饼吃。我一个瞎子，替你们守了这个破家，那还不算，你们还要我点上灯……"余氏道："不要说那些话了。我正要问你，我们这孩子现在是怎么样了。有一天到医院里来看我，衣服也换了，头发也剪了，搽脂抹粉，打扮得花蝴蝶子似的。我问她这为什么？她说是洪先生出钱给她买的衣服。说了这句话，她就跑了。我很疑心，恨不得立刻就回来，看看到底是怎么样子？自从那天以后，她也没有再来过，我急死了，天天要回家，医院里总是不肯放。今天我对医院里人再三地说，家里短不了人，才把我送回来了。小南这丫头哪里去了？"常居士道："唉！不用提了，这个孩子算废了。她告诉我说，要进歌舞班子去唱戏，我就拦着她说，这个地方去不得。你猜怎么着？她倒反说我是一个老顽固。"

余氏在里面屋子里，摸摸索索地居然把火柴找了出来，点上了一盏煤油灯，手上举得高高的，由里面屋子照到外面屋子里来，由外面屋子又照到里面屋子里，口里还喃喃地骂道："嗬！煤球滚了满

131

地，水缸里的水也干了。这四五只碗，也不知道是哪天吃了东西的，没有洗过。嗬，嗬！你把水壶放到哪里去了？"余氏用灯照一处，口里就要咒骂一声，等她把屋子照遍了，已经是吵得常居士满心不耐烦。他本来想说她几句，一想到她病好刚刚回家，不要三言两语地又和她吵起来，只得忍耐住了。

余氏在各处探照了一遍，然后回屋子去。她首先诧异起来的，便是这张破炕上，却发现了一件杏黄色的女旗衫，拿起来一看，先有一阵袭人的香气钻到鼻子里来。心里便想着，女孩子穿这漂亮又这样香的衣服，这是干什么呢？拿了这件衣服正在出神呢，那衣袋里却有一角钞票射入眼帘，连忙掏出来看时，却是一张五元的。余氏一手捏了衣服，一手捏了钞票，只管继续地看着，口里还喃喃地自言自语道："这孩子干什么了？不要闹出不好的事来吧？又是衣服，又是钱。"常居士在外面问道："哪来的钱，有多少？"余氏道："听到说钱，你的耳朵就格外灵活起来，哪里有什么钱？不要起糊涂心事了。"她说着，将那张钞票看了一看，就向身上揣了起来。常居士道："你不要多心，我并不是问你有多少钱，就想分你一半用。我是问问这钱到底有多少，要研究这钱是哪儿来的？"余氏叫着道："用不着问，没有多少钱，反正女儿不是在外面偷人得来的钱。"常居士听她说的话是如此粗鲁，这话也就没有法子向下问了。可是他夫妻两口子这样争吵的时候，小南已是在大门口站立很久了，乃至听到母亲的话，很有些维护自己的样子，这就大了胆子，走将进来。站在房门口，笑嘻嘻地先叫了一声妈。

余氏猛然一抬头，看到她那一身鲜艳露肉的衣服，一伸手就把她头发上那个大红结花扯了下来，手上托着，送到她面前来问道："这是你妈的什么玩意儿？我这些日子不在家，你干些什么了？你说你说！"小南逆料着母亲是不免有一番责骂的，但是自己下了一番决心，无论母亲怎样反对她，自己是进柳家的杨柳歌舞团进定了，父亲是个瞎子，他还能怎么样？母亲虽是厉害，其实能给她几个钱，她也没有什么事不能答应的。她立定了这个主意，所以余氏向她发狠，她倒并不惊慌，板住了面孔，噘了嘴，靠着门框站定，问道："你们不是说家里穷得不得了，要出去找饭吃吗？我这就是出去找饭吃去了，碍着你们什么事？倒要这样大惊小怪？"余氏听说，一伸手就想将一个耳巴子伸了过来，然而小南早防备了这一着棋，身子向后一仰，已是躲过去一尺多路。

余氏一下没有打着，倒也不要打第二下，便伸了一个萝卜粗也似的指头，指着她的脸道："不要脸的臭丫头，叫你打扮得这样花蝴蝶儿似的出去找事吗？你去当窑子好不好！"小南道："你别胡说人了，也不怕脏了嘴。你去看看柳三爷家里那些人，不都是穿着这样子的吗？吃人家的，穿人家的，一个月还拿人家十五块钱，什么不好？"余氏听说一个月有十五块钱，那指着小南的手指头，原来指点得很是用劲，到了这时，却情不自禁地、慢慢地和缓着，垂了手下来，睁了两只大眼睛，向着小南道："你打算怎么样？真跟着那些人去唱戏吗？"小南道："谁说是唱戏？这是跳舞，是一种艺术表演。"余氏道："什么？硬说表演。"常居士在外面接嘴道："瞎炒蛋！你和他们在一处混了几天，什么都没有学到，这倒先学到了什么艺术不艺术。"余氏道："我早就知道了。柳家那些花蝴蝶似的女孩子，都是上台跳舞唱歌的。一个人上了台，那就是唱戏。"小南道："你现在也知道了，我并不是做了什么坏事情吧？"余氏又站着挺起胸脯子来问道："不是坏事，是什么好事？挣来的钱呢？难道说穿人家这样几件衣，就满台上去露脸吗？"

她口说着几件衣服那几句话时，手上拉着小南的衣服，扯了几扯。这一扯不打紧，恰好把衣服上的口袋抖了出来，这衣服的袖子很是薄的，袋里放了一叠钞票，却看得极真。于是一把抓着小南的一只手胳膊，将她拉到身边来，口里骂道："你倒好，身上揣着大洋钱，大把地买零星吃呢？"说着，就伸手到她衣袋里去，把那叠钞票夺了过来。小南要伸手来抢时，余氏右手拿了钱向袋里揣了下去，左胳膊横着，向外一搪。那种来势既凶且猛，小南万万不曾提防，站立不稳之下，身子向后倒退了几步，哗啷一声，把小桌上散的破罐破坛一齐打倒。常居士连连叫道："怎么还没有说到三言两语，就打起来了？"小南哇哇地哭起来道："她抢我的钱，她抢我的钱，我身上的钱全给她抢了去了。"

余氏拦门一站，将背朝着外，抵了小南进去的路。在袋里掏出那叠钞票就连连地点上一阵。口里就骂道："什么了不得？全是一块钱一张的票子，一共是十张。"常居士啊哟了一声道："哪里来的许多钱？这得问问她。若是不义之财，可要退还人家。"余氏道："你别在那里吃灯草灰放轻巧屁了。你家里有几百万家私，说这样大话。"因掉转身来，向小南道："钱是我拿了，你要说，这钱是怎样来的？你的话若是说得不对，我一样还是要抽你。"小南在衣服袋里掏出一条紫色印花绸手绢，揩着眼泪道："我的钱，你全拿去了，我还说什么？反正我不是偷来的，你问什么？"余氏拉了她一只手臂，将她拖到屋子里面，咬着牙，轻轻地向她问道："究竟是怎样来的钱？你说！"她坐在炕沿上，睁了病后两只大眼向小南望着。小南靠了墙站定，低了头咬着一个指头，许久许久才道："这是王先生给我的，他说，我的衣服鞋袜都是人家送的，这不大好，叫我随便买几尺布，做些洗换的衣服。你全拿去了，我还做什么呢？"余氏道："哪个王先生？他凭什么有那样好心眼，给你钱做衣服穿？"小南道："他是杨柳歌舞团里一个乐师。"余氏道："他是个钥匙？"小南一顿脚道："你真是乡下人，什么也不懂！"余氏道："你到人家里去了几天，就学了这一口洋话，我哪里懂？"小南道："这是什么洋话？他是在歌舞团里拉梵阿铃的。索性告诉你吧，梵阿铃就是洋琴。"余氏道："原来是个拉胡琴的，他凭什么给你许多钱呢？"小南道："他是我干哥哥。"

她说出这话以后，猛然觉得有些不大妥当，立刻一伸手，掩住了自己的嘴。余氏沉了脸道："快说呢！人家哪有那样便宜的钱给你？你说你说！究竟是怎么一回事？"说时，她一伸手，就要去揪小南的脸蛋。小南闪了开来道："你只管打我，你要打我，就把钱还我。干哥哥要什么紧？歌舞团里的人，一个人都有一个干哥哥的。你不信，明天我也可以把他带给你来看看，那比姓洪的要好上几百倍了。"常居士道："洪先生为人不坏呀，人家是个仗义的君子。"小南鼻子里哼了一声道："他别仗义了，他有仗义救人的本领，就救救自己吧。他住在会馆里，比咱们家还穷，床上被都没有，睡着光床板。"余氏道："喜欢人家是你，讨厌人家也是你，你说得人家那样不值钱。"小南道："你不信，到他会馆里去看看，我这话真不委屈。人家王先生睡的是什么，穿的是什么，你明天瞧瞧。"余氏道："那我是不信，我得在你身上搜搜。"

说话时，就不问三七二十一，将小南按在炕上狂搜了一阵。这一阵搜索，连脚丫子里都搜遍了。果然，没有什么可疑之点。小南掩着衣襟，坐在炕上喘气，余氏也坐在炕沿上喘气，因道："今天我乏了，我也不说什么，到了明天，慢慢地跟你算账。"说罢，她摸摸口袋里的钞票，就躺下了。小南看看母亲这样子，倒似乎不会和自己为难，心里也就自打着主意，明天要怎样去和王孙商量，把这难关打破。据王孙看电影的时候说，现在姑娘们做事，母亲是管不着的，母亲真要管起来，就不回家去，打官司打到衙门里去，也是姑娘有理的。那么，还怕什么？因为如此，小南也就大着胆子，安心睡觉。

到了次日清晨起来，脸也不洗，披上衣服，就到柳三爷家去，直向王孙屋子走去。原来柳家的男女团员分两面住，女子都住在后面，可以办到一个人住两间房，男子们却至少要是两个人住一间房子，而且是住在进门的那头一个院子里。小南站在王孙房门外，用手敲了几下门。这也是她到柳家来新学的玩意儿。她如此敲了几下，王孙道："是哪一个？请进来吧。"小南推着门，由门缝里伸进头来看着。只见王孙躺在小铁床上，枕头堆得高高的，将头枕着，下半

135

截身子，盖了一床白线毯，上身只穿了一件白汗衫，两手举了一张美女画报，在那里看着。他听到门声，放下报来，那漆黑的头发卷了许多云头，在头上蓬乱着。雪白长方脸，高高的鼻子，水晶似的眼睛，看了去样样都美。他笑道："你今天来得这样早？"小南噘了嘴道："和我妈拌嘴来着，她把我的钱全抢去了。"王孙听说，连忙向对面铁床上努了两努嘴。那床上睡着一位方定一先生，乃是吹铜笛的，和王孙很要好。他又能拉中国二胡子，小南来了，总是拉着小调子给她听。所以小南和他也是很熟的。这时王孙向他床上一努，小南就知道王孙是要瞒着方定一的，伸了一伸舌头，就没有作声。王孙低声道："你身上的钱怎么会让你妈拿去？"小南道："她昨天晚上由医院里回来了，看到我穿这种衣服，就搜我，我炕上还有一件衣服，里面有五块钱呢，一齐都让她拿去了。你瞧，我现在衣服里，一个铜子也没有了。"说着，走近王孙头边，坐在床沿上。手伸到袋里去，将袋翻将转来，可不是一只空袋吗？

王孙伸出一只手，搂住小南的腰，偏了头来看她的口袋。对面床上的方定一一个翻身坐了起来，笑道："好哇！你们以为我睡着了吗？我可没有睡着呀。"小南将两脸颊羞得通红，抢着站到一边去。王孙笑道："你这个人岂有此理，凑猛了叫了出来，也不管人家是不是会吓着一跳。"方定一穿着无袖汗衫，露了两只大胖手臂，肉只管哆嗦，笑道："你们还说呢，也不管人家睡了没有，两个人在屋子里就这样亲着搂着的？"说时，向小南瞟了一眼。小南听说，更是低着头不好意思呢。方定一将那只光手臂伸了出来，向王孙连连地指点着道："你呀，你呀！密斯常初来乍到我们这里的时候，多么天真烂漫？什么也不在乎。现在可有些意思了，见人总是羞答答的，这分明是你将一个好孩子教坏了。"王孙笑道："你可别瞎说，她的母亲正要和她为难呢，你这样一说，话传到别人耳朵里去了，倒真以为我们把人家教坏了呢。"

小南当他们说话的时候并不理会，只管抬了头去看墙上钉着的外国电影明星相片。方定一披了一件浴衣，拖着拖鞋，走上前去，一把将小南拉转过来，笑道："为什么？生我们的气吗？"小南将手一摔，噘了嘴道："我不跟你好了，说出话来，都是气死人的。"方定一也不再说什么了，打开桌屉来，取出一玻璃瓶子糖果，直伸到小南面前来，笑道："请吃个吧，下午归我做东，请你去看电影。"小南道："放下来吧，我还没有洗脸漱口呢。"方定一收回糖瓶子，一伸手在王孙脸上掏了一下，笑道："你听见没有，这都是你教的呀。"王孙听了这话，笑嘻嘻地自端着脸盆漱口盂出去，打了水来，放在盆架上，连香皂牙膏等等，都在一边放好了。那方定一匆匆忙忙将衣服穿好了，伸着五道大指头，巴掌向空中一扬，微微笑着，一点头道："我们回头见。"说毕，他就代为带上门，径自走了。

王孙向小南笑道："今天为什么来得这样早？就为着到我这里来洗脸吗？"小南笑道："我若在家里，我妈会和我吵的，所以早早地溜了出来。"王孙道："难道你就不回去了？你若是回去，你母亲还是可以和你吵的呀！"小南对了墙上的一面镜子，两手心涂了雪花膏，只管向脸上涂抹着。王孙站在她身后，拿了一瓶头发香水，只管向她头上淋着，对着镜子里面，不住地向她笑。小南道："为了这个，所以我来和你商量一下。你若是肯赏面子，跟着我到家里去走一转，我妈就不会和我吵了。"王孙放下香水瓶子，将自己用的黑牙梳拿来，给她梳着头发，笑道："那为什么呢？难道你母亲还怕我不成？"小南道："不是那样说，她在家里，也不知道我认了怎样一个干哥哥，所以她不放心。你和她一见面，让她知道你是一个漂亮的人，她以后就不会闹的了。"王孙笑道："漂亮不漂亮，这与你母亲管你不管你有什么相干？"小南道："你若是相信我的话，跟我去走一趟，一定就看出来了。你若是不去，我今天回家去，我妈以后不要我来，你就不能怪我了。"王孙笑道："你舍得丢开我，我还舍不得丢开你呢。"说着，他一只手不觉搭在小南的肩膀上。小南笑着将身子一扭道："别胡来了。"说着她转身一跑，就跑着藏到铁床那边去。王孙笑道："你躲我干什么？你越躲我，我可会越追着你的呢。"说着，两手按了铁床，跳将过来，两只手将她一抱，低了头望着她的脸，正待说什么。小南吃惊的样子，叫起来道："你听，我妈在叫我了。"王孙偏着脸听时，果然那声音叫到了大门口。小南道："她在大门口叫着我呢，你让我出去和她说话吧。我要不理她，她真会叫到大门里来的。"王孙知道她的母亲是个不登大雅之堂的角儿，真让她嚷到大门里面来了，惹着大家去看，这固然让小南面子上不好看，就是自己这个新任的干哥哥，脸上也有些不好看，倒赞成小南出去，将余氏拦住了，便道："你只管去吧，我在后面跟着，你要是对付不了，我就出马。"

小南推开了王孙，自己就向大门跑去，只见余氏披着满头的散发，身上一件洗成灰白色的蓝布褂子，斜敞了大半边衣襟，张了大嘴，朝着门里，只管叫着小南不了。小南一阵风跑到大门口，顿了脚道："我问你，你叫我干吗？家里什么东西怕臭了烂了，等着我回去吃？"余氏用手指到她脸上道："你怎么一清早起来，睁开……啊！了不得，脸上擦得这样白。"说时，她的手指一直要触到小南的脸上来。小南不敢和她对嚷，身子只管微微地向后退着。余氏将右手一个食指，当着敲木鱼似的，在空中击着，咬了牙正要大骂。向前一看，一个穿西服的少年出来了。那衣服是好是歹，自己分不出来，可是他那双皮鞋擦得溜光。手指上戴了一个金戒指，那上面还有一颗亮灿灿的东西。好像听人说过，那个叫金刚钻，虽然说不到是无价之宝，然而那比什么珍珠宝贝都要值钱。这不用狐疑，这个人当然是很有钱的人。若是没有钱，怎能够戴这样贵重的宝贝呢？因之还不曾和人家说话，自己就先软了三分，那要骂人的话，自然是骂不出口的了。小南就介绍着道："这就是团里的王先生，人家帮忙的地方可就多着啦。"

王孙笑着向余氏点了个头道："老太，你只管放心，我们这里小姐们多着啦。你姑娘在我们这里，一点儿不受委屈。她自己除了吃的穿的都有了不算，一个月还可以拿十几块钱薪水，你还有什么不愿意的？再说，我们相隔的地方又很近，你家有事，你在院子里叫一声，这里也听得见，不和在家里一样吗？这样的好事，你都不让她干，你还有什么事情，找得出比这好的呢？"余氏看到这样一个漂亮人物，心里先就软化了，而况王孙又说得很是有理，没有法子可以驳倒人家的，于是就笑道："不是那样说，这孩子一到你们这儿来着，就成天不回家。"王孙道："我们这里的姑娘们，一大半是南方人，她们离家几千里也没事。其余的人，也都是住在这里，一个礼拜，不见得回一次家。你的姑娘一天回家好几趟，你还不放心啦？"

　　说着话时，柳三爷也出来了，他今天一时高兴，改了穿长衣，只见他穿淡蓝色的湖绸夹袍子，恰是一点儿皱纹也没有，这是余氏认得的非阔人穿不起的东西，看呆了。只听他口里问道："怎么车子还没有来？"王孙就介绍着道："这是我们团长。"余氏向他看了一眼，张了大嘴笑道："我认得，这是柳三爷，我们是老街坊啦。"柳三爷向她微笑着，又向小南身上一指道："你瞧，你家姑娘这个样子，和以前是两个人了，你还有什么不放心的？"余氏还打算说什么，轰咚咚一阵汽车声，一辆汽车到了门口，柳三爷大摇大摆走上车去。余氏站在一旁，只有欣慕的份儿，哪里还说得出话来呢？

第十三回

白眼横施碎花消积恨
憨态可掬授果续前欢

柳三爷家是有钱的人家，常家一家人都是知道的，但是在柳家与自己没有一点儿关系以前，这值不得去注意。现在余氏站在大门口，看到柳三爷如此阔绰，姑娘能在这种人家来往，还有什么对自己不住的？也就大可以不必说什么了。小南看到她那发呆的样子，便道："你回去吧，还有什么话说呢？"王孙也笑着向她道："你只管放心，我们这里，比什么大公馆还要舒服，比什么大公馆又要自由，在这种情形之下，你还有什么不满意的？"余氏掀起一片衣襟，擦了几下嘴，笑着向王孙睁了大眼道："真的，她一个月能挣十五块钱吗？"王孙笑道："这为什么冤你？你一个月到这里拿十五块钱得了。"她手上掀着的那片衣襟，由嘴上擦到额角上来，笑道："那敢情好啊！是照阳历算呢，还是照阴历算呢？今年闰一个月，若是照阳历算，我们可要吃一个月的亏啊！"王孙听说，索性大笑起来，点着头道："现在外面拿薪水，都是照阳历算的，吃一个月的亏，这也不是一个人的事呀！"

小南天天和有钱的人在一处，现在不是把钱看得那样重的了，听了母亲的话，自也觉得有些难堪。于是两手推了余氏道："回去吧，不要在这里废话了。回头我带些东西回来给你吃。"余氏道："你不用给东西我吃，干折得了。应该花多少钱，你就给我多少钱得

140

了。"小南只要母亲肯走，这也不去和她怎样地分辩，口里连连地笑应道："好的好的，我一定会带来。"余氏一路走着，一路还滔滔不绝地说着。小南一直将她推到了胡同口，怕她会反手将人拉回家去，这才掉转身，仍走回柳家来。王孙笑道："这就好了，打破了这个难关，以后她就不至于和你啰唆了。"于是他一伸手扶了小南的腰，向屋子里走去。小南起初对于王孙这样亲热，本来有些不好意思。现在看看这杨柳歌舞团的人，男男女女都是这样子，自己一个人，也就不必去怎样独持异议了。这样子过了三天，她在柳家，已是混得极熟，整日地不回家去，余氏也不像以前那样来追究，由她自主了。

在这几天之中，洪士毅来过了三回。然而每次来的时候，一问起来，总是小南不在家。这是常居士的意思，以为姑娘虽然穷得去捡煤核，也不过是普通穷人应有的常态，可是让姑娘到歌舞团里学歌舞去，这就不是正道。洪士毅是个守规矩的寒士，可不要告诉人家，免得人家见笑。他如此想着，所以在士毅面前一个字也不提。士毅无缘无故，也不能打听人家姑娘的行动，只是心里纳闷而已。但是小南和几个时髦小姐在一处走路，这是自己亲眼所见的。那天她说着，不过是在柳家玩玩。这胡同里有个办歌舞班子的柳岸，莫不是小南投到他的歌舞班子里去了？哼！这很有几分像，那天和她同道走路的女孩子，不就是歌舞班子里那一路角色吗？像小南这样的人才，让她去捡煤核，固然委屈了，然而让她到台上去卖肉体、卖大腿给人看，这也不见得高明。这话又说回来了，一个人穷了，什么事都做得出来的，他家不找出路，就要饿死，这有什么法子呢？若真个去上歌舞班子，竖起一块艺术的招牌，面子上总还可以遮掩得过去。设若并不是上歌舞班子，比这还下一层，实在去卖人肉，这又当怎么样呢？看常老头子，说话吞吞吐吐，莫非真走入了这一条路吧？士毅想到这里，他就不由得替小南毛骨悚然起来。好像小南这样做去，与他的生命都有什么大关系似的。好在柳家的所在，自己是知道的，且先到那里打听打听看，如果并不在那个班子里，小南就一定到了不高明的所在去了。他想到了惶恐之余，在小南进杨柳歌舞团一星期之久，实在是忍不住了，就鼓着十二分的勇气前去探问。柳家是个艺术之宫，少女们是在二十之数，当然门禁是很紧的。

士毅到了门口，先向门里张望了一阵，见那朱漆大门里，映着两行绿树，阴沉沉的没有一点儿杂乱声音，就不便胡乱地向里面冲了进去。远远地在门口望着，见有一个西装汉子出来，就取了草帽在手，向那人点了一点头，笑道："请问，这是杨柳歌舞团吗？"那人向士毅周身上下打量了一番，见他身上的灰竹布褂子变成了惨白色，那顶粗梗草帽又是黄黝色的，此外就不必看了。当然可以知道他是个极穷的人，就瞪了眼问他道："你打听做什么？"士毅看了他那样子，老大不高兴，心里想着，你又是什么大不了的人物？向你打听两句话都不可以的吗？也就板住脸道："我很客气地说话，不过打听一个朋友，并非歹意。"那西装人道："谁负有向你答复的责任吗？"说罢，扭转头就去了。士毅看了这种神气，真恨得全身抖颤，然而有什么话可说呢？是自己向人家找钉子碰呀。但是自己鼓着勇气来打听小南的下落，绝不能没有结果，就溜了回去。因之依然在门外远远地徘徊着，等候着第二个机会。自己本来可以冲进大门去，向门房里去打听她的，可是自己这一种衣衫，门房又未必看得起。而且又是打听一个女子，更会引起人家的疑心来，倒不如在门口老等候着的为妙了。

他如此想着，就背了两只手，不住地在路上徘徊着。果然他所预料的是已经中了，不久的时候，有一群男女笑嘻嘻地向门外走来，其中一个穿绿色绸衣的便是小南。他们向外，自己向里，正好迎个对着。于是伸手在头上取下帽子来，向小南远远地点了一点头。小南猛然地看到他，先是突然站住，好像有个要打招呼的样子。然而她忽然又有所悟，将脸子板住，眼光一直朝前，并不理会士毅。士毅拿了帽子在手，竟是望着呆住了，那帽子不能够再戴上头去。却是身旁有一个女孩子，看见了士毅那情形，就问道："喂，那个人是和你打招呼吗？"小南道："他认错了人了，我不认得他。"说时，她眼角向士毅瞟了一眼，径自走了。

士毅到了这时，才知道她不是没有看见，乃是不肯理会。若是只管去招呼她，她翻转脸来，也许要加自己一个公然调戏的罪名。他的脸上由白变到红，由红变到青，由青再转到苍白，简直要把他气昏过去了。他在这样发呆的时候，那一群男女欢天喜地已是走远了。士毅呆站了许久，心里好个不服。我和你虽不是多年多月的朋友，可是我为你出的气力，那就大了。不但是我和你熟，我和你一家人都熟，你怎么说是不认得我哩？你并不是那极端的旧式女子，不交男朋友的，在你那同路，就有好几个男人，对我这个男人，难道就不许交朋友吗？是了，你的朋友都是穿漂亮西装的，我是穿破旧烂衣服的，和我点个头、说句话，就丢了你的脸，所以干脆说是不认得我，就免除这些个麻烦了。好吧，不认得我就不认得我，我们从此断绝往来就是了。这样大一点儿年纪的女孩子，倒有这样辣毒的手段？好了，总算我领教了。

他在这门口站了有半小时之久，自己发了呆，移动不得，因听得有人道："这个人做什么的！老在这里站着。"回头一看，有两个人站在别个大门里向自己望着。心想，我站在这里，大概是有些引人注意，注意的原因何在？大概是我的衣服穿得不好吧？自己吹了一口气，低了脑袋，就向会馆里走去。在路上看到了漂亮的女孩子，心里也恨了起来，觉得所有的漂亮的女子，都是蛇蝎一般心眼的，我遇到这种女子，就应该打她三拳，踢她三脚，才可以了却心头之恨。他如此想着，慢慢地走了回去。

到家以后，不知已是日落墙头，那淡黄色的斜阳，返光照着院子里，显出一种惨淡的景象。他不知道今天何以混掉了许多光阴，也不知道自己是走些什么路，就回到了会馆里了。他只感到颓丧的意识和模糊的事实，人是像梦一般。回到了自己的屋子里，他突坐到铺着草席的床上，忽然一件恨事涌上了心头。这床上的棉被、这床上的褥单，到哪里去了？不都为了那个捡煤核的女子要换好的衣服，当了钱，给她卖着去了。我为她写字，写成了脑病，写成了脑病之后，却只睡这样没有被褥的空床，她虽然也曾到会馆里来看过一次病，然而她看到我屋子里的东西是这样简陋，好像大为失望。她嫌我穷，忘了她自己穷。她嫌我是个混小事的文字苦工，她忘了她是一个偷煤块的女贼。我早知道这样，那天在西便门外，我就该痛痛快快地蹂躏一顿。什么是道德？什么是良心？什么是宗教？这全是一种装门面的假幌子。她身上曾戴着那样一个卍字，可曾有一点儿佛教的慈悲观念？我好恨，我也好悔。那天，我为什么要保全她的贞操？我一条性命，几乎送在她手里，她不过是送了我一束花来安慰我，我要这个安慰做什么？

士毅坐在床沿上，两手抓了草席，两脚紧紧地蹬着，眼睛通红，望了窗子外的朦胧晚色。他掀开床头边的一只蓝布破枕头，露出了一个扁扁的纸包。那纸包里面，便是几十片花瓣。那是小南送来的残花，不忍抛弃，留在这里的。自己重视着人家送来的花，人家却轻视着我本人，我要这个何用？想到这里，也来不及透开那纸包，两手平中一撕，连纸与花瓣，撕了个粉碎。花瓣落在满地，他还是觉得不足以解恨，两只脚在那粉碎的花瓣上，尽量地践踏了一阵。接着用脚连连跺了几下道："现在我可以出这一口气了，我可以出这一口气了。"

这会馆里的长班，正由房门口经过，听了这话，就进来问道："你怎么了？"士毅这才觉得自己神经错乱，把外面人惊动了，便道："没有什么，屋子里又出了耗子了。"长班走开了，他坐在床沿上，心房里还是只管怦怦乱跳。一个人闷坐了许久，又转念一想，我这人也是多此一气，她一个捡煤核的女孩，知道什么？不过是图人家的吃，图人家的穿而已。假使我今天坐汽车住洋楼，再把她找到一处来玩，叫她对着那个穿漂亮西装的青年不必去理会，她也就照样不会去理会的。社会上多少自命有知识的女子，结果也是免不了向有钱的人怀抱里钻了去。一个捡煤核的姑娘，你能叫她会生出超人的思想来吗？这只怪我吃了三天饱饭，就不安分。我假使不是慈善会门口遇到她，也不去加以追逐，就不会生这一场病，也就不会有这一场烦恼。算来算去，总是自己的不是，既然是自己不是，就可以心里自宽自解，不必去恨小南了。

　　在他这样转念了一番，心里头的气似乎平静了些。可是这整个月的苦工，全为着别人白忙了，总不能一点儿惋惜的意思也没有。因之自这日起，在街上走着，遇到了男女两人同走，对那男子，冷眼看到，心里必定在那里慨叹着，唉！你不用美，懊丧的日子还在后头呢。对那女子又想着，猜不出你对这个男子又要用什么毒辣手腕。这只有这个忠厚无用的男子，他才会上你的当，若是我哇，就无论如何你来诌媚我，我也不会上你的当的。他的态度既然是变到了这种样子，就除了工作以外，已经没有别的事会搅扰他的心事。虽然是害病的时候，闹了一点儿亏空，好在自己是能吃苦的人，除了吃两餐粗面食而外，没有别的用途，苦了两个月，把亏空也就填补起来了。

　　这时已是夏去秋来的时候，慈善会里的主任先生想起有些地方的难民，无衣无食，却是很苦，于是发起一个救济各地难民游艺联欢大会，杨柳歌舞团也答应了尽一天义务，算是这游艺大会的主要节目。士毅听了杨柳歌舞团五个字，心里头就是一动，心想，假使这会里要派我到会场里去当什么招待员纠察员的话，我一定不干，我宁可站在大门口招呼车夫，当一个义务巡警，也不要走进游艺场里去看一看那些女孩子。所以会里的职员纷纷地运动在游艺场里当一种什么职务的时候，士毅却一点儿也不动心，依然照常做事。那主任先生也是个执拗的老头子，他见全部职员，只有一个洪士毅不贪图游艺会里的招待做。这个人一定是能认真办事、不贪玩耍的。于是就派他做游艺会场内招待员之一。士毅虽然是不愿意，但是自己在慈善会里办事，资格既浅，地位又低，这样体面的事，在第二个人得着，乃是主任二十四分地看得起。若是把这事辞了，那成了一句俗话，不识抬举。因为如此，就并不做什么表示，默然地把职务承认下来了。

他们的游艺会是在北平最大的一个戏院子里举行，来客既多，招待员也不能少了，所以派出来的招待员，竟有三十名之多。而且年轻的人，又怕贪玩不能尽职，都要找老成些的，事实所趋，就不得不到会外去找人。所以场里招待员虽多，能够里里外外在通声气的招待员却是没有几个。在得力的招待员之中，士毅又是一个。他今天穿了新的蓝竹布长衫，同事又送了一双旧皮鞋给他穿起。他也怕自己形象弄得太寒微了，叫花子似的，将与会里先生一种不快，因之在一早起来，就理了一回发。这次在会场里，虽然说不上华丽两个字，然而却是衣履很整洁的，至少引导女宾入座，不至于引起人家一种烦厌。在下午三点钟的时候，话剧快要完场，歌舞快要登台，士毅心里就想着，小南是初进团去的一个女生，一定不会什么玩意儿，这歌舞剧，不像老戏，要什么跑龙套，也许她不来了。他如此想着，也就没有离开会场。本来事实上，也就不许他离开。他想着，万一小南来了呢，或者不免在会场上碰到，我且溜到休息室里去休息一下吧。因此也不向别人打招呼，悄悄地走到休息室里来。

在这个时候，当招待员的人，都有些疲乏了，而且料着也没什么事，有的走了，有的摘下了胸前招待员的红绸条子，也混在许多人里面听戏。真在场上做招待事务的人，现在也不过十停的一二停罢了。因之士毅虽到职员的休息室里去休息着，但是胸面前悬的那个招待员的条子却不肯放下来。自己刚坐下来倒了一杯茶喝，却有一个茶房在门外叫道："有人找招待员。"士毅一看这屋子里休息的职员，并没有哪个是挂着招待员的条子，既然有人叫，义不容辞地只好走将出来了。他出门来一看，只见两个穿半中半西式衣服的女子站在进场门口，只管徘徊着。前面那个女子，不认得。对面一个女子，穿了翻领连衣裙短衣，翻领外套着一条蓝色长领带，剪了的头发梳了两个五寸长的小辫，垂在两耳上，一个辫子上扎了两朵大红结花。前面的头，分着两个桃子式，由额角上弯到鬓边来，越显得那面孔苹果也似。猛然一见，便觉得这女子好看。仔细一看，这不是常家姑娘小南吗？好在她是不认我做朋友的了，我又何必和她客气什么？于是板住了脸子，只当不认得她，故意四处张望着道："哪一位找招待员？我就是的。"只说了这句，那前面一个女子便迎上前道："是我们找招待员。我们是杨柳歌舞团的人，请你引我们到后台去吧。"

士毅点着头连说可以，还不曾理会到小南头上去，小南那可就先说话了。她眼珠一转，向士毅微笑道："洪先生，我们好久不见了啊！"士毅本来绷住了脸子，只当不认识她，想把这一个难关混了过去的，现在小南倒先行说话了，这不能再不理会人家。然而他的话还不曾答复出来，那女子倒先问道："咦！你两个人倒认识吗？"小南笑道："认识的，他是我父亲的老朋友。"说着，她回过头来向士毅道："你今天是忙极了吧？"士毅道："也没有什么忙，这会里表演，也有你一个？"小南笑道："待一会儿我献丑，请你多捧啊！"她人是长得漂亮了，说话也是这样的彬彬有礼。士毅便笑着道："好的，回头我一定要抽出工夫来瞻仰一番。"他这样说着，就在前面引路，把这两位女士引到了后台去。

本来他们团里的人，已经来了不少，他们互相见面之下，就拥到一团说笑去了。这后台有老戏班的戏箱，又有演话剧的人进进出出，再加上这一班歌舞家，已是混乱到万分，在这种情形之下，已是没有了士毅说话的机会，他只得退出后台来。可是说也奇怪，自己最近的宗旨，是见了女士就要恨的，今天经过小南这一个浅笑、几句客气话，不知是何缘故，他把满腔子里的积恨，无形中都消失了。他想着，她对我大概还不至于十分冷淡，那天她在杨柳歌舞团门口不肯理我，不过是为了我衣服穿得太破碎，不便招呼罢了。这不能怪她，只怪自己太不自爱了。今天我的衣服也不见好，不过稍微干净一点儿罢了。可是她对我很客气，虽然她说我是她父亲的朋友，可是她在朋友之上，加了一个老字，这依然是一种感情浓厚的表现。她说她也表演的，这倒是自己忽略了，怎么没有在表演的节目上，列上她的名字呢？

他如此想着。立刻就找了一张节目单子来，到休息室里仔细地检查。啊！这一下子，他发现了小南是怎样一个人物了。那节目有特大的字，印了一行道：新进歌舞明星常青女士主演《小小画家》。节目之后，还有几行介绍文道："常女士，北平人，年十六岁，体态健美，歌喉流亮，性情尤为活泼天真。入本团不过习艺数月，已能歌舞剧十余出。《小小画家》适合常女士个性，尤见美妙。此后，又由常女士演《月明之夜》中的快乐之神，亦妙作，深愿诸君加以静默地欣赏也。"士毅看到这段文之后，心里大为欣慕之余，还是奇怪起来。这真是猜想不到的事，她一个捡煤核的女郎，到了这歌舞团里去，竟一跃而为明星了。在他拿着节目单子的时候，却听到会场里一种猛烈的掌声，这或者是歌舞剧上场了。于是也就学了别人的样，将招待员的红绸条取了下来，悄悄地混到人丛中去。这时，果然是歌舞上场了。

士毅点着节目，一样一样地向下看去。看到第三节，是天鹅舞。下面注着柳绵绵、常青两女士合演。早是掌声如推墙倒壁一般，台上跳出了两个姑娘。士毅所注意的，当然只有小南。她身上穿了一条似裙子非裙子的短裤子，两条雪白溜圆的大腿完全露在外面，上身只穿了一件背心，两支光手膀子也像两只肥藕。她周身上下，都是白的，只有颈的所在，松松地围了一条红纱，头发上，束了一条红辫，两根铜丝顶着两个小红球，那大概就是天鹅的象征了。她们两人在台上跳着舞着，处处都露出曲线美来，两人虽是不必开口唱，可是她向台下看着，老是那一种笑嘻嘻的样子。台底下的人，也不必听她的唱，只看她这种笑嘻嘻的样子，已经是醺醺欲醉了。

士毅在台下坐着，犹如也在台上唱戏一般，心里只管怦怦乱跳。不过在场的许多人鼓掌，他却沉住了气，一点儿也没有动作。直到这一幕天鹅舞都过去了，他直着的脖子，才弯曲下来，然后吐出了一口气。他心里想着，她实在是美，实在是天真活泼，歌舞都大有可取之点。如此想时，转念到台底下的人，几千只眼睛，哪一个不睁着灯笼似的向她的玉体看着呢？这只有我，以前曾和她把臂荒郊，而且旁人所不能得到的，自己都可以得到，只是自己那些时候有些傻，不肯做出来罢了。他觉得这种事实，真可以自满一下，参与游艺会的人，谁也不能和我比较一下的了。他这样出神的时候，《小小画家》又上场了，小南穿了一套白色海军式童衣，那后脑上卷曲的长头发，红红的两个腮帮子，这都在天真活泼上，表示出一种妩媚来。她在台上形容一个顽皮孩子，不觉其讨厌，只觉其可爱，这叫士毅那二十四分地恼她恨她，现在都要消除干净了。到了这戏演完，隔了两个节目，她又做起快乐之神来。这更美丽了，她穿了桃色的舞衣，披了白色的长纱，在那轻妙的音乐里，真个是飘飘欲仙。人家鼓掌的时候，他也就情不自禁地鼓起掌来。歌舞剧完了，老剧要上场了。锣鼓一响，有许多人离座，士毅也跟着离座了。他的两只脚并没有接着脑筋的何种命令，不知是何缘故，却偏偏会向后台走来。那些歌舞明星，一大半都换好了衣服，三三两两地要向外面走。

士毅一进门，顶头就遇到了小南，她手上提了一个精致的小藤丝络子，里面满满地装了鲜红的苹果。士毅认得，这是慈善会里慰问这些歌舞明星的水果，她大概分着这一部分了。她老远地看到士毅，就深深地点着头道："洪先生，多谢你捧场啊！"士毅在见面之后，正不知道要用一句什么话来夸奖人家，人家倒先客气起来了，就笑道："我是不懂艺术的人，可不知道用什么话来夸赞的好？"他口里虽这样说着，脸上还是有些不好意思，却低了头去看那些苹果。小南一伸手，就在里面掏出两个苹果来，塞到士毅手上道："洪先生，请用两个吧！"士毅两手捧了两个，弯了腰笑道："这是慰劳诸位小姐的东西，我怎好吃呢？"小南笑道："我们是老朋友，你还客气吗？"这老朋友三个字，真叫得士毅周身舒服，如触了电一般。手里捧了两个苹果，向着小南说不出话来。小南却不像从前，说话羞人答答的。她毫不介意地向士毅道："我爸爸很惦记你呢，没有事到我们家去坐坐呀！"士毅道："好，一定去的。"小南正还要说什么，有一个女歌舞家走将过来，手搭了她的肩膀，笑道："我肚子饿，快去吃饭吧！"小南点着头，笑道："洪先生，再见再见。"说着，她就走了。士毅一手拿了两个苹果，不觉地由后台遥遥地跟着小南的后影，一直走了出来。到了戏院子门口，大街上的汽车在面前飞驰过来过去，这才把他惊醒着，无缘无故怎么跑到大门口来了呢？于是他自己重坠入了情网，也不自知了。

第十四回

生死见交情挥之门外
温柔增兴趣投入怀中

这场游艺会算是人才荟萃，办得如火如荼，直到晚上十二点钟以后，方始散会。

洪士毅办完了公事，回到会馆里去。他静静地在床上躺着，心想，这真是猜不到的一件事，捡煤核的小煤妞，现在变成歌舞明星常青女士了。今天她这几回歌舞，不知颠倒了多少众生！她真足以自豪。于今她只要点一点头，表示愿意和什么人交朋友，那就有钱、有势力了，年轻而且美貌的，都要抢着和她接近了。像我这样一个人，大概去替她提鞋子，还要嫌我手粗呢。然而她的态度却不如此，对我依然是很亲切的神气，我那天在歌舞社门口遇到她，她不理我，那也不见得是她反面无情，不过是小孩子脾气，看到我那样衣衫破烂，以为我是去羞她，所以不理我罢了。要不然，为什么今天她倒先招呼我，而且要我到她家里去呢？她说她父亲很惦记我，那是假话。其实是她惦记着，在她父亲母亲口里，多少可以讨一些口风出来。到那时候，她对我的意思，究竟是怎么样子的，就大可知道了。

他一个人横躺在床上，由前想到后，由后又想到前，总觉得自己识英雄于未遇，这一点已可自豪。再说，小南虽是成为歌舞明星了，但是她也不见得就有了爱人，只要她还是个孤独者，自己就可以去追逐，而且还要努力地去追逐。他越想越对，越对还越是爱想，在一种不经意的感觉之下，仿佛这两条腿，由脚板以上，都有些冷，立刻坐起来一看，啊哟！桌上点的那盏煤油灯，已经只成了绿豆大的那一点儿火焰，反是那灯心烧成了爆花，一粒一粒的像苍蝇头。窗子外鼾声大起，原来会馆的人都已经熟睡了。士毅坐定了，手扶着头想了一想，不成问题，这自然是夜深了。自己一个人傻想，何以会想了这样久的时候，还一点儿不知道？又是入了迷了。不要想了，女人总是颠倒人的，睡觉吧。他有了这样一个转念，也就在那只剩一条草席的床铺上，直躺下去了。

　　这一天一晚，他工作得身体疲劳，同时也就思想得精神疲劳，人是真正地睡了下去，就迷糊着不晓得醒了。等他睁开眼来看时，窗户外面已是阳光灿烂，只听那人家树上的蝉声喳喳地叫个不停，这分明有正午的情形，自己这一觉也就未免睡得太久了。一骨碌地坐了起来。他这一坐起来，在一切的感觉未曾恢复以前，这里首先有一样东西，射入他的眼帘，是什么呢？就是昨天小南在后台给的两个苹果，自己未曾吃，带回来了。而且带回来了，也是舍不得吃，放在桌面一叠白纸上。现在看到了苹果，就总想到了给苹果的人。昨天劳累了一天，慈善会里，今天一律给一天的假期，现在可以趁了这大半天空闲，到常家去看一看的了。于是一只手揉着眼睛，一只手开了房门向外面望去。只见光烈的太阳，两棵树的影子在地面上缩成了一小团，那正是日已正午的表示。这是一天的假，又牺牲半天的了。若是不愿把这半天光阴白白地牺牲了，这个时候，就该立刻追到常居士家里去。假使遇到了小南，谈上几句，也就把半天床上所虚的光阴，足以弥补起来的了。

　　如此想着，赶紧舀了一盆凉水洗过脸，并且用手舀着水，把头发摸湿了，在书桌子的故纸堆里，拿出一块残缺得像海棠叶子似的镜片、一把油黑的断木梳子，近着光，将头发梳摸了一阵。昨天新穿的那件竹布长衫，晚上就这样和衣躺下了，不免留下了许多皱纹，自己低头看着，觉得是不大雅观。于是脱下来看看，更觉得是不雅观。这就把长衫放在桌子上，含了几口水，向着衣服上，连连喷过几次。喷了几次之后，衣襟前后都潮润了，然后放在床上，用手摸扯得平直了，用手提了衣领，送到院子里太阳底下去晒。但是这样的做作，未免有点儿耽误时间，自己搬了一把椅子，放在门口坐着，眼睁睁地望着那件衣服，只等它干过来。他自己觉得坐的时候是很久，其实不是两分钟，也就是三分钟，他就走到太阳底下去，用手摸摸衣服，究竟是干了没有。会馆里有个同乡，由院子里经过，便笑道："嗬！老洪今天要到哪里去会女朋友吗？怎么等着衣服干？"士毅红了脸道："我正要出去，衣服上偏是泼了水了，你想呀，我有个不焦急的吗？"他口里如此说着，可就把那件湿衣服，由绳子上取下来，不问好歹，便穿在身上。走出大门来，心里就想着，我这是弄巧成拙，为了想穿件平整的衣服去见人，结果倒是穿了一件透湿的衣服去见人。现在小南是个多见多闻的女子了，我若穿了一件湿衣服去见她，岂不让她取笑？我宁可晚一点儿去，不要在她面前闹笑话吧。但是她如果诚心约我的话，必然就是这个时候在家里等我，因为她知道这是下班的时间呢。那么，我就不当去得太晚了。如此想着，只好挑街道中央，阳光照得着的所在去走路，这就是因为一边走着，一边还可以晒衣服。唯其是晒衣服，在阳光底下还慢慢地走着。

走到常家时，身上也晒出了一身臭汗。突然地走进常家大门，站在阴凉所在，身上突然地感到一种舒服，反是头重脚轻，人站立不住，大有要倒下去之势，赶快地就扶住了门，定了一定神。常居士坐在他那张破布烂草席的床铺上，没有法子去消磨他的光阴，两只手拿了一串念珠，就这样轮流不息地一颗一颗地来掐着。他仿佛听到前院有了一种声音，立刻昂了头向前问道："是哪一位来了？"士毅手扶了他们家的矮院墙，定了一定神，轻轻地哼了两声，这才慢慢地向他屋子里走去。口里便答道："老先生，是我呀，好久不曾瞧……哎哟！"他口里只道得哎哟两字，无论如何，人已是站立不住，也不管眼前是什么地方，人就向下一蹲，坐在地上了。余氏因小南送了几包铜子回来了，自己正缩在里面小屋子炕上，轻轻悄悄地数着，五十枚一卷将它包了起来。现在听到外面这种言语，心里也自吃上一惊，立起身来，就向外跑。她跑得那样急，怀里还有一大兜铜子，她就忘了。只她一起身下床，哗啦啦一声响，把铜子撒了满地。这样一来，常居士一定是听到而且明白了，遮盖也是无益，因之索性不管就走到外面屋子里来。只见洪士毅脸上白中带青，两只眼睛紧紧地闭着。脖子支不起脑袋，直垂到胸口里去，人曲着两腿，坐在地上，脊梁靠住了门角下一只水缸。虽然水缸下还有一大摊水，他竟是不知道，衣服染湿一大片了。看那样子，人竟是昏了过去。

常居士就站在他身边，半弯了腰，两只手抖颤着，四面去探索。余氏抢上去，一手将他拖开，伸手一摸士毅的鼻息，还有一进一出的气，便道："这是中了暑了，你别乱动他，我去找两个街坊来帮一帮忙，把他先抬起来。唉！这可不是要人的命吗？怎么是这个样子巧，就到我们家中来中了暑呢？"她一面说着，一面就走着出去了。常居士这才算明白了，士毅竟是进得门来，就躺下来了。自己既不看见，要和士毅说话，他又不曾答应，急得他把一双瞽目，睁了多大，昂了头，半晌回不了原状，口里只嚷"怎好？怎好？"不多大一会儿，余氏引着几个街坊来了，先将士毅抬着放到常居士铺上，就有个街坊道："赶快找一点儿暑药，给他灌下去，耽误久了，可真会出毛病。"余氏道："哟！你瞧，我们这家人，哪会有那种东西呀？"又一个街坊道："我倒想起了一件事。前面这柳家，他们人多，家里准预备着十滴药水。上次我家小狗子中了暑，就是在他家讨来药水喝好的，还是到他那里去讨一点儿，比上大街去买，不快得多吗？"余氏听了这话，也不再有一点儿思量，提起脚来，就向外跑。

这几位街坊，看到这屋子里，一个瞎子陪了一个病势沉重的人在这里，这个人家情势很惨，大家也就在院子里站着，没有走开。

真的，不到十分钟，余氏同着小南一齐来了。小南也不进院子，掏了一块花绸手绢，捏住鼻子，站在了院子里，远远地望着。余氏手忙脚乱一阵，找了一只破茶碗，倒下十滴药水，就一手托了头，一手端了茶碗，向士毅嘴里灌下去。小南站在院子里，不住地顿着脚道："这个病是会传染的，你干吗跟他那样亲热！"余氏道："你这孩子说话有些不讲情理。他已经病得人事不知，难道还能让他自己捧着碗不成？"小南道："这个病是闹着玩的吗？还打算留着他在家治病吗？还不快给他们慈善会里打个电话，叫他们把他接了去吗？"常居士就插言道："这倒是她这一句话提醒了我，他们慈善会里，有的是做好事的医院，快去打电话，让他们来人接了去吧！"小南道："这电话让我去打得了，我可以说得厉害一点儿。若是让你们去打电话，那就靠不住。弄了这样一个病人在家里，真是丧气。"她说着这话，还用脚连连顿了几下，扭转身躯，就向外走了。

常居士因有许多街坊在这里，觉得小南的话未免言重一些，便叹了一口气道："这孩子说话，真是不知道轻重。人家来看我们，那是好意，难道他还存心病倒在我们家，这样地来坑我们吗？"这里来的街坊，他们都是住在前后间壁的人，洪士毅帮常家忙的事，谁不知道？各人脸上带着一份不满意的神气，也就走了。可是街坊走了，小南又跑了回来了，她跳进院子里，看到士毅直挺挺地躺在父亲床上，心里头非常之不高兴。不但是不高兴，而且有些害怕。见余氏站在屋子里只管搓手，就招招手把她叫了出来，将她拉到大门外低声道："你好糊涂，把一个要死的人放在爸爸床上。他若是在爸爸床上咽了气，你打算怎样办？保不定还是一场人命官司呢，难道你就不怕这个吗？"余氏道："那怎么办？总不能让他老在地下躺着吧？"小南道："我们院子里有一张藤椅子，可以把他放到椅子上，抬到胡同里墙阴下来。要是好呢，他吹吹风也许病就好了。要是不好呢，他不死在咱们家里，也免去了好些个麻烦。"余氏一想，她这话也说得有理，若是不把他抬出来，万一死在屋子里，常家就要担一份责任，真的要在常家设起灵堂来了，因道："看那样子，街坊恐怕是不敢搬，若是叫我搬，我可搬不动。"小南道："街上有的是拉车的。花个三毛五毛的，找几个车夫，就可以把他搬了出来，那值什么？"说着，伸手到衣服袋里，就掏出一把铜子票来塞到余氏手上，跳了脚道："快去找人吧。"

余氏被姑娘这样一催，也就没有了主意。既是有了钱在手上，这也就不必踌躇了，因之立刻在胡同口上找了两个车夫，说明了出两毛钱一个人，叫他把洪士毅放在藤椅上抬了出来。原先两个车夫听说将病人抬到大门口来，这也是一件很平常的事，大家都没有加以考量。可是走到他们家，向床上一看，见病人动也不动，还是沉重得很的样子，如何可以搬到大门外来？各人摇了摇头，就走开了。小南见这情形，忙道："两毛钱，你们拉车要跑多远，这就只要你们由院子里抬到院子外，五分钟的工夫都不要，你们还不愿吗？"一个车夫道："挣钱谁不乐意呀？可是你把这样一个重病的人，抬到大门口来，我知道什么意思？假使有三长两短，将来警察追究起根底来，我们可是吃不了兜着走。"小南道："你们别瞎说了。这病人是我父亲的朋友，一进门就躺下了。他是慈善会的人，我已经打了电话去，让他们会里派汽车来接。"车夫道："得啦，那就让接他的人来搬吧，我们管不着。"说时，人就向外走。小南跳了脚道："嘿！我给一块钱，你们两个人分，你看行是不行？"

那两个车夫听说有一块钱，就不约而同地停了脚。一个道："并不是我们怕钱扎了手。只因为这个人病得这样，你们还要抬了出来，我们想不出来，这是什么意思？"余氏道："这有什么意思呢？我们怕耽误了时候，汽车一来了，抬了他上车就走。先抬也是抬，汽车来了也是要抬，先把他抬到外面来等着那不好些吗？"车夫道："这就对了，你总得先说出一个原因来，我们才好办呢。"于是那两个车夫趁了士毅人事不知，将他放到藤椅子上，继之抬到大门外墙阴下放着。小南将一块现洋托在手掌心里，向车夫道："放在这里离着我

156

们家门口太近了，挪远些去吧。"这两个车夫既是把病人由屋子里抬到院子外来了，何争再搬上几丈路？于是又把藤椅子搬远了一点儿，接着小南一块钱，自去了。

由小南许了车夫一块钱起，余氏就睁了一双大眼，向小南望着。直待车夫把一块钱接过去了，余氏走近两步，指着小南脸上来，问道："我问你，你是有钱烧得难受，还是怎么的？一定要花一块钱，要把这人挪开。你那块钱给我，我卖命也挪得出来的，你给我就不行吗？"小南道："你干吗还是那样不开眼？无论怎么着，我一个月总也会给你十块来钱，你不就够花的了。我说我这一块钱，可花得不冤，若是他死在我们家里，那就花十块钱也下不了地呢。"说毕，她倒是一蹦一跳地走了。

余氏站在大门口，既不愿走到病人身边去，又受着良心的裁判，想道：自己若是走开了，这病人让经过的车马撞翻了，出了什么危险，自己又当怎么样子办？因之进退两难的，只管在这里呆立着。却听得常居士在屋子里面大骂道："你们这班没良心的东西，就不怕别人道论吗？你们害病，人家给你们找医院垫家里嚼裹，公事不论怎么忙，一定也到咱们家来上两趟。他害病，你们就把他扔到胡同里去，咱们别谈什么因果报应，反正那算是迷信的了。可是街坊邻居人家是活菩萨，他们就不道论你们吗？我不能像你们那一样昧着良心，我得到病人身边去坐着。"余氏轻轻地喝道："你嚷什么？既是搬不得，刚才你为什么不拦着一点儿？"常居士道："我怎么拦呀？你叫了街上两个拉车的进来，你们要把人搬出去，我不让搬出去，那车夫看到，莫名其妙，还以为我们是谋财害命呢。"

夫妻二人争吵着，却听得胡同里面一阵汽车声响，大概是慈善会接人的汽车来了，彼此拌嘴的声音就不必让他们听到了。余氏一脚踏出大门外，果然见一辆有红卍字的汽车停在胡同中间，车上跳下一个穿白制服的人，向余氏问道："你们这大门里面姓常吗？"余氏答应是的。那人道："刚才打电话去，说是有我们会里一个职员病在你们这里，这话是真吗？"余氏用手向胡同口上一指道："喂！不是在那里吗？"那人道："你们真是岂有此理，怎么把一个病人抬到胡同口上去躺着？"余氏道："压根儿他就没有到我们家里去。"那人也不再和她计较了，自走向胡同口搬抬病人去了。余氏看得清楚，病人已是抬上汽车去了，而且看着汽车走了，这才由心里落下了一块石头，回转身来远远地就向常居士一拍手道："我的天，这可算干了一身汗，汽车把那姓洪的搬走了。"常居士也懒得和她再说什么，只是叹了一口闷气。余氏道："你别唉声叹气，犯你那档子蹩扭脾气，你想，人命关天，不是闹着玩的。你若是不把他弄走，死在我们家，也能这样便便宜宜地就抬了出去吗？我没有工夫和你说这些个闲话，我还得到柳家去，给小南一个信呢。地下有百十来个铜子，你摸起来吧。"说着，提起腿来就向柳岸家里去。这里的门房已经认得她了，乃是常青女士的母亲，便向她笑道："大嫂子，今天你什么事这么样子忙？今天一天，来了好几趟。"余氏道："自然有事，没有什么事，我能够一天跑几趟吗？劳你驾，请你进去说一声，把我姑娘叫了出来。"门房让她在门口等着，自向里面通报去了。

　　不多一会儿工夫，门房带着小南出来了，他笑道："嗬！大嫂子，我这几天，真够跑的，把你们姑娘请出来了。"小南听到他向母亲叫大嫂子，不由得瞪了眼睛望着门房。于是向母亲大了声音道："你们总是不争气，到这里来活现眼，一天跑几趟，有什么事？"余氏道："你这是为什么又跟我生这么大气。"小南道："你瞧，天下事，就是这样子狗眼看人低。都是这里的学生，别人的家庭来了人，不是老先生，就是老太太。我们的家里来了人，就是门房的大嫂子了。"余氏这才明白了，是怪门房不该叫大嫂子，便笑道："没关系，叫我们什么都可以。我是报你一个信，让你知道慈善会的汽车已经来了，把他搬走了。"小南一扭身子，就向屋子里跑了去，口里嚷道："你真是不怕麻烦，这样的小事，还要来告诉我一遍。"说着话，就向后院子里面走，那位摩登音乐家王孙先生，正站在一架葡萄荫

158

下，左手反提了一柄四弦琴，右手拿了拉弓，只管拨了架子上的葡萄绿叶子，口里咿咿唔唔地哼着一支外国歌子。

小南进来了，他就笑道："青，你今天好像有什么心事似的，一会儿跑回家去无数趟，似乎不能毫无问题吧？"小南道："你瞧，我父亲一个朋友，几个天也不来，来了之后，一进门就躺下了，几乎是要死。我吓了一大跳，赶紧四处打电话，找汽车把他来架走。刚才我母亲来报信，说是已经把那个人架走了，我心里这才算落下了一块石头。"王孙笑道："是你父亲的朋友吗？恐怕不是吧？"小南是靠了他站着的，把头伸到他怀里，靠了他的胸脯子，微昂着头，转了眼珠向他笑道："你干吗那样子多心？"王孙将反提着的四弦琴顺了过来，搭在他的胸口，将琴弓也放在那只手，腾出一只手，用手摸了她的头发，轻轻地，顺顺地，将鼻子尖凑到她的头发上，微微地笑着，且不作声。这个时候，恰好他们的社长柳岸走这里经过，故意地很快走过去，然后回转身来向他们笑道："你们真过得是很亲热啊！这不能说我以前说的那些话是谣言吧？"小南笑着正想走了开来，却被王孙一手紧紧搂着，不让她走开，柳岸拍着手笑道："别动！就这么站着，我去拿照相盒子给你们拍一张照片。"王孙笑道："好的，你快去吧，我们等着啦。"柳岸抬起一只手，在帽檐边上向外轻轻一挥就走了。

小南在这个歌舞团里，天天所学的，是淫荡的歌声、肉感的舞态，同事相处，除了做那预备迷人的工作而外，便是研究一些男女之间的问题。所以她虽是一个社会上的低能儿，但是经了这歌舞团的耳熏目染，早把她练成了一个崭新思想的人物。所以这时候王孙将她搂在怀里，静等照相，她也并不以这件事为奇怪。王孙搂住了她，站在葡萄架下，有许久许久，柳岸却依然不见来。小南就扯开了王孙的手，站到一边来，笑道："你老搂着人家，回头让他们看见，又要成为笑话了。"王孙笑道："什么笑话，咱们团里人，谁又没有笑话？"

159

一句话未完，后面突然有个人抢着答应了道：“我没有笑话。”原来是楚狂先生，由葡萄架里跳了出来。王孙道：“你冒冒失失地跳将出来，不怕吓掉别人的魂？”楚狂哈哈大笑道：“刚才你太舒服了，也应该吃上这样一惊的。”王孙道：“刚才是柳三爷捉弄了我们一阵子，现在你又要捉弄我们一阵子了。”楚狂却不理会他，把脖子向前一伸，朝着小南的脸上来问她道：“你得说一句良心话，三爷把你俩冤到一处，紧紧地搂着，他能够得着什么？这是好意呢，还是恶意呢？”小南将身子一扭，噘了嘴道：“别说这个，我不知道。”楚狂就向王孙道：“老王，你可不能装傻，今天晚上，你得请我去瞧电影。”王孙笑道：“请你瞧电影，那也不要紧，为什么你说今天晚上，我就得请你呢？难道这还有个时间性吗？”楚狂向他眨了一眨眼，微笑道：“当然是有缘故的。”王孙道：“既然是有缘故的，何不说出来听听？”楚狂依然不说什么，却用嘴向小南一努，小南微瞋了眼笑道：“你们别在我面前耍滑头，哼！我要告诉三爷，说你们欺悔我可怜的孩子。”楚狂笑道：“瞧这话说得多可怜啊！”他说话时，靠近了王孙站着，伸脚踢了一踢他的大腿。

王孙看了楚狂那种样子，本来也就不能无疑，心想，他就是冤我今日晚上去请他看一回电影，这也是小事一桩。就让他骗了，也值不了什么。若是今天晚上有什么机会，胡乱地失了，却未免可惜！因之向小南道：“我们就请老楚一回吧。”小南歪了脖子道：“你们去，我不爱去。”王孙一手挽了她的手，一手摸了她的头发，微笑道：“好妹妹，你别这样子，老是和我生气。你若老是和我生气，就弄得我茶不思、饭不想，我不知道怎么样子是好了。”说时，把身子也就扭上两扭。楚狂道：“你瞧，刚才密司常说是可怜的孩子，现在老王的话，又说得这样可怜，这样看起来，你们是一对可怜的孩子。我无论怎么样子能敲竹杠，看到你们这一对可怜虫，我这竹杠也就敲不下去了。得啦，今天晚上不瞧电影了，那句话算我白说了。”王孙笑道：“为什么白说了呢？”说着，眼珠转着向楚狂一溜，微笑道：

"你若是有什么打算帮我的忙，可不准半中间抽梯子呀。"

楚狂向王孙看看，又向小南看看，只管微笑着，却没有说什么。小南道："今天你们两个人怎么回事？老是这样鬼头鬼脑的。"楚狂这才放弃了嬉皮笑脸的样子，带一点儿笑容，正式向她道："你总可以心里了然的。我这种提议，不是毫无缘由，老实告诉你，今天晚上七点钟以后……"说到这里，回头看了一看，才低声道："大家都要走的，听戏的听戏，吃馆子的吃馆子，瞧电影的瞧电影，大家回来呢，是越晚越好。这里只留下两个人……"说着，将头对了她的耳朵，喁喁地说了许多。小南笑道："缺德，让他两个人出去不好吗？"楚狂道："这谁不知道，就为了他两个人老是不肯一路出去的缘故了。将来你两个人，若是也不肯出去，我们也是用这种手腕来对付的。不过你们也可以顺带公文一角，不会白帮人家的忙。"小南笑道："别瞎说了，我们不过是朋友。"说着这话时，眼睛可向王孙身上一丢，然后扭转身躯，将头向前一蹿，就跑走了。

她跑的时候，跑得头上那些头发只管一闪一闪，楚狂笑着向王孙道："一个人是不能指定了他是聪明，或者是愚蠢的。你看密司常，初到我们这里来的时候，是怎么一种人？现在又是怎么一种角色？"王孙笑道："这是我们三爷点化之功。"楚狂道："这可以说是王先生陶熔之功呀！老王，"说到这里，声音低了一低，微笑着道，"你向她求过婚没有？"王孙微微笑着，举起提琴来，向肩上一放。一面拿起琴弓子，向弦子上试了两试。楚狂一手夺过他的琴弓道："别拉琴，我问你话了，究竟是向人家求婚了没有？"王孙笑道："这个孩子，她天真烂漫，什么也不晓得呢，跟她说这个，那不是废话吗？我也无意于她。"楚狂点了两点头，微笑道："好！你用这话来搪塞我，等着我的吧。"说毕，他也就走了，将他那琴弓挂在葡萄藤上。

这时，太阳已经有些偏西，密密的葡萄叶子，遮住了阳光，藤下是绿荫荫的。王孙看了这种景致，似乎有些感触，于是取弓在手，斜靠了一根木柱上，拉了一段极婉转的谱子，小南却低了头，在架外咳嗽两声，低头走过去。王孙道："青，哪里去?"小南并不答应。王孙又叫了一声，小南板住了脸道："你也无意于我，我到哪里去你管得着吗?"王孙笑道："哎哟! 这是我和老楚说着好玩的话，你倒听了去了。"小南道："那不是废话?"说着，头也不回就走了。王孙呆站了一会儿，却笑了起来，自言自语地道："她也会撒娇了。"

第十五回

联袂上层楼迷离游伴
闭门过午夜甘苦情囚

　　女人征服男人的法子，乃是一哭二闹三上吊。其实这些都是假的，若是男子将她的行为看得透彻了，一切都不理会，也就完了。可是有些男子，他就喜欢这个调调儿，以为这可以现出女人的娇态，所以就有了撒娇的这个名词了。

　　王孙和楚狂说的一些玩话，不料全被小南听见了，她十分生气，故意在王孙面前经过，说出那些负气的话来。王孙对于她那几句话，不但是不生气，觉得原来一个人事不清的女孩子，现在居然懂得驾驭男人的法子了，这显明着是一种进步。于是笑嘻嘻地跟着在后面叫道："青，青，怎么啦？怎么啦？"他不叫时，小南还走得慢些，他一叫，小南就扯起两条腿飞跑，一直跑到前院东转弯一个跨院里去。这个跨院里，中间堆了些太湖石，间杂些高低的花木，这正是个雏形的花园。他们杨柳歌舞团的人，男女之间有什么交涉，都在这里办理。小南跑到了假山石后面，这才立定了脚，回转头来向王孙鼓了嘴，连连顿了两顿脚道："你老是追我干吗？别理我！少理我！"她如此说着，就不跑了，手牵了石山一条爬山虎的藤，拉到手上，另一只手，却去揪那叶子，扔到地上来。

　　王孙手里倒挽了提琴，慢慢地靠了拢来，一伸手轻轻地拍了小南的肩膀。小南抢着一扭身子，将背对了他，又一跳脚道："过去！

别在这里麻烦!"王孙还是用手拍了她的肩膀笑道:"我和老楚说的是两句玩话,你偏是听见了。到了现在,你总看得出我的态度来,你还疑心我吗?"小南依然是用背朝了他,将头摇了几摇道:"我很笨,看不出你的态度。"王孙笑道:"一个人要好起来,什么都会好起来,这就叫作福至心灵了。你看,现在人是长得花朵儿似的了,话也说得十二分的俏皮,像小鸟儿叫着,这真是打是疼、骂是爱……"小南不由得笑了,啐了一声道:"谁要听你这些废话?废话!"王孙放下了手上的琴,两只手将她的肩膀一扳,扳着她翻转身来,然后饿鹰抓小鸡似的,两手猛然地将小南拦腰一抱,这就在她脸上不分上下高低,乱吻乱嗅一阵。虽然小南脸上表示着生气的样子,将脸乱藏乱躲,但是她的身子被王孙搂抱住了,她却不想摆开,依然让他自由地支配。

王孙亲热了一阵子,看到小南有了笑容,这才放手,笑道:"你既然是把我的话听到了,以为我不向你求婚,就是没有好意。那么,我现在,就可以……"小南突然伸出一只手捂住了王孙的嘴,不让他把话说了出来,笑道:"你别和我说这些个,我们家里是旧家庭,一切的事情,都要听父母做主的,你别和我说这些个。"王孙道:"虽然是旧家庭,也得先征求你自己的同意呀。"小南连连跳着脚道:"别说这个,我们先说别的成不成?"王孙道:"好,就说别的吧!我们现在一块儿去看电影,这个问题,并不焦急,我们留着慢慢地来讨论吧!"小南道:"你等着,我去烫一烫头发。"王孙笑道:"对了,应该烫一烫头发,你找谁跟你烫呢?"小南道:"我找绵绵跟我去烫。"王孙笑道:"嘿!今天你怎么偏偏找她跟你烫发呢?你不知道,今天我们大家玩的一套戏法,就是对着她吗?我们把她一个扔在家里,只许杨叶和她做伴。看她怎么办?"小南乜斜了眼睛,向他半嗔半笑地道:"哼,你们这些男人,自己要找个女人玩玩,那还不算,又要弄得别人也要找女人玩玩,成天无事,只跟女人起哄。老天爷真不公心,生了这些个女人,让你们去开心。"王孙笑道:"你还不懂这些个真道理呢！你若懂得这个道理，不会成天地去玩男人，来报上这一笔仇吗？哈哈，去烫头发吧。"用手向小南连连挥了几下，小南瞅了他一下，然后走了。

自然，王孙也得到自己屋子里去，梳梳头发，刷刷西服，待他收拾好了，杨柳歌舞团里的艺术家，已经是一对一对地各自出门取娱乐去了。有的男子找不着女人，也就只好跟在人家一对之后，聊以解嘲，像楚狂就是一个。他只有看着他妹妹楚歌，与她的男友去成双作对，他自己本人则跟在王孙后面，闻闻小南身上的香气罢了。小南现在不但是不要许多女同学送她的衣服了，就是她的社长柳岸送她几件新衣服，也不大穿。因为自从王孙默认了她的保护人以后，由头上束头发的丝辫，以至脚下的皮鞋，都归他代办了。

这是个初秋的日子，摩登的姑娘们还穿着单的呢。小南今天穿了一件桃红色带白葡萄点子的软绸旗衫，细细的、长长的，两边的衣岔，开得是顶高，走起路来前后的衣摆翩翩然像蝴蝶翅膀一样，两只穿了极薄的肉色丝袜大腿就完全露在外面。在这件长衣上，却挂了一件很短的白线织的短褂，而且在头上歪戴了一顶白线帽子，若是专看上半截，倒有些像一个外国水手。她走起路来，却保留了一部分她捡煤核时代的步法，走两步，就跳一步。这种走法，是王孙和几个朋友最赞成的，以为可以现出她的活泼天真来。所以小南也就记住了，把这种走法给保留了。

三个人走出了大门，就碰到了余氏。她看到自己姑娘打扮得不中不西、不男不女的样子，远远地就瞪了双眼。不过她更想到自己近来所花的钱都是王先生的，这就不敢说什么了。小南不像以前了，一来知道母亲不敢骂她，二来知道男女交朋友，现在是人生一件大事，所以她依然挽了王孙一只手，大大方方地向母亲面前走去，并不曾有一点儿羞涩的样子。这倒把余氏弄僵了，便道："你们这又该出去玩了。洪先生到医院里去了，你也该打个电话去问问。"小南一面走着，一面摇头道："我管不着。"余氏见她毫不介意，便道：

"若是人家死了呢?"小南已经走过去好些路了，回转头来一撇嘴道："死了，活该!"于是看到胡同口上停的人力车，三人各跨上一辆，就直奔电影院去了。看过了电影，楚狂又提议吃馆子。王孙虽不知道他说的机会究竟是有无，但是有了小南在一处，提议吃馆子而不去，这毕竟是容易招怪的事，只得笑道："我就请你吧，索性让你满意一下子，你说愿意吃哪一家?"楚狂一拍手，笑了起来道："你说一上午的话，这一句算是问着了。我们上月宫饭店去!"王孙向他脸上望着，问道："你开什么玩笑? 毫无理由，为什么到那里去?"楚狂道："月宫饭店的大菜，不是旅客，也一样吃呀! 再说……"说到这里，他笑嘻嘻地向王孙说了一大串英语，再掉过头来向小南道："密司常，你说吧，吃饭是不是应该到饭店里去?"小南笑道："你真明白，用这种话来问我。吃饭不上饭店，还到药店里不成?"他们三个人在一条树木森森的大路上走着，这样带说带笑地行路。

这是东长安街的精华区域，也就是新式旅馆林立之处，南边的树林，让北边高大洋楼的电灯来照着，在物质文明之间，却含了一种神秘的意味在内。王孙走着路，不住对那高楼上紫色的窗幔里透出醉人的灯光来有些出神。楚狂摇着他的手臂道："到了，请客不请客，这在乎你了。"王孙望了他，微笑道："真的。"楚狂笑骂道："嘻，你这个大傻瓜。"王孙听他如此说，挽了小南一只手臂，就向那洋楼下的大门里进去。门上有电灯泡围绕了的匾额，正是月宫饭店四字，小南跟了她同团的人，也吃了不少回的西餐。她看这样子，又是吃外国饭，这倒也无所谓。然而走入这样大的饭店来，那可是第一次呢。楚狂跟着后面进来，经过了一个铜栏杆围住的柜台，他就向那里面人说，要一个房间。于是有个茶房，引了他们上楼，在一排许多房间的甬道里，他开了一扇房门的锁，闪出一间屋子来。

走进去，让小南先吃上一惊的，就是这屋子里像人家的住房一样，里面有桌椅衣柜。还有床，床上铺好了被褥。那茶房招待了一番茶水，自去了。小南这就忍不住问道："这家西餐馆子，怎么这样阔，雅座里摆得这样好？"王孙只是笑，没有答言。楚狂道："这才是真正的西餐馆子呢。"小南道："要床做什么呢？"楚狂道："你别露怯了，这是预备了人家喝醉了酒就躺下的。以后别问了，问了人家会笑话的。"小南自到杨柳歌舞团以来，长了不少的见识，都是起初以为很奇怪，后来就很平常的。偶然问了一两回，果然露了怯，让人家笑了。所以这次她倒信了楚狂的话，免除露怯，就不问了。她坐在一张沙发上斜对了那衣橱的镜子，只见里面一个时髦女郎，互交了两只脚坐在那里发愣呢。她这就警戒了自己道：像我以前那样穷的孩子，有了今日，哪一样不是梦想得到的？到这种好馆子里来吃西餐，像我这样时髦的小姐都不知道，那就成了笑话了，当然一切都是装着知道的好，要不然，真也对不住那个影子。她如此想着，就是遇到了什么事，也不以为怪，只道是当然。

不一会儿，有一个穿长衣的，手上拿了一本簿子和一只小木托盆，托了笔墨进来，楚狂接了簿子，提笔在上面填写了一阵，那人自去。小南以为这是点菜的单子，却也不奇。随着王孙先掏出两张五块钱的钞票，交给了茶房，然后才叫他开三客西餐来，而且说，就在这里吃。小南这又有二不解，一是先给钱，二是说就在这里吃，好像饭馆子的雅座倒不是为吃饭而设似的，于是望了王孙的脸，似乎有些犹豫的样子。王孙笑道："你别望，我们吃过了饭就回去。"楚狂笑道："真的，不要再放出乡下人的样子来了，闹得人家笑话，我们大家都不好看。"小南将脚在地上点着笑道："得啦！你们放心，我不露怯就是了。"王孙笑道："其实也无所谓露怯，一回见识过，二回就是老内行了。"楚狂笑道："对了，下次你两个人来，可就用不着我这萝卜干啦。"王孙对他瞟了一眼，笑道："别胡说八道了，什么叫萝卜干？我不懂得那些。"

小南虽是看到他们言语闪闪躲躲，有些不懂，但是以为他们总是闹着玩的，究竟在外面吃馆子，他们也闹不出什么手段来，一味地跟他们追问着，也显着小气，于是也就只向他们微微一笑，跟了他们在一处吃喝。把大菜吃过了，三个人围了桌子喝咖啡，南天地北闲谈了一阵。小南道："我又要说外行话了，难道吃过了饭，要这样坐在屋子里干耗着，才是规矩吗？"楚狂笑道："这个房间，到明天上午十二点钟，都卖给我们了。我们干吗马上就走？"小南道："什么？这房子到明天上午十二点都卖给我们了？"楚狂笑道："可不是？假使你今晚不乐意回去，在这里躺着，他们也不能多算一个钱。"说着，将嘴对了床上一努。小南听了这话，不由得脸上一红。王孙心里明白，今天晚上不是揭开序幕的日子，于是向小南道："老楚是和你说笑话的，你别信他。"楚狂放下手中的咖啡杯子，伸了一个懒腰，于是笑道："我……我先走一步吧？"王孙对于他这话，只是笑着，却没有什么答复。小南听他先是那样说了，如今又这样说了，心里还有什么不明白的？红着脸站了起来道："要走就大家都走！"王孙看她那样子，大概是不能随便将就的，便笑向楚狂道："对了，要走就大家同走，要玩就大家玩一会儿。"楚狂道："这个时候，怎么能回去呢？老杨进攻的程度，不知道可到了三分之一呢？"王孙道："那没有问题，我们还在这里干耗两个小时得了。"楚狂笑道："我倒不是不愿干耗着，有两个朋友，我得去看看。"小南道："别胡扯了，这个时候，到哪里去会朋友？你要去会朋友，我和小王也一路去会朋友。"她说这话时，眼睛里带了些怒色，由楚狂脸上看看王孙脸上来。

王孙原觉得今天的戏法变得是最干净，若是把小南闹翻了，以后就不好办了。于是在桌子下面，伸着脚，将楚狂踢了一下。楚狂会意，笑道："坐一坐，就坐一会儿吧，只是这样干耗着也不是办法，我去买一副扑克牌来玩玩，好不好？"小南道："行，咱们一块儿去，让小王在这里等着。"王孙笑道："同茶房找一副旧的来玩一玩得啦。"楚狂微微地向王孙摇了两摇头，那意思就是说，小南这个姑娘真是不容易对付。果然地，照着王孙的话，在茶房那里找了一副残旧的扑克牌，三个人伏在桌子上打圈的温。打了约莫有一个钟头，小南手中的牌向桌子中间一摔道："无聊得很，我不来了。"王孙抬起手臂来，看了一下表，笑道："还不到十点钟就回去，未免早一点儿。平常我们在外面玩儿，怎么着也要闹到十一点钟才回家，怎么今天倒要格外地早一些回去？"小南道："这话我倒有些不解，今天和平常有些什么不同？"楚狂道："得啦，我的小姐，你现在是聪明人里面挑了出来的了，还有什么不明白的呢？"小南也就自负现在已是二十四分聪明，楚狂这样地说了，她微微一笑，也就不要回去了。还是王孙自己觉得也无聊，发起到楼下跳舞厅去坐一会儿，这才将精神兴奋了起来。于是，由他叫了茶房来写清了账，付了钱，言明房间不要了。小南在一边看得清楚，原来这房间是另外算钱的，那么，他们为什么不告诉我呢？于是向王、楚二人身上注意了一番。可是他们出了房间，也就减少了挤眉弄眼那些怪态了。小南当然也不能在事后追问他们过去的事，随着他们走进跳舞厅，找了一个小圆桌子坐下。

　　小南在杨柳歌舞团里，不分日夜，都学的是跳舞的事情，现在看一班伴舞的舞女，仅仅是让男人搂着，钻来钻去，并不像自己学的那一套，很是藐视，就轻轻地向王孙撇了两撇嘴道："他们这种舞法，还表演给人家看啦。"王孙笑道："他们并不表演给谁看。"小南道："那么，他们在这里跳着是干什么呢？最奇怪的，谁也不化妆，就穿了便衣跳。"楚狂听了她完全不了解，便笑道："这也像唱戏的玩票一样，他们对于跳舞，是玩票罢了。今天是他们在这里排演，练习熟了，他们就要化妆大大地跳舞一回。过两天，你可以叫老王带你再来看，那个时候，你就可以相信，人家的跳舞，和咱们是大大地不相同了。"小南道："那么，我倒要看一个究竟。现在熬到了你们要回家的钟点没有？咱们也该回家了吧？"王孙心里了然，所谓今天的机会，已经等着了，再要继续前进，已经是不可能的。抬起手表一看，已经是十二点多钟。跳舞场里的光阴竟是如此地容易过去，这也可以回家了。于是付了舞场里的费用，扶着小南走出饭店，一同回家去。

到了杨柳歌舞团的时候，一问开门的门房，说是全团的人出去了，都不曾回来。只有柳小姐和杨叶先生在家里，楚狂听到，就向王孙道："你看，人家都没有回来，只有我们回来得这样的早。"王孙笑道："也有十二点钟了，既是回家来了，不能再走了出去了，我们也犯不上打这头一炮。青，你和老楚一块儿到我屋子里去坐坐吧。可是走路的时候，千万不要放出那样重的声音。"小南嚷起来道："鬼头鬼脑，你们到底闹什么玩意儿？"王孙道："我不是告诉了你，和老杨开玩笑吗？"小南道："我想不到是这样开玩笑。"楚狂笑道："你别忙，再过一个钟头，你就完全明白了。"说时，大家也不亮电灯，就摸黑走到王孙屋子里去。远远看到后进屋子的窗户却是通亮的。小南牵着王孙的衣服，叫起来道："你亮不亮电灯？你不亮电灯，我可害怕。"她这样一开口，就把后面的人惊动了，只听有人叫道："是谁回来了？快来开门。再不开门，我就要自杀了。"

小南听着，是柳绵绵的声音，提起脚来，就要向后面院子里跑，王孙一把将她拉住，笑喝道："你别胡来！"小南道："你没有听见吗？绵绵就要自杀了，你们还不打算把人家放了出来吗？"王孙笑道："傻子！她今天是最快活的一天，为什么自杀？"小南用手一摔，脱开了王孙，终于走到后面院子里来。因为她来了，王孙、楚狂也只好跟到后面来。小南首先将走廊下的电灯亮着了，只见正面三间屋的门一齐关得铁紧，用手扶了扶机钮，哪里推得动？只听柳绵绵在西边自己屋里叫道："是常青吗？"小南道："是我呀，是谁把你关在这里的？门锁着啦，你一个人吗？"屋子里没有答应，王孙却道："老杨，你大为得意之下吧？怎么不作声呢？"这就听到杨叶在屋子里笑道："你们也实在岂有此理，哪有这个样子和人家开玩笑的？"楚狂道："你是装傻不吃亏。难道事先你就一点儿也不知道吗？再说，你这么样子大一个人，就会很随便地让人关在屋里吗？"于是屋里人一个咒骂，一个笑着。

原来这位杨先生在他们歌舞团里，除了担任乐师而外，并且还担任歌舞剧里的配角。他们有一出歌舞剧叫潘金莲，就说潘氏因婚姻不自由，以一个绝色的青春女子，嫁了那矮丑的武大。因为性的压迫，起了一种反响，做妇女解放运动，于是在恋爱自由的情况之下，结识了西门庆，这个演潘金莲的便是柳绵绵，演西门庆的是杨叶。他们在台上做戏的时候，把青年人性的需要，描摹得尽善尽美。因此两人在平常的感情也很是不错。只是柳绵绵鉴于杨叶始终不过是个乐师，每月所得的薪水很是有限。自己预算着这一辈子，在家里必住洋楼，出去必坐汽车杨叶的收入只是百十元，要过那稍微舒服些的生活，多吃少做，也许不行，别说坐汽车、住洋楼了。所以在她另一种思想里面，却是不能嫁给杨叶。杨叶曾向她试探过两回口气，都碰了钉子，于是就不敢向她求婚了。他曾把这层意思和同团的人表示着，好像是不胜遗憾，于是就由楚狂出了一个霸王硬上弓的办法，大家出去，演一出空城计，让杨叶和柳绵绵二人在家。不管他们二人的过程如何，只是给他们一种混赖，说他们已经有了关系了。

这件事已经得了团长的同意，所以大家也就跟在里面起哄。团长也并不是一定要促成这二人的婚姻，只是想把这二人都拉住，不要跑出杨柳歌舞团去，于是一个乐师为了一个舞女，只好在这里只当乐师。一个舞女嫁了乐师，也就没有别人肯嫁给了。团长意思如此，所以大家就跟着放手去做。等柳绵绵在自己屋子里的时候，将杨叶向屋子里一推，就把门朝外锁着。同时，把屋子的窗户也在外面用钩子钩住了，让人在里面向外推不开来。他们把卧室的门关上还不算，又把连了卧室的堂屋门，也朝外锁着了。这样一来，杨柳二人，纵然很侥幸地把卧室门打了开来，这堂屋里的门依然将他们锁着呢。他们把这两重门锁完，大家哈哈一阵狂笑，各自走了。

小南走在这封锁室门之前，对这些并不知道。她以为把柳绵绵关在家里，也不过是不让出去而已。至于把一双男女关在卧室里度过了半夜，这却是她猜想不到的。现在明白了，也觉他们这班团员玩笑开得有些过分了，孤男孤女的，把两个人关在这样密的内室里，那是什么意思哩？因而向王孙笑道："这样子闹，不怕人家难为情吗？把人家放了出来吧。"王孙摇着头道："谁有这样大的胆，敢把一段良缘拆散了？非等团长回来，我们不敢开门呢。而且，钥匙也不在我们身上。"柳绵绵在里面叫道："你这些话都是瞎扯的。你！不过要等了大家回来，好证明把我们关到了什么时候罢了。"王孙笑道："你既然明白，就在里面等着吧，反正这也不是哪一个人的罪吧？"说着，又哈哈大笑了一阵。里面的人看了这种情形，料定是不能出来的，那也就算了。小南见里面关着的人也并不怎么焦急，她又何必去多什么事？因之只带了微笑，站在一边看热闹而已。

约莫有一个小时，团里的人一对一对地走回来了，大家都聚拢着在院子里，隔了玻璃窗户，向里面起哄。后来是柳三爷自己回来了，他笑骂道："我以为你们不过嘴里这样说着罢了，哪里真做得出来呢？我算一算，你们倒是真的关了他们八个小时之久呢。这可胡闹了，把他们放出来吧。"有了这样一句话，好几个人身上有钥匙，同时走上前去开锁，开了门后，里面的人，还不曾跑出来，外面的人，早是一阵风似的拥了进去。柳绵绵正要出来，因房门口堵了一大堆人，只好向后退了几步，用手反扶了床栏，背靠了床柱站定，瞪了一双水汪汪的眼睛，鼓起了她苹果也似的两片腮帮子。杨叶呢，将两手背在身后，微抬了穿西服的两只肩膀，站在屋子角里，不住地微笑。这两个人都不作声，眼睁睁地看他们这班拥进房来的人却打算怎么样。这些人既是成心来开玩笑的，哪里还管当事的生气不生气？早是几十双眼睛齐齐地望了二人，噼噼啪啪鼓起掌来。人群中有人喊了起来道："我们团长也认定了他们在屋子里面已经工作了八小时，我们现在要问问，这八小时之间，你二位工作了些什么？请发表吧！"

柳绵绵红了脸道："这是哪位先生说的话？我倒要问上一问。"

楚狂站在人面前，笑道："密斯柳，你别生气，大家也别起哄。"说着，扭转身躯向大家望了一望，笑道："等我平心静气地和密斯柳谈谈。"柳绵绵道："你谈吧，有这样和人开玩笑的吗？"楚狂道："反正我们大家也不贪图什么，是功是过，将来总可大白于天下。现在呢，我和你有一个要求，就是让我们来问一问老杨，我们把他关了八小时，他认为是一种委屈的事呢，还是一种得意的事呢？你别干涉他，让他直说。他若说是委屈了，自然你也委屈了。倘若他说是得意，你……"柳绵绵扑哧一声笑了，又板了脸道："我委屈死了，还得意啦？"楚狂道："那么，让我来问老杨，是不是委屈？"柳绵绵望了杨叶道："你敢说不委屈？"杨叶只是笑，不肯说。楚狂道："密斯柳，你凭什么干涉人家说话？"柳绵绵道："我可以干涉他。"楚狂道："你若是得意，你也有权干涉他，让他说是受委屈吗？"柳绵绵不加考量，哼了一声道："我能干涉！"楚狂道："这资格哪天有的呢？"柳绵绵道："今天就有。"楚狂扭转身躯，向大家笑道："大家听呀！密斯柳自己宣告，从今天起，有干涉老杨之权呀。"于是大家哄然大笑，鼓起掌来，甚至还有从中叫好的。柳绵绵说错了话，自己也只好笑了。

第十六回

昨事未忘故人羞问病
雌威远播娇女恨污名

　　这一场玩笑，闹得两个当事人杨叶和柳绵绵都没有说话。大家因他二人不恼了，越是鼓着巴掌叫着好，要他们宣布恋爱的经过。最后还是柳三爷自己跑下来，向大家笑道："现在已经快两点钟了，大家若是这样地起哄，那巡逻的警察听到了，真是进来干涉，各人回房去睡觉吧。"楚狂笑道："团长，我们都遵令回房，但不知老杨本身，要不要也回房呢？"柳岸笑道："那是他自身的问题，你们就用不着管了。"大家哈哈一阵怪笑，蜂拥出门去了。小南和楚歌同住一间房的，于是互相挽了手臂，搭着肩膀，走回房去。到了房里，小南就问楚歌道："绵绵和老杨，这就算结了婚吗？"楚歌笑道："这个我可说不清，反正经过了今天晚上这一场热闹，他们就算是夫妻了吧？"小南道："这样看起来，人家办喜事，大请客，那都是些废话，只要请几个会起哄的朋友，大家闹上一阵子就得了。"楚歌道："你和老王将来就可以照着这个法子办。"小南啐了她一声道："你不要胡说了。"楚歌笑道："我胡说吗？我看到老王向你进攻是很猛烈的，也许不久就要……"小南已经脱了衣服钻进被里去了，跳下床来，将楚歌床上一床毯子连头带脸，将她一齐盖住，然后按住她道："你还说不说？你再要说，我就把你闷死。"窗户外面，忽然有个人插嘴道："大家都睡了，你们两个人还在这里闹呢？"二人

174

一听，这是团长的声音，大家也就只好不说什么了。

到了次日早上起来，院子里已经有好些人围着杨叶起哄，原来是要和他讨喜酒喝。这果然是楚歌的话说对了，他们已经算是结了婚了。无论小南的思想已经有多么新，但是这样的事情，她不得不认为奇怪了。若是王孙对于自己也照着这样子办，自己倒也无甚问题，就怕家庭通不过。自从自己加入杨柳歌舞团以来，母亲的思想也变了，以为姑娘长得这样漂亮，一定可以靠了姑娘，发上一笔财。总指望把自己大热闹一下子。虽然不能坐着四人大花轿，至少也要文明结婚，坐个花马车，同娘家争一点儿面子，这个样子结婚，恐怕是母亲不会答应的吧？这件事，总也算是一件新闻，且回去对母亲说一说，看她执着什么态度。年纪轻的人总是喜欢一阵子新鲜劲儿的，心里既然有了这个念头，一刻也停留不得，立刻就跑回家去。

余氏买了几个梨、一串香蕉，正用手绢裹着。小南笑道："要吃水果，我自己还不会掏钱去买吗？你用这个破手绢包着，送到我那里去，让人看到，也是怪小气的。"余氏道："我买给你吃做什么？送了去好让你扔到地上，扫我的面子吗？我碰过你几回这样的钉子，我再也不要费这番心了。我刚才向洪先生慈善会里打了个电话，打听他的病怎样。据说，病已经好得多了，可是还躺在医院里。你爸爸说，昨天把人家搬到当街去，心里实在不过意，让我买一点儿水果瞧瞧去。"小南绷了脸子道："你真是喜欢管那些闲事。他病了怎么着？也不是我们害得他的。好了又怎么着？我们也不想去沾他那一份光。"常居士坐在他那铺上，昂了头道："你这孩子说这样没良心的话，不怕因果报应吗？"小南顿了顿脚道："你还说这样的话，我们团里的人，都说我家里又穷又腐败，老子是个吃长斋的居士。你信佛，我不信佛。你若说信佛有好处，不但咱们家穷得这样精光，你怎么还会闹个双眼不明呢。不提这话倒也罢了，提起来了，我倒想了一件事。我脖子上挂的这个卍字，我早就不要了，因为是从小就挂着的，我倒有些舍不得扔了它，你既然老打报应这些话来吓我，我偏不挂，看会怎么样？"说时，她由衣领里提出那根细绳子，将那个小卍字提了起来。顺手拿起小桌子上的剪刀，将绳子剪断了。手里拿了那铜质的小卍字，塞到常居士手里道："你拿去吧，这还可以换几个大钱，够你上一回茶馆子的哩。"常居士哼着道："你这孩子，简直过得反了常了。"

余氏见女儿气她丈夫，倒在一边发笑，因道："谁叫你谈起话来就是你那一套，什么天理良心，什么因果报应。"说着，拉了小南的手，一同走进小房里去笑道："我瞧你回来，就是一头高兴，有什么事要说的，你说吧。"小南道："我怄了气，现在不愿说了。"余氏道："你不说不行。我猜，许是你们团长又给了你钱，你要告诉我，一打岔，惹出了你的脾气，你就不愿说了。"小南道："你是财迷脑瓜，离了钱不说话，我是说，我们团里出了一档子新闻了。"余氏听说不是为钱，心里就冷淡了许多，便淡笑道："你们那里有什么好事？不是哪个小白脸子耍上了哪个小姑娘，就是哪个小姑娘看中了哪个小白脸子。"小南道："你说得是对了，可是你怎么着也猜不到竟有这样的新鲜。"余氏道："究竟是怎样的新鲜呢？许是哪个小白脸子把姑娘拐跑了吧？"小南笑道："若是拐跑，倒又不算奇了。哪一天在报上不瞧见个三段两段的？"于是就把昨天晚上，团里演空城计，把杨柳二人拘禁成婚的一段故事说了一遍。余氏道："这就玩得太脱了格了。那位姑娘的娘老子就不管这件事吗？"小南道："她的娘老子全在南边，她的事全由柳三爷做主办，因为她就是我们团长的干姑娘呀！"余氏板了脸道："干老子怎么着？也不能把干姑娘白送给旁人呀！"小南道："这也不算是团长白送，是同事的在里面起哄罢了。"余氏道："这是什么大事，能够随意让同事的起哄吗？我告诉你，别人这样闹着玩，我管不着，有人要和你这样起哄，那我就把命去拼了他。"小南红了脸道："你这是什么话，那也至于吗？"余氏道："为什么不至于？这是女儿终身大事，我是放手不得的。"常居士在外面就插嘴道："这算你说了一句人话。"

小南听听父母的口音，那都是反对随便结婚的，她就不作声，悄悄地回团去了。常居士一个人自言自语地道："这都是你们妇道人家眼皮子浅，见人家穿好的吃好的，就把姑娘送到火坑里去。我就不愿小南学什么歌舞。你还不知道回头想想吗？"余氏用手绢将水果包好，一面向外走，一面骂道："老不死的厌物，你偏晓得这些闲事，你坐在床铺上享福倒会吩咐别人去同你忙着。"她的话没有说完，人已是走得远了。常居士摸索着，却跑到大门外来道："你回来，我还有几句话对你说。"余氏已快出胡同口了，听到他这急促地叫唤声，只得跑了回来。站在他面前，低声道："大门口有许多洋车夫呢，有什么鬼话，你低一点儿声音说。"常居士道："你去瞧病，瞧病的那一套话，你知道说吗？"余氏骂了一声废话，也不说第二句言语，扯开脚也就走了。

　　洪士毅这个卧病的医院，余氏是很熟的，因为她曾在这地方养病有一个月之久呢。她到了医院里，向号房里问明了洪士毅住的房间，就向病房走，遇到一个熟看护，向她笑道："你不是常余氏吗？倒完全恢复健康了。"余氏道："大好啦，想起你当日照应那番好处，我总惦记着是忘不了。"看护道："你是来看那洪士毅先生吧？巧了，他也是我管的那号屋子。哟！你手绢包里带着什么？你不懂这里规矩，不许自由带了吃的东西进来吗？放下吧。"余氏道："这个我知道，不过我总想在那姓洪的面前把东西亮一亮，这也好说，我们不是空着一双手来的呀。你通融一下子吧。"女看护道："凭你这两句话，就不是诚心待人，你放下吧。"说着，就在她手上将手绢包接了过来，交给了茶役，然后引余氏到病房里去。这虽是个三等病房，陈列了许多床铺，但是士毅睡在最前面的一张床上，所以一进门来，他就看见了。他将枕头叠得高高的，半抬了身向前面看着。他看到余氏进来，不但是脸上不带高兴的笑容，脸色一变，倒好像是很吃惊的样子。可是余氏既进门来了，绝不能无故退了回去，就走到床边，向士毅低声问道："洪先生，你今天可大好些？"士毅笑道：

177

"劳你驾来看我，我好得多了。这不过是一时的小毛病，不会死的，你们太小心了，生怕我死在你们家里，把我抬到当街放着。现在，我还没有死吧？"说着，就淡淡地一笑。

余氏听了这话，不由得脸上绯红一阵，向四周看时，见各病床上坐的病人都禁不住向她透出微笑来。这个时候，自己是辩白好呢，是不辩白好呢？自己倒没了主意了，于是微笑道："你错了，不是那么着的，等你病好了，我再对你说，你心里就明白了。"士毅道："得啦，过了身的事，就不必提了。反正像我这样的人，交朋友不交朋友，没有什么关系。"这最后一句话，说得余氏太难堪了。依了她往日的脾气，一定是和士毅大吵一顿。可是他病了，而且还在医院里，怎能够就在这种地方大发脾气哩？她在极端无可发泄的时候，也就向士毅冷笑了一声，表示着她不甘接受的样子。约莫静止了两三分钟，她将周围病床上的人都看了一番，就点点头笑道："你好好地养病吧，再见了。"说毕，她就走出病房去了。有几个精神清醒些的病人，知道洪士毅受了委屈的那一段事实，又不由得笑出声来。

余氏走出了病房门，还听到屋子里面那种笑声呢。她一面走着，一面回转身来，指着房门骂道："好！姓洪的小子，你这样不识抬举，等着我的吧。"她想起进门来，那一包水果被女看护交给茶役去了，于是四处去找那茶役，找了前向三四重院子，都不见那茶房，她坐在一块沿石上，就大声骂道："你们这还是行好的地方啦？见财起意，把我手上拿着的东西都给抢去了。"她这样的大声音，早惊动了医院里许多人，跑来围住了她，问谁人抢了她的东西。她道："我带来的一包水果，瞧病人的，女看护不让我拿了进去，不知道交给哪个小子拿走了。"就有人笑答道："没有人要你的，在号房里放着呢，你去拿吧。"余氏一拍屁股，站了起来道："那是呀，是我的东西我为什么不拿回去呀？"于是放开大步，一路咚咚地响着，走到大门传达室口，将帘子一掀，把身子钻了进去，看见自己那个手绢包还放在桌上，一把抓了过来，向肋下一夹，转身就跑。茶房追了出来，喝道："什么东西？抢了手绢包就走。"余氏掉转身来，向门口吐了几阵口沫，骂道："呸！呸！好不要脸，这是我自己的东西，我不能拿走吗？"茶门被她吐了一脸的口沫，气向上冲，也骂道："哪里来的这个母夜叉，这样不讲理？"余氏听他说了一声母夜叉，更是气大，对准了门房，向他胸口一头撞将过来。门房不曾提防，被她撞得仰跌出去四五尺远。余氏自己也是站立不稳，跌了个狗吃屎，手上的那一包水果摔出去一丈多远，梨和香蕉撒开了满地。门口的车夫小贩早是哈哈大笑，围成一团，余氏恼羞成怒，爬了起来，又直扑门口，打算再去打他。这就早惊动了门口两个岗警，跑了过来将余氏揪住，喝道："这医院是病人养病的地方，哪里容得你这老泼妇捣乱，跟我上区子里去吧。"这两个警士不容分说，将她拖到警署去了。

她到了警署，自然也就软化了，经过了署员盘问一次，拘役了六小时，也就把她放了。她心里想着自己是个要强的人，被警士抓去关了半天，这是很扫面子的事，只好吃了一顿闷亏，回去并不敢作声。可是这个经手案件的警士，恰好与新闻记者有些联系。到了次日，这道消息传了出来，报纸上的社会新闻大登特登，大题目是泼妇大闹医院门，小题目记得清楚，乃歌舞明星常青之母。偏是内容记得有些错误，说她是到医院里去探视洪士毅，洪某是捧常青最力之人。社会新闻里面，唯有明星的事情是读者最感兴趣的，所以也就传播得很广。杨柳歌舞团的人，对这事有切己的关系，当然，大家都哄传起来。

次日早晨，小南起床之后，梳洗完了，走出房门来，第一便是老妈子见了她，抿嘴微笑，随着听差见了也微笑，女伴见了她也微笑。小南先以为自己脸上有了墨迹，或者衣服上有了什么东西，可是仔细一看，都不曾有。自然，她就要去找她最靠得住的王孙干哥哥来问了。她怀着鬼胎跑到王孙屋子里来，只见王孙板着面孔，正正端端地坐在他自己床上。她笑道："王，你瞧，这不是怪事吗？今天早上，大家都瞧着我笑。"王孙鼻子里哼了一声，冷笑着道："人家还不该笑吗？这笑话可就大了。"常青自从认识王孙以来，并不曾受他这样的藐视，今天拿了笑脸来和王孙说话，王孙竟向人报之以冷笑，这里必有重大的缘故，也就不由脸色立刻向下一沉，靠了门框站定，望了他道："你说这话什么意思？"王孙将床被上放的几张报纸，拿起来向上一举道："你们家又闹了笑话了。你们家闹笑话不闹笑话呢，我倒管不着，可是这报上登的话，未免太让我难堪了。"小南道："你这话说得我好个不明白。我家不过是穷一点儿，有什么可笑的？你又说闹笑话不闹笑话，你管不着，那么，你怎么又说闹得你很难堪呢？"王孙绷住脸对她望了一会儿，才叹了气道："谁叫你不认得字呢？让我来拿着报念给你听吧。"于是连大小题目在内，将那段新闻完全念给小南听了。念完了，冷笑着点了两点头道："我真想不到，你还有个捧客，不让我们知道啦，怪不得你趁着人家不注意，就向家里一溜，原来是到家里会你的爱人去啦。"

小南被王孙诬赖她有爱人，她并不生气，唯有诬赖洪士毅就是她的爱人，她却受了真的侮辱，凭她现在这种人才，只有坐汽车、穿华服的人才可以算是她的捧客。洪士毅穷得那种样子，连一件好看的长衫都没有，如何可以和她做朋友。假如认他做朋友，那么，自己也就是一个没有衣服穿的穷女孩子了。在王孙面前，露出这种穷相来，那可让自己大大地丢面子了。可是这件事已经登报了，不但是载明了自己受洪某人的捧，而且母亲是个泼妇，大闹医院，闹得全北平的人都知道了。这一番羞辱，如何可以洗刷下来呢？想到了这里，不由得哇的一声，就哭了出来了。

王孙终日里和女孩子在一处厮混，女孩子的脾气还有什么不知道的？无论什么事情，大凡没有什么话可说了，就是把哭来对付着。现在小南又哭起来了，当然就是把话说到她心窝里去了，让她无话可说。于是身子向后一仰，躺在床上，反手扯了枕头过来，在背后枕着，鼻子里就哼了一声道："人心真是看不透。"小南跳了两脚道：

"我已经够委屈的了，你还用这种话来气我吗？你就不仔细去想想，我出台表演以来，台下有个姓洪的人来捧我吗？"王孙转念一想，现在固然有不少人醉心于她，但是论到专捧她的看客，却还是没有这个姓洪的，也许是她父亲的朋友。新闻记者，就是喜欢装点新闻的，大概又是他们附会成文的新闻了。

小南见他坐在床上，只管沉吟着，便道："你自己说起来是个多聪明的人，你就不把事情想一想吗？你是和我一天到晚的人，我有什么不好的地方，你应该知道，你想一想吧，我什么时候同男人在一块儿玩过呢？若是并没有和男人在一处玩过，这个捧我的人，从哪里钻了出来呢？这报上不过登着的有人捧我，若是登着我杀人，你也就相信我真的杀人了吗？"王孙道："当然是不能完全相信报纸上的话，可是他说得这样情况逼真，而且事情还闹到了警察那里去了，难道我能说，这完全是报上造的谣言吗？"小南道："不错，我父亲是有个姓洪的朋友，我已经告诉过你两三次了。前天，我为了那姓洪的病倒在家里，我怕他死在家里，我还让我家里人把他搬到当街来呢。你看，他要是我的朋友，我会这样子待他吗？"王孙这倒想起来了，果然是有这样一件事，大概报上登的这段新闻，和小南完全是不相干的。不过自己已经向她表示着生气的态度了，突然地转回，自己也有些无聊，便道："这姓洪的事情倒也无所谓，可是你母亲闹医院的事情，绝不会假的。你一个明星的母亲，被人加上了泼妇两个字，不是很难堪吗？我和你的关系不同，才说这样的话。要不，我不也是像旁人一样，对你微笑一阵吗？其实我自己没有什么，我在这里生闷气，也就是为了你让人家取笑着。"小南听到这里，把她本来的脾气就发泄出来了。掀起一片衣襟揩了一揩脸上的泪痕，再也不和王孙说什么，扭转身来就跑。王孙以为她生着气呢，也就连忙在后面追着，但是她一直跑出大门，就向家里走来。

余氏因为昨日闹医院的事，是要瞒着人的，更是不能让丈夫知道，因之在家里一切都如往常，不露一点儿形迹。这时，正捧了小南几件小衣放在盆里，端到阶沿下来洗。小南一脚跨进门，看到了之后，就红着脸道："放下来，谁要你跟我洗东西？"余氏道："一大清早跑回来，又发什么鬼疯？"小南道："姓洪的是你什么人？你要到医院里去看他，你把我脸都丢尽了。"常居士喝道："这孩子说话，越来越不通人性。你妈到医院里看一看人的病，有什么事丢你的面子？医院是女人去不得的地方吗？你现在不过是像戏子一样，当一名舞女，有什么了不得？就是当今的大总统让你来做了，你娘老子上一次医院瞧人去，也不会失了你的官体。"小南大声叫道："你还睡在鼓里呢？她上医院去瞧人，在医院门口大闹，让巡警逮到局里去了，今天报上登着整大段的新闻，说她是个泼妇，把我的名字也登上了。你说，我还不该急吗？"

余氏听说倒不由得心里扑通跳了一下，便道："是哪个卖报的小子，登老娘的报？回头他走我大门口过，我打死他。"常居士道："你真是一只蠢猪，又是一条疯狗，登报不登报，和买报的人有什么关系？新闻是报馆里登的呀。"余氏道："那我就去找报馆。"常居士道："你先别说那些废话了，你究竟是在外面惹了什么祸事了？你告诉我，我也好有个准备呀。"余氏听说，早是放下盆了，索性坐在阶沿石上，两手一拍道："说就说吧，反正我也不会有枪毙的罪。"于是她就把在医院里吵嚷，连说带嚷，手上连拍带比，一个字不留完全说了出来。说完了，站起来，站到小南的身边，向了她的脸望着道："老娘揍了人，可没有让人揍，有什么丢你的面子？"小南虽然是身价抬高了，但是看到余氏这种凶样子，很怕她动手就打，于是向后退了两步，哭丧着脸道："你闹就闹吧，为什么说是我的娘，报上登了出来，惹得同事都笑我。"余氏道："他妈的，说的全不是人话，你做了皇娘，我还是国太呢。你不过做了一个跳舞的女孩子，连娘都不认了吗？随便你怎样说，无论你怎样说，你总是我肚子里面出来的，人家笑你娘，你就说，那要什么紧？破破的窑里出好货。谁取笑你，叫他当面来和我谈一谈，我把他的嘴都要撕破来。"小南见她母亲瞪了一双大眼睛，说起话来，口里的白沫四面飞溅，两只手只管向前指指点点的。小南总怕她一伸手就打了过来，只得一步一寸地向后退让着。退到了大门口时，只听身后人道："别闹了，闹到门口来，更是让人家笑话。"

回头看时，却是王孙靠了对过的墙根站住呢。小南摇着头道："不用说了，气死我了，报上说的可不有一大半是真的吗？"余氏追到大门外来，向王孙点了一个头，带着淡笑道："王先生，你们班子里都是念书的人，说话不能不讲理，怎么叫我们丫头不认娘呢？有道是子不嫌母丑，狗不嫌家贫，女儿都讨厌起娘来了，这还了得吗？这丫头一点儿出息没有，让人家笑不过了，倒跑到家里来议论我的不是。我说你们班子里，谁有那种本事，让他到我家里来谈谈，我不用大耳掴子量他，那才是怪事呢。"王孙笑道："我们那里不是班子，不过是个艺术团体。"余氏道："也不管是坛里坛外吧，反正女儿不能不认娘。我还是那句话，女儿做了皇娘，我还是国太呢。"

王孙在当学生的时代，自负也是个演说家，见了什么人，也可以说几句，可是现在遇到了这位未来的岳母，絮絮叨叨地说上这样一大篇话来，他就一个字也回答不出，只是向了她发出苦笑来。小南本来要借着王孙的一些力量，和母亲来争斗一番的。现在母亲见了王孙一顿叫喊，却让王孙默然忍受，只是报之以笑容，这不由得让她的锐气也挫下了一半去。余氏站在门边，一只脚跨在门槛里，一只脚跨在门槛外，却伸了一个食指向王孙指点了道："我告诉你，你们是先生又怎么了？我可不听那一套。你别瞧我们穷，我们还有三斤骨头，谁要娶我的姑娘，谁就得预备了花轿子来抬。要想模模糊糊就这样把人骗了去，那可是不能够。"她忽然转了一个话锋，将箭头子对了王孙，这叫王孙真是哭笑不得。她的话原来是十分幼稚可怜，但是她这样正正当当对你说，你怎么能够完全置之不理？只得掉转脸来向小南道："你瞧瞧，你们老太太乱放机关枪，流弹竟射到我身上来了。我不过是由这里过，在门口望望，与府上的事有什么相干呢?"他说着说着,把那张白面书生的面孔可是气得像喝醉了酒一般,也不再待小南答复,就回转身子走了。

　　小南受了一肚子委屈而来,想多少发泄一点儿的,不料到家以后,委屈得更厉害。现在见王孙索性也让母亲气走了,还有什么话可说?她顿着脚,指着母亲道:"你,你……你也太难了,我真……"下面一句补充的话,怎么也说不出来。于是乎,哇的一声,眼泪交流,大声地哭了起来。

第十七回

四壁斋空薄衣难耐冷
一丸月冷怀刃欲寻仇

　　余氏那样大吹大擂地说了一顿，自己觉得是很对的。反正你喜欢我的姑娘，你就得敷衍我，我说了什么你也得受着。不料王孙竟不受她这一套，扭转身来便跑了。这一下子，倒让她脸上抹不下来。加之小南又不问好歹，站在大门口就哇的一声哭了，这是让她手足无所措。便扯住小南一只手，向屋子里拉了进来，道："我且问你，我什么事把你弄委屈了，要你这样大哭大闹？"小南将手向怀里一缩，指着余氏道："你这种样子胡闹，你不爱惜名誉，我还爱惜名誉呢。从此以后，我们母女脱离关系，谁也不管谁。我说走就走，以后我是永不回来的了。"她扭转身去，一面擦着眼泪，一面向杨柳歌舞团走去。余氏由后面追了出来，叫道："小南子，你往哪里去？你就是飞上天去，我也会用烟熏了你下来呢。"小南竟是不听她的叫喊声，一直跑了。

　　余氏本想一直追到杨柳歌舞团里去的，转念一想，她说不回来，不能真的不回来，就算真的不回来，好在由家到杨柳歌舞团只有这样三步路，自可以随时去找她去。于是眼望了小南走去，也就不追了。当她走回家来的时候，常居士首先问道："你也太闹了，一个人穷，也要穷得有志气。你的大名已经在报上都登出来了，这还不算，又要和你女儿大闹。你的鬼风头出得是越来越大，那非在大门口摆

185

下百日擂台不可了。"余氏道："要大闹，就大闹到底，反正我不能让那小毛丫头逃出我的手掌心去。若是她都闹赢了我，以后我别做人了。死瞎子，你别多管我的闲事。"她口里说着话，手上碰了屋子里的东西，就是轰轰咚咚一阵乱响。常居士看她那样子，大有发拼命脾气的意思，这话可就不敢接着向下说了。余氏听了报上登了她的消息，已经是不高兴，加上女儿回来，又数落了她一阵，更是愤恨，一个人尽管在家里滔滔地闹个不绝。常居士被她吵骂不过，又不敢禁止她，只得摸了一根木棍子在手，探探索索地走了出去。

他心里想着，洪士毅这个人总是少年老成的汉子，他起初认识我家的女孩子，或者不能说全是好意。但是自从到我家来了以后，说的话、做的事，哪一处不是公正的态度？就是以我们谈话之间，研究佛学而论，我们也不失为一个好朋友。人家到我们家来拜访，病在我们家里，我们不好好地看护人家却也罢了，反把人家抬到当街去放了。只怪自己太柔懦了，当时却不能把这事拦住。自己的妇人勉强去看人家的病，还闹了一场大笑话。这事若传到了洪士毅耳朵里去了，岂不是替人病上加病？再说，不管朋友的交情怎样，他是一个客边寒士，穷人应当对穷人表示同情的，他就是不认识我，不是由我家里抬了出去的，我知道了这么一番情形，为和他表示同情起见，也就可以去看看他了。好在那个慈善会附属医院，自己也是很熟识的，就半坐车子半走路地慢慢地挨到医院里去吧。他想到这里，伸手一向口袋里去摸钱时，嗬！前天余氏撒落在里面屋子里地上的铜子，自己曾偷偷地摸了一些揣在小衣袋里，不料现在一个都没有了，这一定自己觉睡得熟的时候，让余氏又偷了去了。这样看起来，这个女人对于她丈夫，简直不肯失落一点儿便宜。我虽然是有妻有女，其实也就是无妻无女，和洪士毅是个同样的人，我不去看看他，谁还应当去看看他？想到了这里，身上就是没有铜子坐人力车，这也不必去管了。凭了一张嘴和手上一根木棍子，挨命也要挨到那慈善会的医院里去，要这样，才可以知道是用什么心眼儿去对他。在我一个人，总算是对得住自己良心的了。

　　他如此想着，自己鼓励着那一万分的勇气，沿路逢人就问，到医院是向哪里走？虽然路上人见他是个瞽目，一一地指点了。当然这样指点着走路，却是非常耗费时间，常居士是上午十点钟由家里动身的，当他居然摸索到了医院门口时，已经是下午两点多钟了。他问明了这是医院以后，且不进去，就用手上的木棍子，把沿石探索得清楚了，然后蹲下身子，慢慢地坐下去。门口的巡警看了他这种情形，倒有些奇怪，就问他道："你这位先生是来医病的呢，还是来看病人的呢？你来了就坐在这台阶上做什么？"常居士昂了头向他问道："你这位是医院里的人吗？"巡警道："我是巡警。"常居士道："我走的这地方，有些碍事吗？不瞒你说，我很穷，又很孤单，没钱雇车子坐，也没人领着我走，由西南城到东北城，斜着穿城而过，全是问路问了来的，十几里地，走了我半条命啦。你让我先歇息一会儿，再去瞧我的朋友吧。"巡警道："你的朋友在这医院里吗？姓什么？"常居士道："是洪士毅！"巡警道："是洪士毅？昨天有个大胖娘们来瞧他，可闹出了笑话了。你姓什么？"常居士道："我是个出家人，没有姓，因为衣服是人家施舍的，所以没有穿和尚衣服。"巡警道："你辛辛苦苦走了来，算是白跑了。现在已经快三点钟了，到了三点钟，我们这里是禁止探病的。"

　　常居士听说，就站了起来，将脸朝着巡警，做出诚恳的样子来说："你不能想法子通融一下吗？"巡警道："这一个大医院，哪一天没有百儿八十的人来看病？迟到了都要通融一下，我们这钟点，就定得一点儿效力都没有了。再说，我们一个当门警的，也不敢做这个主。"常居士听了这话，脸上立刻现出踌躇的颜色来，摇摆着头叹了一口气。巡警看了他那为难的样子，因道："你要进去看病人，就是有人通融了，也是不行的，因为管这件事的人都下了班，谁来领你去呢？你在这儿坐一会儿，我去和你要几个钱来，让你雇车回去吧。说着，他倒扶了常居士坐下，真的去化了几张毛票来，替他

187

雇好了一辆人力车，把他拉走。常居士随便说了一个地址，坐上车去，却再三地对巡警说，请他传个口信给洪士毅，就说有个吃素的瞎子走了来看他的病，今天不能进来，有机会还要再来呢。巡警因他如此热心待朋友，果然就找了一个确实可靠的院役，把这个消息口传到病室里去了。

洪士毅听到这个消息以后，心里又大为感动之下，觉得常家人纵然是不好，也只有她母女两个人，至于这位常先生，却是一个诚实而又柔懦的人，而且还双目不明。对于这种人，只有向他怜惜，哪有和他计较之理？只是他的家里却不愿去了。一个人穷了，固然是不配做爱人，也不配做友人，甚至还不配做恩人呢。将来我出了医院，约他到小茶馆去谈话吧。他起了这个念头之后，心里对于常居士就完全地宽恕了。他的病见好以后，所以精神还不振的原因，就是所受常家的刺激太深。现在常居士历尽艰难，步行来看他的病，这实在让他得了一种莫大的安慰。

经过了两星期之久，洪士毅安然地迁出病院了，他依然回到会馆里去住着。这已经是初秋的天气了，白天的温度却还罢了，到了晚上，窗户外面寒风呼呼地由墙头吹过，桌上放的那盏玻璃罩煤油灯也有闪闪下沉之势。淡黄色的灯光映着四方的墙壁，都现出一种惨淡之色，那人的影子映到床后的墙上，也好像清淡得只有一团模糊的影子，并不像什么人影。床铺板上，除了那一条草席子之外，只有一床组上四五块补丁的大被单，在草席面上盖了。在被单上，放了两个枕头，倒也是干干净净的。唯其有两个枕头完好，更现出了这床铺的寒薄。因为看着床铺单薄，身上也就寒冷得只管抖颤，有些坐不住。他身上穿的是一件灰布长夹袄，虽然还有一件半旧的青灰布夹马褂，却是舍不得穿。这原因很为简单，就是自己乃一个办公人员，到了办公的所在，必须套上马褂，那才显得恭正，若是在家里就永把这件马褂穿着不脱下来，穿破旧了，办公的时候就没有可以应用的了。所以无论这屋子里面是如何冷，士毅总也不肯把那件马褂穿上。

　　一个人坐在屋子里抖颤了一会儿，心里想着，假使我不认识小南，不至于花费得一点儿积蓄没有，也不至于把床上的被褥都当光了。到了现在，坐着是衣服不够，冷。睡下去没有被褥，更冷。然而这样的人受苦，还不能得着人家正眼瞧一瞧，我这不是太冤屈了吗？心里不住地计算过去的事，身上也就一阵比一阵地冷了起来。抬头一看，那件半旧的青布马褂正挂在墙上一个长钉子上。那墙上旧有的裱糊纸张都成了焦黄之色，零零落落地向下垂着，配上这件马褂，那是更显得破烂。士毅这就想着，一个人穷到这般地步，还顾全什么面子？现在我冷得厉害，穿了这件马褂再说。就是将来马褂破了，也不见得慈善会办公室里不让我进去。如此想着，就把马褂取了下来，立刻穿着。这也许是心理作用，身上暖和了许多了。但在他所感到的暖和，也就是那一会儿，坐在黄昏的灯下，看过了几页书，身上又冷了起来了。这还另外有什么法子？除非是把床上那条被单也披在身上。但是那不过两幅单布拼拢起来的，那会发生什么暖气？听听这会馆里的同人，尽有不曾睡觉的，若是他们有人撞了进来，看到自己这个样子，那不成了笑话了吗？这不必去挂心。冷了，心里越怕冷，身上就越会冷的。于是自己警戒起自己，不要去想到冷了，就把平常消遣的几本《水浒传》放在灯下来看。展开书本，正看到那五月炎天吴用智劫生辰纲的那一段，仿佛自己也在大毒太阳底下，一座光山冈上走着。可是这种幻想的热，终久是不能维持久远的，慢慢地感到两只腿凉浸浸的，这凉气一直上升，就升到脊梁上来，这就无法了，再没有什么可以兴奋一下子了。身上冷得抖颤着坐不住，且在院子里走走路，取一点儿暖气吧，于是开了房门，扑上院子里来。

　　这时，一轮七分圆的月亮高高地挂在半空里，仅仅是月亮身边有几粒亮晶晶的星光，此外便是一碧晴空，什么痕迹也没有。因为如此，所以那月光射在地面上，就更觉得活水一般，在四周泼着。

人站在月光里，也就无异游泳在冷水里。月亮虽然是不要钱的东西，忍饥受寒的人一样地没有资格去赏鉴它。士毅在周身发冷的情形下，抬头看了一看月亮，更觉得这秋夜的可怕，不免怔了一下。因为精神有了几秒钟的安定，立刻便有一阵壶水沸腾的声音传送到耳朵里面来。这立刻让他心里生了一个主意，厨房里有灶火，那总是暖和的。于是就到屋子里去，拿了一把破茶壶，一直就向厨房里跑去。

到了厨房里，看到灶口里伸出来的火焰，十分的可爱，火边一把黑铁水壶，里面沸腾着的水正噗噗作响地自壶盖下喷出。于是，赶快地沏上一壶开水，两手捧着，嘴吹了壶嘴，喝下去两口。第一，手捧着这热茶壶，手上就暖和多了。其次，是滚热的开水由嗓子眼里直烫到肠胃里去，身上就有一阵热汗向外直冲出来。说也奇怪，全身的肌肉就不再哆嗦了。身上有了暖气，就不肯离开这厨房了。拖了一条板凳在灯边放着，手上捧了那壶开水，便慢慢地想着。唉！一个穷人，总是一个穷人，不会翻转身来的。想我在二三月里的时候，穷得将热水来充饥，现在又把热水来御寒了。我本来有了办法的，千不该，万不该，不该醉心那个捡煤核的女孩子，以至于又落到地狱里面来。其实呢，这是我自愿的，那不去管了，但是这个捡煤核的小妞，她虽然不感激我一点儿恩惠，也不应当把我当一个仇人。当我在她家里害病的时候，她家里人就把我抬到街心里来。若是那个时候有汽车由那里过去，岂不把我轧死吗？假使现在真有鼓儿词上那种剑侠剑仙的话，一定会把这种人的脑袋割了来下酒喝。他坐在这厨房里，越想到自己的苦闷，越恼恨常小南的狠毒。不知道坐了多少时候，也不知道想了多少时候，厨房里是漆黑的，四顾不见什么，越是导引得人要去沉思。向外的半扇短窗户正敞开着，见那屋檐的影子斜伸在月光地里，似乎是夜深了。

会馆里的同乡，睡觉的更多些了，声音便沉寂下来。可是隔院子里，一种男女嬉笑的声音却轻软地传来。不久，在细微的笑声过去以后，却接着那时髦的歌舞曲子毛毛雨的声音，传进耳来了。乃是不要你的金，不要你的银，只要你的心。士毅想起来了，隔院里住着两个有钱的大学生，他们常是把附近的私娼，乘黑夜叫到会馆里来伴宿。这种声音是那私娼唱的。请问做私娼的人，她为什么来着？能够不要人的金吗？能够不要人的银吗？她唱这支曲子的时候，不知道她心里会起一种什么感想？可是这也不必去怪那私娼，她目的是为了钱，怎样能骗人家的钱，那就怎样地去做。只是专门唱这种曲子的歌舞明星，她们是鼓吹纯洁甜蜜的爱情的，她们不要金不要银吗？可是据我看起来，也许要变本加厉。那个常小南，我断定她就是这样一个人物。唉！我该死，当我在西便门外给她洗脸的时候，我为什么要信什么宗教，保持她的贞操？现在她淘混在那卖肉感的一群男女当中，她能保持她的贞操吗？她反正是个淫贱的孩子，算一算我受了她这些委屈，如何抵偿得了？我那回该重重地蹂躏她才好。现在不能了，现在无论她怎样地下贱，也是藐视我了。我这口怨气，我怎能出？我真恨！

想到了这里，不由得将脚一顿。在他这一顿脚之间，惊动了在砧板上睡的一只懒猫。那猫被这声音惊醒，直跳了起来，碰着砧板上一把菜刀，当的一声响。这刀声触动了士毅的心机，他想着，我不奈你何，难道我还不能杀你吗？你能快乐，我把你宰了，我看你能干什么？你快乐什么？我知道那杨柳歌舞团有道短院墙，我爬了进去，要杀他一个痛快。想到了这里，突然地放下了手上捧着的那把热茶壶，推开厨房门，走到院子里来站着。抬头一看那月亮冷晶晶的，真像一块缺口冰盘。心里这样想着，这样好的月亮，也许那丫头正让什么臭男人搂着，在哪里赏月呢。我这就去。他毫不踌躇地提了那把菜刀在手，悄悄地走上大门口来，见大门还是半掩着的，也不拉动门扇响，侧了身子由门缝里向外走去。到了胡同里一看，果然是月华满地，由南到北一片白光，看不见一个人影。电灯柱上几盏电灯，被月亮光盖住了，宛像几个光点，士毅满胸口都是热血沸腾，心里可就想着，手上提了这把刀，不要让街上的巡警看到了，于是避去了大街，只管在月亮下的小胡同里走着。

夜是很深了，远远地有那种小贩卖零食的声音，在空中传递了过来，只觉既沉着而又惨厉。士毅听了，心想，这也是在黑暗里奋斗的朋友。其实人生一世，草生一秋，凡事只求一个爽快，早了结也是了结，迟了结也是了结，那样苦苦地挣扎着做什么？我受了半年气，今天应该要发泄一下子了。好汉做事好汉当，我杀了人，决计不躲，我一直地就向区子里去自首投案，在法庭上我要侃侃而谈。心里七上八落地想着心事，脚底下也是七上八落地走着路。他弯弯曲曲走过了许多路，看看到常居士家附近了，抬头看着月亮，呆了呆，心里叫道:月亮呀月亮，你看我一个人这样做作，一定可以原谅我，我受的委屈实在太大了。今天你照着我了，明天我关到监狱里面去了，你就照我不着了。岂但是明天？恐怕今晚我杀不到人家，人家反把我杀了，今晚下半夜，你就会照我不着了。

他提起脚走来，一路本都是很快的步子，到了现在，一想到这番动作的结果，成败是不可定的，设若是提着菜刀翻墙过去，让人家拿住了，我是一个穷人，人家不说我是小贼，也要说我是强盗，我又把什么话来分辩？越想越觉得这事情的可怕，步子就慢慢缓了下来，心里计划着，我真这样地往前做，这件事恐怕有考量的必要吧？越是这样地沉吟着，这脚步却也越发地慢了。自己走来的时候，乃是一鼓作气，除了感到要兴奋地痛快一下之外，别的都不曾去计较。这时脚步走缓了，身上那一股勇气把热气也顺便地要带走了。人在水样的月光中走着，身上也就仿佛让冷水浸泼了一般。士毅猛然地回想到今晚因身上冷不过跑到厨房里去烤火的一幕，这就把态度又激昂起来。我为了常小南，才穷到了这番地步，我为什么不能杀她？纵然把我捉到法庭，我自然有我的一套言辞可说。我走到这个地方，我依然还带了刀向家里走，我这个人也就未免太没有勇气了。走，我一定要做到。他想到了这里，将掩藏在马褂底襟下的菜刀拔了出来，在月光底下，向空中举了两举，下面两只脚也就开起

192

了大步子，噗笃噗笃，向前快走起来。

到杨柳歌舞团的直路，自己还不认得，只好还是到了常家门口，再由那边绕道过去的了。顺步走来，那常居士家的临街矮墙，在月亮下排列着。由墙的那个缺口之处，正可以看到院子里是一种什么情形。这时，月亮仿佛是更显明些，只有偏西余氏住的那间屋子有一线灯光，映着那纸糊的窗户格扇似乎向外半开着。士毅想着，这个贼婆娘，其可恶不在常小南之下，我不如翻过墙头去，闯进窗户去，先一刀就把她砍了。心里既然如此想着，于是侧了身子，顺着墙阴，一步一步地向前走了去。走到那墙的尽头，是要转弯的地方了，自己站着想了一想，我去是去定了，等我先凝一凝神，然后向前一跑，不管好歹，就直冲了进去。一面想着，一面将怀里藏的刀抽出来了，反复着看了两遍，想道:嗬! 不用犹豫了，先砍了那贼婆娘，再去砍那小贼丫头。沉思约莫了有两三分钟之久，锐气就养得十足了。

正待要走，可是这古城里保存的古制，那彻夜敲梆子打锣的报更声却遥遥地送进耳朵里来了。这更夫的路线或者是经过常家的门首，若是正当自己爬墙的时候，又恰是那更夫巡到面前来时，那可老大不便，不如让他们过去以后，自己再来动手吧。于是走到了杨柳歌舞团的后墙，向那边周围看了一遍，果然，那远远的更梆更锣声就慢慢地敲到身边来了。也不知是何缘故，这更声越是靠近了身边，心里也就越跳得厉害。直待那更声一直和自己顶头相遇了，看时，乃是两个极衰弱的老头子，走路时，连带着喘气，脚提不到五寸高，就是这样挨挨蹭蹭走了过去。洪士毅想着，中国人做事，总是这样掩耳盗铃的。请问，这样两个衰弱的更夫管得了什么事? 假使我真要做强盗，这两个更夫我准可以打倒。他在这里藐视那两个更夫，那两个更夫仿佛也有些藐视他，一点儿也不注意这胡同里有个人，竟自走过去了。

士毅在胡同两头，又徘徊了许久，将杨柳歌舞团的短墙也看清楚了，待用手扶着墙上的砖眼，要向里爬时，心里这就醒悟过来，我错了。这里面房屋很多，我知道常小南睡在哪一间屋子里？我还是先去找那老贼婆，把常小南住的所在问清楚了，再来到这里动手。于是复又翻身转来，直奔常居士家。这回他鼓了二十四分的勇气，绝不肯退缩的了。把两只袖子高高地卷起，手拿着刀把掂了两掂，鼻子里哼了一声，这就大开步子，直向常家矮墙缺口的地方走去，在缺口的地方所在，侧着身子，用耳朵对屋子里听着。微微的一种睡呼声由窗户里送了出来。抬头一看，那轮微圆的月亮已经斜到屋顶树梢里头去。她好像是在说，这一幕惨剧，我是不忍看的了。士毅不管一切，将身一耸，跳上了墙的缺口。虽然那墙上的碎土，不免纷纷地由上面滚了下来，却幸没有大块砖头的移动，并没有什么声响。于是匍匐了身子，将刀放在墙上，两手紧扒住墙头，身子向下一溜。下得墙来，在地面上站稳了，手提着菜刀，悄悄地走着，直贴到窗户边，用手虚探了一探，却是开的。心里想着，这可不是天凑其便？右手握好了刀，左手按好了窗户的格扇，正待将窗子一推，人就向里面钻了进去。那墙外边忽然有人喝道："哒！你好大胆，月亮地里你就动起手来。你敢动，你动一动，我这里就开枪。"

士毅万不料在这样吃紧的时候，身后会有人叫了起来。回头看时，只见那墙的缺口处，站有两个穿黑服的警察，将墙半掩着身子，各自伸了手，向他比画着。月光下看不清楚他们手上拿了什么，但是随便地推想一下，就可以知道他们一定是拿住了手枪，要朝着自己放的了。心里一时乱跳，人就慌了，歹人站在这里，哪里还移动得？那巡警就喊道："这里面的人还不醒醒吗？你们院子里出了歹人了！"这时，士毅已经醒悟了过来，就答道："我是什么歹人？这是我朋友家里。"巡警道："你还要胡说啦？我们老远地就看见了你，你是翻了墙头进来的。有半夜三更翻了墙头来看朋友的吗？"士毅扶了窗户的那只手未曾敢动，提着菜刀这只手恰是垂了下来的，将手一松，菜刀落了地上。所幸这里是土地，虽然刀有一下响，却不十分重大。这两个巡警中的一个已是翻过墙来，一步一步，逼近身边。士毅看，果然他手上拿着有手枪，巡警喝道："你举起两只手来，我要搜搜你身上。"士毅手上已经没有了刀，这就不用犹豫，将两只手高高地举了起来。巡警一手拿着手枪，一手掏摸他身上，在月亮下面看得亲切，见他穿长袍马褂，不觉咦了一声道："这真奇怪了，你还是个斯文人呢?"士毅道："我说是我朋友家里，你不相信。常老先生，常老先生，你起来开门吧，警察把我当贼了。"只这一声，屋子里便有声音答应出来。

第十八回

终受美人恩解铃堂上
重增同伴问邀酌街头

　　警察在月光底下捉刺客，这自然是一件很紧张的事情，屋子里头虽不完全明白屋外边究竟为了什么，但是听到警察那样大声喊叫，知道总不是什么好事。现在听到外面有熟人的喊叫声，常居士究竟是个男子，胆子要大些，就问道："说话的是洪先生吗？"士毅道："正是我，你快开门吧，巡警把我当了贼了。"两个巡警听他一问一答，果然是朋友的口吻，这倒有些奇怪了，便道："你亮着灯打开门来吧。外面有两个巡警啦，不要紧的。"常居士叫道："小南妈，你起来开开门吧，外面有巡警，不要紧的。"余氏也就早早地惊醒了，只是睡在床上，一动也动不得，便不敢作声。现在将外面说话人的声音都听清楚了，这才逼出一句话来，问道："巡警先生，外面有几个人？"巡警答道："就是一个人，他说是你们家朋友，我看守住啦，不要紧的。"余氏听他如此说着，才摸索着下床，手上捧了那盏灯，抖抖颤颤地前来开门。她只把屋门一开，伸出脚来，还打算穿出院子去开街门。不料身子刚踅了出来，就看到屋檐阴下，站着几个人影子，不由得吓了一跳，人就向后一缩。

　　士毅早就看见了，心想，长子走到矮檐下，不低头来要低头，见了余氏，如何可以不理会？于是就叫了一声伯母。余氏听得士毅的声音已经很清楚了，这就在门里问道："哟！你是洪先生吗？怎么会在我家门口，让巡警逮着了呢？"士毅叹了口气道："不要提起了，我病好了，出了医院了。我想到你二位老人家，都到医院里去看了我的病。我心里真是过不去。今天晚上，月色很好，我趁着月光，想到这里来，谢谢你二位老人家。不想走到这里，你们关了门了。我就由墙缺口的所在，翻了进来看看你二位睡着没有。不想就惹起巡警的疑心了。"他这样说得有缘有故，余氏不疑心了，就放下了灯，走出院子来，开了街门，将那个巡警也放了进来了。两个巡警押着士毅走进屋来，一看常家，是如此破烂的家庭，常居士又是一个瞎子，这要说士毅这样长袍马褂的先生是来偷盗的，却有点儿不相像，也就认为自己错误了，便向士毅道："不是我们多事，你的行动实在也有些奇怪，怎样不会引起人家注意哩？好在这里是个贫苦之家，要不然，你纵然和这家主人翁是朋友，我们也不能放你过去。"常居士正站在他那张破烂的床铺前，笑着道："实在的，我们这种人家，就是夜不闭户，也没有关系。这位洪先生是我的好朋友，那决没有错，二位先生请便吧，多谢你费心。"

两个巡警看到，实在也无话可说了，于是又说了几句公事话，走了出去。其中有个巡警，在灯光下看到士毅的神色不定，总有一些疑心，于是在走出院子来的时候，复又回到窗户边去看看，究竟还有什么可疑的地方没有。他顺脚走去，皮鞋踏在那把菜刀，几乎滑得他摔了一跤，他低头一看，见月光射着地上，银光灿然，用手一擦，却是一把刀，这不由得他不叫了起来，因道："慢来慢来，这地下一把刀，是哪里来的？"说着，就捡起了刀，送到屋子里面来，向余氏问道："这一把刀，是你们家里的呢，还是……"一面说着，一面去偷看洪士毅的颜色，早见他站在屋门边，呆呆地不动，脸上却是青一阵红一阵，身上有些抖颤。巡警道："哈！我看出来了，准是你带来的刀吧？"余氏看到这柄雪亮的刀，两手向怀里缩个不迭，口里哎呀呀地道："这是哪里说起？我们家没有这样的刀呀。了不得，我们家没有这样的刀呀。"巡警一手抓住士毅的手道："现在你

197

还有什么话说？跟着我走吧。"士毅道："胡……说，我……我哪里有这样的刀？我不能跟你们去。"

常居士听明白了，走向前，牵着巡警的手道："先生，你不可以乱捉人，这是我们家的刀。"巡警道："是你们家的刀，为什么不放在屋子里，却丢在院子里地上？"常居士道："这因为……"巡警道："你说，这因为什么？怎么你们家妇人又说不是你们家的刀呢？"常居士道："你别着急呀，我自然会说出一个原因来。因为我女儿白天买了一把旧刀回来，放在院子里，要找磨刀石来磨，她有事，她先走了，我眼睛看不见，又不能拿进来，所以放在外面。"巡警道："你女儿呢？"常居士道："她在对过杨柳歌舞团。"巡警道："这个时候，能把她找回来吗？"常居士道："那不能够。"巡警道："既是不能够，这个人我要带到区里去问问。你叫你女儿明天到区里去对质。她若是承认这刀是她买来的，那就没事，如其不然，这件事，我们可要追究的呢。"于是向洪士毅道："没有话说，你得和我们到区里去一趟。"士毅看这情形，大概是逃脱不了，只得硬了头皮子道："要我去，我就去一趟。人家事主都承认了，我还有什么事吗？"两个巡警看到这件事情总有些尴尬，不肯含糊，两个人押着士毅就向区里面来。区官将他审问了一顿，士毅还是照以前的话说了一遍，区官对于他这种供词却不能表示满意，也只说了等次日常家人来作了见证，再行定夺。当晚将士毅押在拘留室里，不曾把他放走。士毅先是有些害怕，后来一想，我一口咬定这把刀不是我的，他们也没有什么反证，可以断定我是拿刀杀人。万一他们就这样断定了，好在我并不曾伤害常家人一根毫毛，总不能判我的死罪，若是判我一个周年半载的徒刑，得在牢里度过残冬，免得发愁挨饿受冻，对我也是一件好事。主意如此定了，倒也心里坦然。

到了次日上午，区官又传他到讯问室去问话。他只走到屋檐门口，早见一个时髦女郎站在屋里。这正是常小南。他一见之后，不由心里扑通跳了两下。明知道小南是自己的仇人，就是没有原因，也许她要栽自己两句。现在她父亲捏造供词，说这刀是她买的，她凭着什么要撒这样一个谎呢？她并不用说我什么坏话，只说刀不是她买的，别事她也不知道，如此一来，就要我的命了。想到了这里，心里又扑通扑通跳了起来，自己走到问案的桌子旁，那小南竟是回过头来，半鞠着躬，向他笑道："洪先生，你病大好了吗？"士毅笑道："大好了。"区官向他两人望了一望道："你们彼此认识吗？"小南道："彼此认识的。他是我父亲的朋友。"区官道："你相信他不会对你家有什么歹意吗？"

那区官高高地临在问案的桌上，两旁站了四名巡士，十只眼睛齐睁睁地向小南看着。士毅虽然是和她站在一旁的，到了这个时节，心房乱跳，也就少不得向她偷看了一眼。小南笑道："区官，你看我穿得这样好，不是像个有钱的人吗？"这句话对于士毅，不像是有什么好意，士毅一颗心，几乎要由腔子里跳到口里来。小南又接着道："可是我家里，穷得和要饭的花子差不多呢，这衣服都是歌舞团里代我做的呀。"区官道："我不问你这些个闲话，我只问你，洪士毅昨晚到你家去，不是想提刀杀人吗？不是想抢劫东西吗？"小南道："他到我家去的时候，我不在家，我哪里知道？可是说提刀杀人，我相信是不会的，因为我父亲是个念佛的人，这位洪先生也是个念佛的人，他们平常就很说得来，何至于杀我父亲呢？若说到我家里去抢劫，我不是说了吗？我家穷得像要饭的花子一样，他到我家去，打算抢些什么呢？"

士毅心里正自卜卜跳着，心想，她和我虽无深仇大恨，已经是十分讨厌我了。到了这里，哪会说好话？可是现在一听她的言语，不但完全和自己摆脱，而且简单扼要，说得非常之有理，简直不像是一个无知识女孩子说的话，这可有些奇怪了。想到了这里，就不由得只管溜着眼珠，去偷看小南的态度。小南却是只管朝上回话，并不注意着他。区官又问道："那么，那窗户下一把菜刀是哪里来的呢？"小南道："这是我在旧店摊子上买了，拿回家去的。"区官道：

"为什么扔在地上？"小南道："我拿回去，一时高兴，自己想磨，后来又怕脏，扔在阶沿石上，没有管，我就到歌舞团里去了。"区官看她答应得非常简捷，态度又很是自然，实在看不出什么破绽，便沉吟了一会儿道："没有你的事，你在外面等着。"小南退下去了，区官又把常居士传上来问话。他所说的，和小南正是一样，不容区官有什么疑心的。区官一想，这反是巡警多事，侵害人民身体自由，只得向洪士毅道："这样说来，你虽没有犯什么罪，可是你冒夜翻墙爬进人家，也不是正常行为。这种嫌疑举动，警察当然可以干涉你。念在你是慈善机关的人，不和你为难，也不要你取保，你下去具个结，声明以后不再有这样不合的举动，就让你走了。"士毅心里明白，这总算捡着一个大便宜，还有什么话说？于是也就答应遵办，退下堂来了。

这日下午，他安然地回了会馆，自己心里默想着，昨晚上简直发了狂，为什么好好的起了杀人的心事？常老头子为人实在难得，他明知那把刀是我带了去的，他毫不犹豫，一口承认是自己家里的东西，把我开脱出来。这种心肠，在旁人看来，受了佛教的愚弄，是个无用人的思想，然而由我当事的人看着，只觉得他忠厚，只觉得他伟大。不用说，小南那些供词，都是他教着说的。可是小南这个女孩子又骄又笨，怎么会肯如此听他的话呢？这个里面大有原因，我必定要去问一问详细。对于常居士这种人，我要把他当个活菩萨看，以后我不能看小了那贫寒的残弃人了。今天是晚了，不能再冒夜去拜访人家了。明天必得到他家里去，向他忏悔一番。他如此想着，坐在那四壁萧然的屋子里，身靠了桌子，一手撑了头，正自发呆想着，却听到院子里有人道："就是这边，你一直向前走，叫一声，他就出来了。"

士毅伸头由窗纸窟窿里张望了一眼，只见常居士手上拿了一根棍子，向前探索着，正自一步一步向这里走。口里啊哟了，立刻迎出房门来，叫道："老先生，你怎么来了？快请屋子里坐。"于是伸手挽住了他一只胳膊，向屋子里引了进来，一面用很和缓的声音向他道："我正在这里想着，明天一早，应该到府上奉看，不想老先生倒先来了。"于是把他挽进屋子来，好好地安顿他在椅子上坐着。找过了他手上的棍子，放到墙边，正要转过身去，泡一壶茶来他喝。他昂着面孔，对了房门，感触到空气流动着，便道："洪先生，你把房门掩上来。"士毅果然掩上了房门，拿起桌上的茶壶，有一下响，常居士就向他连连摆着手道："你不要张罗。你一个单身客，住在会馆里，也是怪不方便的。我不为了喝茶，跑到这里来。你坐下，我有话和你说。"士毅知道他虽然一点儿什么也看不见，然而自己脸上也不免通红了一阵，答道："老远地来了，怎样好茶也不喝一口呢？"常居士手摸了桌子，轻轻地拍道："你坐下来，我和你说话。"说时，脸上还带了笑容。

士毅见他那样子，既诚恳，而且又温和，实在不忍拂逆了他的意思，只得搬了一张方凳子过来，和他共隔了一个桌子角坐了。常居士就伸了手过来，按住士毅放在桌子上的手，然后将头向上伸着，低声说："洪先生，过去的事，就算过去了，不但以后一个字别提，连想也不必去想。我就是怕你回得家来，心里头会胡思乱想，所以特意来看看你，安慰你几句。"士毅握住了他的手道："老先生，你真是修养有素的人……"常居士摇了两摇头道："话是越说越烦恼的，我告诉你不必提，你就不必提了。你若是只管烦恼，岂不是辜负了我瞎子这一番来意吗？"士毅想了一想道："好，就照了老先生的话，不去再提了。只是我心里有一件事不解，非问上一问不可。"常居士微笑道："你是以为小南这丫头说的话可怪吗？"士毅道："对了，我猜着是老先生告诉她这样说的，但是她怎样就肯说呢？"

常居士缩回两只手来，按了自己的膝盖，昂着头叹了一口气道："我是个瞎子，管她不了，只好由她去了。"这几句话，却有些牛头不对马嘴，士毅倒有此不解。他又继续着道："她在那杨柳歌舞团，和一个姓王的很是要好，看那样子，大概姓王的想讨她。我想，一个姑娘家，老是干这种露大腿的事情，哪里好得了？一年一月地闹下去，不知道会闹到什么地步的。既是有人讨她，让一个男人去管着她也好，所以我也就含糊装了不知道。今天一早，我把她叫了回来，告诉她昨晚的事，要她帮我一个忙。她自然地是说些不懂事的话，我也想开了，因对她说，只要她帮我这一个忙，一切条件我都可以承受她的。我索性说开了，就是那个姓王的要娶她，我也答应，只要她照着我的话，到区里供出来就是了。她因为我这样地答应她，还跑回歌舞团去，向别人请教了。大概有人给她出了主意，这是一个极好的主意，所以她就照方吃炒肉，把我教她的话全说了。好在区官不会多问些什么，若是把话问多了，也许会露出什么马脚来的。唉！家丑不可外传，洪先生，你就不必多问了。"

士毅听了他一番话，既是惭愧，又是感激，这就握住了常居士的手，深深地摇撼着道："你老先生待我的这番意思实在太厚了。做晚生的人，一贫如洗，怎样报答你这番厚恩呢？"常居士道："笑话！我不是受过你的好处吗？我用什么报答你来着？这一层陈账，我们都不必去提，这只合了那句文话，各行其心之所安罢了。"洪士毅道："唉！老先生，我实在是惭愧……"常居士听了，就站起身来，两手按了桌子，向他微笑了道："什么话你都不用说了，我们都是可怜的人，一切彼此心照吧！我的棍子呢？"洪士毅道："老先生是摸索着来的，难道我还能让你摸索着回去吗？我去给你雇一辆人力车子来送你去吧。"他口里如此说着，手向口袋里摸时，便是雇人力车子的钱也不曾有。只得和门房停歇的熟车夫商量好，让他先拉了去，回头来取钱。其实他又何尝回头有钱？常居士去后，他将里面的小褂子脱了下来，当了几十枚铜子，把车钱开发了。

这天晚上，他更是愧恨交加，想到昨天晚上那一件事实在不该做，若是真做出惨案来了，怎样对得住常老先生这种待人忠厚的态度呢？走到院子里，昂头一看天上，那一轮冰盘似的月亮，越发地团圆无缺了。心想到昨天晚上那件事，简直是一场噩梦，天下哪有这样茫无头绪从容行刺的呢？这算受了一个很大的教训，从今以后，对这件事不必想了。所可恨者，为了这样一着下错了的棋子，倒让那姓王的一个小子捡了一个大便宜。这可见天下本无事，庸人自扰之这句话，那是一点儿也不错。想到这种地方，自己不由得又悔恨起来，只管用脚在地面上顿着。这一晚上自然没有睡得好觉。因为耽误了一天，不曾到慈善会去办公，今天应当特别卖力，早一些去了。

　　早上起来，对那照例应吃的一套油条烧饼也不曾吃，就起身向慈善会来。当他走到大街上的时候，墙上有鲜艳夺目的广告，上面印着那绝非中国固有的四方块子图案字，引起人家的注意。那字写着杨柳歌舞团二十四日起，在维新大戏院逐日表演。另一张上面画了几个披发女子，光着手臂，光着大腿，做那跳舞之势，其中一个，便是常小南。那人像下面，有一行小字，乃是"我们的小天使"。心里这就想着，越是我瞧不起她，她倒越红。现在她做了小天使了，我若说她是个捡煤核的小姑娘有谁肯信？不但不肯信，恐怕还会疑心我糟蹋她的名誉呢。由此看起来，什么英雄，什么伟人，什么这样的明星、那样的明星，都是受着人家的抬举，戴上一个假面具，若是有人能说出她的底细来，恐怕都是小煤妞吧。嘻！我洪士毅虽没有多大的本领，但是普通常识是有的，而且能看书，能写字。那些不会看书、不会写字的人，甚至于连自己的姓名都写不出来，他们倒偏偏是中国的大伟人，我们小百姓要受他的统治呢。想到这里，就不由得连连地摇摆着几下头。

　　在这时，仿佛听得身后，唏唏嘘嘘，有点儿人类呼吸的声音。回头看时，站了有七八个人，都向墙上的广告看着。他心里这会子明白起来了，就是自己望着广告发呆，惹着走路的人都注意起来了。人家若问起我的所以然来，我用什么话去回答人家呢？于是扭转身来，再也不回头，径直地就走了。心里想着，这件事真是可笑，我发呆，大街上还有不知所云的人，也跟着我一块儿发呆。假使我要在那里再站十分钟，过路的人随着那些发呆的人，又呆了下去，可以集上一大群人，这就更有趣了。

他在马路上如此想着，到了慈善会里去办事，依然排解不开，继续地想着。伏在写字桌上写字的时候，停住了笔，回想到在当街的那一层情景，却不由得扑哧一笑。坐在对面桌子上一个同事叫韦蔼仁的，今天也是很闲，不住地将眼睛注意着他。等他笑过两回之后，看看屋子里没人，就走过来悄悄地问道："老洪，今天你什么事这样地得意？老是一个人笑了起来。"士毅笑道："并没有什么事。"韦蔼仁道："你自己这还在笑着呢，不能没有事。你若是不说，我就给你嚷嚷起来，闹一个有福同享。"

士毅恐怕他真嚷嚷起来，只得直说了。韦蔼仁道："是一种什么广告呢？你这样呆看。"士毅道："是杨柳歌舞团的广告。"韦蔼仁两手一拍，笑道："我这就明白了，前两天报上登着，说是歌舞明星常青的爱人，病在我们会里附设医院里，她母亲去看他，闹了一个小小风潮。我心里就想着，不见得是你吧？这样看起来，果然是你了，你有这样一个爱人，比做国府主席还要荣耀，可喜可贺！"他口里说着，就比着两只袖子，连连地向他作揖。士毅淡淡地一笑道："什么稀奇？一个煤……"说到这里，他心里忽然一动，何必揭破人家的黑幕呢？停顿住了。韦蔼仁听了这话，哪里肯打住？追着问道："梅花呢，玫瑰呢？你知道她的究竟，你必须说出来。"士毅道："你为什么追问这样一件与你无干的事情？"韦蔼仁觉他这句话问得厉害一点儿，一手扶了他的书桌沿，一手搔着自己的头发，踌躇了一会儿，才走回到他的位子去，笑道："迟早我得找你打听这一件事。你哪里知道，我是一个歌舞迷呀。"士毅对于他的这种话，倒也没有加以注意，自己照常地办事。

到了下午六点钟，公事办毕，起身向外面走。走出了大门口，忽然自己的衣服在身后被人牵着，回来一看，乃是韦蔼仁笑嘻嘻站在身后，士毅道："你是没有忘了那歌舞明星，还要打听一个究竟吗？"蔼仁道："是你的爱人，我何必那样不懂事，只管去打听？今天我口袋里很有几个钱，我打算请你去吃晚饭，你赏光不赏光？"士毅笑着，倒向他周身打量了一番，笑道："你端着猪头，还怕找不出庙门来吗？怎么碰上我这里来了？"蔼仁笑道："我好意请你，你倒拿话来俏皮我？"士毅道："并不是我俏皮你，我向来没有请过你，怎好叨扰你呢？"蔼仁道："你没有请过我，我也没有请过你呀。若是因为谁没有请过谁，就谁不受谁的请，这就一辈子吃不上一餐饭了。彼此要互请起来，总有一个开始的，我就来开始吧。"士毅见他的话说得既委婉又透彻，那是请定了。这样要请客，绝不能没有作用。但是坚决不受，可会得罪他的，便笑道："我昨天下午，穷得把小褂子都当了，早饭勉强过去，正愁今天的晚饭不知出在何方。你今晚请我吃饭，可说是雪中送炭。我嘴里那样客气，正怕是这餐饭靠不住，现在你说实了，这真是天上掉下馅饼来，我能放过吗？"说毕，哈哈大笑起来。蔼仁回头看看，笑道："别嚷，别嚷！离着会里大门口不远，有同事的由后面跟了来，我不能不请。"士毅道："你既然慷慨起来了，都是同事的，又何妨再请一个呢？"蔼仁笑道："咱们自己吃吃喝喝，无关紧要，他们那些人，和我又没有什么交情，何必白请他吃上一顿呢？"说着，见旁边停有人力车子，说明了地点，就请士毅上车。士毅道："不讲一讲价钱吗？"蔼仁道："你不用管，拉到了那里，我打发他们就是了。"士毅向他笑道："说慷慨你就越发地慷慨了。"于是也就只好依了他的话，坐上车子去。

蔼仁的车子在前停了下来，却是北平一家有名的菜馆门口。这让士毅愕然着哑了一声，正要说，你是在这里请客吗？可是不让他这句话说出口，韦蔼仁竟是毫不踌躇，昂然直入。走进门，向柜上道："陈四爷来了吗？"答道："早来了，正要打电话催请你呢。"韦蔼仁道："怎么没有看到他的汽车呢？这可怪了。"说着话，回来向士毅点了两下头，一直就顺着楼梯向楼上去，好像他在这里却是很熟。士毅虽觉得这事很有些蹊跷，但是不免打动了他的好奇心，很想看个究竟。走上楼来，是一道长廊，沿着长廊是一排雅座房间，都垂了雪白的门帘子。在许多酒保茶博士忙着来去乱钻的时候，有一个白面少年，在那里徘徊不定。他身穿一件淡灰色哔叽长夹袍，露出下面一双古铜色西服裤脚和一双尖头的漆光皮鞋。头发梳得光而且滑，越是显得脸皮白净。看上去也不过二十岁的样子，两手插在夹袍子下面裤子插袋里。他猛然抬头，看到韦蔼仁，先唉了一声，做个叹息的样子，然后伸了手，连连向他点着头道："你真是个烂污，把我等苦了。"当他伸出手来的时候，指头上露出一粒晶光闪闪的钻石戒指。韦蔼仁抢上前一步，正待解释着他所问的话。他又不容人家解释，突然地问道："他来了没有？"蔼仁笑道："来了，来了，这就是我那同事洪士毅。"说着，用手一指，又向士毅道："这是陈四爷，就是我们名誉会长的四少爷。"士毅真不解，他何以会约会了陈四爷来吃饭？然而认识这种人，总也是幸会，一会子工夫，他的心里就惊喜交集起来。

第十九回

尴尬行为推恩逢纨绔
豪华声望传刺动蛾眉

那韦蔼仁见洪士毅站在陈四爷面前，有些发愣的样子。怕他会发生什么误会，因笑道："我们四爷人挺和气。我今天打了一个电话给四爷，给你介绍介绍。四爷很喜欢，叫我邀你来吃饭。"有了这两分钟的犹豫，士毅想起来了，这陈四爷叫陈东海，是有名爱玩的公子哥儿。他必定是听说我认识歌女，所以请我吃饭，预备让我做个皮条客人，给他拉拢拉拢。这样看起来，这一顿饭，就也算不得什么好意了。可是他是名誉会长的儿子，却也得罪不得，他有一句话，自己那十几块钱一月的饭碗就会打碎。于是也就勉强笑着向东海半鞠了躬道："我怎好走来就叨扰四爷呢？"东海将头一摆道："没关系，都是自己人。"说着，他已走进一个雅座里去，将桌上摆的一个香烟筒子，用手推了一推，向士毅道："抽烟。喂！老韦，你别光是蹭吃蹭喝，给我张罗张罗。"蔼仁道："我这不是奉了四爷的命令来吃饭的吗？这又算是蹭吃蹭喝了。"东海道："你真是那样肯听我的命令吗？好！你把痰盂子里的水，给我喝三口。"蔼仁听了，更不打话，蹲下身子，两手捧起桌子下一个痰盂子，做个要喝水的样子。东海笑骂道："别挨骂了，放下吧，你那鬼相！"蔼仁笑道："我就猜着四爷不会让我喝呢。"放下痰盂子，他就笑着要向士毅敬烟卷。东海皱了眉道："就这样敬人家的烟？快洗一把手吧！"蔼仁真是肯听话，这就笑着走了出去，洗着手进来了。

士毅向他笑道："我不抽烟。"东海道："那就让他给你倒一杯茶。今天你是客，总得让他招待一下。"蔼仁果然是不推诿，立刻倒了一杯茶，两手捧着，送到士毅面前来。士毅正待一点头，蔼仁却笑道："你别谢我，这是四爷的命令，你谢谢四爷吧。"士毅端了他倒的茶，怎好去谢东海？也觉他这番恭维，有点儿过了分量，但是他既然明说了，自己又没有那种胆量敢去违抗四爷，只得两手捧了茶杯，做个不能鞠躬的样子，向东海笑着。东海笑道："你别信他，他是胡拍马屁。"说时，那菜馆子里伙计正半弯了腰，两手捧了菜单子请四爷看呢。他指指点点地向单子上看着说了两样，然后将手一挥道："拿去，快点儿地做来。"士毅在一旁冷眼地看着，觉得这位公子的脾气很是不容易伺候，蔼仁在他身边转着，好像很得他的欢心，但是依然不断地挨骂。自己固然不会恭维，可是像这样挨骂地生活，也是受不了。这一餐饭吃过之后，赶快就避开吧。

他正是这样地为难着，东海指着椅子道："请坐下吧。这是吃便饭，用不着客气。"蔼仁得了这份颜色，也就两手相拦，跟着把士毅拥入了座。一会子酒菜摆上，东海伸着筷子随便在菜盘子里点了两下，作为一种请客的样子，然后就自己随便吃了起来。这就向士毅笑道："听说你跟杨柳歌舞团的人认识，这话是真吗？"士毅道："我有个朋友的女儿，在里面当舞女，别人我可不认识。"东海道："你认识的，就是常青吗？"士毅道："是的，我也是最近才晓得她叫常青，她在家里的时候，名字叫着小南。"东海道："两个字怎么写？"士毅道："大小的小，南北的南。"东海将筷子头蘸了酒滴，在桌上写着笑道："这名字不大好，何不叫天晓的晓，兰花的兰呢？"蔼仁凑趣道："要改过来也很容易，四爷可以打一把金锁片送她，在锁片上刻着'晓兰'两个字，她打算要这把锁片，就不能不承认这个名字。"东海道："你这个人真是俗得厉害，只晓得金的银的就是好的。"士毅看到蔼仁又碰了钉子，只得笑笑。

208

东海两只手将筷子分拿着，在桌沿上闲敲着笑道："我们这话说错了，怎好拿人家的未婚妻开玩笑？"士毅笑道："四爷猜错了。你想，像我们这样的穷书生，能够有那样阔的未婚妻吗？而且连朋友也不是，不过我和她父亲是个谈佛学的熟人罢了。"东海将筷子敲着桌子道："你和她熟不熟呢？"蔼仁笑道："打一个电话，可以把她请来吗？"东海将筷子头指着他道："天下事，有这样开特别快车的吗？你这不是废话？"于是掉转脸来向士毅笑道："实对你说，我很喜欢摩登格儿，歌舞班子里的人，最合我的条件。但是我的脾气太急，叫我天天在台底下去捧场，打无线电，再找戏馆子里通消息，这些拖长日子的办法，我不愿干。反正她们不是不出来应酬人的，我也不省钱，该花多少，就干脆花多少，我们把那些手续省了，来个见面就握手。老洪，你瞧行不行？"

士毅听着他的话，真把这歌舞团里的姑娘看得一个大钱不值，未免侮辱女性太甚。但是，听他叫着老洪，人家真是降格相从地来拉朋友了。又不是我去将就他，他来将就我，有什么使不得？笑答道："她们那般人，对于男女交际，本来也就无所谓。只是我和常青的父亲太要好了……"说到这里，把话拖长了，不肯继续下去。蔼仁见他有推诿的意思，大为焦急，两只眼睛只管向他望着。但是东海自己倒真能将就，便向士毅道："这就是你误会了，我不一定和常青交朋友，而且她年纪也太年轻，未必懂得交朋友是怎么回事，她们这里面，有个会跳胡拉舞的，那一身白肉，真好！"说着，又把筷子在桌沿上敲了两下，表示那击节赞叹之意。蔼仁笑道："我知道了，就是那扭屁股舞，满台扭着屁股走路的那一套叫胡拉舞。"东海道："你简直是狗口里吐不出象牙来。"蔼仁道："得啦，我不说了，我吃我的吧。"他说着，果然扶起筷子来，只管在菜碗里夹着吃。

东海笑道："老洪，你没有什么事吗？"士毅道："我每晚除了到会馆办事而外，其余是一点儿别的事没有。"东海道："那好，她们今晚就在维新戏院表演，吃过了饭，咱们一块儿瞧瞧去。"士毅听他所说的话，未免又更进了一步。但要不答应，无如他是个有势力的人，与自己的饭碗有密切关系，也不敢作声，只好笑着。不多久的时候，把这一餐饭吃过了，东海已是在身上连连掏出表来看了两回。蔼仁站起来，对衣架上挂的帽子看了一看，表示着一种要走的神气。东海道："难道你不要瞧歌舞去吗？"蔼仁笑道："现在已经是蹭吃蹭喝了，再要跟着一路去听蹭戏，好像良心上有些说不过去。"东海道："别害臊了，你还知道良心上说不过去呢？走吧，我们一块儿走。"蔼仁听说，就把士毅的帽子取了下来，交到他手上。士毅跟在东海身后，情不自禁地慢慢下了楼。一出大门，东海家里的汽车，开在路头上等着呢。事实上又不能不跟着东海一路上汽车。上了汽车，自然也就到了戏院子里了。

东海毫不犹豫，一直上楼。站在楼梯口收票的茶房，早就笑着向他鞠了躬道："接着你的电话，就把二号包厢给你留着啦。"他受了人家的一鞠躬，昂着头一直地走入包厢去。这时候，台下乐队所在，刚刚是前奏曲开场，台上的绣幕还没有开呢。东海就在身上掏出一张名片来，交给士毅道："你到后台去，请你那位女朋友和她的同伴说一声，就说我陈四爷请她们吃饭，请她们自己定一个日子，不赏光呢，没有关系。要不然，请她们问问她们的团长，陈四爷究竟是哪一路人。大概票不了她们吧？快去，我等着你的回信呢。"士毅将名片握住在手上了，倒不住地发愣。这样硬上，岂不会到后台去惹出是非来？但是糊里糊涂已经将名片拿在手上了，若是退了回去，准会惹得这位爷恼羞成怒。管他呢，为了饭碗起见，且去碰碰看。就是碰不上的话，其过也不在我，总不至于妨碍到饭碗上去的。如此想着，就唯唯地答应着，走出包厢来。

走到楼梯口上，他忽然灵机一动，便向那先前打招呼的茶房将名片扬了一下，因道："这位四爷给了一个难题目我做，要我送这张名片到后台去，你去！"茶房笑道："拿着陈四爷这张名片，就能值银行里一张支票，你送给人家，哪还有碰钉子的道理呢？你只管去，没事便罢，有了事，你就说是我让你去的就得了。"士毅听他所说，倒有这样的便宜，也许不会出什么乱子，姑且大着胆子，向后台冒险一回试试看。于是问明了路径，绕着路到了后台门口来。这后台的门口，开在戏馆子的内墙，门外是一个露天的长夹道，一直通到前面卖票的所在。

士毅走到夹道里，不免犹豫起来，心里想着：小南毕竟是个无知识的女孩子，我和她感情丧失了，她自己也知道的。在警署里她给我圆谎，乃是有条件的，并不是和我有什么好感。这个时候，我若是拿了名片去找她，她不会知道，我是不得已而如此，一定还要疑心我这人得步进步，她给了我几分颜色，我就癫狂起来了。他心里想着，手上捏了陈东海那张名片揣摩了一番，只管出神。走到了后台门旁了，他又退了回来，慢慢地低头沉思，一直走回了原路。这若是推开门进去，走进了办公室，那就是票房了。回头票房里人看到，倒以为我无钱买票，是听蹭戏的呢。本来我这样的衣服褴褛，不像是个听戏的阔人，怎能够不让人家疑心哩？我人穷志不穷，何必装成那畏缩的样子？我尽可以大着胆子，向后台闯了去。陈东海父亲在北平是个有势力的阔人，我到了后门，我就说是陈四爷叫我来的，不必找第二个人，径直地就去拜访他们，看他们用什么言语来打发我。

于是他的胆子大了，直了腰杆子，就向后台门口走了去。刚要到那门口的时候，恰是有两个穿西装的人，皮鞋走得哒哒有声，由身边过去。他们的胸脯子都挺得有一寸来高，颈脖子也直了起来。走到身边的时候，就恶狠狠地看了士毅一眼。士毅看那样子，好像是杨柳歌舞团的人，真个是钱是人的胆，衣是人的毛，只看他们那样子，气势雄壮极了，以这样的男子，在后台做那些女子的护身符，漫说我是个穷人，就算我是个有钱人，他们又有个不吃醋的道理吗？本来嘛，一个不认识的男子，去请别的女子吃饭，这是什么用意呢？这样前去，无论如何是碰钉子无疑了。心里如此打算着，脚步又慢慢地缓了下来。自己离后台门还有一丈多远的时候，他的脚步已经完全停止了。他站住了，五官四肢也静止了，同时那戏院子里震天震地的鼓掌声就传到耳朵里来。心想，我来了时候不少了，给陈四爷办的事还不曾办到，他一定是要见怪的，自己太无用了，有了人为自己撑腰杆，自己连送一张名片的小事还不能干，也未免太无用了。于是又移了两步，靠了那门。这回，算是他的机会到了。

走近门口的时候，门里有个人伸头张望了一眼，同时道："门外边有个人探头探脑，是找人的吧？"说时，就有个穿蓝布大褂，类似听差的人，走向前来，向士毅打量了一番，问道："找谁？"士毅见他并不是阔人之流，胆子也就大了一些，于是先拿那张名片出来，让他看着。那人恰也不托大，问道："你是陈四爷的管家吗？"士毅心里想着，难道我脸上带来仆人的招牌，到了哪里，人家都说我是一个听差，这不是一件怪事吗？但是既然脸上带定了听差的招牌了，这也没有法子，只好让人家去叫吧，便微笑着道："我倒不是听差，不过是他们老太爷手下一个办事的人罢了。"那人听了这话，又在士毅脸上看了一遍，笑道："这位陈四爷的老太爷，不就是陈总长吗？"士毅道："对了，他现在在包厢里坐着呢。"那人于是带了笑容道："是拜会我们团长吗？好，我去对他说，一会儿就让他到包厢里去答拜陈总长。"士毅一听这话音，将名片送到后台来，乃是绝对没有问题的，便笑道："劳驾，请你到后台向常青女士说一声，就说有一个姓洪的要见她有两句话说。"那人道："你认识她吗？"士毅道："我和她是街坊，这个陈四爷，也要拜访她呢。"那人听了这话，好像得了一件什么新闻消息似的，掉转身躯，就向里面跑去了。这时士毅心里那乱撞的小鹿算是停止着不动了。可是望了后台的门，还不敢进去，只是背了两手，在夹道里来回地踱着。

不多大一会儿工夫，常青出来了，站在门口，笑着向士毅招了招手，连连点头，不用说，那自然是没有一点儿见拒的意思，表示着很欢迎的了。士毅走了过去，还不曾开口，她就笑道："你是和那位陈四爷一块儿来的吗?"士毅心想,很奇怪,她一个捡煤核的姑娘却是也认得陈四爷,便点点头道:"对了,我和陈四爷一块儿来的,我有两句话和你谈一谈。"士毅说这两句话时,嗓子眼里不免震动着,自然是觉得这话过于冒昧了。可是小南对于这事,丝毫不以为奇,可就向他点头道:"请到后台来瞧瞧吧。"她说毕,立刻就转身来,在前引路。士毅这时不但心里不是小鹿撞钟了,而且变着很高兴跟她走着。这后台的地方,人乱哄哄的,有一部分工人拖着布景片子,前冲后撞。有的歌女们搽着满脸的胭脂粉,穿上极其单薄的衣服,在单薄的衣服上,却各加了一件大衣御凉,三四个人缩着一处,喁喁私语。还有那些穿西服的男子,在女人里面钻来钻去。士毅在后台看那些人,那些人也就不住地来看他,他只好跟在小南后面,低头走进一间屋子里面去。小南也不像以前那样无知识,走进房门以后,顺手就把房门关了。

这是一个未曾用过的化妆室,里面有两副床铺板,中间夹着一张破旧桌子。小南先坐下,指着对面的床铺板道:"有话坐着谈呀。"士毅见她如此,觉得她是更客气了,一切都没有问题,大着胆子就向她笑道:"前天在警区里,多谢你帮我的忙。"小南道:"这不算一回事,难道你还真能拿了刀子到我家去杀人吗? 就是我父亲不那样告诉我,我也会那样说的,这个你就不必提了。你不是为陈四爷拿了名片到后台来的吗? 他拜访谁? 我们的团长正叫我向你打听着呢。"士毅道:"他也不一定拜访谁,拜访你也可以。"小南听了这话,身子突然向上一起,好像是很惊讶的样子,问道:"什么? 他拜访我? 我并不认识他呀。"士毅道:"他对于你们这贵团里,本来是谁也不认识,只要他请你们,你们有人出来受请,他就很乐意了。你也知道陈四爷吗?"小南道:"我哪里认识他? 也是听到团里人说,他是个有名的公子哥儿。他花了七八万块钱,讨了一个女戏子,后来那女戏子不爱他,他也就不要了。"士毅道:"哦! 你是这样的闻名久矣,那么,他要是愿意和你做朋友的话,你也愿意吗?"小南不由得扑哧一声笑了，她道："哟！我哪有那么大的造化呀？"士毅道："这是真话，我并不和你开玩笑。他说他最喜欢摩登女郎，现在社会上最摩登的女郎，就是你们这歌舞团里的人。"

小南听了这一番话，脸上就不由得飞起了红晕。但是这红晕不是害臊，乃是一种喜色，眼皮一撩，微笑道："我们哪里能算最摩登的呀？"士毅道："这都不用去管它，又不是我这样说你，你和我老客气也没有用。他既是那样佩服你，请你去吃一餐饭，能到不能到呢？"小南笑道："他为什么单单地请我一个人吃饭呢？"士毅道："他也不单是请你一个人，不过他最佩服你们团里两个人，一个是你，一个是会跳胡拉舞的某女士，希望认识了你两个人之后，再托你两个人去转请你们同行的人。"小南道："这样说，倒是他第一个就是要认识我了。说起来，这倒怪寒蠢的。"说到这里，她就微微地噘了嘴。不过虽是噘了嘴，脸上带的是笑容，并不是怒容。士毅道："你赏光不赏光呢？请你回答一声，陈四爷还在包厢里等着我的回信呢。"小南听他催促着，将一个指头含在口里，将头扭了两扭，倒不免有些踌躇。士毅道："你不能答复，就请你们团长出来答复吧。"小南道："人家好大的面子请我吃饭，我还有什么不愿意的哇？不过我总得和团长说一声。你在这儿等一等，我一会儿就给你个回信。"说着，她就走出去了。

这个时候，他们的团长柳岸，正在后台大化妆室里，监督着这一群歌女化妆。他口里斜衔了一支烟卷，抬了腿，坐在门边一张椅子上，斜着眼望了众人。小南跑了来，远远地举着两手，就笑道："你猜那个人要见我，为什么事，这不是笑话吗？那个陈四爷，又不认得我，叫他来说要请我吃饭，还让我代他转请大家。"

柳绵绵正打了赤膊，上身只穿了一件似背心的东西，只胸前掩上一小块绸片，拿了带着长柄的粉扑子，在桌上大粉缸里蘸着粉，只管反伸到背后去，在肩膀上乱扑。脸还对了桌子上斜支着的一面镜子，于是将嘴一撇道："美呀！有阔人请你呀！可是知道人家存的

214

什么心眼吗?"小南听她说了这样尖刻的话,一时倒回答不出来一句,可是柳岸突然地站立起来道:"刚才听差拿了陈东海一张名片进来,又没有说清什么,我以为他是介绍一个人到后台来参观,也就没有理会。既是他要请我们吃饭,这倒是两好就一好的事,我正也有事要找着他呢。那个人和你怎样说?你就答应他,我们一定叨扰。"小南睃了柳绵绵一眼,然后向柳岸噘了嘴道:"我不管。"柳岸走向前,拍了她的肩膀笑道:"别撒娇了。你们大家不都是希望到南洋去玩一趟吗?这盘缠到哪里去弄呢?认识了他,那就可以请他帮忙了。那个人在哪里?我们一块儿去见他吧。"说时,携了小南一只手,就一同来见士毅。

　　他虽穿了一身漂亮西服,但是对于士毅倒很客气,伸着手和他握了一握,笑道:"承陈四爷和先生多捧场,我们很感激。照说,我们应当凭请陈四爷才对,倒要他来先请我们。四爷赏饭吃,我们一定到。不过我们敝团人多,不敢全去叨扰,请四爷随便指定几个人到就是了。我们这些孩子,都顽皮得很,将来有失仪的地方,四爷可别见怪。"士毅做梦也想不到这件事有如此容易接洽,连陈东海想说又不好意思说的话,他都代为说了。这一点儿没有问题,总算大功告成。于是他和柳岸握了一握手,就赶快地回到包厢里去。

　　陈东海因士毅去了许久,就一连抽了六七根烟卷。台上的歌舞虽然已经开始了,但是他只皱了双眼望着,而且不住地回头看着。韦蔼仁在他身后坐着,看了这种情形,知道他是急着士毅没有回来,便笑道:"洪士毅办这种事,他是不在行的,我去催他一催吧。"东海道:"你别胡捣乱了。他要是碰了钉子的话,早就该回来了,还在那里老看着人家的颜色不成?到了这时候没来,自然他还在接洽。可是,怎么不先来回我一个信呢?"说着,扔了手上大半截烟卷头,又拿了一根烟来抽着。蔼仁不敢作声,也只好学了他的样,不时地回答,向后面望着。好容易,望得士毅来了。东海第一句就脱口而出地问道:"他们答应了吗?"士毅道:"他们完全答应了。"东海笑着立起来道："咱们别在这里说话，免得扰乱了别人，到前面食堂里去吧。"说着话，他起身就走。洪、韦两个人当然是跟在他后面。到了食堂里，他就向茶房一挥手道："要三杯咖啡、两碟点心，不用多问，我们要谈话，别打岔。"说着，坐了下来，指着桌子旁两把椅子，让洪、韦坐下，笑向士毅道："你接洽的成绩，有这个样子好，倒出乎我意料之外。你说一说，他们怎样答复你的？"士毅看了他这番性急的神情，越是不敢拂逆了他的意思，就把接洽的经过大致实说了。

东海笑着将身子和脑袋同摆了两摆，向蔼仁一伸大拇指道："不是吹，还是我陈四爷行，不用那些花套，给他们来个霸王硬上弓，也就成了。老韦，你的差事来了。"蔼仁道："四爷就吩咐吧。"东海在身上掏出一元银币，当的一下响，丢在桌子上，笑道："不能让你白跑，拿这块钱去，买二三十封请帖来，可是都要有点儿美术意味的，别把乡下人玩的那个红封套也买了来，四爷今天高兴，多的钱赏给你买烟卷抽吧。就去买，别耽搁，我等着你呢。"蔼仁拿了那块钱在手，除答应是而外，连第二个字都没有，立刻就走了。东海见柜台上放了电话机，走过去打电话。电话通了，他道："我是陈四爷，明天下午七点钟，给我预备三桌宴席。我今天就打了电话，你得把那个大房间，给我留着，不留住可不行。"放下了电话，他就向茶房道："你这儿有笔吗？"茶房答应了一声有，就拿了一张纸片、一支铅笔，送到桌上来。东海拿着铅笔，向桌上一阵乱点，点得卜卜作响，望了茶房道："你还是没有听到我打电话呢，还是没有脑子呢？你不想想，我请客要写请客帖子，能使铅笔吗？"这茶房无缘无故碰了他这样一个大钉子，也是说不出来的一种冤枉，但是看到东海这种样子，是个阔公子的神气，不然，手上怎能带那样大的钻石戒指呢？所以虽是碰了一个钉子，却也没有什么废话可说，只得站在一边微笑着。第二个茶房见他未免受窘，就将柜台上一只木盘里的用具，两手托着送到桌上来。于是，笔墨砚水，完全都有了。东

216

海看了那茶房微笑道："像你这样子，就不愁没有饭吃了。"

一言未了，韦蔼仁气呼呼的，红着脸，捧了一叠请柬跑了进来。陈东海道："真快！怎么这一会儿工夫，你就办来了？"蔼仁道："这街口上就有家纸店，我坐了特别快的来回车，所以不多大一会子就到了。"东海笑道："成！以后替我办事，都这样子让我称心如意，我就可以提拔你了。"他说着，在身上掏出一张杨柳歌舞团的节目表来，交给士毅道："他们这节目上，开着有二三十个演员名字，除了男的而外，凡是女的，不问大小，不问是姑娘，或者娘们，一个人给她一封帖子。地点是东美楼，时间是下午准七时，外加团长一张，敷衍敷衍就行了。快写，写得了，好就送去。"士毅替他把更困难的事都做了，这样容易的事还有什么不能做的？于是就伏在桌上写起请帖来。写完了，将笔一放，东海却笑着向他握了一握手道："对不住，我先向你道歉！"士毅倒是愕然，为什么他倒向我道歉起来呢？

第二十回

明镜青灯照人愧屋漏
城狐社鼠联伴结金兰

陈东海似乎看明了他这惊愕的意思，因笑道："让你写了请帖不算，还要你送一趟。因为明日请客，今日这帖总得送了去，耽误不得。我要是派听差送到他们家里去吧，他们恐怕要到夜深才回去……"士毅抢着道："反正后台我已经走熟了，我去一趟就是了。"东海将请帖理齐了，一齐交到他手上，笑道："像你这个样子痛快做事，我就很欢喜。"蔼仁道："欢喜是欢喜，四爷总也不肯在会长面前提一提，给我们跑小腿的升升。"东海道："你这家伙，倒会乘机而入。你已经由录事升到二等办事员了，还有什么不满意呢？人家老洪，还是个小录事呢。老洪，你这人很好，做事既勤快又老实。今天晚上，我就给你想法，给你升到办事员，每月薪水让他们定三十块钱，你看怎么样？"士毅听了这话，不由心房扑通一跳，自从投身到社会服务以来，始终没有拿过一块钱一天的工资，只凭阔少一时欢喜，就一跳跳上来了，可见天下事难是假话，于是福至心灵地就向他鞠了一个躬，笑道："多谢四爷了。"说着，他也真不敢多事耽搁，拿着请帖就向后台走去。这后台方面，已经是来熟了的，毫不踌躇地推了门，一直就向里面走去。

他由外面进去，恰有一个穿漂亮西装的少年由里面走出来，两个人钉头一碰。他向士毅周身打量了一番，瞪着眼道："这是后台，你找谁?”士毅有了靠身了,怕他什么?便道:“我是来会常青女士的。”那人自己报名道:“我叫王孙,她是我……我和她最接近的,她并不认识你这样一个人呀!”士毅道:“哦!你是王先生,和她最接近的,这与我有什么相干呢?我是来下请客帖子的,帖子投到了也就完了,至于她肯认识我不肯认识我,我倒不管。”他说着,依然向里面走。王孙因为阻拦他不住,也只好在他后面盯着,一路走到后台来。士毅是来过一回的了,见了后台听差,就向他道:“陈四爷又差我来了,请你们柳团长出来,我还有两句话说。”这话恰是让屋子里的柳岸听到了,立刻抢了出来,随后就跟来一大群歌女。士毅向他笑道:“陈四爷说请柳先生明天带着各位小姐,到东美楼来吃晚饭。”说着,把一大叠请帖递到柳岸手上。那些歌女,有眼快手快的,大家就出来,口里叫道:“这是我的,那是她的。”大家就在柳岸手上乱抢。抢得太乱了,其中就不免撕破了两张,有人噘了嘴道:“这也不知道是撕了谁的了?知道哪些人他请了,哪些人他没请呢?”士毅道:“凡是贵团的女艺术家,陈四爷都请了。到了明天下午七时,请大家都去吧。”

常青在人群里挤了出来问道:“洪先生,你明天去招待吗?”王孙也不等她第二句,将她拉着向一边跑,口里还不住地叫道:“来来,我有几句话和你说。”小南虽是挣扎着,王孙却是不肯轻易放松,只管向化妆室里拉了去。士毅在一面看到,心里这就想着,这一碗醋,未免吃得太厉害了。我现在穷得穿灰布夹袄,她这种摩登女子还会和我谈恋爱不成?这也未免太神经过敏了。他心里如此想着,两只眼睛对于王孙去的后影,就不免凝视了一番。

柳三爷毕竟是在社会上混油滑了的人,知道拉拢陈四爷的重要,得罪了陈四爷的心腹,那不是办法,而况王孙走去,那形迹也太显然了,怎好让人家下台?于是走上前,抢着和士毅握住了手,连连摇撼了几下,笑道:“一次两次地烦动你老哥,我心里很是过意不去,改一天我来专请一次吧。请你回包厢和陈四爷说一声,一会儿我就过来奉看。"他口里如此谦逊着，脚步却是慢慢地向外移，引着士毅不得不跟着他走，也就不知不觉地走出后台了。

及至回到包厢里以后，果然东海带着笑容在那里看戏。他回转头来，向士毅微点着头，笑道："你的事情办得好，成绩昭著。"士毅笑道："四爷怎么知道有成绩呢?"东海笑道："怎么没有成绩?这些小姑娘家早得着信了，一出台，就对着我这个包厢飞眼。"士毅没有作声，只笑了一笑。不多大一会儿，柳三爷手上拿着帽子，走进包厢里来了。他见了陈东海，就是一鞠躬。东海和他握着手道："我早认识你，好几次看过你在台上梵阿铃独奏。"柳岸笑道："见笑得很!"东海笑道："我非常之羡慕你的生活。你春夏秋冬，过得都是爱情生活呀。"柳岸笑道："谈不到，不过和一班孩子们天天接近罢了。"东海道："明天请你吃饭，你可要赏光。"柳岸笑道："一定来的，我还要指挥他们，不能多奉陪，明天再谈吧。"于是和东海握手而别。如此一来，东海和这歌舞团的团长发生了直接的关系了。心里一得意，脸上就不住地发生着笑容。蔼仁也借了这个机会，只管在一旁凑趣，总是说士毅会办事。

一直把歌舞看完了，东海笑向士毅道："老洪，你说实话，你和常青有什么关系?"士毅道："四爷不要多心，我和她实在没有一点儿关系，不过和她的父亲是朋友罢了。"东海道："她家里是一种什么情形呢?"士毅道："瞎!那就不用提了，简直穷得没有言语可以形容。她父亲是吃斋念佛的居士，她母亲的脑筋也顽固得跟块石头一样，假使不为穷所迫，他们肯让他的女儿来做这样摩登的事业吗?"东海道："那么，她家里人很爱钱，要钱就好办。"说到这里，就不由得笑了起来了。因向士毅道："今天我对于全班的姑娘都注了意了。考察的结果，只有两个人合我的意思。一个是跳胡拉舞的楚歌，一个就是常青，其余的那些人，不是脸子长得不够分数，就是身上的肌肉不够分数，这两个人要是都行，我不怕花钱。"说时，伸手一拍自己的腰。士毅和蔼仁还有什么可说的? 也无非跟着他身后

220

笑笑而已。他把话说完了，笑道："糟糕！你瞧，我们这三块料，不是傻劲儿大发吗？全戏馆子里人都走光了，就是我们三个人在包厢里坐着聊天，你看这不是笑话吗？"说着，向外面走，走了几步，他回头看士毅还在身边，就道："我本当用车子送你回去的，但是我还有点儿事，我给钱，你们自己去雇车子吧。"他说着，在身上掏了一下，然后分别地向士毅、蔼仁手上塞了过来。他也不等人家说什么，已经是走远了。士毅觉得手上果然是塞住了一件什么东西。低头看时，乃是一张五元钞票，因为蔼仁不曾有什么表示，自己也就只好是不说，出得戏馆子门以后，出郁塞的所在，走到空阔的地方来，空气流通，便觉得精神为之一振。听戏的人，这时自然走了一个干净，就是馆子门前那些灿烂繁多的电灯也多数熄灭了，灯光影里，只见到三个一群、两个一双的歌女乐师，笑着走了。

士毅闪在暗地里看了一阵，蔼仁也不知道到什么地方去了。那天上初残的月亮，这时也是把清白的月华送到大街上来铺着。士毅为了踏月，丢了大街，只是走小胡同，心里这可也就想着，人事太变幻无定了，前两天我乘着月色，我要提刀去杀小南，今天月色未见得和那天有什么分别，可是我呢？所要杀的那个人，我却拉人来捧她了，我虽然不必再记仇了，然而我这人，也未免太没有志气！照着陈东海那种行为，当然是侮辱女人，叫我去给他勾引歌舞团里人，这是三姑六婆干的事，我一个堂堂男子，为什么这样下流？再说，常居士待我，那一番犯而不较的态度，真可以说是菩萨心肠，便是老子待儿子，也未必能办到这种样子，可是我倒要助桀为虐，帮了陈东海去勾引他的女儿，我这人未免太对不起人家了！再就着陈东海说吧，他请我吃饭，他叫我听戏，给我钱用，他一不是爱惜人才，二也不是可怜我落魄，无非要鼓励我替他拉皮条。拉皮条这件事，稍微有一点儿骨格的人，是不愿干的。我所以穷得无可奈何，满街走着想去捡皮夹，还不肯去偷人家一文，抢人家一文，这为着什么？不就为着要争一点儿志气吗？可是到了如今，就去给人家拉皮条来维持饭碗了。这拉皮条的行为，和做强盗做贼，好得了多少呢？做穷人的人，应当要忍耐，应当要奋斗。但是，忍耐不是堕落，奋斗不是不择手段。我现在为了十几块钱的饭碗，就跟在这公子哥儿的后面，去做一个最下等的皮条客人，那太不值得了。最后，就是常老头子待我，十分仁厚，他对我差不多是以德报怨。我呢，可是以怨报德。照说，他的女儿如果堕落了，我应当在一旁补救，那才是正理。现在，我倒帮了别人，引他的女儿去走上堕落之路，这是一个有志气的人所应当做的事情吗？

他在冷静的街巷里走着，便更引起了他那冷静头脑的思索，越想是自己越走错了道路，非纠正过来不可！一路计算着到了会馆门口，老远地看到胡同口上，有两个人影子在那里晃荡着，突然间有个苍老的妇人声音道："你自己也有个姐儿妹儿的，为了几个小钱，就干……"一个男子的声音，又截住了道："别嚷别嚷！"以后唧唧哝哝，就听不清楚了。士毅走进了会馆门，随后有人跟了进来，走进门房去了，接着道："平安这孩子，实在不听话，金铃是个好孩子，她爹娘糊涂，让她干这个。错了一回两回的，收心还收得转来。若是只管拉人下水，就把这姑娘毁了。我们得几个小钱是小，毁了人家终身是大。做长班的虽是下流，伺候人就是了，一定得把抽头卖大烟带马拉皮条全干上吗？"士毅站在院子里，把这话听了一个够。这是长班母亲说的话。这个老妇人，平常也是见钱眼开的，不料她对于儿子拉皮条的这件事却如此反对！我读的书比她多，我的心胸比她开展，我还研究佛学，人生观也比她透彻，然而我不如她，我竟是干了拉皮条这种生活了。这件事若让这老妇人知道了，她是个嘴快的人，或者教训我一顿起来，那未免是笑话了。自己悄悄地走回房去，将灯点着，想起刚才在戏馆子里那一番情形，犹如幻梦一般在眼前回旋着。再想到陈东海那一种骄傲狂放的样子，就该上前打他两个耳刮子，然而我竟在他面前唯唯诺诺，一切都听了他的指挥，若是有人在旁边看到我那种行为，不会冷笑吗？

桌子上摆着一盏灯，桌下堆了一叠破书，书上压着一面应用的方镜子。将身子伸起了一点儿，便看到镜子里面，一个五官端正、面带忠厚的影子。于是拿起镜子来，索性仔细地看了看，那平正而浓厚的眉毛、微垂的眼皮、两个微圆的脸腮、广阔的额头，是呀，这是个忠厚之相。所以许多老年人都说我少年老成。然而我自处得怎么样？我是最无耻的一个少年罢了。想到这里，放下了镜子，将手在桌上一拍。心里想着："这面镜子，给予了我一个自新之路，从明天起，我做好人，躲开陈东海，躲开韦蔼仁。要躲开韦蔼仁比较难，除了同在一个机关里供职之外，而且同在一个屋子里做事。想了一想，有了，那屋子是办事员的所在，并不是录事的所在。我明天到了慈善会里去，见那总干事曹老先生就说办事有些不便，请他把我调到录事室里去，那位曹老先生，脑筋非常顽固，位分阶级这些念头根本不能打破，我说是依然住到录事们一块儿去，他自然赞成。我决计离开他们。不但是自明日起，由今晚起，我就改过自新了。那陈东海不是给了五块钱吗？这五块钱乃是不义之财，我决计不要，明日全数捐到红十字会去，要做好人，就做干干净净的。设若这种举动把陈东海得罪了，至多也不过打破十块钱一个月的饭碗，又要什么紧？充其量也不过让我像以前困守在会馆里一样那般挨饿，这又值得了什么？他越想就胆子越大了，决计离开那些恶人。因为主意打定了，心里坦然，虽然还是像往日一样，屋子里行李萧条，但是紧缩着身体，在床铺上可睡得很是安定。

　　到了次早起来，漱洗已毕，摸摸那五元钞票还在身上，在厨房里喝了一碗热开水，就大开步子到慈善会里来。今天大概是因为决心要做善人了，精神抖擞，步子也走得很大。不久的工夫，就到了慈善会里。这位曹总干事在民国初元的时候做过一任次长。那个时候，最阔的人不过是坐马车而已。因之他在那个时候也置了一辆马车。后来马车落伍了，没有人过问，然而他觉得坐这个比坐人力车人道，也舒服。时间是无所谓的，不用去经济了，所以就墨守旧章，到现在依然坐着一辆绿漆的四轮马车。这一辆马车，也就无异是曹总干事的标志，有了这辆马车在门口，也就是表示着曹总干事在里面办公了。士毅很爽直地向总干事屋子走了来。一走进门，取下帽子，一个头还不曾点了一下去，曹先生已经站了起来，向他抱着拳头，微拱着手笑道："恭喜恭喜，这可以说是皇天不负有心人了。"士毅突然听了这话，一时倒摸不着头脑，望着他只管发愣。曹先生道："你望着我为了什么事？不就是为了你已经升了职务，前来和我接洽的吗？"士毅摇了头道："不，我不知道这样一件事。"曹先生道："我说呢，你怎么会把消息知道得这样子快？今天早上，我得了一个电话，说着你办事很好，将你升为办事员，每月支三十块钱的薪水。我们这里，本来无须乎加人的，为了添你进来，会长还特意想了个法子，把这里老办事员调走一位，才空出了这一名额，让你来填上。你倒是做了一件什么有功劳的事情，引得会长这样注意，把你特别提拔起来了？"

士毅心里明白，这并不是陈会长对我有什么好感，不过是陈四爷从中帮了一两句话的忙。至于有什么大功劳，这个问题那就不能研究了。想到这里，不由得红起脸来，低着声音道："什么功劳也没有呀。"曹先生笑道："这个暂且可以不必去研究了，本来我就觉得你这个人十分诚实，很可以提携提携，只是会里的这种职务完全已安排停当了，并不能再加一个人进去，既是会长肯这样地为你设法，那就正合我的意思，你好好地去办事吧，不要辜负了会长栽培你这一番美意。你写字的地方，本来就是办事员的位子，你依然就在那里办事得了。"士毅预备了一大篇应当换掉位子的大道理，到了这时，不知是何缘故，已完全消磨干净。只有站在人家面前唯唯称是的份儿。那老先生又说了几句勉励的话，吩咐他回到自己屋子办事，士毅也就无法说什么，悄然地走回原来的办公室了。蔼仁一见，站起来两手拱一揖道："恭喜恭喜，你得的消息，比我还快呢，真是人逢喜事精神爽了。"士毅明知他是由陈东海那里得到的消息，人家好意周旋，绝没有置之不理会之理。于是也就笑嘻嘻地拱手相还，道是多蒙帮忙。

不一会儿，许多同事来了，都来给士毅道喜。在办事员与干事之流，无非见了面之后，作一个揖，说几句客气话而已。然而，那些录事先生来了，情形可就不同，大家都睁着眼睛在士毅周身注意着，好像在那里思想，他究竟是什么缘故，就一下子跳了上去呢？我们当录事的，尽管干了三四年，还不曾爬上去一步呢。所以他们见了面之后，口里说着恭喜，有一连道下去十几句的，那也就是心中在估计着，口里便不知不觉说着许多了。到了这时，士毅才感觉到这办事员得来之难，自然也跟着喜欢起来。到了晚上下班的时候，有几个同事在说笑着，士毅今天升职了，必须要请大家饱餐一顿。士毅却情不过，也只好带了他们到一家小馆子里去吃喝着，原来放在他身上所要捐给红十字会里的五元钞票，这时也就不知不觉地拆散着一部分转到酒馆掌柜的手上去了。

直混到晚，士毅回了家，恰是半空里刮起两阵西北风呜呜作响。士毅心里一想，今晚天气之凉，恐怕还要增加，一只光床，如何受得了？身上有的是钱，暂赁两床被来睡吧。到了明天，估计估计当的棉被，本息共有多少。设若身上所有的钱，够做这件事用的，就不必再去犹豫了。从此之后，我不是每月有三十元的收入吗？像我这样清寒生活，每天哪里用得了一块钱？我稍微可以放手享受一点儿了，以前我是自寻苦恼，要去追逐那个捡煤核的姑娘，现在我自己挣钱自己用，那是足有富余的了。心里这样一痛快，昨天所要挣立的那一种硬气，就不知道消失到什么所在去了。当时掏出钱来，吩咐长班去赁两床被。长班望着他，不由得笑起来道："洪先生，不是我底下人多嘴，你一个月也挣个十来块钱，比赋闲的时候总要好些，怎么还闹得床上一铺一盖都没有了呢？"士毅笑道："那是过去荒唐，闹成了这般光景，从今以后就好了，我有钱了。"说到这里，将头微微摆了两摆，因道："你应当恭喜我，我今天升了职务了。我现在是办事员了，每月的薪水三十元呢。"长班道："真的？那可该恭喜，你一个光人，有了这么些个钱，也就可以不至于再闹饥荒了。会馆里多住几位有差事先生，也是我们长班的福气，多少也可以沾些光呢。"说着，他一路打着哈哈出去。会馆里寄寓的人，有听到长班说话的，知道洪士毅升了职务的，也都走到他屋子里和他来谈话，探问究竟。士毅觉得这是有面子的，除了承认这是事实而外，并且说自己觉得办事也并非怎样努力，不过总是谨谨慎慎，有事就办，所以会长就很赞成了。

　　这一晚买了几个铜子的茶叶，泡了一壶茶，和大家谈着。到了床上，又是被盖着，这一种舒服，那也就不可以言喻了。再过一日，自然是照旧到慈善会去做办事员的工作，绝对没有离开韦蔼仁的意思了。当身边没有人的时候，蔼仁就悄悄向他笑道："喂！老洪，陈四爷帮你这样一个大忙，你也不去谢谢人家吗？"士毅红了脸道："我怎么去谢他呢？我也不便就胡乱走到人家公馆里去呀。"蔼仁道："难道信也不会写一封吗？"士毅道："这个倒行。"蔼仁道："你写好了，别由邮政局里寄，我给你送去就是了。"士毅道："那怎样敢当？"蔼仁道："这话不是那样讲。咱们都是饭勺上苍蝇，混吃而已，咱们是鱼帮水，水帮鱼，互相利用。"士毅见他把话都完全说明了，这也就用不着再为客气，便笑着写了一封信交给了他。

　　到了次日，蔼仁在办公室里和他相会，便笑着向他拱拱手道："老洪，我有一件事要求你，不知道你肯答应不肯答应？"士毅倒莫名其妙，他有什么要紧的事相求，便笑道："你说吧，到底有什么事求我呢？你不是说了吗？鱼帮水，水帮鱼。这还有什么问题呢？而且我的能力薄弱……"蔼仁不等他说完，连连摇着手道："全不是那回事。我还是贯彻一句话，鱼帮水，水帮鱼，我们既然同是给四爷跑跑腿的，更要团结起来才对。我的意思，很想高攀一点儿，和你拜个把子，不知道你的意思怎么样？"士毅不但不愿和这种人拜把子，就是愿意的话，他所说的这种拜把子的命意，也就十分可耻。

226

就红了脸道："你这人说话，也不太谨慎，在这办公的所在，怎么就说起跑腿的话来？"蔼仁笑道："这要什么紧？老实说，在这里办事的人，谁不是抱了陈家的大腿呀？"说到这里，向身后看了一看，低声道："虽然是曹老先生在这里办事，完全是尽义务的，他也是为了要在别的所在找一份权利，把这份义务缝补起来的。我这话你爱信不信。"

士毅不便怎样地驳他，只好含笑点了几点头。蔼仁笑道："咱们不说这个了，还是说换帖这件事吧。我自己也是很明白，有一点儿攀交不上……"他慢慢地向下说着，脸上也就慢慢地庄重起来。士毅看他有些生气的神气了，连忙就阻拦了道："你要这样说，不是见外了吗？我有今日，都是你老哥的携带，怎样反说对我攀不上的话来呢？"蔼仁笑道："不是我说了一句揭了底的话，人家说狐群狗党这四个字，这是大有用意的。我们这里的人……"说到这里，将声音低下了几格，接着道："谁又不是这一番情形呢？大家偷偷摸摸，都有个联络，我们何必就孤单起来呢？"士毅笑道："你越说越不对，怎样自己骂起自己来了呢？"蔼仁道："我敢大胆说一句，全北平城里的人，也没有多少人能例外。"他说到这里时，究竟不免声音高了一点儿，这就把隔壁屋子里一位同事邱海山惊动了。他是个近视眼，一副其大如铜钱的眼镜，紧紧地被铜丝软脚挂在耳朵上，两个高撑的颧骨和下巴上一片麻黑的兜腮胡须的短桩子，这都可以形容他另成了一种人。加上他穿一件染遍了油迹脏痕的灰夹袍，外套青中泛白，两袖油腻得成为膏药板的马褂。一见之后，就令人先有几分不快。

这位邱先生短于视却不短于听，他在隔壁屋子里，早听到洪、韦二人有拜把子的话，于是抢进这边来向二人坐的空间里，深深地作了一个揖。将两只袖子略微在鼻子上碰了两下，显出那很诚恳的样子来道："洪先生的少年老成，韦先生的人情练达，我都是二十四分佩服的。二位要结金兰之契，彼此互助，那是再好不过的事情，

227

小弟忝在同事，也想高攀加入，未知可否？从来结义弟兄，都以桃园三义士为标准，加上小弟，共是三人，岂不大妙？"士毅对于蔼仁这种要求，还不曾有话可以推托，偏是这位先生又来毛遂自荐，这却叫他更没有办法。心想，和这种人要结拜弟兄，那真是城狐社鼠了，不过他是一个一等办事员，虽每月只拿五十块钱的薪水，和曹总干事非常地接近，勉强可以说是一个红人，似乎也不宜得罪他，所以也就不作声。可是这位韦先生立刻表示出很欢喜的样子，迎上前来道："这就好极了，邱先生贵庚呢？大概不许以小弟相称吧？"邱海山道："痴长三十六岁了，我倒是老大哥了。"说毕哈哈大笑。这样一来，换帖的成分三人中倒有两个人赞成，自居多数。士毅为势所迫，也就无话可说了。

第二十一回

终效驰驱无言怜謦欬
同遭冷落失恋笑王孙

过了三五天之后，邱海山、洪士毅、韦蔼仁三个人已经成了结义兄弟。自然是邱海山居长，士毅却居次，蔼仁不叫他洪兄或士毅了，口口声声都是二哥。这样地加倍亲热起来，士毅以为也无非是彼此拉拢，好向陈家进身的意思。论到自己的能耐，自然是不能和一兄一弟打比。而且自那天和陈东海见面之后，也就不曾再见东海的影子，他也没有叫蔼仁带什么口信来，也许他不想杨柳歌舞团的姑娘了，自己这倒落得干净。如此想着，这个办事员也就可以坦然地做下去了。又过了一个星期，便是会里发薪水的时候，自己预算着，不过做了半个多月的办事员，也就拿半个月的薪水罢了。可是那发钱的会计先生，交给他钱的时候，说是陈会长那边交了条子下来，从一号算起的，还笑道："老洪，这样的事，我们这儿还少有呢。你好好地干吧，将来你还有大发迹的希望呢。"士毅也觉得陈四爷为人虽十分荒唐，对我倒这样细心，人生在世，无非是人心换人心，倒不可将人家的意思太埋没了。他如此计划着的日子，恰是陈四爷找他的时候了。下班的时候，蔼仁轻轻地拉扯着他的衣襟道："你先别回去，我们同到会长家里去一趟。"士毅道："我自从升了职务以后，本来也就想着到会长家里去面谢的。"蔼仁摇着手道：

"你见不得会长，一见会长，他要问你如何认识他四爷的，万一露了马脚，那还了得！不瞒你说，我在陈宅跑了两年，差不多是天天来，可没有几回见着会长呢。"士毅道："哦！原来你是天天上这儿来的，怎么不早一点儿带了我来呢？"蔼仁笑道："你忙什么？到了那程度，自然会带了你来，现在这不就带了你来了吗？"士毅也不便怎样地追问他，只好跟了他来。

到了陈家，蔼仁见了男女佣仆，含笑点了头，拐弯抹角，进了几层院落。一带红漆游廊的上房里面，早听到陈东海的声音叫着道："进来吧，我算着你们也就该来了。"于是蔼仁在前引路，将他引到屋子里来，只见东海穿了一件白底子带红条的绒睡衣，踏了一双拖鞋，站在那一架无线电收声音机旁边，地板上一只篮子里面装了钉锤夹钳之类。他额头上，兀自汗涔涔的，看那样子，大概是自己在动手，修理无线电机呢。他一见士毅，就笑道："这半个月以来，我仔细考察了一下，楚歌那孩子，知识充足一点儿，可是难逗。常青知识浅一点儿，也不大认得字，就容易应付得多了。至于说到漂亮呢，那还是常青可以多打二十分。至于你和常家的关系，我也明白了，你倒是没有说假话。这半个月以来，你怎么没有到她家去过一回呢？"士毅道："一来我没有事，二来常青的母亲和我说不大来。所以我也就懒得去了。"东海笑道："你说她母亲不好逗，我可正打算要你去逗她呢。其实穷人家的老太太，没有什么难对付，给她几个钱，天大的事儿都完了。我认为不好说合的，还是她的父亲呢。这件事没有法子，只好麻烦你了，老实告诉你，常青已亲口答应，愿嫁给我了。"

士毅听了这话，虽明知此事与自己何干？然而心里头，还不免动了一动，因笑道："那很好，该喝四爷的喜酒了。"东海笑道："喝得成喜酒喝不成喜酒，这就全瞧你的了。我已经叫常青探了探她母亲的口气，只要给她三千块钱，就是叫她写一张卖身字纸，也是肯的。就是她的老子说，他不能把女儿卖给人做小。我也曾用话冤

230

他，说并不把这人讨进门，另外找房居住。我现在家里只有一个少奶奶，把她当作一子双祧就是了。这老头子偏又懂得，说是在中华民国法律之下，一子双祧这些话说不出去。而且说贫富相差得太厉害了，就是平等结亲，还怕受欺呢，何况还是卖了做小呢。他这样地说着，看将起来，这事有点儿不妙。我听到说，你和这老头子交情不错，谈话也谈得上，你不妨去说说看。假使这老头子能够答应的话，我就再送他一千元。俗话道：瞎子见钱眼也开，这个瞎子，未必也就能例外吧？"说着，抬了肩膀笑了一笑。士毅心里想着，这可是个难题目了。站在四爷当面，只管是是地答应了一阵子。

东海笑道："真的，我不是说笑，你就照着我这话去办就是了。你今天要不要带一点儿钱去呢？"士毅笑道："银钱大事，我可不敢经手。"东海道："今天要你去，当然不是就要你去兑身价银子，无非要你把那老头子请了出来找个小酒馆，先吃一点儿喝一点儿。这事也不能让你自掏腰包，我得先把钱给你带了去。"士毅笑着随便答道："这也是很小的事情，还用得着四爷先掏钱啦？"东海见他如此说着，更不能不掏钱，立刻就在身上掏出一张五元钱的钞票，塞到士毅的手上，笑道："只要你在办事上和我竭一点儿力，比什么都强。你想，我还能在这几个钱上打算盘吗？"

士毅想要不收那五元钞票，却是没有那种勇气。然而收了这五元钞票呢，势必给东海去做媒，这却是自己最不愿意的事。于是他手里拿了那张五元钞票在手，只管向东海望了微笑。东海道："你还觉得钱不够吗？"士毅连说是够了够了，东海又道："既然是够了，为什么你还站在这里发愣？"他这句话问了出来，却叫士毅没有法子可以答复，只好向着东海微微一笑。东海道："我明白了，你一定是说这件事不见得有把握，设若把事情没有接洽成功，把我的钱花了，有些不好意思，你说是也不是？那没有关系，天下有说媒的人包说成功的吗？你只要尽力和我说一说就是了。对于常家的消息，我是很灵通，你若是尽了力，我自然知道，决不会埋没你这一番意思的。"他对于士毅的心事，实在没有猜着。不过他这两句话，却把士毅提醒，知道要偷懒也是不可能的了。他回头看时，蔼仁自把他送进这屋子以后，就不知道缩到哪里去了，面前又没有一个帮腔的，若是说错了，恼怒了四爷，还找不着人转圜呢。这也就只好委委屈屈地拿了那张钞票，一鞠躬而退。刚走到院子里，东海开了半扇门，伸出头来向他点着道："努力吧，我晚上还等着你的回信呢。"

士毅答应着走了出来，蔼仁又从院子里钻了出来，在他一旁鼓励他一顿，说是四爷越是希望得紧的事，越是失败不得，闹得不好，他真会发狂的。士毅在今天领到了三十元薪水之后，便感到这件事很可宝贵，万万抛弃不得。这事既然是陈四爷一力促成的，千万就不能得罪陈四爷。而且给了我五块钱去请客，又约了我晚上等我的回信，这是马上非去不可的了。管他呢，这又不是我的意思，我不过和人传话而已，我就去见常居士探探他的口气再说吧。他若用话来怪我，我就说连你的妇人、你的女儿都答应了，叫那姓陈的怎样能丢手？有了，我就是用这种话来堵他。再说，你女儿已经做了歌女舞女，再去做人家的姨太太，同一男人消遣的东西而已，你不干涉于前，何必干涉于后？再说，你那妇人厉害，你女儿也不善，你不答应，她们自己做了主嫁出去，你一个残废人，又有她们什么法子呢？

士毅为了自己的饭碗要紧，说不得了，只好想了这么样一个强硬又无奈的说法，前去冒险。当时和蔼仁告别，坐着车子，一直就奔向常居士家来。一进门之后，倒令他大吃一惊，原来是走错了人家，赶快退回大门外去看时，门楼子并没有错，门牌也没有错。仔细看时，却原来是那院子里那些破破烂烂的东西已经一扫而空，院子里扫干净了，墙上粉刷了，窗扇也把纸裱糊了，最妙的是院子中间还摆了几盆夹竹桃和一些西番莲的盆景，一只圆瓦缸，养了十几条粗金鱼。这虽然不值得什么，这样的人家，居然既干净又雅致起来，这不能不说是由人间变到天上了。走了进去，便是正中屋子里，已经打扫干净，把常居士那单铺拆了，正中放了两把木椅子，夹住了一张方桌，旁边随放了几张方凳，倒大有会客室的意味。自己心里想着，也许是这里另搬了一家人家来了吧？却不可大意冲了进去。于是站在房门外，轻轻地叫了两声常老先生。果然常居士在里面答应着出来，道："是哪一位叫我？是洪先生吗？"士毅笑道："是我呀。因为府上现在焕然一新，我怕是另有别家进来，可没有敢进门呢。"

常居士由里面屋子里摸索着走了出来，先叹了一口气道："士毅兄，你以为这是我的幸运吗？嗜，我是欲死不得，求生不能！"士毅还没有说什么，不料一见面之后，他就说了这样十二分伤心的话，这却叫人有话也不好说出来。可是自己还不曾顺着他的话答复出来呢，余氏早由里面小屋子叫出来道："你这老瞎鬼，又该瞎说八道了。你生定了这要饭的命，只配在猪窝里住着，舒服不得一点子。"常居士本是摸索着向外面走出来的，这时就扭转身躯，面向着里，昂了头道："要饭有什么要紧？不过叫人家几声老爷太太罢了，至多也不过是说这个人没有志气，做个寄生虫……"余氏抢着道："你又该说上你那一大套了。老鬼呀，你赶快闭了你那鬼口，如若不然，你愿意讨饭，就出门讨饭去，别在家里住着。"士毅见他两人越吵越凶，这倒是自己的不是，立刻抢向前向余氏拱了两拱手，笑道："老伯母，别生气，我带着老先生出去喝碗茶来吧。"于是在屋角里拿来一根棍子，交到常居士手上，笑道："我们走吧。"常居士道："好，我和你出去走走，我也正有许多话要和你说呢。"于是两个人一前一后，慢慢地走出来。

这个时候，天色有些昏黑了，阵阵的乌鸦在红色的晚霞光里飞了过去。电灯杆上的灯泡已经亮了，士毅听到杨柳歌舞团里的钢琴叮咚入耳。看了那边的后墙不免出神。只在这时，一辆油光雪亮的人力车，上下点了四盏电石灯，斜着奔了过来。车上坐着一个女郎，身上披着雪青色的斗篷，一张苹果色的脸，两只乌亮的眼珠，在乌云堆似的头发上，绕了一匝窄窄的红丝辫，左右两鬓上，插了一朵剪绸桃花，添了无限的妩媚。车子走到面前，她不用士毅注意，倒先注意了过来。彼此相距得很近了，她转着眼珠，嫣然一笑，在那红嘴唇中间，露出了那两排雪白的牙齿，真是一顾倾人城，再顾倾人国。士毅愣住了，简直说不出话来。她也不说话，用嘴向常居士一努，在斗篷里伸出一只雪白细嫩的手来，向人连连地摇晃了几下。士毅心里明白，便点了两下头。然而车子走得很快，他不曾将头点完，已飞驰过去了。他又愣了一愣，心里赞道：媚极了！艳极了！这不是在积土堆里捡煤核的常小南，外号大青椒吗？不想她出落得这一表人才。我虽然被她害苦了，实在地讲，她太美了，叫人怎样地不会迷着呢？哼！这样的人才，我自己得不着，无论是什么人得着了，我都有些不服气，我为什么帮陈东海这样一个忙，把我自己所想不到的来让给他？

　　他心里如此地发着呆想，只见一个西服少年，头上也没有戴帽子跑了过来。他一面跑时，一面还向前昂头看着，似乎是看那辆包车。一直走到面前，士毅认出他来了，乃是自命为小南保护人的王孙。想起那天在后台受他那一番冷视，自己恨不得打他两拳，于今他倒站到自己面前来和我行礼打招呼来了。哼！我哪里那样不要脸？士毅想到这里，板住了面孔，对王孙望着，然而王孙不是以前那翩翩少年了，两腮尖削着，眼睛眶子陷下去多深，虽是在电灯下面，已经可以看出来，他已是憔悴无颜色了。他今天非常谦和了，先向士毅笑着点了一点头，然后向常居士道：“老先生，我姓王呀，你有工夫吗？我想找个地方，和你谈几句话。”常居士道：“哦！王先生，有什么事呢？这位洪先生正约会着我出去呢。”王孙顿了一顿，才道：“什么时候回家呢？”常居士道：“这个我可不知道了，我还不晓得这位洪先生要我到什么地方去呢。”士毅道：“你是吃素的，我请你到功德林去吧。”说毕，就扭转身去，意思是不屑于和王孙说话，立刻也就雇了两辆人力车来了。

到了功德林，二人找了一间雅座坐着，先要了一壶茶，斟上一杯，两手捧了，放到常居士面前。他手扶了茶杯，身子略起了一起，就先问他道："士毅兄，未曾叨扰你之先，我有两句话要问你。今天你请我吃东西，是你自做东呢，还是有人把钱给了你，请你代为做东呢？"士毅不料未曾开口，心事就完全让人猜着了。于是勉强镇静着，笑道："我小请老先生一顿。"常居士道："我眼睛虽瞎了，心里可是雪亮的。你现时在慈善会里办事，你会长的四少爷，他可看上了小南，要花三千块钱买她去做二房。你是我的朋友，他一定探听出来了的，因为我不肯答应，必是叫你来劝我的吧？我很能原谅你，你捧着人家的饭碗，他要你来，你怎敢不来呢？你就是来了，我知道你也不便对我说。老弟，你别为难，你回去对他说，答应我是不能答应的，可是我女人和我那闺女真要嫁姓陈的，我是个残疾，为人向来又懦弱，也没有他们的法子，可是我万念皆空，我就自己了结了。"士毅一肚子委屈，全被这位瞽目先生猜着。这还有什么话可说？念他是个孤独可怜的人，也就不忍再和他谈这些话了，便道："老先生说得完全对，处到这个境地，大家都是没法子。"

　　常居士两手捧了一只茶杯，默然了许久，后来就道："士毅兄，你到我家去，不是看到我家变了一个样子了吗？这件事就要了我的命。那个姓陈的小子，也太有钱。有一天，不知怎么高兴了，由我家门口经过，停留了一下，说是我家太脏，说是怕小南有回来的时候会得上传染病。而且他有时派听差送东西到我家来，看了这破烂的情形，也不雅观。于是就给了几十块钱，让我们把屋子收拾出来。我家那女人，平常叫她打扫这屋子，她一定说是干净人不长寿，又说是越干净越穷，怎样也叫不动。现在小南拿了钱回来，两天工夫，就办得清清楚楚。你想，这把我姓常的当了什么人家了？事情就不能想，越想就越是难过。我这几天，曾想了一个笨主意，觉得街市上的罪恶，总比乡村里多。我若是带着妻女，逃出北平城这个圈子去，也就不怕他什么陈总长陈四爷了。可是我肯走，她们是不肯走

235

的。"说着，手拍了桌子，连连叹气，士毅看了他这种为难的样子，哪里还说得出一句话？也就是帮同着他叹息两声。停了片刻，常居士又道："这件事也怪我错了，小南早一个月，吵着要嫁给姓王的，我没有答应。早知于今不免卖给人为小，那就让他嫁给姓王的也好。"士毅半天没有作声，到了这时，就情不自禁地插嘴道："不是我批评老先生，你根本不该让你的姑娘进歌舞团。姓王的那种人，也不过是个风流浪子，他是没有钱，他若有钱，做出来的事，恐怕还不如陈四爷呢。"常居士道："这个我也知道。我并非说，一定要把小南嫁姓王的，不过说比卖了她好些罢了。若是有相当的人，他又有这种魄力，能挽救小南，不至于堕落，我马上就可以把姑娘给他。"

士毅听了这话，不由心里连连跳了几下，虽然明知道常居士是个瞎子，当时他的脸色依然还是红了一阵又红一阵。自己心里，正在竭力筹划着，要说一句什么话，不把这个机会放过。然而在屋子外面就有店伙叫起来了，有常先生、洪先生没有？有人找。士毅想着，这必是韦蔼仁找来了，他怕我一个人得着这说媒的功劳呢，便答应着："有，在这里。"门帘子一掀，进来一个人，却让士毅大吃一惊，不是别个，正是刚才要躲开他的王孙。他也似乎知道来得冒昧一点儿，取下帽子来，就向士毅点了个头道："对不住，我来得冒失一点儿了。可是出于不得已，请原谅。"常居士听到他的声音了，便道："是王先生吗？有什么事情呢？"王孙手上拿了帽子，向着士毅做了一个很不自然的笑，这才向常居士道："我实在忍耐不住了。"说着，突然停住，又向士毅一笑。士毅终竟是个脾气好的人，因为人家一再表示歉意，这就不再板了面孔对了人家了，就笑道："既然是有要紧的事，就请坐下谈吧，我应当出去溜一个弯，回避一下子。"常居士连忙摇着手道："不必了，你想，王先生追到这里来，无非是谈小南的事。这件事完全都明白了，何必回避你？"王孙倒是不愿向士毅当面谈着心事，不过常居士吩咐不用回避，自己再要回避，也就更惹着士毅的不快。于是向士毅点了几点头道："真的，并没有什么不能公开的话，就请坐吧。"士毅也想着，他来究竟说些什么？这也就让王孙在客位上坐着，叫伙计添了一双杯筷。

王孙坐下，掏出一条旧的花绸手绢，握着嘴咳嗽了两声，然后坐正了，用很从容的态度来说道："我来也没有重大的问题，只是常老先生这方面，今天晚上，应该请个人出去找你姑娘一趟。我知道，她今天会闹得很晚回家的，也许就不回来。"他说到这里，将头扭了两扭，再向中间一点儿，表示那切实的样子，来加重这句话的语气。常居士听到他声音是那样的沉重，就向他问道："据你这样说，今天晚上，有什么特别情形吗？"王孙又顿了一顿，才道："令爱说了，今天晚上，到月宫饭店吃饭去。"常居士道："当然是那陈四爷请了，但是这也不见得就有什么特别情形啦？"王孙道："但是这一回请，是令爱要求到那里去的。你想，这种地方，有女子要求男子去，那不是很……"他把话音拖得很长，终于是没有把这话说清。常居士是个瞎子，士毅又是一个穷得透了顶的人，哪里是月宫饭店，月宫饭店又怎么样，却是不曾知道。士毅便问道："那月宫饭店不能去吗？"王孙道："那里是个大旅馆，带卖大菜，又有跳舞厅，一个人要堕落，在那里是机会很多的。"常居士道："她怎么知道这个地方呢？总是有人带她去过吧？"王孙听了这话，立刻脸上一红，用很细微的声音，答应道："也许有吧。"士毅听他如此说着，就大为疑心之下，很死命地盯了王孙一眼。王孙也知道士毅在过去的时候，曾一度迷恋过小南的，他今日怀恨，自也难怪。于是将胸脯一挺，人坐得端正了，正了面孔道："洪先生在这里，我今天来，并没有什么私意。只看到令爱这样年轻，去受陈东海的骗，很是可惜。只要你们去把她挽救回来，关于婚姻的事，我可以不谈了。"士毅顾不得常居士在面前，便俏皮王孙道："王先生不是对我说过，是常女士的保护人吗？为什么这样子灰心？"王孙向他看了一眼，然后再接着叹了口气，才道："我以前觉得常女士天真烂漫，实在很愿保护她。所以

237

她初和陈东海来往的时候，我竭力劝她，有钱的人态度是靠不住的。现在他和你来往，把你一切的生路都堵死了。再过两年，你年纪大了，他也玩得你够了，你的生活程度又过高了，不能再低下去。到那个时候，他不要你了，你打算怎么样？"

常居士微微地垂着头，听着王孙的叙述。听到这里，并不插言，却微摇了两下头，表示这话不对的意思。士毅道："你这话不是在根本上劝她，老先生却不能赞同的。"王孙道："我哪里还能以做人的大道理来劝她？就是这样光说利害关系，她也不爱听了。你猜她怎样地驳我？她说，我知道哪一天死，趁着活跳新鲜的日子，为什么不快活快活呢？陈四爷喜欢我，他一定给我钱花，有个一年两年的，我把钱捞足了，他不爱就拉倒。那个时候，我还不过二十岁，正好求学呢。你是有私心，才假仁假义对我说这些话。要不然，杨柳歌舞团的人很多呢，怎么都不这样说呢？你想吧，这还叫我说什么？这还不算，我劝她一回，她就和我反脸一回，先是不睬我，后来就把我送她的东西一齐退回给我。到了近来，更不对了，陈东海送了她一辆包车，要出门的时候，故意在大门口踏着脚铃乱响。若是看到了我，就向我说，现在要和陈四爷到哪里去看电影，或者到哪里去吃馆子，笑嘻嘻的，存心用话来气我。我若是有三分血气的人，能够忍受下去吗？"

士毅听到他也受了小南的气了，心里便是一阵痛快，微笑道："王先生也太热心了。既然如此，你不会丢了她的事情不管吗？"王孙笑道："你很不错，受了她这样的刺激，还是很忠诚地保护着她。若是我呢？"说到这里，回转头来看到常居士正呆了面孔在那里听着，心里便想着，这话若向下说，让老先生听到很是不便，于是就转了一个话锋道："照说，她是个小孩子脾气，天高地厚胡乱地说上一阵，或者有之，说这种俏皮话，故意使这种手段气人，依说是不会的。"王孙叹了一口气，复又笑道："我可以说是福至心灵了。"常居士静静地听着，有许久不曾透一点儿声息，忽然地用手按了桌子，将面孔向着王孙道："她今天到月宫饭店去，也用话来气你吗？"王孙道："是的，她上车的时候，故意笑嘻嘻地向着我说，今天晚上要痛痛快快地玩一宿了，有人在月宫饭店等着我呢。"常居士按了桌子，站起来道："真的是她说要到月宫饭店去玩一宿？"王孙道："可不是这个样子说的吗？要不然，我怎么这样发急呢？"

士毅先听到王孙那样受窘，心里非常痛快。现在听到说小南真个住在饭店里玩上一宿，这好像自己有一种什么损失一样，心里立刻连跳了几下，脸上跟着红了起来。然而，这有什么法子干涉人家的行动呢？自己也只光着急罢了。他不便作声，王孙有法子也不便求救常居士，当然也无法可说。常居士听到这番报告，又羞又气，沉静了很久，忽然用手一按桌子道："我也不能忍耐了，二位能陪我到月宫饭店去一趟吗？"士毅望了望王孙，而王孙也望着士毅，屋子里反是寂然了。

第二十二回

慢索珠还语声亡座右
恰惊价巨块肉剜心头

在三个人寂然无语的时候，各人的心理不同。常居士是气昏了，士毅是不能得罪陈东海，未便答应，王孙却自知是个不相干的人，不应该搭腔。但是三个人这样对峙了一会儿，还是王孙忍耐不住，站了起来道："好吧，老先生，我陪你去找她一趟。"常居士道："不要紧，你只管陪我去，有什么大责任都归我承担。我做父亲的人，到饭店里找女儿回来，这有什么错误？"王孙想着，这也是实话，只要他肯负责任，第一步先把常青由虎口夺回来了再说，于是向常居士道："既然是去，事不宜迟，我们马上就走。"常居士手扶了桌子，就向外走，士毅道："老先生去了，要持重一点儿，可别太生气，我就不去了。"常居士道："我都知道。明天那个姓陈的要问你的话，你就说不曾看到我就是了。"他口里说着，手扶了王孙，径自向外走了。士毅一个人坐在菜馆子里自己想着，陈东海是个要面子的人，今天这一闹，不知要闹出什么大花样来。明天他一定是大发雷霆，就是我也小心了。哎呀！不对，常老先生叫我撒谎，说是不曾会到他，这个谎是撒不得的！何以撒不得呢？因为小南已经见我和她的父亲站在一处了。她今天在月宫饭店，见了陈东海，还不会说出来吗？然而我去说媒的结果，不但是她父亲不肯答应，反是让他到饭店里来捣乱，东海不会疑心是我挑拨的吗？我得跑去给他们送个口信，让他们躲开了。这样一来，可以顾全好几个人的面子，我也就有功无过。以后的事，不得而知，在今天，小南也就可以逃出虎口了。

主意想妥，索性多花几个钱，让伙计打了个电话，叫了一座汽车来，会了饭账，坐上汽车，直奔月宫饭店。到了门口，一看是五层高大洋楼，自己不免怔了一怔。这种地方，生平未尝来过，猛然之间，到哪里去找这两个人？而且自己这一身衣服，也绝不像是到这种大饭店来的人。于是在门口站定怔了一怔，身后忽然有人叫道："洪先生，你是找四爷来了吗？"士毅回头看时，场地上汽车里坐了一个人，向他只管招手。士毅认得那辆汽车是陈东海的汽车。那么，这是他的车夫了。于是走向前向他点了个头道："对了，我是来会四爷的，有要紧的话和他说呢，他在哪里？"汽车夫跳下车来道："既是有要紧话，我就带你去吧。你一个人去，见他不着的。"于是带了士毅进门，转到三层楼上，在一间房门口上，连连敲了几下。过了一会儿，屋子里有人应声，汽车夫先进去了。随后汽车夫出来，才把士毅带了进去。

士毅看时，正中桌子上，杯盘狼藉，刚刚是吃过西餐的样子。陈东海穿了一件睡衣，两手插在口袋，口里衔了烟卷，靠了玻璃橱子站定，脸上可是笑嘻嘻的。小南坐在一张长沙发的角落里，将头低着，差不多垂到怀里面去，手里拿了一条花绸手绢，只管抚弄着，却不用眼睛来看士毅。士毅看了这种情形，心里大为震动之下，只是当了陈东海的面，却不能有什么表示罢了。但是既不能违抗东海，那就不能不在阶级制度之下，向他行着鞠躬礼。东海衔了烟卷问道："你到这里来做什么？替我报喜信来了吗？"士毅正了脸色，低了声音道："不，我给四爷报告消息来了。"说到这里就向小南道："常女士，你父亲听了王孙的话，快要到这里来了。"小南听了这话，突然站了起来，向士毅问道："什么？他会到这里来？"士毅道："快要到了。我今天请令尊在功德林吃晚饭，王孙跑去说，常女士在月

241

宫饭店呢。令尊就大发脾气，让他引了来。我想大家在这里见面，毕竟不大妥当，所以我就叫了一辆汽车，抢先跑来了。"

小南听了这话，不由脸上红一阵白一阵，望了东海道："那怎么办？"东海两只手依然插在睡衣的袋里，很坦然的样子，微笑道："来了又怎么样？还敢捉奸不成？不过你先来报告一声也好，我们好有一个预备。你可以先回避，这里的事你不必管，我自有办法。"小南将挂在衣钩上的斗篷抱在怀里，便噘了嘴道："我不愿在这个地方闹，那是多么寒碜！"东海抢着跑过来，拦住了去路，两手一横，笑道："你别害怕，闹不出什么事来，天大的事情都有我负责任。你刚才说王孙带你到这里来过一趟，这话是真的吗？"小南道："这也不是什么体面事，我干吗撒谎呢？"东海道："能够这个样子说就行了。回头我们照计行事。老洪，你回去得了，没有你的事，你总算是肯给我帮忙的，我心里明白，将来再调补你就是了。"士毅心里想着，这事可有些奇怪，我是来卸责的，偏偏又有功了。自己看到小南现在打扮得那样俊俏，本来是很爱她，然而看到她羞人答答的，只管让东海去玩弄，胸中一阵酸气，又不解何由而至。站在这里，只是看她那种无耻的行为，也忍耐不住，掉转身就走了。心里可就想着，陈东海这小子，仗了父亲一点儿势力，很是骄横的。常居士是个瞎子，王孙也不过是歌舞团的一个乐师，又能对他怎么样？必定是吃亏无疑，我暂且在这里等一会儿，看个热闹吧。他走出饭店，便闪在对面一条胡同里来回踱着步子。

不多大一会儿，王孙和常居士坐了两辆人力车子果然来了。依着士毅的性情，本应该上前去拦阻常居士的。可是果然来拦阻了他的话，自己就有了泄露消息的嫌疑，冒昧不得。当他这般犹豫的时候，那两个人已经走进了饭店的大门，要拦阻也来不及了。这个时候，王孙心里那一份不安宁，和士毅也就差不多，在车上的时候，一路想着，自己究竟是事外之人，带了常居士来管他们的闲事，陈东海若要反问起来，自己怎么说？可是已经上了车子，半路退了回

242

去，常居士不明所以，更会引起极大的疑问。心里一面打着算盘，车子可就不停地向前拉。不知不觉，也就到了月宫饭店门口了。他心里这就急中生智起来：有了，这饭店很大，知道他们开了哪一层楼的房间？而且陈东海在这里开房间，也就不见得拿出真姓名来。自己到了账房里，胡乱打听一下，只说陈东海不在这里，就可以带着常居士回去了。事到如今，畏缩不前，也徒然表示着小器。如此想着，就挺着胸走了进来。

　　不料当他走进门的时候，就有一个茶房向他点着头道："你是来会陈四爷的吗？"常居士牵着王孙一只衣袖，紧紧地跟在他后面，便答道："对了，我们是来找姓陈的，你怎么知道？"茶房笑道："四爷说了你们的形状呢。他在楼上等着，二位就去吧。"茶房说着，已经在前面引路。王孙向常居士道："老先生，我也去吗？"茶房道："四爷说了，二位都要到的。"王孙咦了一声道："怪了，他怎么会知道我们来？不成问题，这必是那个姓洪的走漏了消息。"常居士道："走漏了消息也不要紧，小南就是躲起来了，姓陈的在我面前，也不能不认他做的事。"二人说着话，已经走到一个房门口。王孙待要向回退缩时，一看那房门是洞开的，由外向里看得清清楚楚，不但陈东海在这里，小南也在这里。东海已经穿好了西服，见了人，摸了一摸领带，扯了两扯衣襟，笑着点了头道："请进来坐吧。常先生，你的小姑娘也在这里。"常居士推了王孙道："我们只管进去。"王孙被迫着，只好引了常居士进来，小南轻轻地叫了一声爸爸。常居士鼻子里用劲哼了一声。东海让大家坐好了，就先向王孙道："这件事与你阁下何干？要你来多这一件事。"王孙红了脸道："我并非要多这一件事，因为这老先生眼睛不方便，叫我给他引引路。"东海就向常居士道："老先生，你不要听旁人的挑唆，到这里来找令爱。我没有别的什么用意，不过请令爱在这里吃一餐晚饭。"

　　常居士自从到了这门边，脸上便是青红不定。后来小南搭腔，居然在这屋子里，他气得脸上像白纸一般。可是自己既是瞎子，又赋性慈善，也叫嚣不起来，口里只连连叫着岂有此理。两手撑了两条大腿，半伏了身子坐在一边。现在东海既是叫起他来说话，他却不能不理会，便问道："吃晚饭？我虽是双目不明，我猜想得出来一点儿，这是旅馆里的一间卧室呀。"东海扛着双肩，笑了一笑道："对的，这是卧室。不过，到这里来，并不是我的意思。因为令爱说，有人请她在这种地方吃过饭，她觉得这种吃法，很有趣味，所以让我照样请一回。"常居士将脚在楼板上连连顿了几下道："你说你说，谁这样请她吃过饭？"东海不答复常居士，却回转身来向小南道："常女士是谁请你在这里吃过饭？"小南站了起来，指着王孙道："还有谁？就是他请我在这里吃饭。那个时候，他还骗我，不肯说这里是旅馆呢。我跟你来，你就不说，我跟别人来，你就带了我父亲来捉我，这是什么缘故？"

王孙真不料她在这个时候，忽然之间会算起陈账来，脸色跟着像常居士一样，苍白起来，哪里还有什么话可说？常居士听着这话，也怔了一怔，原来王孙还骗了自己女儿，怎么倒认他为好人起来呢？于是昂着头不知如何是好。东海打着一个哈哈道："什么艺术家？简直是个拆白党罢了。我们虽然也喜欢和女子接近，可是总在物质上尽量地帮人家的忙，让人家心里过得去。哪里只凭些假殷勤骗人家的身体呢？女人跟男子汉在一处，为着什么？是该跟男子去吃苦的吗？你不用来和我捣乱，你自己做的事，就该下监狱，我要问你一句，你凭着什么资格，能踏进我的房间？"王孙听他的话音，越来越紧张，便站起来道："我是带这位常老先生来的，他来了，你们去办交涉，没有我的什么事。"说着，开步就向门外走。他走得慌忙一点儿，绊了房门口的地毯，身子向前一栽，扑通一下响。东海笑道："你不用逃，现在我也不能够捉住你。"王孙也来不及辩白，爬起身来就向外面跑走了。东海只当面前没有常居士这个人一样，昂头哈哈大笑。

这时让常居士一个人坐在屋子里更是受窘，便道："我的女孩子在哪里？让她跟了我一路回家去。"东海笑道："你的闺女是谁？我知道你的闺女在哪里？"常居士按着腿，站了起来，指着他道："呀！你欺负我瞎子，和我硬赖吗？刚才我还听到我姑娘和我说话呢。你不把人交给我，我今天不走了。"那东海说过了那句话之后，就没有辩论，屋子里寂然了。常居士道："我既然找来了，决不能含糊回去的，你得给我一个答复。小南，小南，你在哪里？呀！屋子里没有人，他们逃走了吗？"他虽是如此说着，屋子里仍是寂然。常居士坐了下来，便也不作声，仔细地听着，看有什么响声没有。果然，沉寂寂的，人是走了。他顿了脚道："瞎，太欺侮人了。"便放声叫着茶房。

茶房答应着进了门，同时有了妇人的声音，正是他妇人余氏来了。余氏一走向前，扯着他道："你怎么会信了那姓王的小子胡扯，把你送到这里来了？小南回家了。你在这里干耗些什么？回去吧。"说时，不由分说，扯了常居士便走。常居士跟着余氏一路出了旅馆，却被她扶上了一种东西里面去，呜的一声，身体颤动起来。常居士用手在四周摸着道："呀！这是汽车，你……"余氏道："是陈四爷派汽车接我，让我带你回去的。你跟我少管闲事吧。只要你不多事，舒服日子在后头呢，坐这汽车，简直算不了一回什么事。"常居士道："这样子说，小南没有回家。"余氏道："你要她回家做什么？谁家的姑娘，是在家里养活一辈子的吗？"常居士听了她的话音，知道她和陈东海恰是勾结一气的，还有何话说？在车上连连叹息了几声。

到家以后，余氏的态度变了，挽着他下车，又挽着他进房，然后倒了一杯茶，递到他手上。常居士道："呀！刚才我们回家来，谁开的街门？这茶也是热的，好像也有人替我预备着啦。"余氏道："陈四爷心眼好着啦，说你是个残疾，得有个人伺候你，他愿出这笔钱。我想，咱们家还支使人，那是笑话了。有事，我就请间壁王大嫂子来帮个忙儿。刚才是人家替我们看家，现在走了。你摸着，这

245

是什么?"说时,接过他的茶碗,将一包沉甸甸的纸包塞在常居士手上。常居士手里一颠,就知道了,因道:"这是洋钱,哪里来的?"余氏低声道:"别嚷别嚷,这是五十块钱一包的。我告诉你,我要得着六十包啦。陈四爷说,我什么时候要都成。我倒没有了主意,我这些个钱,放到哪里去呢?"常居士将纸包向炕上一扔,板住了脸道:"我不管这个,孩子呢? 你卖了她了吗?"余氏笑道:"小南爹,你看破一些吧,别执拗了。我们的姑娘能给陈四爷这种人做二房就不错,就怕人家不要罢了。咱们苦了一辈子,干吗不享享福?"说着,又把那碗茶塞到常居士手里,而且将一条干毛巾,给他擦抹着脸。常居士自从结婚以来,大概有三十年了,未曾得着余氏这般温和的伺候。自己虽想发作几句,一时实在抹不下那面子来,只有死板板地板住了面孔坐在炕上。可是余氏并不以为他这是过分,依然很温存地伺候着常居士。至于小南到哪里去,何以不回来,他是不忍问,也就不问了。

到了次日早上,他说是要到小茶馆子里去坐坐,摸着一根木棍子,就这样地走出去了。吃过了午饭,到了太阳将落,他还不见回来,余氏这就有些着急。他这个人脾气很执拗的,不要是出了什么问题了吧? 于是走到大门口来,向四周去观望着。她的丈夫不曾望得回来,把洪士毅可望着来了。他望到了余氏,老远地就取下帽子来,向她一鞠躬道:"伯母,老先生在家吗?"他这并不是一句敷衍的话。他今天负了很重要的使命而来,假如常居士在家,他就要想法子把他支使开来才说话。余氏听到他问这一句话,居然心领神会起来,立刻把盼望丈夫的心事忘了,向他笑道:"他不在家,一早出去,还没有回来呢。洪先生,你请到家里来说话吧。"士毅想着,这个女人可了不得,她会知道我这一来,是找她说话的。于是勉强放出了笑容,跟着她走进了房子去。他还不曾坐下呢,余氏便道:"洪先生,是陈四爷让你来的吗?"士毅道:"是的,陈四爷让我来的。"说到这里,向她屋子里外看了一看,笑道:"老伯母,你可别见怪,

246

我不过是替别人家说话。你觉得这件事可以这样办，你就办下去。你觉得不能那样办呢，你就把原因告诉我，我可以给你转告给陈四爷，我不过替别人说话罢了。"余氏听说，却不由得望了望他的脸，道："我不是答应着，人就算是给了陈四爷了吗？还有什么话说呢？"

士毅在身上摸索了一阵，摸出一个存款折子，又是一方图章，一齐放到桌上，笑道："陈四爷说，答应了给你三千块钱，那是一个也不能少的。可是你们这样一个家庭，放三千块钱在家里，怕是不大稳当。所以他为你想了一个妥当的法子，给你把三千块钱存在银行里。图章也给你刻好了，在银行里留下了底子。这是活期存款，随时可以取的。你若是要钱用，自己带了图章、折子到银行里去，爱支多少支多少。你不支呢，钱放在银行里，可以放周年四厘五的利息。四爷还打你一个招呼呢，说银行折子别和图章放在一处，要搁两个地方。"余氏笑道："我也正在这里发愁呢，像我们这样一个破家，家里忽然放着三四千块洋钱，这可是个了不得的一件事，不放在家里，这钱又放在哪里呢？倒多谢陈四爷给我出了这个主意。这就很好，我还有什么不依的呢？"她口里这样说着，已把折子和图章拿到手上去翻弄。士毅望着她顿了一顿，这才道："事情不是那样简单，我的话还没有说完呢。"余氏道："我把闺女给了人，什么大事也完了，还有什么话可说的呢？"

士毅偷眼看了她一下，看她的脸色很是平和，这个时候，还不难说话，便笑道："其实呢，这也不过是一时的话罢了，将来总会好的。四爷又说了，你姑娘嫁了他以后，娘家太……太……什么一点儿了，请你不要登他的门。"余氏道："这不用得他说，我自己瞧我自己这个样子，我也不敢去找他呀。我的姑娘不是另外赁房住家吗？我也不会撞到他公馆里去的呀。"士毅道："他说的，就是你姑娘这边，不让你去。"余氏道："这是什么话呢？就是我姑娘坐了监狱，我也可以到监狱里去探望探望，嫁了人不过是由姑娘变成了媳妇，为什么不让我去看看？"士毅皱了眉道："所以我觉得这话不大好说。

而且他的意思，还更进一步，就是你的姑娘要回来探望探望你，那也不行。简直地说吧，就是你们断绝来往。"余氏将图章折子放下，两手一拍道："那不行！我又没有把姑娘卖给他，为什么断绝我们骨肉的来往？那不行，那不行！"士毅道："我还有两句话，得给你说一说。就是陈四爷说，那三千块存款，是给你一个人的，常老先生，可没有得着钱。他想着，人家养姑娘一场，凭什么白舍呢？所以他又拿出一千块钱来，送给老先生，这钱可是现款，我已经带来了我看老先生那种脾气，不给他这种钱，倒还罢了，拿出这样一笔钱交到他手上，他真许打我两个耳巴子呢。所以我得问你一声，这钱怎么办？是带回去呢，还是……"余氏道："钱呢？拿出来我看看。"

　　士毅见她瞪着两只大眼，犹如两只鸡蛋一般，直射着自己放在桌上的那一个皮包，便笑道："这款子呢，本来也可以交给伯母的。只是伯母对于我刚才所说的办法，全没有赞成。将来说不妥的话，那折子呢，陈四爷有法子不让付款。这现款呢，我交出来了，拿不回去，那不是让我为难吗？"余氏道："洪先生，两边都是朋友，你干吗那样为着陈四爷呢？"士毅道："我决不为着他，可是我是个经手人，不能不慎重啊！"他说着话，两手去打开皮包，伸手向里一摸，就掏出了一沓钞票来。余氏虽不认得字，但是钞票上的壹字、伍字、拾字，却完全认得。她早看得清楚，士毅手上所拿着的那一叠钞票，浮面是五元的。于是向他伸着手道："你就交给我得了。"士毅并不交给她，将右手拿着的这一叠钞票，交到左手，右手又到皮包里一掏，再掏出一叠五元的钞票来。因为两只手都拿着钞票，不能再去打开皮包来，就举着向了余氏道："你若是答应不来往了，这钞票我就负一点儿责任交给你了。"余氏道："你拿过来吧，我还跑逃了不成？"士毅也不理会，将手上的钞票放在桌子角上，然后又在皮包里继续地掏着，一共掏出十叠，放在桌子角上，自己半横了身子挡住余氏来动手拿，余氏望了那钞票，两只手只管搓挪衣襟摆。最后，她两手一拍道："好吧，我答应了。不通来往就不通来往，反正陈四爷不能把我姑娘吃了下去。许多人家，把姑娘卖出去了，先也说是不通来往，日子久了，还不是照样做亲戚走吗？有了钱，我没有儿女，也是一样地过活，那要什么紧？就是那么办，我不和她通来往就是了。"士毅道："你口说无凭，陈四爷要你写一张字呢。"余氏道："洪先生，别呀！你不是信佛的人吗？遇事应当慈悲为本，干吗这个样子一步进一步地只和我们为难呢？这不是逼我穷人没有路走吗？"士毅红了脸道："老伯母，我也对你很表同情的，干吗逼你呢？依着我的意思，你的姑娘还是以前在家里捡煤核的好，根本就不会有人打她的主意。我现在不过是替人家传话，我并不出一点儿主意。你若是觉得这样办怪不忍心的，就回绝陈四爷得了。"

余氏沉吟了一会子，眼睛望了那叠钞票，就问士毅道："那字是怎样写法呢？"士毅道："这倒是我出的主意，我和陈四爷说，常家虽然穷，也是读书的人家，这卖儿卖女的契纸，人家不能写。我说好了，只要你写一封信给他，说是以后不是他来找你，你不上门去吵闹他。我是信任得过你的，只可要你答应了我，我就把款子交给你。"余氏一拍胸道："洪先生，不管事情怎么样，你这话说得很好听，我就是这样子办了。"说时，已经伸出两只手来，要接那一捧钞票。士毅到了这个时候，实在也不忍心再将那捧钞票保守住了，于是就一叠一叠交到余氏手上去。余氏接着钞票时，手里只管上上下下地抖颤着。士毅道："钱我交完了，你好好地保守着。"余氏立刻向屋门口一站，拦住了去路，叫道："洪先生，你走不得。你交这么些个钱给我，扔我一个人在家里，那不会吓死我吗？"士毅笑道："你瞧，这真奇怪了，第一次手交三千块钱给你，你也看着平常得很。这次手只交一千块钱给你，你怎么就这样心神不安呢？"余氏道："你交一个折子，就是十万，我也不怕呀。现在你交这些洋钱票给我，天呀，我哪里见这些个钱呢？"她口里说着，脸上像喝了酒一般，两只大眼睛风轮一般地转着。士毅看了她那种样子，又是可鄙，又是可怜，便问道："你不要我走，那怎么办呢？"余氏道："我给你搭一张铺，你在这外面屋子里睡一宿吧。等老头子回来了，大家想一个主意，明天把这钱安顿好了，你才能走呢。"士毅叹了一口气道："钱这样东西，真是害死人。没有它，想得厉害，有了它，又怕得厉害。我也正有一番不得已的苦衷，想要和常老先生说说。那么，我就在这里等着他吧。"余氏立刻在脸上泛出笑容来，向他请了一个安道："那可真正地谢谢你了。请你在外面屋子里坐一会儿，我进去一趟。"士毅点着头道："你进屋子收拾钱去吧，我说了在这里等着你，就在这里等着你，决不会走的。"余氏笑着谢谢，才进屋去了。

士毅坐在外边屋子里，先听到她一五一十数着钞票。后来声音慢慢地微细，听不到数钱了。但是数钱声音，却变了一种窸窸窣窣之声，好像是哭泣。他想着，穷人发财，如同受罪，大概是急得哭了，这也不必去管她。后来哭声越来越大，自己一个孤男子坐在这里，却不大稳便，于是伸头向里面看，只见余氏怀里抱了一叠钞票，哭得眼泪如抛沙一般。她道："洪先生，我钱是有了，但是从今以后，我就不能看到我的姑娘了。这一笔钱，简直是卖我心里那块肉的钱呀。我的儿呀，你别怪娘老子狠心，谁叫你自己想望高处爬呢？这个时候，我要不收人家的钱，你的身子也是白让人家糟蹋一顿，我是更不合算啦。谁叫我们家没有势力呢？你爸爸今天也念佛，明天也修行，闹到这个下场呀……"士毅道："老太太，你不能哭呀，你一哭，惊动了街坊，那可是麻烦。"余氏立刻止住了哭，掀起一片衣襟，揉着眼睛道："我不哭了。可是，我二老这大年纪，只这一块肉，于今是让人割了去了。"说时，又不免咧开了大嘴。但是她也想到是哭不得的，就竭力地把哽咽憋住。看她那番难过的情形，也真是难以用言语形容了。

第二十三回

突获殊荣畅怀成领袖
勉忘奇耻安分做奴才

　　当天晚上，士毅为了保护余氏的钱，就在外面屋子里睡着。那常居士竟是到次日早上还不曾回来，士毅就问余氏道："老先生走的时候，他没有说到哪里去吗？"余氏道："他说到小茶馆子里去坐一会儿，没有说到哪里去。"士毅道："以前他在外面，也有整宿不回来的时候吗？"余氏摇着头道："没有过，他一个瞎子，谁能留他住呢？"士毅听了这话，就不由得心里扑通跳了几下，问道："你府上在城里头有亲戚吗？"余氏道："有是有，向来都不来往的，一来我们家穷，二来老头子脾气又古怪。我也是这样想着，他必是到亲戚家去了。今天我要去找找他呢。"说到这里，声音低了一低，微笑道："我又为那钱很焦急。我走了，把钱放在家里，那是不放心的。把钱带在身上到外跑，那也不像话。"说着说着，她又皱起眉毛来了。士毅看到她那神气，实在也替她可怜，于是向她道："这个你倒不必发愁，我陪你到银行去把款子存放着就是了。"余氏见他肯帮忙，又蹲着身子请了一回安。

　　这日上午，士毅似乎受着一种什么人在暗中驱使，先陪余氏到银行里去存上了款。然后又陪她东西城跑了几个地方，去寻访常居士，然而寻访的结果，人家都显着一份惊讶，说是一个瞎子，怎么让他在外面漂流？赶快把他找回去吧。士毅陪着走了半天，要去向陈东海复命，就不能再陪着了，心里也同时发生了疑虑，觉得常居士这个人，定是凶多吉少。我好好地要介绍陈东海和他女儿见面，以至于闹了这样一件事，万一有了什么意外，我不能不负一点儿责任的了。他心里思忖着，就坐了车子，赶向月宫饭店来。原来陈东海和小南始终不曾离开这里，不过由三层楼移到四层楼去了而已。士毅到了房门口，踌躇了一下，才向前敲着门。东海叫了一声进去，推门而入。只见东海坐在沙发上，将一只手横搂着小南的肩膀。小南只把头低着，用手玩弄着东海睡衣上的带子。士毅看到这种样子，虽不免受些刺激，但是刺激得太多了，也就有些麻木了。因之并不望着小南，只管正了面孔，向东海回话。东海先就笑道："钱都给了她的母亲了吗？"说着，连连拍了小南两下肩膀。士毅低了头，略略把经过的情形说了一遍，只是将常居士失踪的事，改为躲避开了，含糊地说着。东海笑道："你很会办事，交给你的事，只要回来，总是交的整本卷子。这种人，我手下还真是缺乏呢。你既然这样地给我办事，我不能辜负你。在慈善会里，至多不过拿五十块钱一个月的薪水，不够奖励你的，明天我调你做慈善会工厂的厂长。薪水固然还是五十元，可是全厂有二三百工人，都听你支配。这里面好处就大了，你懂吗？"

士毅笑了起来，一时却找不出话来答复。东海道："慈善会你今天就不必去了。我已经在尚志胡同朋友家里分租了一个院子，当作小公馆，明天就得搬了去。我已经派了韦蔼仁带人去裱糊打扫，至于买办东西，非你不可！你为人干净，做得又快。我这里有一张买东西的单子，这是三百块钱钞票，你一齐拿去办去，办完了再来报账。"说时，就在衣袋里掏出单子和钞票，一并交给了士毅，笑道："你权和我们这位新太太充当几天买办，将来她可以慢慢地提拔你呀。"士毅不由得看了小南一眼，见她斜靠了椅子坐着，脸上很有得色。心里老大不高兴，便向东海点了一个头，转身要走。东海道："别忙，你要走，怎么也不同我的新太太行一点儿规矩呢？"

252

这可是给予士毅一个大难题了。这个时候，他对于小南，是恨她、鄙视她、妒忌她，且又有一点儿可怜她。他一见了她，满腔子便都是酸甜苦辣。然而虽然满腔子都是酸甜苦辣，还是向她表示好感的成分少，表示恶意的成分多。若是在无人的所在，自己必得用那难堪的语言咒骂一顿。然而现在不但不许咒骂她，还要恭维她，这可是心所不服的事。但是东海说了给自己一个厂长做，这是如何的大恩？他是不能违抗的。不能违抗他，也就不能不向她表示敬意了。于是拿着帽子在手，点了个头道："再见了。"他好容易挣出这三个字，以为可以敷衍过去了。东海却站起身来，连连摇着手笑道："老洪，这一层，你这人真不行。一个手下人对于上司太太，有这样子说话的吗？你必得先称呼她一声，然后说，明天再来请安。你必以为是她父亲的朋友，不肯下身份，你要知道，你恭维了她，比恭维了我还要好得多呢。你若是不恭维她，你就是瞧不起我。"东海只管要图这位新少奶奶的欢心，把这一番话对士毅说了，士毅是大僵而特僵。不这样办，那是对不起四爷。要那样办，可对不住自己。可是这回算是小南给他解了围了，站起来向东海肩上轻轻地打了一拳，道："你这人岂有此理？别人和我起哄罢了，怎么你也跟我起哄呢？"扭身子就跑开了。东海这就哈哈大笑道："老洪，得了，你去办事吧，等我们搬进小公馆里去了以后，你再给新少奶奶道喜吧。"

　　士毅这才拿了采办东西的单子，由大的床，以至于小的茶杯，都照着单子买了。可是这里面有一样东西，让他大费踌躇了一下。不是别的，乃是这位新少奶奶用的瓷器马桶。店里对于这东西，尽管出卖，然而却不管送。自从买了来了，势必放在自己坐的车子上，一个年少先生带了一只马桶满街溜达，这可让人家笑话了。因为如此，所以把单子上东西买全了，就单独地放下了这一样东西没有买。到了次日早上，再到月宫饭店去向陈东海报告。东海接着单子看了一看，问道："东西都买全了吗？"士毅道："都买全了，而且我还在屋子里，将东西布置妥当了，才到这里来的。"东海道："我一会儿就到新公馆里去的，布置得好，我另外还有奖赏，你也跟着我到新公馆里瞧瞧去。"士毅没有说什么，只唯唯地答应了两声是。东海说着话，就在抽屉里取出一个公函式的信封来，双手交给士毅道："这是慈善总会的一封聘函，你拿了这一封信，马上就可以到工厂里就事。就事以后，你再到新公馆给我们新少奶奶道喜吧。"士毅两手接着那封聘函，也像余氏接了那几叠钞票一样，两只手只管抖颤个不定。东海笑道："别泄气了，干这么一点儿小事，就支持不住，放大器一点儿吧，在街上可以找一辆干净油亮的新车，坐到工厂里去。好好儿地干，别辜负了你新少奶奶栽培你这一番恩典。"说这话时，那位新少奶奶正靠了一张桌子站定，半斜了身子，向着士毅微笑。士毅这次为了四爷给他特别的恩典，只得向着小南深深地鞠了一个躬，小南并没有回礼，只是把那微笑的时间展得更长一点儿而已。

这一下子，士毅趾高气昂，得意极了，果然坐了一辆新的人力车子，直奔慈善工厂而去。这地方，他也来过几回的，里面办事的人，自然也有熟识的。他到了这工厂门口，有两桩事情，不由他不大大地吃惊一下。其一点，就是大门口高高地竖着一面慈善会的旗帜。其二点，便是他所认得的几个熟人，正带了三四十名工友，在大门口站着，一见他下车，就噼噼啪啪的一阵鼓掌。士毅一看这情形，就知道是欢迎自己的。心里这就想着，他们的消息真快，怎么就知道我就到这里来就职呢？早有两个办事的，点头相迎，说是接了陈四爷的电话，知道洪厂长来了。一面说着，一面将他向里引。那一群工友，自然是像众星捧月一般，紧紧地在后面跟随。进了几重院子，见正面走廊柱上，高高地钉了一块牌子，上面写着三个大字，厂长室，一看之下，心里不免一动。不想洪士毅苦了一辈子，也有今日。虽然说是一个小职务，然而毕竟是一厂之长。古人说，宁为鸡口，毋为牛后，这也就是鸡口呢。

士毅得意之下，挺着胸脯子走进了屋子去。那屋子竟是顶大的一间，里面有沙发，有写字台、写字椅，有盛公文账簿的玻璃橱子，墙壁上也张挂着字画。这和慈善会总干事曹老先生的屋子竟是一样，不料一个在满街想捡皮包夹的人，居然也得着一个领袖的位子了。他这样想着，一个相识的办事员早是将图章表册等项东西，一一地点交给他收着，说是受了前任厂长的委托，来办交代的。士毅还能说什么，见了这些东西，只有心里得意，脸上傻笑。至于接收以后，应当怎样地应付，有什么任务要支配没有，却是完全不知道。办事员就笑着问："厂长来了，工友都表示欢迎，厂长要不要召集他们训话？"士毅听着，倒是愣了，这应该怎样地答复呢？办事员似乎知道了他有为难的意思，便接着道："以前几个厂长，只有一个厂长在礼堂训话一次。因为工友太多，礼堂里容纳不下，其余的厂长，初来就事的时候，也不过是召集各班的工头，一个一个地介绍着就是了。"士毅觉得是一厂之长了，也该自己把态度放大方一些，所以也就毫不犹豫地在办公桌边那张太师椅子上坐下。早有专门伺候厂长的听差，端了一杯酽茶，放到他面前。他手扶了茶杯，点点头道："那也好，就是那样子办。"这个办事员，得了厂长的命令，立刻精神焕发，于是走出屋子去，大声喊道："厂长传见各班工友头目。"说毕，他走了进来，站在桌子边。就有人拿着名片走进来向士毅一鞠躬，呈上一张名片，然后退去。那办事员就在一边介绍着，是哪一组工程的人，简单的履历怎么样。这个去了，一个再来，这样地介绍着十几位，又介绍了十几位办事员，随便地混混，也就到了吃午饭的时候了。那个办事员的领袖，又引着士毅到饭厅上去吃饭，自然，他又是坐在首席的了。

士毅吃过了饭，再回到公事房里去坐了一会儿。猛然走来，也不知道办哪一件事好。而且心里惦记着陈四爷的话，说是赶快到他新公馆里去看看。他说去看看新屋子，那都是假话，其实他是要对一对办的东西，有没有缺少。这是非去不可的。照着自己说法，所办的东西，只有更齐全的，不能有什么指摘。只要自己向陈四爷态度表示和缓一点儿，一定可以得着奖赏的。好在这工厂里自己是一厂之长，爱在什么时候走，就是什么时候走，绝没有什么人出来拦阻的。于是大大方方地出了厂长室，向大门口走来。这大门口有两个值班的工友，远远望见厂长走来，都直挺挺地站着。士毅学着那大官出门，向守卫军警回礼的办法，微微地点了一个头。门外有停在那里等生意的人力车子，一脚踏上车去，仿佛是自己的自用车子一样，说声到尚志胡同，也不曾讲得价钱，车子拉着飞跑。

到了陈四爷的新公馆，正见七八个工人在那里忙碌着，有的是装电话的，有的是接电灯的，好像是奉了陈四爷的命令，要在今日一天办完，所以这样忙碌。自己做事，向来不肯拖延，说办就办。这个习惯，正对了陈四爷的劲儿。以后还是这样做去，将来的好处恐怕还不止做一个厂长为止呢。心里打了算盘，正向里走，忽然有人在半空里叫道："老洪，你怎么这时候才来？我正要打电话去催你呢。"士毅抬头看时，陈东海站在楼上栏杆边下，不住地向着他招手呢。士毅在楼下就是一鞠躬，然后赶着跑上楼去，远远地就向东海一鞠躬道："多谢四爷的栽培，我已经到工厂里就事了。"东海皱了眉道："老洪，你东西都办得很好，怎么把最要紧的一样东西，给忘了没有办呢？"士毅道："缺什么呀？是要紧的东西，我都差不多办全了呀。"东海道："你很细心的人，不应该想不到。怎么把我们少奶奶要用的马桶，会没给办来呢？这东西也是片刻都少不了的吧？"士毅不敢说是买了不好拿回来，只微笑道："忙着把这一样东西忘了。"东海道："没有开在单子上的东西，你买了一个齐全。开在单子上的东西，你倒是忘了。这东西等着用呢，赶快去买了来吧。"说着，用手连连挥了几下。

士毅知道四爷的脾气的，怎么敢违抗他的话？只得掉转头去，就向外面走。好在坐来的那辆人力车子，依然停在门口，坐上车子就走了。也不过三十分钟，他就坐着车子回来了。天本来是晴的，这人力车子，却把雨篷子撑起来，车子一停，士毅先由篷里钻将出来，然后站定了，向四周看了一遍。于是伸手在篷子里面，提出一样东西，向屋子里楼上就飞跑。他手里所提的东西，乃是一个铁条的柄，下面浑圆一圈，好像是一只大灯笼，但是灯笼是篾扎纸糊的，当然很轻。现在他所提的呢，沉甸甸的，却是很笨。不过这东西外面，层层叠叠的，已经用报纸包着，便是猜，也猜不出是什么。好在士毅为了要得陈四爷的欢心起见，一切牺牲，在所不计，提了那东西，只管低头向里走。那些装设电灯电话的工人，看了他那情形，也不免纳闷，这人拿了什么东西，这般慌里慌张地向前走？都有些疑心，睁大眼睛向他望着。士毅心里，本来就够恐慌的了，许多只眼睛射在他身上，这就让他更加恐慌，两边脸上几乎都让热血涨破了。偏是当他上楼梯的时候，那新雇的老妈子迎上前来道："洪先生，你买了马桶回来了吗？"她如此一说，在院子里正纳闷的工人就恍然大悟，哄的一声，同时哈哈大笑起来。而且有一个人轻轻地道："刚才这里听差说，他还是新到任的厂长呢，怎么会给姨奶奶提这个东西？"又有一个道："不提这个东西，也许当不上厂长呢。在外面混差事，不懂这一手，那还红得起来吗？"于是那些人又哈哈大笑了。

士毅在这个时候，只恨无地缝可钻，对于这些工人的话，只好装着没听见，赶快地将东西交给老妈子，就打算下楼要走。却听到房门里有人娇滴滴地叫了一声洪士毅。这分明是小南的声音。好！她学着主人翁的口吻，连名带姓一齐叫起来了。心里大不高兴之下，就不肯答应她这种叫唤声。可是她并不觉得自己错了，接着第二声洪士毅又叫了出来。不但是随便地就叫出来，而且那声比第一声要高过去若干倍。士毅知道陈东海也在屋子里的，若是再不答应，陈东海就要生气的了。于是向着房门先答应一声来了，然后才轻轻地推门，伸了头进去看着。却见小南斜躺在沙发上，手里拿着一只茶杯，东海口街了雪茄，靠着椅子来望着她。士毅远远地站着向东海道："已经买来了。"小南瞅了他一眼道："恭喜你做了厂长了，阔起来了。"士毅笑道："这都是四爷的栽培。"小南鼻子里哼了一声，笑道："你不知道树从根起吗？要不是为着我，四爷干吗待你这样好呢？"士毅还不曾说什么哩，东海就耸了两耸肩膀笑道："对了，你别谢我，以后多伺候伺候她就得了。"小南一面呷着茶，一面微笑。将茶喝完了，她正待起身去放下茶杯子，东海将嘴向士毅一努道："喂！交给他不就结了。"小南大概是得意忘形了，真个就一伸手，把茶杯子伸出来。士毅若是不接那茶杯的话，事情就太僵了，因之他自己不容考虑，一弯腰，两只手就捧了那只空杯子，放到桌子上去。他把事情是做了，心里却恨着小南十二分。他想，你这小丫头忘了每天向我伸手要铜钱的时候了，于今却把我当你的听差。我本当不遵从你的吩咐，无奈我这新得的饭碗，驱使着我非巴结东海不可。我没有法子反抗你，但是在我心里，是决计看不起你的。他如此想着，在放下了那只杯子之后，转身就要走开。东海却向他连连招了两下手道："别忙走，我还有话和你说呢。"只这一句，又把士毅的身体吸引住了。东海道："这几天，我新成立这个小家庭，少不得要添这样补那样，希望你每天多来两次。今天呢，我们要出去看电影，你不必来了，明天早上，你没有到工厂去之先，到我这里来一趟。"

士毅看了他二人的颜色，答应着是，也就走了。他走下楼来，那些工人，还有一部分不曾走的，看了他那样子，都带了一些笑容望着他。他想，若是低了头走出去，分明表示自己的怯懦，他们更要笑得厉害，于是就挺了胸脯，昂着头，一直冲了过去。冲是冲过去了，然而身后那些工人依然哧哧哧笑出声来。他好容易离开了众人的视线，心里这就想着，他们幸而不曾知道我的姓名。否则传说出去了，我是给人家姨奶奶提马桶的厂长，这不成了绝大的笑话了吗？唉！这都罢了，是陈四爷的命令。陈四爷的父亲是我的上司，他就委屈我一点儿，也就说不得了。最可悲的是小南，她总共做了几天的贵人，就这样地瞧不起我了。照说，她没有我，也不能有今日，我应当要算她一个恩人。可是她现在忘其所以了，居然要在东海面前充我的恩人，让我去巴结她，我能巴结她吗？不，她不过是个出卖身体的人，有甚价值，我决计不睬她了。

士毅十二分懊丧地走回了会馆。只一进门，就把他的愁闷打破，原来所有在会馆里的同乡，见了面都笑嘻嘻地说着恭喜。士毅正很惊讶着，他们怎么会知道自己做了厂长了？这时，以前曾把剩饭菜救济他的刘朗山先生也走向前来，笑着执住了他的手道："老洪，你这两个礼拜，真是运气透顶了。一回升了办事员，二回又升了工厂的厂长。事先为什么那样守着秘密？你怕同乡们沾你的光吗？"说时，脸上表示着很亲热的样子，把他拉到自己屋子里去坐着。士毅笑道："实不相瞒，就是我自己在今天早上出会馆门以前，我也不知道有这件事呢。"刘朗山道："怎么会突然地发表出来呢？"士毅道："我们会长的四少爷与我素无来往，近来有点儿私人小事相往还，他对我大为赏识，一再提拔我。今天我到他公馆去拜访，他一见面，就交了慈善工厂厂长的聘书给我，而且要我马上就职。这是天上落下来的财喜，叫我怎么样事先通知各位呢？"刘朗山道："那就怪不得了。今天有贵工厂一位工友，也是同乡，特意跑来攀乡亲，把你今日就职的情形，竭力地描摹一阵。我们虽同你喜欢，可是也怪你太守秘密了。既然像你所说，这位陈四少爷可是你的风尘知己。你还常对我说，饿得不得了的时候，吃过我几顿饭，一定要报答我。其实这算什么？现在人家将你一把提拔到平地升天，这才是大恩大德，你不能忘了人家呀。"士毅皱了眉道："在外面混事，现在并不讲真本领，只谈些吹拍功夫，我恐怕有些干不下去。"刘朗山一昂头兼着一仰身子，表示着二十分不以为然的神气，接着道："唉！你果真是个愚夫子吗？就是做官做到特任，发财到了千万，到了不得已的时候，吹者须吹，拍者须拍，你刚刚有三天饱饭吃，就打算闹你这大爷脾气吗？"这样说着，让士毅想起了以前，刚吃三天饱饭，就追逐女性那一件错误上去，于是就默然地微笑了。正说着呢，还有从前送饭嘎巴给士毅吃的唐友梅也道着恭喜，走进来了。笑道：

"啊，老洪是运气来了，门杠挡不住。"

　　士毅想到以前得人家的好处，今天要报答一下子，于是约了两个人到小馆子里去吃晚饭。唐、刘二人，因为士毅有了美差，当然也愿意叨扰他这一顿，就一同地进馆子里来。找好了座头，三人分宾主坐下。伙计就恭恭敬敬送上菜牌子来。士毅笑道："今天请二位不必客气，想什么菜，就点什么菜。"唐刘二人谦逊了一会儿，才点了几个菜。唐友梅后来看到菜牌子上有一个"一声雷"的名目，下面定的价钱，又不过是三角二分，便笑道："这很有意思，什么菜这样响法？别是大家伙吧？"士毅笑道："饭馆子里反正不会给炸弹别人吃。伙计，你先别说是什么，来一个吧！"伙计答应笑着去了。一会儿工夫，上过几样菜之后，伙计端了一碗口蘑汤和一大盘子油炸锅巴来，将那锅巴向饭里一倾，便哧溜一声响着。刘朗山笑道："这不过做耗子叫罢了，怎么会是一声雷？"然而唐友梅却红了脸说不出话来。刘朗山笑道："这也犯不上害臊，你以为这是叫错了菜吗？"士毅摇着头微笑道："非也，唐先生以前给过饭嘎巴我吃。他以为点了这菜，未免有点儿讽刺我的意味。其实那要什么紧？这样记起以前的事，我更要好好儿地去干。刘先生，不瞒你说，那次你留我吃饭，你不在屋子里，桌上放着白菜煮豆腐，我就恨不得先偷吃两块。于今相隔才几天，我就能够忘了吗？吃，我先来一下。"说着，就舀了一勺子，先吃喝起来。正说着，伙计进来了，士毅笑着问道："你这儿有白菜吗？"伙计道："有，火腿烧白菜、虾子烧白菜、白菜烧肉……"士毅摇摇头道："都不要，豆腐熬白菜得了。"伙计听说，就不由微笑。士毅笑道："你不用笑，你瞧我现在身上带了钱来吃馆子，可是在以前，我有个时候，想吃豆腐还吃不着呢。"那伙计听他如此说着，就真的做了一碗白菜熬豆腐来。

　　士毅吃完了这一餐酒饭，走出雅座来，迎面一个老者，高举两手，向他连作了几个揖道："洪厂长，恭喜恭喜呀。"士毅起初愕然，后来看清楚了，却是慈善会的老门房，便笑嘻嘻地向他回礼道："你老来了，怎么不早说一声？"老门房笑道："咱们应该有个上下之别呀，难道我还敢叨扰你不成？我到你会馆里去的时候，你刚出门，所以我就一路跟着到这里来，你在里面吃喜酒，我就在外面吃了一碗素面。你的话，我都听见了，这就好。"士毅道："你这样跟着我，有什么话说吗？"老门房望了刘、唐二人，微笑了一笑。这二人一见，就知道里面多少还有问题，于是向士毅点着头道："我们先告辞一步吧。"他们也不待主人翁的同意，已经就走了。士毅料着门房有事，就重新引他到雅座里面来说话。老门房也来不及坐下，就站着向他道："洪厂长，你是一步登天了。我看到你老实，有几句话，不能不和你说一说。我原先也是在陈家当听差的，而且前后当了十几年听差。红也红过，黑也黑过，可是我情愿在慈善会做一份清苦的事，不愿回宅去了。陈家几位少爷都难伺候，四爷更不易说话。你既然得着了厂长这一份事，可得来也容易去也容易，得好好地维持着。要怎样维持呢？没有别的，你只记着和我打过替工了，那就好办。我的话好像重一点儿，你想想吧。"说毕，连连拱手而去。

第二十四回

抵抗觅生机懦夫立志
相逢谈旧事村女牵情

士毅听了老门房这几句话，心里如何不明白？他的意思就是说，假使自己没有人提拔也不过是个小听差罢了。当小听差的人，还有什么身份可谈呢？我到工厂里去，二三百人都伺候着我呢；我在陈四爷面前，不过是巴结他两个人罢了。忍耐一点儿吧，要不然，又得饿饭。现在同乡都很抬举我了，难道我把事情弄丢了，再去向人家讨饭嘎巴吃不成？那么，羞耻的份儿，更要加上一倍了。他有这样一番思想之后，把今日在陈家小公馆里所受的那一番侮辱，就完全都忘记了。到了次日，就高高兴兴到工厂里去做事。今天前来，自然是驾轻就熟的了，走进了厂长室，听差来泡上了茶，斟过了一遍，就退了开去，士毅不叫人，也没有什么人进来。坐着喝了一杯茶，正感到无聊，听差却送来一叠报纸来。他心里这就想着，怪不得人家都想做首领。做首领的人，实在是有权有势，偏偏是无事。我仅仅做了一个小厂长，都这样自在，那比我厂长阔个十倍百倍的人，这舒服就不用提了。于是自倒了一杯茶，仰在椅子上慢慢地看报。先把紧要新闻看完了，然后轮次看到社会新闻。在社会新闻里，有一个题目，却让他大为注意了一下，乃是杨柳歌舞团乐士王孙被捕；小题目注明了，因其经人告发有拆白嫌疑。看看内容，果是让地方当局捕去了，但是告发的人为谁却没有提到。士毅心想，这几天失了常小南，他要懊丧万分，哪里还会有心思去向别个女子拆白？我虽是恨他，但也不免为他叫屈呢。常家离杨柳歌舞团近，或者常居士夫妇知道一些消息。我何不去看看？一来探听常居士的态度，二来打听打听这段消息。于是，立刻就转到常家来。

只在大门口，就听见屋子里息息率率，有一片哭声，同时又有一妇人道："老太太，你想破一点儿吧。你们老先生吃斋念佛，也不是今日一天，现在他出了家，他自己找个安身立命的所在，免得在家里这样荤不荤、素不素的，那还好得多呢。"这就听到余氏哭道："他出家就不要家了，这不和死了差不多吗？我一个妇道也不能到庙里找瞎子和尚去呀。我的姑娘，现在又出了门子了，孤孤单单的只剩下我一个苦鬼，我是多么命苦呀！"士毅听了这一大段消息，心里就明了十之八九，这分明是常居士自那天出门去而后，就不曾回家了。他不是为了姑娘嫁人做妾，当然不至于灰心到这种样子。不是自己替常居士拉皮条，小南也就不至于嫁陈东海做妾。这两件事互相连带起来，这常居士出家也就可以说是自己逼的。想到这里，不免怔了一怔。正好出来一个妇人，却向士毅看了一看，问道："你不是常老先生的朋友吗？"士毅答应是的。妇人道："可了不得了！常老先生跑到城外无尘寺出家去了。有人给这位老太太带了信来，她特意跑去探望他，这位老先生竟是铁面无私的，不肯相认，不用说劝他回来那一句话了。这位老太太由城外哭到家里，嗓子都哭哑了。你们路上有个姓洪的朋友吗？她说要跟姓洪的拼命呢。"士毅含糊着答应了两句，说是去找两个人来劝她，赶紧走开了。自己心里乱跳着，不住地设想，这件事害人太多了，我怎样悔得转来？今天我还答应着陈东海到小公馆里替他去办事呢，我这就得去。顺便把这事露一点儿消息给小南，看她怎么样。于是脚下不辨高低，胡乱地走到陈家来。

刚上走廊下的楼梯，顶头就碰到了女仆。士毅道："四爷起来了吗？"女仆道："昨天晚上四爷回他自己宅里了。少奶奶一个人睡在

263

那大屋子里，可有些害怕，叫我睡在屋子里，陪她过夜的呢。"士毅道："少奶奶起来了吗？"女仆低声笑道："你别瞧她年纪轻，她心眼儿多着呢。她说'嫁过来三天，丈夫就不在一处，这辈子有什么意思呢？'扭着鼻子就哭了。"士毅道："现在呢？"女仆道："大概四爷也是不放心，一早就来了，吃的、穿的、玩的，买了不少哄着她笑了，他就走了。这个时候，她一个人在屋子里玩那小人儿打秋千的座钟呢。"士毅想了一想道："既是四爷不在这里，我就不进去了。"女仆道："少奶奶早就说了，你来了，有事安排你做呢。你去吧。"士毅也不知何故，到了这时，心里头自然有三分怕小南的意味，既然她说了有事安排着做，怎好不去？只得走到那间房门口咳嗽了两声。大概小南在屋子里玩得迷糊过去了，屋子外面，尽管有人咳嗽，她却并不理会。士毅本待冲进屋子里去，又不知她现时在屋子里正干什么？万一撞着有不便之处，现在小南的身份，不同等闲，那可是麻烦。还是昨天老门房提醒的话不错，我是同门房打过替工的人，现在还是忍耐一点儿，把自己的身份不要看得太高了吧。于是伸手连敲了两下门，接着喊道："少奶奶在屋子里吗？"小南答道："老洪，你怎么这时候才来？我真等急了啦。快进来。"

士毅推着门走进去看时，只见小南拿了一本连环图画书，躺在睡椅上看，高高地架起两只脚，并没有穿鞋，只是露着一双肉色丝袜子来。她那旗袍衣岔开得很高，只看见整条大腿都是丝袜子，而没有裤脚。加之这屋子裱糊得花簇簇的，配着了碧罗帐子、红绫软被，真个是无往而不含有挑拨性了。士毅到了现在，也许是刺激得麻木了，只睁着大眼，板了面孔望了她，并不说一句别的话。小南放下一只脚来，把睡椅面前的皮鞋拨了两拨，笑道："老洪，把我这双皮鞋，给我拿去擦擦油。"士毅道："你怎么不叫老妈子擦呢？"小南睁了眼道："我爱叫哪个擦就让哪个擦。"士毅道："我并不是你雇的男女底下人，怎么专要我做这样下贱的事呢？"小南坐了起来，将手一挥道："你敢给钉子让我碰吗？好！你给我滚开去！"士

264

毅道："你是小人得志便癫狂！我告诉你，你父亲让你气得出了家了。你母亲也哭得死去活来，王孙让人抓去了，大概也是你挑唆的，现在……"小南道："哼！现在要轮到你……"

士毅也不和她辩论什么，掉转身就走，到了楼下的时候，却听到小南哇的一声哭了。心里想着，不好了，这惹出了个乱子，四爷回来，问起根由，一定要怪我的，怎么办？一个人站在院子里，呆了没有主意。不一会儿工夫，老妈子拿了一双皮鞋和皮鞋油过来，交给他道："洪厂长，少奶奶是个孩子脾气，你胡乱擦一擦，哄着她一点儿就是了。"士毅接了皮鞋在手，踌躇着翻弄几下，回头一看，两个院邻都在月亮门外张望呢，红了脸将皮鞋一摔道："你说她哭什么，她老子当了和尚了，她不哭吗？"再也不踌躇了，立刻就向街上走去。恰有一辆汽车挨身而过，汽车上坐着陈四爷呢，向他招了两招手，那意思叫他到小公馆里去。士毅又发愣了，是去呢，还是不去呢？去呢，必定要受四爷一顿申斥，别的没有什么问题。不去呢，恐怕这个厂长有些做不稳。自己一面走着，一面想着。脚下所走的路，既不是回到陈四爷小公馆去，也不是到工厂去，更不是到会馆去，糊里糊涂地，就这样朝前走着。心里依然是在那里计算不定，是向小南赔小心呢，还是和她决裂呢？若是和她决裂了，干脆就把那厂长辞去，免得他来撤职。但是把厂长辞了以后，向哪里再去找出路呢？

他心里忙乱，脚下不知所之地走着，就到了十字街头。只见一堵空墙下，拥挤着一大群人。有一个青年，穿了青年学生服，手上拿了一面白布旗子，高高地站出了人丛之上。他后面还有一幅横的布额，是两根棍子撑着，大书特书爱国演讲团。士毅一向为着饭碗忙碌忧虑，不知道什么叫作国事。虽然有人提到，他也漠不关心。这时候，心里正彷徨无主地想着，觉得在这里稍等片刻，去去烦恼也好。于是远远地站着，且听那人说什么，忽然之间，有一句话打动了自己的心，乃是忍耐、慈悲、退让，这不是被欺侮的人应该有的思想。这好像是说着了自己。于是更走近两步，听他再说什么。那人又道："这个世界，有力量的人才能谈公理。要不然人家打你一下，你退一步。他以为你可欺了，再要打你第二下。你不和他计较，原来想省事，结果可变成了多事。倘若他打你第一下的时候，你就抵抗起来，胜了，固然是很好，败了呢，反正你不抵抗，第二下也是要来的。何必不还两下手，也让他吃一点儿苦呢？天下只有奋斗、努力，在积极里面找到出路的。绝没有退让、忍耐，在消极方面可以找到出路的。"士毅一想，这话对呀。譬如我，这样将就着小南，小南还只管挑剔，天天有打碎饭碗的可能。忍耐有什么用？退让有什么用？这个厂长，我不要干了。他是一品大官，我是一品大百姓，他其奈我何？我一个壮年汉子，什么事不能做？至于给女人提马桶刷皮鞋去，找一碗饭吃吗？

他一顿脚，醒悟了过来，便没有什么可踌躇的了，开着大步，直走回会馆去，身上还有一些零钱，买了两个干烧饼，泡了一壶浓茶，一吃一喝，痛快之至。自己横躺在单铺上心里想着，陈四爷不必怕他，常小南也不必怕她了，我吃我的饭，我住我的会馆，我自己想法子找我的出路，谁管得了我？想到很舒服的时候，那昼夜筹思的脑筋算是得了片刻的休息，就昏昏沉沉地睡了过去。醒过来之后，抬头一看墙上的太阳，还有大半截光，坐了起来，揉揉眼睛，觉得精神有些不振，又复在床上躺下去。心里不由得叫了一声惭愧，这半年来，睡在枕上，比在地上还忙，天南地北，什么地方都得想到。一醒过来，翻身就下床，哪里像今天这样从从容容地睡过一回觉呢？他躺在床上，头枕在叠被上，却靠得高高的，眼睛向前斜望着，正看到壁上的一小张佛像，心里就联想到常居士这位先生，总算是个笃信佛学的好人，然而只为了一切都容忍着，结果是女儿被卖了，老妻也孤零了，自己也只好一走了之。我为了好佛，把性情陶养得太儒善了，最后是给女人去提马桶擦皮鞋。我现在……

他想到这里，跳了起来，把那佛像取下，向桌上破旧书堆里一塞，一个人跳着脚道："什么我也不信仰了，我卖苦力挣饭吃去。"门外有一个人插言道："老洪，你发了疯了吗？"说话时，韦蔼仁推开房门走了进来。士毅倒不料他会来，笑道："这样巧，我说这样一句话，偏偏让你听到了。请坐请坐。"蔼仁道："我不要坐，同走吧。我在你房外站了好大一阵子呢，看到你自言自语，倒真有些奇怪。"士毅笑道："是陈四爷叫你来的吗？谢谢你跑路，我觉悟了。我不想干那个厂长了，我也不给那个少奶奶擦皮鞋！"蔼仁倒愣住了，许久才道："你这简直是和四爷闹别扭呀，你不怕他发脾气吗？"士毅微笑道："发脾气又怎么样？充其量革了我工厂厂长的职务罢了。但是，我不要干了。哈哈，他是陈四爷，我是洪大爷呀！我告诉你，我现在心里空洞洞的，便是旧日的皇帝出世，我也不看在眼里，漫说一个酒色之徒的陈四爷。你走吧，不要和我这疯子说话！"说着，他一手开门，一手向外连连地挥着。韦蔼仁气得脸色苍白如纸，冷笑道："好，很好，好得很。"也就一阵风似的走了。士毅这样一来，会馆里人全知道了。大家纷纷地议论，说是士毅没有吃饱饭的福气，所以干了三天厂长，就发了疯了。

士毅也不和那些同乡辩论，掩上了房门，一个人自由自在地在床上躺着，心里无忧无碍，几乎是飞得起来。他心里这才长了一份知识：做高官、发大财、享盛名，那都算不了什么，只有由束缚中逃出，得着自由，那才是真快活。他掩上房门，自自在在地睡着，外面同乡如何议论，他却是不管。许多同乡，以为名正言顺地把他说服了，也就不说什么了。可是士毅这两扇房门，自这时关闭以后，始终不曾打开。到了次日，他也不曾打开门露面。同乡向他屋子里来看时，原来连铺盖行李一齐都搬走了。这样一来，全会馆里人都愕然起来，世界上只有为了穷困逼迫着逃跑了，却没有为了得着事、有了钱，反而逃跑的。大家原猜想着，士毅是发了疯了，这样看起来，恐怕是真的发了疯了。除了和他叹息着是没有造化而外，却也没有人再去追念着他了。

过了一天又一天，过了一个月又一个月，洪士毅的消息却是渺然。这个时候，国内情形大变，今天一个警报，明天一个警报，一阵阵的紧张情形追着逼来。有职业的人，已经感到恐慌，无职业的人，就更感到恐慌，哪里还会联想到这渺小的洪士毅身上去？然而有一天上午，在平汉铁路附近一个村镇上，他忽然出现了。一个村镇小学的大门口，高高地交叉着党国旗，在门框上有一幅白布横额，上面写了一行大字，乃是欢迎凯旋。在这旗额下来来去去的人，为数很多，脸上都表示着一番激昂慷慨的颜色。一个大礼堂上，座位上坐满了人，有的无地方可坐，就在礼堂周围，贴了墙站着。讲台上一个穿灰色制服的人，于不断的鼓掌声中，在那里热烈演讲，这就是洪士毅了。他在说了许多话之后，继续讲道："我们饿了，要吃东西下肚去，我们身上冷了，要添上两件衣服，这为着什么？就是培养我们的身体，好去对付环境。又譬如我们身上有病，必须找医生吃药，这为什么？也是对付我们身上的病菌。我们饿了、冷了、病了，一切听其自然，不想方法来对付，必至于死而后已，那就错了。诸位，我告诉你，我在半年以前，不但不是一个壮士，而且是一个懦夫，总想靠摇尾乞怜的态度，去维持衣食。但是结果却是我越柔懦，人家越欺侮得厉害，那衣食两个问题，也就越感到恐慌。有一天，我在街上听到演讲，大意说人必定要努力抵御，才能自立。于是我就把每月可以收入一百多元的职务辞掉，跑到铁路去找了一名小工当着。身体上虽然是很苦，但是我每日工作，每月得着工钱，吃饱了就睡觉休息，不用去巴结人了，精神上却非常地痛快。因为做工，把身体锻炼得康健起来。两个月后，本军补充兵额，我就入伍了。我练习了四个月，就上前线，总算为国家尽了一些力。现在随着大家凯旋归来，我愿意将我的经验说出来，给同胞们做一个参考。总之，我们每一个人，总要先把自己的身体锻炼好，然后拣一件真正的有意思的事情做。那就是说，我们要自食其力，于人有益，于国家和民族有益。我希望同胞们都能够记牢我这话！"

他说到这里，大家鼓掌，有一个人却把手上的帽子抛入空中，站起来接着帽子，才行坐下。他那副情形，分明是表示着有特别的赞成了。洪士毅在台上，不免向着那里注意了，随着那地方看去，正是以前的情敌王孙。他怎会到这种地方来？这事情有些不可思议了。他在台上把这番话讲完了，还有别人上去演讲，他就退席了。他出了大礼堂，正想找人把王孙寻出来。不料他已从身旁走出，一手脱帽，抢过来和他握着手，笑道："洪先生，了不得，你做了民族英雄了。"士毅看他时，不是以前那种样子了。头上那漆黑油亮的头发已经剃光。那窄小单薄，没有皱纹的西服，可改了灰布棉袍子了。虽然他的脸子不擦雪花膏，没有以前白，然而两腮胖胖的，透出红晕来，表示着他十分的健康了，因道："你好！怎么会到这里来的呢？"王孙道："我现在是这里的小学教员，至于何以到这里来的，这缘由说起来很长。贵军路过这里，大概还要耽搁几个小时，你若是没事，到小酒馆子里去，咱们坐着喝两盅，慢慢地谈心，不知道你肯赏光吗？"士毅笑道："可以的。以前的事，我已经满不放在心上了。"于是王孙引着路，将他引到村庄口上一家小饭馆子里来。

这饭馆子，前面是个芦席棚，一面摆了一张破桌子、一只托盘，堆了些油条烧饼之类。这边挂了一只鸟笼，用蓝布将笼子包围了。进了芦棚子，便是店堂，一边安着炉灶，一边放了几副座头，在座头一边，有一堵黄土墙，挖着一个门框，并没有门，只是垂着半截灰布帘子罢了。可是门框上贴了一个红字条，写着"雅座"二字。王孙引他走进屋子去，两个人都是一怔，原来这里坐着一个穿灰布旗袍、头垂发辫的女郎，在那纸糊窗下打毛绳东西呢。她虽是个乡下人，脸上不施脂粉，然而灵活的眼珠、雪白的牙齿，见人自也露出几分水秀。她猛然看到一个大兵进来，好像有些吃惊的样子。王孙却笑着向她摇摇手道："不要紧，这是我的朋友。请你告诉你父亲，给我们预备三个菜、一碗汤、一大壶酒。"那女郎笑道："王先生，你也喝酒吗？"王孙道："来了好朋友了，怎能够不痛快喝上两蛊呢？"那女郎笑着去了。

王、洪二人坐下，光喝着茶。王孙不等士毅开口，便道："我为什么来到此地呢？完全是常青刺激的呀。她把我以前和她恋爱的情形，完全告诉了陈东海。他这一碗陈醋的酸味，无可发泄，就暗告地方当局，说我是拆白党，把我逮捕了。但是我并没有什么拆白的事情可以找出来。当局自知理屈，关了我十几天就把我放了。那时，全杨柳歌舞团的人，眼见我受这不白之冤，并没有一个人保过我。柳岸想得着陈东海物质上的帮助，更是不管。我释放出来以后，再也不想和那班狗男女在一处混了，就托朋友另找出身。一个朋友向我开玩笑，说是这个乡村小学，要请一位教员，教音乐、体育、手工三样。每月的薪水只有十五块钱，问我干是不干。我当时急于要换一个环境，就慨然答应了。朋友先还不肯信，后来我催他好几回，他才把我介绍到这里来。乡下生活程度是很低的，每月只四五块钱的伙食，已经是天下第一号的费用了。剩下的十块钱，我竟是没有法子用了它。因为这里用不着穿西服，没有大菜馆、戏院、电影院，也没有汽车、马车，也没有上等澡堂和理发馆。出了村庄，就和大自然接近，大自然是用不着拿钱去买的。我现在除了教书，只有看书来消遣。六点钟起来，亮灯便睡觉，什么不想，什么烦恼也没有，我愿在这儿教一辈子书，不走开了。"

士毅笑道："你这刺激受得不小，心里十分恨着常青吗？"王孙道："不，我很感谢她。不是她那样刺激我一下，我一辈子不会做人，不过是有闲阶级一种娱乐品而已。我有今日，都是美人之恩……"这句话不曾说完，那个女郎正端了酒菜进来，低着头，抿着嘴微笑。她去了，士毅叹口气道："男子总是这样的，受了女人之害，总是说厌女人、恨女人，等到女人和他献殷勤的时候，他又少不得女人了。我这一生，大概是和女人无缘了。我们军长说了，等到不打仗了，带我们到沙套子里开垦去，这个我非常赞成，我愿意和这繁华都市永不相见呢。"王孙道："这个样子说，洪老总，你是恨小南到了极点的了。"士毅道："不，我和你一样，十二分地感激

270

她，没有她刺激我，我只晓得做一生的懦夫，做一生的寄生虫，有什么用？经她处处逼迫着我，我才做了一个汉子。现在我替国家当兵，你替国家教孩子，我们都是一样的自食其力，总不愧为中国国民。凭这一点，我要感谢美人恩，还恨她做甚？来！我们喝个痛快。"说着，于是举起杯子来，咕嘟一声，喝完了那杯酒。王孙陪着喝干了一杯，笑道："女人是美丽不得的，不害人，也要害自己，我看得多了……"

说时，那酒饭馆里的女郎正向屋子里送菜。王孙接着道："不过天下事不见得一样，美女有坏人，也有好人，三姑娘，你认为怎样？"那女郎笑了。王孙道："今天你怎么自己送菜？伙计走了吗？"三姑娘道："没有走。哦！走了。"王孙道："我们来的时候，吓了你一跳吧！"三姑娘笑道："我为什么那样胆小？因为这屋子里暖和一点，所以我在这里做活。大兵也是人，我怕什么？"说着，一笑走了。士毅道："王先生，你在这个地方，又撒下相思种子了吗？"王孙摇了头，不住地笑，他只管向窗子外面望了去，搭讪着道："嗬！这样冷的天，怎么把鸟笼子挂在屋子外面？鸟不冻死了吗？"说着，跑出去，将那鸟笼子提了进来。掀开包围鸟笼子的蓝布一看，一只小小的竹林鸟，缩在笼底上不会动了。它身上的羽毛依然深紫翠蓝，间杂得非常之美丽。但是它眼睛已经闭住，一点儿不会动。王孙捧了鸟笼，大吃一惊，叫道："呀！常青死了！"士毅笑道："你说不恨她，为什么又咒她？"王孙道："我并非咒她。我常常这样想，这只美丽的小鸟关在笼子里，虽是吃也好，住也好，但是太不自由，这很像常青，于今它死了。常青在陈四爷那幢小楼里关闭着，恐怕也和小鸟差不多吧。"他放下鸟笼，默然地坐下，斟了一杯酒喝着。士毅点点头道："你虽是有点心理作用，然而我也相信你的话说得对。"于是也斟了一杯酒喝着。

两个人前嫌尽释，谈话谈得有趣，不知经过了多少时候，忽然呜啦啦一阵铜号声，士毅站了起来道："我们已经吹召集号了，就要站队开拔。今天在这里经过，遇到了你，我非常欢喜，再会吧。"说着，伸手和王孙摇撼了几下，另外一只手却拍了他的肩膀，笑道："我起誓，永远离开女人了，希望你不要再上圈套。女人给我们的恩惠固然很多，给我们的教训也算不少吧？"他一面说着，一面向外走，表示那匆忙的样子。王孙赶着送了出来，他已走到路心，恰好一个女郎，提了一筐萝卜经过，柄断了，撒了满地。士毅走得匆忙，踏扁了人家一个，很是过意不去。于是弯着腰满地里捡着萝卜，向人家筐子里送了进去。抬起头来看时，那女郎比饭馆里的那个还美呢。她笑着说两声谢谢，才抱着筐子走去。士毅一回头，王孙和那个饭店女郎站在芦棚下面向他点头，于是彼此都笑了起来。站了一站，他这才听到召集的军号依然在吹着，只好赶快地走。心想，替人家捡萝卜，几乎误了军令。女人总是误事的，但是，谁能永远抛弃女人呢？

王孙站在后面看着，心里也似乎有些同情之感，笑道："这是我一个好朋友，我去送送他上路吧。"三姑娘笑着点了点头，二人跟着走了去。他们一路情话，走得太慢，到了路口，士毅随着一营的军队，在平原无边的大道上，迎着太阳光，一程程地走远了。王孙望着平原中间掀起一道尘头，直到那枯树围合的地平线上去，叹了口气道："不料他当了兵了。"三姑娘道："他原来不是当大兵的吗？"王孙道："他和我一样，是位文绉绉的先生。"三姑娘道："他为什么当了大兵呢？"王孙道："他和我一样，为了女人。"三姑娘道："怎么和你一样呢？"王孙想了一想，笑道："没有你，我不肯在乡村小学当教员呀。"三姑娘瞅了他一眼，笑道："哼！男人总是撒谎的。做先生的人，更撒谎得厉害，刚才你不是说着女人是害人的吗？"王孙道："那不一定，女人不见得都一样呀。你……"说着，他握了她的手，彼此都笑了。他们又这样合拢了，将来少不得又有一番悲欢离合。但是那一番悲欢离合，是另一番事，这也就不必提了。此所以天下多事也，以所以言情小说屡出不穷也。

图书在版编目（CIP）数据

美人恩／张恨水著. — 北京：中国文史出版社,2018.6
（民国通俗小说典藏文库·张恨水卷）
ISBN 978 – 7 –5034 –9929 – 6

Ⅰ. ①美… Ⅱ. ①张… Ⅲ. ①长篇小说 – 中国 – 现代
Ⅳ. ①I246.5

中国版本图书馆 CIP 数据核字(2017)第 326969 号

整　　理：萧　霖
责任编辑：卢祥秋

出版发行：**中国文史出版社**
社　　址：北京市西城区太平桥大街 23 号　邮编：100811
电　　话：010 – 66173572　66168268　66192736（发行部）
传　　真：010 – 66192703
印　　装：廊坊市海涛印刷有限公司
经　　销：全国新华书店
开　　本：720 × 1020　1/16
印　　张：18.25　　　字数：254 千字
版　　次：2018 年 6 月第 1 版
印　　次：2018 年 6 月第 1 次印刷
定　　价：52.00 元